# 디어 마이 러브,
# 디어 마이 티쳐

# Dear my love, Dear my teacher

초판 1쇄 찍은 날 | 2012년 10월 11일
초판 2쇄 펴낸 날 | 2012년 10월 26일

지은이 | 이정숙
펴낸이 | 예경원

편집 | 유경화

펴낸곳 | 예원북스
등록번호 | 제396-2012-000132호
등록일자 | 2012. 7. 25
YRN | 제1-0001호

주소 | 경기도 고양시 일산동구 장항동 752 삼성메르헨하우스 712호 (우) 410-837
전화 | 031-819-9431 팩스 | 031-817-9432
http://cafe.naver.com/yewonromance
E-mail | yewonbooks@naver.com

ⓒ 이정숙, 2012

ISBN 978-89-98102-00-5 03810

Dear
my
love,



YEWONBOOKS ROMANCE STORY
이정숙 장편 소설
디어 마이 러브,
디어 마이 티쳐
Dear
my
teacher

YEWON
BOOKS
예원북스

C · O · N · T · E · N · T · S

프롤로그 – 가끔 너의 안부를 속으로 묻는다

수진은 학교 화장실 칸막이 안에서 변기 뚜껑을 덮고 앉아 음악을 듣고 있었다. 귀에 꽂은 이어폰을 통해 요사이 수진의 마음을 확 잡아끈 유행가가 흘러나오고 있었다. 특히 가사가 마음에 들었다.

『마지막에 널 안아줬다면 어땠을까?
나의 옛사랑, 옛사람.
가끔 난 너의 안부를 속으로 묻는다.
그리고는 혼자 씩 웃는다.』

마치 자신의 마음과 같은 가사를 음미하며 수진은 교복 주머니에서 볼펜을 꺼내 변변찮은 낙서로 가득한 화장실 벽에 자신도 변변찮은 낙서 한 줄을 추가했다.

『거긴 어떠니? ^__________^』

웃는 모양의 이모티콘까지 그려놓고서 유행가의 가사처럼 억지로 혼자 씩 웃어보았다. 그랬더니 정말 기분이 좀 나아졌다.

"좋았어."

이어폰을 빼고 일어나려는데, 때마침 밖에서 여학생들의 시끄러운 목소리가 날아들어 수진은 멈칫하곤 그냥 그대로 다시 주저앉았다.

"흠……."

허리를 꼿꼿이 세운 채 팔짱을 끼고서 밖에서 들려오는 소리에 귀를 기울였다.

"2년 전에 유명했지, 그 사건. 오토바이랑 차랑 확 부딪쳐서 오토바이가 두 번은 날았다더라. 서민후는 그 자리에서 즉사했고 뒤에 타고 있던 임수진만 기적적으로 산 거지."

이어폰을 좀 더 꽂고 있을 걸 그랬나?

더 안 들어봐도 어떤 말들이 나올지 불 보듯 뻔했다. 여학생들이 모여 있는 곳이라면 어디서든 나오는 화제였으니 이젠 놀랄 기운도 없었다.

운동장에 앉아 있으면 그 옆에서 다 들리게 숙덕거리고, 체육관에 있으면 거기서도 떠들고. 설마 소각장에서까지 그럴까 싶어 마음 놓고 앉아 있었더니 쓰레기 버리러 와서는 또 떠들어댔다.

아무튼 지금 이 학교의 화제의 중심이, 2년 만에 복학한 임수진, 바로 자신이라는 걸 다시 한 번 확인하는 순간이었다.

"이렇게 인기가 있다니."

수진은 끌끌 혀를 차며, 그들이 속이 풀릴 때까지 떠들기를 기다리기로 했다.

한 가지 바라는 게 있다면 어떤 말을 해도 좋고 양념으로 욕을 해도 좋으니 좀 빨리 끝났으면. 화장실 안에 앉아 있는 건 생각보다 고역이었다. 이런 냄새 나는 곳에서까지 떠들까 싶어서 여길 택했더니, 잔머리를 쓴 게 화근이었다.

생각해 보니 화장실은 온갖 소문과 뒷담화의 원산지였다. 게다가 여자 화장실이라니, 최악의 장소였다. 과연 자신의 구미에 딱 맞는 후미진 곳은 없단 말인가!

"도대체 둘이 열두시 다 될 때까지 뭐 하고 돌아다닌 거래니? 언니 말론 모범생인 양 온갖 얌전은 다 빼고 다녔다드만. 임수진 진짜 어이없어."

저 목소리는 윤아영? 어린것들이 남의 욕이나 하고 다니고, 성질대로 몇 대 확 패줬으면 좋으련만.

"근데 그 얘기 들었어?"

그때 윤아영이 갑자기 목소리를 확 낮추더니 엄청 비밀스러운 듯 속닥거리기 시작했다.

"임수진이 2년 동안 쉰 거, 그거 임신해서래!"

"꺄악! 정말?"

저 봐라. 이제 애까지 생겼다.

"임신 3개월이었다더라!"

이건 무슨 막장 드라마도 아니고. 임신만 하면 그놈의 3개월은 변하지도 않는다.

"그럼 유산된 거야?"

"그렇지, 엄청난 충격으로."

"하긴. 애 아빠가 눈앞에서 죽었는데!"

"그래서 2년이나 끓은 거구나! 와, 자기 엄마한테 안 맞아 죽은 게 다행이다. 우리 엄마였으면. 으……."

저것들이 정말 애 떨어질 소리를 하고 있다. 서민후가 들으면 저승에서도 벌떡 튕겨져 일어날 일이었다.

너랑 나랑 애 엄마, 아빠란다, 민후야.

전에는 뭐라더라? 둘이 졸업하기 전에 결혼하려고 했는데 집에서 너무 반대를 하니까 이따위 세상 살아서 뭐 하나 싶어 둘이 확 동반자살을 한 거라나?

요즘 애들 드라마를 너무 많이 본다.

"뭔가 좀 더 참신한 공격법은 없나?"

아닌 게 아니라 식상한 레퍼토리의 욕을 듣다 보니 이제 좀 지겨워졌다. 수진은 실내화를 신은 발끝을 까딱까딱하며 하품을 하암, 했다.

"우리 언니 말론 서민후가 임수진한테 홀딱 빠져서 정신을 못 차렸다던데."

오호, 그건 좀 제대로 된 정본데?

"그래서 임수진이 적이 많았다잖아. 이 근방에서 서민후 모르는 사람이 없었다니까. 얼굴 잘생겼지, 만능 스포츠맨에, 서울대 의대 갈 실력이라 앞길 창창하지. 한마디로 진짜 엄친아였단 거지."

"나도 알아. 나 민후 오빠랑 같은 중학교 나왔잖아. 그냥 잘생긴 게 아니라 진짜 대박! 걸 뭐라고 표현해야 하지? 속눈썹 엄청 길고, 피부 완전 뽀얗고, 특히 건전한 어깨빨 예술이었지."

여자애들이 탁구 치듯 주고받는 소리에 귀를 기울이며 수진은 어느새 턱을 괴고는 잔잔하게 웃고 있었다.

저 수다쟁이들이 하는 말들은 모두 사실이었다. 특히 민후가 잘생겼다는 건 백 퍼센트 진실. 반짝반짝 빛이 나는 것처럼 웃곤 하던 민후의 얼굴이 떠오르자 수진은 자신도 모르게 미소가 지어졌다.

"여친 하나 잘못 만나서 골로 갔지, 골로 갔어."

저것이!

"죽은 사람만 억울하지 뭐."

"근데 임수진 뻔뻔하게 학교 다시 다니는 거 봐. 아니, 2년이나 꿇었으면 그냥 그대로 살지 학교는 왜 오고 난리야? 찝찝하게."

"스물한 살에 다시 학교를 다니고 싶나?"

"나라면 민후 오빠한테 미안해서라도 학교 같은 데 절대 못 올 거야."

"우리랑 말도 안 섞고 눈 착 내리깔고 수업도 자기 멋대로 빼먹고."

"그니까! 미꾸라지 한 마리가 물 흐리는 거지. 옛날부터 그랬다더라? 도도한 척, 잘난 척, 이쁜 척. 그래서 서민후도 꼬셨잖아. 완전 꼴 보기 싫어."

어이어이! 점점 개인 감정으로 흘러가고 있잖아. 올바른 비평 문화를 이룩해야지, 비난을 위한 비난은 좀 아니지 않니 들?

"2년 전에도 서민후 죽고 언니들이 아주 대성통곡하면서 임수진 죽여 버리겠다고 이 갈았다던데. 그땐 혼자서 쏙 숨어 있다가 잊혀질 만하니까 슬슬 기어나와선."

기어나온 게 아니라 제 발로 걸어나왔다, 이것들아.

그리고 그땐 숨었던 게 아니라 기절해 있었던 거야. 부모한테 결혼 반대 받고, 애까지 떨어진 박복한 여자가 무슨 정신이 있었겠느냐!

"근데 임수진도 좀 불쌍하지 않냐? 그렇잖아, 임수진 때문에 죽은 것도 아니고, 자동차 운전자 과실이었다던데."

헤에, 지금 말한 건 누구지? 아…… 안 되겠다. 이름이 생각나지 않는다. 수진은 그야말로 가뭄에 콩 나듯 자신의 편을 들어준 '이름은 생각 안 나는' 그 여학생에게 감사의 마음을 전했다.

"그래도 그 시간에 민후 오빠 끌고서 싸돌아다니지 않았으면 그럴 일도 없었을 거 아냐!"

"음…… 그건 그렇다."

악! 그렇게 금세 넘어가다니.

"아. 난 지금도 민후 오빠 생각나. 그렇게 빨리 죽기엔 진짜 아까웠는데. 가수로 데뷔했어도 지금쯤 다 올킬이었을걸?"

"성종이보다 더?"

"야! 우리 성종인 넘사벽이지!"

"너, 어제 그거 봤어? 기광이가 말야."

여학생들이 까르르 웃어대며 뒷담화만큼이나 재미있는 아이돌 멤버 얘기로 화제를 옮겨가자 수진은 안도의 한숨을 내쉬었다.

'휴우…….'

이로써 자신은 자유로워진다는 뜻이었다. 수진은 케이팝 가수들에게 심심한 감사의 말을 전하며 스커트 자락을 바로 했다.

마침내 여자애들이 우르르 몰려 화장실을 나가자, 1초, 2초, 3초의 시간이 흐른 후 화장실 문이 열리며 수진이 걸어나왔다. 한바탕 여자애들이 시끄러운 소리를 쏟아내고 나간 자리는 그야말로 썰물이 빠져나간 갯벌을 연상시켰다. 수진은 그곳을 무심하게 바라보고 있다가 한숨을 폭 흘렸다. 별로 그 애들이 밉다거나 화가 난다거나 그런 마음은 없었다. 수진은 세면대로 가서 손을 씻었다.

어차피 소문이 퍼지리란 건 각오하고 있었다. 돌아오리라고 결정한 그 순간 이미 감수한 일이었다. 무슨 말이 들리건, 무슨 억측을 당하건 참아내야 한다고.

아니, 무심해야 한다고.

있지도 않던 애가 떨어지든, 비극적인 로미오와 줄리엣이 되든지.

그게 벌써 2년 전의 일. 열아홉에 당했던 불행한 사고. 하늘이 무너지는 것처럼 힘들었고 무서웠다. 그리고 2년의 시간이 흘렀다.

　교복을 단정하게 차려입은 고등학교 3학년 임수진의 나이는 그래서 현재 스물한 살이었다. 굳이 소문 때문이 아니더라도 두 살이나 많은 이 언니를 친구로 봐주며 알콩달콩 손잡고 다니기엔 무리가 있을 것이다. 그런데 하물며 그런 사고에 얽힌 당사자라니.

　어차피 그들 앞에서 임수진은 이방인. 아무렇게나 떠들고 다니라지. 어차피 일일이 설명해 주고 다닐 만큼 친절하지도 않고 그럴 만한 열정도 없었다. 자연히 그들의 적대에 상처받을 일도 없었고.

　"화장실도 실패. 내일부턴 어디로 가지?"

　점심시간이 생각보다 길다는 걸 깜빡 잊고 있었다. 내일은 도서관이 좋겠다, 라고 생각하며 수진은 걸음을 옮겼다.

## 1편 네가 죽지 않아도 되는 세상에서

무사히 졸업하기 위한 첫 번째 안전한 길, 웬만하면 교실에 오래 앉아 있지 않을 것! 반 애들도 일부러 소리 죽여 욕하기가 얼마나 고생스럽겠는가. 그러니 없을 때 원없이 편히 떠들라고 수진은 쉬는 시간이든 점심시간이든, 자유 시간엔 되도록 자리를 피해주었다. 참으로 후배를 사랑하는 마음이 아니고 무엇이겠는가.

'이번엔 어디로 가서 시간을 죽이고 있을까?'

고민하며 어슬렁어슬렁 교내를 배회하고 있는데 한쪽에서 규칙적인 드리블 소리가 들려 수진은 그쪽으로 가보았다. 그랬더니 제법 그럴듯하게 꾸며진 농구코트가 드러났다. 역시 있는 집 애들이 다니는 사립 고등학교라 그런지 시설이 잘돼 있다.

농구부인 듯 남학생들이 땀을 쏟아가며 농구에 열중하고 있었다. 듣기 좋은 드리블 소리, 농구화가 코트 바닥과 마찰하는 특유의 소리.

수진은 자신도 모르게 엷은 미소를 띤 채 그들을 바라보았다.

"2년 전엔 없었는데."

너무 빠져서 보고 있었던 걸까? 점심시간이 끝났다는 걸 알리는 종소리가 울리고 있었지만 인식하지도 못한 채 멍 때리며 서 있는데, 갑자기 무언가가 수진의 머리 위를 통 하고 때리고 지나갔다.

"아얏!"

깜짝 놀라 인상을 확 찌푸리며 돌아보니, 키가 엄청 큰 어떤 남자가 방금 수진의 머리를 통 때린 몽둥이를 들고 서 있었다.

"……어?"

아, 진짜, 하필이면 저 선생님이야.

그가, 수업시간에 한 번만 마주쳐도 심장이 제 발로 걸어나와 브레이크 댄스를 추게 한다는 그 우수에 찬 눈빛으로 수진을 심드렁하게 쳐다보고 있었다.

왠지 모르지만 처음 봤을 때부터 신경이 쓰이던 선생님. 왜인지는 잘 모르겠다. 그 이유가, 교무실에서 툭 튀어나온 게 아니라 화보에서 툭 튀어나온 것처럼 겁나게 잘생긴 저 얼굴 때문인지, 왠지 사람의 감정을 건드리는 특유의 정제된 분위기 때문인지. 아무튼 처음 교단에 선 그를 봤을 때부터 뭔지 모르게 심장에 가시가 하나 확 하고 박힌 기분이었다.

특이한 선생님. 세상사 모든 게 자기하고 안 맞는다는 듯 무료하게 둥둥 떠다니는 표정과 눈빛. 이따금씩 그 눈빛과 마주친 일이 있었다. 그때 자신은 왜 그 눈빛에서 알 수 없는 상념 같은 걸 느꼈는지 모르겠지만, 눈이 마주쳤다고 생각한 순간 이미 그의 시선은 다른 데 돌아가 있었다. 아마도 착각이었겠지.

"수업 안 들어가고 왜 여기서 어슬렁거리고 있어."

잠시 수진을 물끄러미 쳐다보는가 싶던 그가 몽둥이를 한쪽 겨드랑이에 끼운 채 주의를 주었다. 수진은 그제야 점심시간이 끝났다는 걸 깨달았지만 그러거나 말거나 다급한 마음은 들지 않았다. 주의를 받자마자 당황한 표정으로 쌩 하니 교실에 뛰어 들어갈 만큼 착실한 모범생도 아니고.

"몸이 좀 안 좋아서요."

귀찮은 간섭을 받기 싫어 대충 중얼거렸더니 그가 피식 웃었다. 딱 보니, 웃긴 소리 하고 있네, 라는 표정 같은데…….

매끈한 입술 한쪽을 끌어 올리고 조소를 흘리는 폼이 역시 여자애들이 떠드는 것처럼 일품이긴 했다. 그 조소를 보려고 일부러 헛소리를 하는 여자애들도 있다고 하니.

"진짜거든요? 진짜 몸이 안 좋아요."

"몸이 아니라 머리가 안 좋은 거 아니야?"

허…….

외모와 반비례를 해주시는 저 못된 성격이 문제이긴 하지만, 아무튼 그로 말할 것 같으면 깍깍거리는 여학생들을 늘 한 다스는 뒤에 달고 다니는 이 학교의 초절정, 초인기, 초미남의 삼 '초' 세트의 소유자, 그 이름도 찬란한 이신혁 선생님.

학기 초부터 교실 전체를 떠들썩하게 만든 장본인이기도 하다. 첫 수업 날 교실 문을 열고 그가 안으로 들어선 순간 수진은 그동안 돌던 모든 소문들이 과장이 아니었음을 깨달을 수밖에 없었다. 여고생들을 들뜨게 할 정도로 빛나는 외모, 무엇보다 뒤돌아서 있을 때 칠판보다 더 눈이 가는 섹시한 등짝은 확실히 고소해야 한다!

맡고 있는 과목은 수학. 담임은 맡고 있지 않다. 이전에도 맡은 적 없었고 뭐든 귀찮아하는 성격상 앞으로도 평생 맡을 일은 없어 보인다.

아무튼 첫 수업 이후로는 '수학 따위 개나 줘버려' 라는 태도로 내내 딴생각만 했기에, 이렇게 교실 밖에서 마주치는 게 왠지 불편하단 생각이었는데…….

"3학년이지? 몇 반이냐?"

괜한 걱정을 했다. 아예 존재 자체를 모르는 모양이었다. 학년은 명찰 색깔로 쉽게 구분한 것 같고.

가만……?

근데 이 선생 참 신기하다. 사고뭉치 복학생 임수진을 모르는 건 그렇다 쳐도 분명히 몇 번 눈도 마주쳤던 것 같은데, 설마 사시는 아니겠지?

"1반이요."

"어이, 3학년 1반 문제아. 몸이 안 좋으면 양호실에 가."

"양호실에 갈 정돈 아니라서요."

"양호실 갈 정도 아니면 교실에 앉아 있으면 되겠군. 그만 버티고 교실로 가."

"저기요, 선생님. 양호실에 갈 정돈 아니지만 교실에 앉아 있을 만큼도 아니거든요? 딱 여기 서 있을 정도의 몸 상탠데 좀 봐주시면 안 될까요?"

그 되바라진 말에 이신혁 선생은 잠시 황당한 표정을 하더니 곧 고개를 절레절레 저었다.

"몇 번이냐?"

뭘 이렇게 자세히도 물으시는지.

"23번이요."

"어이, 3학년 1반 23번 파렴치. 나랑 장난하냐?"

차라리 이름을 묻지, 저게 뭡니까?

"그럴 생각은 없는데요. 근데 학생한테 파렴치라고 해도 되는 거예요?"

"선생한테 장난치는 넌 어떻고."

"장난 아닌데요."

"정확히 어디가 어떻게 아픈 건데."

"생리통이요."

순간 그의 표정이 그대로 사악 굳었다.

풋, 근데 좀 웃긴다. 무슨 말을 해도 포커페이스를 유지할 것처럼 생긴 주제에 살짝 헛기침까지 하면서 당황하고 있는 그를 보니 이 선생 의외로 순진한지도 모르겠다. 그렇다고 요즘 같은 시대에 고작 생리통이란 단어 정도에 뭘 저리 무안해하시는지. 그 반응이 예상과 빗나가 도리어 수진은 학생의 본분으로 돌아가 사과를 했다.

"죄송합니다. 지금 건 장난이었어요. 다음 시간엔 제대로 들어갈 테니까 한 번만 봐주세요. 네?"

그가 침묵했다. 사람이 애교를 부리는데 표정이 오히려 바위처럼 굳고 있다니. 진짜 못 볼 걸 보기라도 한 듯 사정없이 흐려지는 표정. 더욱이 불쾌하기까지 한 것 같으니 아무리 자신이라도 감정 상할 뻔했다.

"여기서 잠깐 강조하자면, 저 애교 부린 거 아니거든요?"

"누가 뭐래?"

"혹시 불쾌하신가 해서요. 표정이 그랬거든요."

그리고서 다른 곳을 쳐다보는 수진을 신혁이 조용히 내려다보았다. 머리카락이 몇 가닥 스르르 흘러내리자 수진이 다시 그것을 귀 뒤로 넘겼다. 그 바람에 하얀 목덜미가 드러나자 그는 마치 그 현상을 시야에서 차단하듯 눈을 살짝 감았다가 떴다.

수진이 고개를 돌려 신혁을 다시 쳐다보았을 때 이미 신혁의 표정은 무심하게 돌아가 있었다.

"너, 학생 맞냐?"

"보면 모르세요? 교복 입었잖아요."

"너……."

뭐라도 물어볼 것 같았던 그가 잠시 말을 끊었다. 수진은 의아한 얼굴로 갸웃거리며 그를 마주 보았다. 질문을 까먹은 건가? 그 짧은 사이에?

"이름이 뭐냐."

나 참!

이름 하나 물으려고 그렇게 뜸을 들이신 겁니까?

"임수진이요."

"3학년 1반 23번 임수진."

"네?"

"그냥 불러봤다."

"……저 그냥 수업 들어갈게요."

"잠깐! 음…… 3학년 1반이면 내 수업인데."

저걸 지금 알아차리고 있다.

보면 볼수록 참 이상한 선생이 아닐 수 없었다.

"더 질문하실 건 없으시죠?"

"아니, 있어."

"하세요."

"점심을 상한 걸 먹은 건지, 정신 못 차리는 어떤 이상한 여자애
가 자꾸 헛소리를 하는데 내가 선생으로서 어떻게 하면 좋을까?"

수진이 풋 웃음을 터뜨렸다. 정신 못 차리는 어떤 이상한 여자
애란 바로 자신을 말하는 것 같은데.

"그냥 이상한 애라고 생각하고 내버려 두는 건 어떠세요?"

그가 끙 앓는 소리를 내며 이마를 살짝 눌렀다.

"이 학교에 유난히 이상한 여자애들이 많긴 하지만…… 넌 개
들을 월등히 능가하는 것 같다. 방황 그만하고 다음 수업은 제대
로 들어가."

그리고 그가 몸을 돌려 걸어가기 시작했다. 수진은 갸우뚱하며

그런 그를 쳐다보았다. 한 번 반항을 해보긴 했지만 설마 정말 묵인해 주리라곤 생각지 못했다.

사실 같은 반 급우들보다 두 살이나 많은 나이, 설렁설렁 몸만 학교에 두고 있는 날라리 복학생이라는 특유의 입장이 아니었다면, 선생님한테 그런 식의 뻔뻔한 대사들은 날리지 못했으리라. 그런데 저 선생은 특이하다. 이런 말들에 마치 납득을 한 듯 그쯤에서 그만두고 돌아서다니.

다른 선생들이었다면 택도 없을 일이 아닌가. '어디서 헛소리야? 당장 들어가지 못해?!' 하면서 당장 교실로 처넣고도 남았을 텐데.

그래서 수진은 자신도 모르게 그를 불렀다.

"저기요, 선생님!"

농구장에 두고 온 문제아 파렴치 학생에겐 이미 흥미가 떨어졌는지 제 갈 길만 가고 있던 그가 뚱한 얼굴로 수진을 돌아보았다. 교실 밖에서 보니 역시 저 범상치 않은 기럭지는 환상이었다. 그런데 수진을 쳐다보는 그 눈빛이 참으로 이상하게도 좀 심란해 보여서 의아했다. 왜긴 왜겠는가. 문제아 여자애랑은 더 이상 엮이고 싶지 않은데 또 말을 걸어서 짜증이라는 뜻이겠지.

"저 그냥 교실 들어갈래요."

뜬금없는 말이었는지 그가 수진에게 두고 있던 시선을 거두곤 피식 웃었다.

"마음대로."

진짜 열의도 없는 선생일세.

“근데요 선생님?”

“또 뭔데.”

“저 일주일 전에 복학했는데, 학교 잠시 쉰 사이에 선생님 물이 참 좋아졌네요?”

그의 표정이 얼떨떨해지는 게 참 볼만했다.

“……뭐?”

“애들 말처럼 선생님 진짜 잘생기셨다구요. 뭐랄까, 선생님 하기엔 아까울 정도로요.”

수진은 목례를 까딱 하고는 그를 스쳐 지나 교실로 뛰어갔다. 상당히 어이없어할 수학 선생을 뒤에 둔 채 수진은 혀를 살짝 내밀고 웃었다.

수진이 완전히 시야에서 사라진 후에도 신혁은 그대로 그 자리에 서 있었다. 정지한 듯 서 있던 그의 시선이 천천히 아래로 향했다가, 다시 수진이 사라진 곳을 응시했다. 살짝 찌푸려진 짙은 눈썹 아래 눈빛이 서서히 공허한 느낌으로 흐려졌다.

“왜…….”

낮게 흘리듯 내뱉은 말을 되돌리듯 그는 고개를 젓고 씁쓸하게 웃었다.

“그래, 기억하지 마라. 네가 그걸 선택했다면, 나는 따라줄 테니까.”

완벽한 연기를 해줄 의향도 있었다.

“그게 너를 편하게 해준다면…….”

쓸쓸하기도 하고 슬프기도 한 감정이 어쩔 수 없이 밀려와 신혁

은 자신도 모르게 담배를 찾듯 상의를 더듬거리다가 학교라는 걸
깨닫고 쓰리게 웃었다.

　수진은 체육 수업 중이었다. 하필이면 체육이라니.
　사실 고3 세계에 체육이 존재하는 건 흔치 않은 일이었지만, 이
학교는 '건강한 정신은 건강한 신체에서'라는 모 광고 카피를 신
념처럼 따르는 교장 선생님의 재량으로 고3 주제에도 체육 수업
을 착실히 받고 있었다.
　하지만 불행하게도 수진은 체육을 좋아하지 않았다. 친구들은
배구, 농구를 하며 즐겁게 웃고 있는데 자신만 한쪽에 우두커니
서서 그들의 모습을 바라보기만 했었다. 별로 몸이 약하거나 해서
그랬던 건 아니고, 어릴 때 엄마의 성화로 시작했던 피아노 때문
이었다. 혹시라도 손가락을 다칠까 봐 엄마는 공을 사용하는 운동
은 근처에도 가지 못하게 했다.
　현재 여학생들은 배구, 남학생들은 축구를 하고 있었다. 수진도
번호 순서에 따라 한쪽 팀에 배정받아 있었지만, 이 어여쁜 여자
애들이 수진에게 공을 줄 생각이 전혀 없어 보여 안 그래도 싫은
체육 시간 내내 그저 멍청히 서 있는 상황이었다.
　공격권은 주지 않는 대신에 공격은 엄청 해왔다. 별로 앞을 가
로막는 것도 아닌데 지들이 뛰어와서 진로 방해인 양 몸을 툭 치
고 팔꿈치로 쿡 찌르고 괜히 방해된다고 난리였다. 그야말로 할리
우드 액션의 진수를 보여주었다.
　어차피 끼고 싶지도 않고 뛰는 건 더 싫고 그래서 될 대로 되라

는 식으로 장승처럼 서 있는데, 그때 공이 수진에게로 날아왔다. 같은 팀이고 상대 팀이고 미리 짜기라도 한 듯 한 번도 안 날아왔었는데…….

'왜 날아오는 거야!'

귀찮은 마음에 수진은 몸을 틀어 휙 피할까 하는 생각도 잠시 했지만 그건 어른스럽지 못한 짓 같아 무표정하게 팔을 뻗었다. 하지만 그게 오산이라는 걸 다음 순간 깨달았다.

공은 같이 시합하자고 날아온 것도, 어쩌다가 우연히 수진 쪽으로 날아온 것도 아니었다. 공을 받아 넘기기 위해 팔을 뻗는 순간 옆에서 누군가가 엄청난 속도로 달려와 수진의 몸을 그야말로 있는 힘껏 날려 버렸다. 언제부터 배구 시합이 럭비 시합이 된 건지, 엄청난 통증과 함께 수진의 몸이 옆으로 날아가 운동장에 내팽개쳐졌다.

"아……."

반사적으로 몸을 지탱하고자 흙바닥을 탁! 짚는 동시에 손가락이 확 접질려지며 엄청난 고통과 함께 비명이 절로 터졌다.

시합이 잠시 중지되고 수진은 흙바닥에 꿇어앉은 채 손가락을 감싸 쥐고서 이를 앙물고 있었다. 비명을 참기 위해 한 행동이었는데 뒤에서 웅성웅성거리는 폼이 임수진이 이를 악물었다, 라고 인식하는 것 같았다.

호오, 그래? 그런다 이거지?

어느 누구도 '괜찮아?' 한마디 건네지 않는 외로운 전장에서 홀로 통증을 가라앉히던 수진은 어느 정도 아픈 게 가라앉자 툭툭

먼지를 털고 일어났다. 손가락뿐 아니라 무릎도 긁히고 다리도 삔 것 같다. 이걸 진단서를 끊어와?

욱신거리는 손가락을 쥔 채 수진이 천천히 몸을 돌리자 여자들은 1대 多로 확 갈렸다. 공을 서브했던 여학생과 수진을 무쏘의 뿔처럼 들이받았던 여학생이 나란히 서서 한패를 먹고서 수진을 싸늘하게 쳐다보았다.

이래서 애들이 제일 무서운 거다. 요즘 학교 폭력이 무섭다더니 언제부터 우리나라가 이렇게 전부 다 '꽃보다 남자'가 된 것이냐. 피해자인 금잔디는 온통 널려 있는데, 아쉽게도 구준표는 없다는 게 통탄할 일이었다.

"얘들아."

수진은 일단은 부드러운 목소리로 '임수진 다굴 놀이'에 똘똘 뭉쳐 동참하고 있는 여학생들을 다정하게 불렀다.

"내가 너희들 모두에게 할 말이 좀 있다."

그 순간 늘 무심하던 수진의 눈빛에 강한 빛이 돌자, 아이들이 흠칫 긴장하며 웅성거리기 시작했다.

'뭐? 어쩔래? 한번 붙어보잔 거야?'

그때 여학생 한 명이 모두의 대표인 양 걸어나와 수진의 앞에 섰다. 가만, 예쁘장한 얼굴의 애 이름이 소 뭐였는데, 이름이 생각 안 난다.

"자기가 넘어져 놓고 괜히 엄살떠는 거 아니에요? 그거 하나 제대로 못 받고. 못하면 못한다고 말하고 미리 빠지던가."

또박또박 언중유골을 날리는 폼이 애가 '임수진 죽이기' 서클

내에서도 최소한 간부급은 될 듯.

"적극적으로 공격하지도 않고 엄연히 수업인데 자기 혼자만 아무것도 안 하고. 그럴 거면 차라리 빠졌어야죠. 거치적거리다가 다친 거니까 우리한테 따질 일은 아니죠?"

다다다 말을 쏟아낸 소 모 양이 어디 한번 변명해 보라는 듯 턱을 획 치켜들었다. 하지만 1초, 2초, 3초가 흘러가도 수진에게서 아무런 반응이 없자 하늘을 향해 있던 턱 끝이 살짝 흔들렸다.

"……왜, 왜 아무 말도 안 해요? 지금 사람 무시해요?"

수진은 차갑게 웃곤 천천히 고개를 숙였다. 그리고 곧 날카로운 눈매를 들어 그대로 째려보자 소 모 양이 흠칫하며 뒤로 물러났다. 수진의 차가운 눈매가 이번엔 반 여학생들 전체에게 향했다. 여학생들은 주춤하는 것 같았지만 덤빌 테면 덤벼보라는 듯 저마다 턱 끝을 쳐들기 시작했다.

이 무슨 유치한 상황인지. 1대 대다수. 양 진영의 눈빛이 스파크를 튀며 한 치의 물러섬도 없이 맞부딪치는 그 순간 수진이 싱긋 웃더니 말했다.

"니들, 피자 좋아하니?"


다행히 크게 다친 건 아니었고, 좀 부어오른 손가락을 압박붕대로 고정한 채로 수진은 양호실에 앉아 있었다. 없는 병도 만들어서 땡땡이치던 판에 이젠 어엿하게 다치기까지 했으니 수진은 그야말로 마음 푹 놓고 당당하게 수업을 제끼는 중이었다.

처치를 마친 양호 선생님이 잠깐 볼일을 보러 나가준 덕에 양호실은 더없이 쾌적한 상태였다. 아무도 없고, 아무도 간섭하지 않고, 아무도 쳐다보지 않고.

압박붕대가 감긴 손을 보고 있자니 아무리 수진이라도 씁쓸한 웃음이 배어 나왔다. 그렇게나 손 다치면 안 된다고 공 근처에도 못 가게 하더니.

"엄마가 이걸 보면 뭐라고 할까나⋯⋯."

공부도 열심히, 레슨도 열심히. 2년 전까지 임수진은 어른들이 말하는 모범생 그 자체였다. 하지만 지금은 공부도 안 하고 피아노는 저 멀리, 수업을 밥 먹듯이 빼먹고, 자기보다 두 살이나 어린 여자애들이랑 싸우고나 다니는 변변찮은 한심쟁이가 되어버리고 말았다.

그나저나⋯⋯.

"이 단순한 것들."

그렇게나 욕을 해대더니, 피자 좋아하냐는 수진의 말에 두 패로 확 갈렸다. 어차피 개인적인 원한이 있는 것도 아니고, 그저 군중심리에 휩쓸려 단순히 흉보고 뒤에서 욕하는 게 재미있었을 뿐. 그런 아이들에게 피자라는 미끼를 던진 덕분에 용돈이 사정없이 깨지게 생겼지만 어쩌겠는가. 그 상황에서 싸우는 것보다야 적당히 빠져나가는 게 나을 것이다.

싸우게 되면 자신의 입장을 밝히며 변명할 수밖에 없다. 그리고 변명을 하려면 뭔가를 설명해야 한다. 하지만 왕따당하기 싫어서 그들에게 들려줄 만큼 그때 일은 그렇게 가벼운 게 아니다. 한 사람의 죽음이 관계된 일이다.

"이제 농구 할 수 있겠다."

손가락이 다쳤는데도 도리어 홀가분함을 느끼며 수진은 침대에 벌렁 누웠다.

이런 걸 전화위복이라고 하나?

중얼거리며 피식 웃고 있는데 누군가가 양호실로 쑥 들어오는 기척이 들려 수진은 침대에 일어나 앉았다. 양호 선생님인가 싶었지만 눈앞에 드러난 사람은 재미있게도, 몇 시간 전에 보았던 수학 선생 이신혁이었다.

'헤에.'

침대가 있는 위치가 정면이 아니었기에 수진이 있다는 걸 알아차리지 못한 신혁은 긴 다리로 성큼성큼 걸어가 약통이 즐비한 선반에 도착하자마자 약병 하나를 꺼내 알약 두 개를 삼켰다. 침대에 앉아 그런 신혁의 행동을 멍하니 바라보던 수진은 약병을 주의 깊게 보다가 던지듯 말을 걸었다.

"머리 아프세요?"

갑자기 들린 목소리에 신혁이 고개를 휙 돌렸다. 그제야 수진이 있다는 걸 알아차린 신혁의 눈동자가 멈칫했다. 눈에 띄지 않게 잠깐 흔들렸던 표정은 곧 특유의 무표정으로 돌아가더니 이어서 눈썹이 보기 좋게 찌푸려졌다.

"또 너냐?"

"네, 또 저네요. 그거 두통약 맞죠?"

수진도 편두통이 있어서 양호실에 올 때마다 자주 건네받은 약이었다.

"진짜 문제아네. 땡땡이가 취미냐?"

묻는 말엔 대답하지 않고 그가 한심하단 어조로 말했다. 수진은 그럴 줄 알았다는 듯 붕대를 감은 손을 짜잔 증거품으로 보여주었다.

"이번엔 진짜 다쳐서 온 건데요?"

그가 잠시 정지한 채 붕대 감은 손을 쳐다보더니, 곧 인상을 찡그린 채 근처 의자에 털썩 앉았다.

"믿어야 할지 말아야 할지."

"체육 시간에 다쳤어요. 이번엔 정말 진지하게 아프다니까요."

증거를 보여주었는데도 꾀병의 가능성을 저버리지 않고 있다.

"……진지하게 아픈 건 또 뭐냐?"

"선생님도 편두통 있으세요?"

"호환마마보다 더 무서운 여자애들 때문에 머리가 딱딱 아파서 미칠 지경이다."

아, 그건 편두통이 아니라 스트레스성에 더 가까울 거다. 이 학교 여자애들의 집요함은 자신이 가장 잘 알고 있었다.

"도망 오셨구나?"

"괜히 왔다."

"왜요?"

"너 있는 줄 알았으면 안 왔지."

"하핫!"

"웃어?"

"인기 많아서 좋으시겠어요."

"좋으면 머리가 아프겠냐?"

그가 한쪽 겨드랑이에 끼우고 있던 몽둥이로 수진의 머리를 콩 때렸다.

"왜 때리세요."

"아프냐?"

"네."

"난 안 아프다."

언젯적 유머를 하고 계시는지. 수진은 고개를 설레설레 저었다.

"그런 얼굴로 선생님 같은 걸 한 순간부터 여학생들의 표적이 될 거란 걸 예상하셨어야죠."

신혁이 어이가 없다는 듯 헛웃음을 흘렸다.

"잘생겼단 소리 같으니 기분이 좋아야 하는데…… 어째 너한테 들으니 겁부터 난다. 어법에 문제가 있는 거 아니냐?"

"칭찬하는데 무슨 어법이 필요해요? 남들은 칭찬 한 번 받으려고 엄청 노력해서 다이어트하고 옷 사 입고 그래도 겨우 한 번 들을까 말까 한 칭찬을, 자기는 타고난 걸로 막 받아먹으면서. 행복한 줄 아셔야지."

푸우 푸념을 하는 수진의 얼굴을 물끄러미 쳐다보던 신혁의 시선이 천천히 붕대가 감긴 손으로 내려가자 그의 목에서 절로 낮은 한숨이 새어 나왔다.

"어이, 3학년 1반 23번!"

"네?"

"치료는 잘 했냐?"

"아…… 다행히 뼈는 안 다친 모양이에요. 좀 퉁퉁 붓고 말겠죠."

"속편한 소리 한다. 니가 의사야?"

그러더니 난데없이 화난 얼굴로 수진의 다친 쪽 손목을 확 잡아 끌어당겼다. 수진은 갑작스러운 그 만행에 오만상을 찌푸리며 난리를 쳤다.

"앗! 아프잖아요! 놔요!"

하지만 그는 들리지도 않는다는 듯 붕대가 감긴 손을 뒤집었다가 바로 했다가 참으로 거친 자상함을 보여주며 꼼꼼히도 살펴보고 있는 것이다.

참 감사하시기도.

"병원 가봐."

점검이 끝났는지 그가 이번에는 한결 조심스러워진 손길로 손을 내려놓아 주며 말했다.

"사탄이에요?"

그래도 화가 안 풀려 수진이 그를 확 째려보았다. 처음부터 좀 조심스럽게 조사했으면 얼마나 좋냐구! 수진은 잘 아물어가던 통증을 괜히 흔들어 깨워 날뛰게 만든 그가 미워 죽을 지경이었다. 하지만 그는 이미 창 너머로 시선을 돌린 채 딴생각에 빠진 것 같았다. 어허! 이 지경을 만들어놓고 딴 짓을 하다니!

잠시 창밖을 바라보던 그가 천천히 수진을 돌아보았다.

"데려가 줘?"

"됐거든요! 그리고 이까짓 걸로 병원 안 가도 돼요."

“그까짓 게 아니면, 그럼 어떤 걸로 병원을 가는데?”

“음, 쌍꺼풀 수술할 때나 양악을 할 때나……?”

“한 번 제대로 혼나보고 싶지?”

“죄송합니다. 그치만 괜찮으니까 걱정 마세요.”

“……정 그러면 마음대로 하던가.”

“양호 선생님이 일단은 뼈에 금 간 게 아니라고 하셨으니까.”

“다음 수업 뭐냐?”

사람이 말을 하고 있는데 화제를 자기 필요한 대로 막 전환하고 있다.

“글쎄요, 그런 거 안 외우고 다녀서 모르겠는데요.”

수진의 뻔뻔한 대답에 신혁이 혀를 차며 수진의 팔을 잡아 일으켜 세웠다. 얼떨결에 끌려 일어난 수진이 진짜 귀찮아 죽겠단 표정으로 그를 쳐다보았다.

“왜, 왜 그러세요?”

“따라와.”

“어딜요?”

“다음 시간 수학이다, 이 녀석아.”

아…… 그거?

하필이면!

그는 그대로 수진을 끌고 양호실을 나갔다.

“땡땡이 상습범 이수진! 너, 오늘부터 나한테 제대로 걸린 거야.”

“이수진 아니라 임수진이요.”

"그래, 이수진. 딴 수업은 어땠는지 몰라도 내 수업 빠지면 각오 해야 할 거야. 유감스럽게도 내가 널 제대로 외웠거든."

그렇게 말하는 그의 눈빛이 살짝 빛났다. 입술 한쪽이 끌려 올 라가며 그야말로 사탄 같은 미소가 번져 나오고 있었다.

미소의 의미가 좀 다르긴 했지만 저렇게 생긴 남자가 웃자 인상 이 확 달라 보이긴 했다. 워낙 그려놓은 듯 잘생겨서인지 저 안 반 가운 사악한 미소조차 괜히 심장을 훅 찌르는 것 같기도 하고. 앞 으로 수학 시간에 괜히 열심히 해서 더 친해지기라도 하면 심장이 남아나질 않겠다.

"제대로 안 외웠으면서. 임수진이라니까……."

어울리지 않게 웃기나 하고. 괜히 골이 난 수진이 고개를 푹 숙 이며 중얼거렸지만 그는 이미 듣고 있지 않는 것 같았다. 뭐, 이렇 게 제멋대로인 사람이 다 있지?

언제까지 사람을 끌고 갈 건지, 마치 범인을 연행해 가는 경찰 처럼 남의 팔을 질질 끌고 가고 있는 그의 커다란 손을 물끄러미 보던 수진은 그 손을 툭 치듯 밀어내고서 벗어났다. 멈칫해서 내 려다보는 신혁의 시선을 피한 채로 수진이 입이 부 나와서 중얼거 렸다.

"안 도망가요."

"내가 말이다, 수학공식 말고 뭘 잘 못 외우거든."

"머리 되게 나쁘네."

"좀 그렇긴 하지."

"자랑 아니거든요?"

"그래서 내가 몇 년을 가르쳐도 누가 몇 반인지, 이름이 뭔지, 어디에 앉아 있는지 그런 걸 전혀 못 외워. 이상하지. 왜 그렇게 안 외워질까?"

"인간에게 관심이 없어서 그런 거 아닐까요?"

"그럴지도. 그런데 3학년 1반 이수진."

"……?"

"너는 내가 외웠다."

수진의 눈이 커졌다. 뭐, 뭐라는 거야? 그, 그건 그렇다 쳐도 심장 이놈 너, 왜 갑자기 멋대로 두근거리는 건데.

그냥 자기가 이렇게 어려운 걸 외웠다고 기억력 자랑한 거뿐이잖아!

혹시라도 누군가에게 외워질까 봐 한껏 낮은 포복으로 살아온 지 어언 몇 달! 그래야 앞으로의 고3 라이프가 편안할 텐데. 상황이 이상하게 돌아가고 있었다. 선생님한테 덜미를 잡혀서 땡땡이도 못 치는 채로 고3 생활을 암울하게 보낼 계획은 절대 없었지 말입니다.

"그러니까, 앞으로 안 보이면 각오해."

"하필이면……!"

땅을 치듯 괴로워하는 수진의 모습을 검은 눈동자 안에 담은 채로 그가 낮게 웃었다. 하지만 그건 끝이 씁쓸한 미소였다.

"그치만 너무 집중하진 말아주세요. 타인에게 지극한 관심 받는 거 저 부담스럽거든요."

"뭐라는 거야."

"그리고 저 임수진이거든요?"

"그래, 이수진."

이 선생님이 정말!

황당해서 고개를 휙 쳐든 순간 수진은 또 멈칫했다. 일부러 그랬던 듯 그의 눈매에 이번엔 장난스러운 미소가 살짝 감돌고 있었다. 아, 이 선생님, 또 왜 이러지? 수업시간에 늘 봐온 그는 무표정하거나 귀찮아하거나 피식 비웃는 표정이거나, 그런데 오늘따라 참 다양한 모습을 보여주고 계시다.

더 문제인 건, 무표정 귀신이 쓰인 것 같은 선생님이 저렇게 웃고 있으니 자꾸만 심장이 귀신이 쓰인 것처럼 깜짝 놀란다는 것이었다.

하지만 그 미소는 참 반짝거리는 것이었다.

아, 어떡해. 이러다 괜히 친해지기라도 하면 어쩌냐고!

"웃지 마세요. 되게 못생겨 보여요."

"너만큼이야 하겠냐."

선생 주제에 학생이 빈정대는 대로 같이 빈정거리고 있다. 그런데도 이상하게 수진은 매력적인 어른 남자란 게 이런 걸 말하는 거구나, 라는 생각을 하며 걸어가고 있었다.

'매력적이라니. 뒤둥그러진 못된 어른 남자잖아, 아무리 봐도!'

하지만 역시 겉으론 꿍얼거려도 속 기분은 겉과 일치하지 않았다. 이 학교에 와서 처음으로 생명이 있는 인간과 이런 식의 장난스러운 말을 나눴기 때문일까? 왠지 가슴이 탁 트이는 기분이었다. 누군가가 자신에게 장난스러운 미소와 관심 있는 말을 해준 건 참 오랜만이었다. 그러기는커녕 욕이 안 날아오면 다행이었으니.

독특한 선생님. 자기가 하고 싶은 말 다 하고, 체면이나 위치 같은 거 내세우지 않고, 아무 말이나 던져 대고. 자기 자신에게 아주 자신이 있거나 타인에게 관심이 없거나 둘 중 하나일 것이다. 그런 타입의 어른스러운 느낌의 성인 남자.

그런 생각을 하며 걸어가던 수진의 표정이 살짝 변하기 시작했다. 어느새 쉬는 시간이었는지 학생들이 지나다니는 복도를 신혁과 나란히 걸어가고 있었다는 게 화근이었다.

안 그래도 나쁜 소문의 중심에 서 있는 임수진인데, 자신들의 워너비 이신혁 선생과 나란히 걷고 있는 수진이 곱게 보일 리 없을 것이다. 아니나 다를까, 여학생들의 칼날 같은 시선이 여기저기서 선명하게도 휙휙 날아들고 있었다. 하여튼 학교는 귀찮은 곳이다.

그때 나란히 걷고 있는 수진과 신혁의 손등이 살짝 부딪쳤다. 신혁의 손이 멈칫하며 정지하는 순간 그의 시선이 수진에게 닿았다. 하지만 수진은 다른 생각에 빠진 듯 짧은 접촉 같은 것 인식도 못하는 표정이었다. 신혁의 입가에 씁쓸한 미소가 돌다가 사라졌다. 천천히 그 손을 접어 주머니에 찔러 넣고서 그가 낮게 말했다.

"그런데 너는, 대체 뭐 하는 녀석이냐?"

"……뭐가요?"

이쪽이 묻고 싶은 걸 그가 묻고 있다. 도대체 뭐 하는 선생님이세요?

"왜 툭하면 수업을 빠지고 학교를 어슬렁거리면서 돌아다녀."

"음, 저는 말이죠. 한 번 아무한테나 저에 대해 물어보세요. 진짜 재미있는 얘기들이 나올 거예요."

마음이 천천히 식어갔다. 방금 전까지 조금은 가까워진 것도 같았던 마음의 거리가 다시 후퇴하고 있었다. 싸늘한 표정으로 말한 수진은 인사를 꾸벅 하고는 먼저 교실을 향해 뛰어가 버렸다. 신혁은 난데없는 수진의 행동이었음에도 그저 조용히 그 뒷모습을 지켜보듯 서 있었다.

배타와 외로움. 그 부정적인 공기에 둘러싸여 멀어져 가던 작은 어깨가 신혁의 심장을 공격하기 위해 이곳에 온 것 같았다.


"이런 젠장!"

피자 값이 도합 십만 원이나 나왔다. 학교 근처에서 아이들과 헤어진 수진은 홀쭉해진 지갑을 쳐다보며 고개를 설레설레 저었다. 한창 먹성이 출중한 십대들이기에 어쩔 수 없는 결과였지만 덕분에 용돈이 반으로 확 줄었다.

"전 사실 욕할라 그런 건 아니었는데요, 워낙에 애들이 그러니까……."

"사실 언니도 얼마나 괴로웠겠어요. 전 속으로 그렇게 생각하고 있었어요."

"언니 탓이 아니잖아요. 힘내세요."

피자를 먹어가며 그네들이 떠들어댄 말이었다. 이런 단순한 것들 같으니. 이걸 귀엽다고 해야 할지, 한 대 패주고 싶다고 해야 할지.

그 아이들의 말이 백 퍼센트 본심일 거라는 낙관적인 추측은 하지 않았다. 오늘 따로 만났다고 해서 당장 내일부터 뭔가가 바뀌리란 기대도 하지 않았다. 아마도 내일이 오면 그들은 언제 피자를 얻어먹었냐는 듯 또다시 친구들과 모여서 재미있는 임수진 까기 놀이를 지속할 것이다. 그렇다고 그 자리에서 '마음에도 없는 말 지껄이지 마'라고 할 필요도 없었다.

아무튼 겉으로만 친해진 여자애들 덕에 헐렁해진 지갑을 들고 집 근처 편의점에 들른 수진은 주류 코너에서 복분자 술 한 병을 낚아채 계산대에 탁 놓았다.

"주세요."

스마트폰을 주물거리고 있던 여드름투성이 남자 알바생이 교복 차림으로 당당하게 술을 사는 수진을 흘끗 쳐다보았지만 그뿐이었다. 별다른 말 없이 술병을 봉지에 넣어주곤 계산을 했다. 성의가 일절 느껴지지 않는 저 표정으로 보아 담배를 달래도 그냥 내어줄 판이었다. 아니면 대낮에 교복 입고 술 사는 언니가 너무 무서워 보였나? 게다가 손엔 붕대까지 칭칭 감고 있으니, 겁먹어도 뭐라 못하겠다.

어쨌든 복분자 술을 무사히 Get하고 돌아서는데, 놀랍게도 생각지도 못한 복병이 툭 튀어나왔다.

"나 참."

익숙한 목소리에 고개를 들어보니, 기가 막히게도 이신혁 선생이 딱 버티고 서 있는 게 아닌가. 수진은 너무도 어이가 없어서 그저 신혁을 빤히 쳐다보기만 했다.

대체 이건 또 뭔가. 어째서 오늘따라 이렇게 이 선생님과 자주 마주치는 걸까? 학교에선 그렇다 치더라도 집 근처에서까지라는 건 너무하지 않은가?

하지만 수진의 어이없음을 단번에 뛰어넘는 초 어이없음의 눈빛으로 그가 수진의 손에 들린 술병을 쳐다보고 있자 수진은 아뿔싸 소리가 절로 새어 나왔다.

"아, 이 문제아. 너 또 뭐 하는 거야?"

참 운도 없다고 생각하며 머뭇거리던 수진은 어쩔 수 없어 당당하게 대답했다.

"술 사고 있잖아요."

신혁이 머리가 지끈거리는지 이마를 꾹 눌렀다가 황당함과 노기마저 담긴 눈빛으로 수진을 휙 쏘아보았다.

"술을 왜."

"마시게요."

"누가? 니가?"

"네, 제가요."

"하."

이젠 화내기도 귀찮은지 비웃고 있다. 수진은 메마른 표정으로 신혁을 쳐다보았다.

곧 그의 표정에서 비웃음기가 가시더니 뭔가를 생각하는 짙은 눈빛으로 수진을 빤히 쳐다보았다. 필시, 이 어디로 튈지 모르는 메뚜기 같은 문제아에게 무슨 말을 어디서부터 해줘야 할지 고민하고 있으리라. 학생들의 개인 사정 따위야 별 관심도 없을 것처럼 굴던 주제에, 술이 튀어나오면 상황이 달라지나 보다.

"지금 선생님 생각 맞혀볼까요? 얘를 어떻게 선도할까, 그 생각이죠?"

"아니, 뭔가 방황하고 있었어."

"무슨 방황이요?"

"이걸 간섭해야 하나, 말아야 하나……."

수진은 어이가 없었다.

"방황할 게 아니라 간섭을 하셔야죠. 일단은 선생님이잖아요?"

문제아 고삐리 생활을 제 발로 시작한 지 어언 수개월째. 자신이 스스로 간섭해 달라고 선생님한테 치대게 될 날이 올 줄이야.

"그러게. 일단은 선생이긴 한데……. 던힐 프로스트."

말이 다 끝나지도 않았는데 담배나 사고 있다. 그리고 수진을 쳐다보지도 않고 담배 곽을 열며 나가는 거다.

"하……."

수진은 진심으로 기가 막혀 실소를 터뜨렸다. 자기보다 더 신기한 사람을 만나게 될 줄이야. 얼른 밖으로 뛰어나가 보자, 그는 담배를 입에 문 채 불을 붙이는 중이었다.

"그게 끝이에요?"

수진은 왜 자신이 호통을 쳐달라고 난리를 치고 있는지 진심으로 의아했지만 아무튼 그를 따라붙으며 물었다. 신혁이 담배를 피워 문 채 몇 뼘은 더 높은 높이에서 수진을 빤히 내려다보았다.

"끝은 아니야. 바깥바람이라도 쐬야 화가 가라앉을 것 같아서 나온 것뿐이지."

믿을 수가 있어야지.

"너 말이다. 아무리 못생기고 매력이라곤 없어서 세상 살아가기 힘들겠지만 이건 좀 아니잖아?"

어이가 없어서. 누가 못생기고 매력이라곤 없다는 거야?

수진이 상처받은 팥쥐 같은 얼굴로 그를 째려보았지만 그는 장난 같은 말을 한 사람치곤 꽤나 진지한 표정이었다. 말과 표정이 저리 다르니 짐작을 할 수가 있나.

"무슨 말씀인지 모르겠는데, 지금 저보고 하신 말씀이세요?"

"너 말고 또 누가 있어. 너, 사람 화나게 하는 데 천부적인 재능이 있는 것 같다."

"……화나셨어요?"

"너라면 안 나겠냐?"

그러고 보니 화난 것도 같고 또…… 왠지 모르겠지만 지금 표정이…….

"선생님, 혹시 괴로우세요?"

순간 신혁의 표정이 멈칫했다. 지금껏 돌던 모든 표정이 사라진 채 한껏 삐뚤어진 표정으로 그가 말했다.

"내가 왜 너 때문에 괴로워야 하는데?"

"그러게요. 제가 묻고도 이상하긴 했어요."

"술병은 왜 들고 다니는 거야?"

"마시려고요."

"아, 괴롭다."

"거봐요! 괴로운 거 맞죠?"

"못살겠다, 너 때문에."

"어? 진짜 못살겠는 사람처럼 보이네요. 워낙 반응이 없어서 관심없는 줄 알았더니."

"관심이 있건 없건, 이건 명백하게 화가 날 행위야. 너, 대체 뭐냐?"

"임수진인데요."

그가 담배를 쥔 손으로 이마를 살짝 긁적이며 수진을 찬찬히 보았다.

"애가 이 모양이니 선도를 하긴 해야 하겠는데."

"……근데요?"

"귀찮으니까 그만두련다."

"……네?"

"몸 상하지 않게 조금만 마셔라."

"에에?"

"안주도 웬만하면 챙겨서 먹고. 아직 창창한데 간이 안 좋으면 좀 웃기잖아."

그리고 신혁은 몸을 휙 돌려 가버렸다. 수진은 정말이지 어이가 없었다.

"그게 선도입니까?"

그대로 신혁를 쫓아가며 뒤통수가 시끄러울 정도로 떠들어대자 그가 수진을 흘끗 쳐다보았다.

"그럼, 그 술 마시지 말라고 하면 안 마실래?"

"……생각해 보구요."

"거 봐라."

"정곡을 찌르니까 그러잖아요, 치사하게."

"손은 어때?"

또 초점을 벗어난 질문에 수진은 뚱한 얼굴로 그를 쳐다보았다.

"뭐가요?"

"이젠 안 아프냐고."

"네. 뭐, 선생님 때문에 덧날 뻔했지만 지금은 쌩쌩해요."

"손이 그 모양인데 술 마시면 덧난다. 후회할 거야."

걱정하는 건 그 부분이셨습니까?

"걱정 마세요. 안 덧나게 마실게요."

인사를 꾸벅 하고 돌아서려는데 신혁이 갑자기 담뱃불을 확 팅겨 끄고는 수진의 어깨를 탁 붙들었다.

"지금까진 농담이었고."

본연의 선생님 같은 진지한 모습으로 돌아간 그가 수진의 신경을 다른 데로 붙든 채로 술병이 든 봉지를 확 낚아챘다.

"압수. 학생이 술 같은 거나 사들고 돌아다니고."

"지금 거, 너무 선생님 안 같은데 의무적으로 한 거 맞죠?"

"……마음대로 생각하던가."

"진짜 선도할 마음은 있으세요?"

"일단은 나도 선생이니까."

"안 빼앗았으면 내일 교장 선생님한테 이르려고 했는데. 술 사는 거 보고도 본체만체하고 가는 선생님이 있더라고."

"하, 그쪽이 더 재미있을 걸 그랬나? 교장 양반이 술병 들고 돌아다니는 여학생들을 아주 좋아하긴 하지."

수진이 입술을 피 내밀었다. 그런 수진을 흘끗 보며 신혁이 말을 이었다.

"내일 점심 먹고 상담실로 와. 일단은 담임선생님한텐 말하지 않을 테니까."

"그냥 말씀하시죠, 왜?"

시니컬한 수진의 태도가 신혁을 건드린 듯 그의 눈썹이 서서히 찌푸려졌다.

"……뭐가 그렇게 힘드냐?"

"……."

"뭐가 그렇게 불만이냐고."

수진은 잠시 생각해 보았다. 뭐가 그렇게 불만일까? 뭐가 그렇게 힘들까? 다 불만이고 다 힘들다. 그러면서도 다 불만 없고 다 힘들지 않다. 그냥 이렇게 무심하게 사는 게 편하다.

"뭔가, 열심히 사는 게 지겨워서요."

신혁의 표정이 흐려졌다.

"이상한 애죠?"

"성가셔."

문득 흘러나온 차가운 말에 수진은 입을 천천히 다물었다.

"내가 제일 싫은 게 성가신 거랑 뭐에 신경 써야 하는 거야."

둘이 뭐가 다르지?

"그런데 너는 날 성가시게 만들려고 만반의 준비를 하고 온 애 같다."

"……그럼, 상관하지 않으면 되겠네요."

수진이 구두 끝을 내려다보며 중얼거렸다.

진심이었다. 이 선생님과 있으면 왠지 기쁘고, 불씨가 다 꺼져 가는 부뚜막에 장작 하나를 휙 던져 넣은 것처럼 따뜻해지기도 하지만, 그래도 사람과 감정을 주고받는 건 임수진에게 귀찮은 일이었다. 누군가와 친해지기도, 누군가와 얘기하는 것도, 누군가와 조금씩 더 알게 되는 것도 다 귀찮았다.

그런 수진을 복잡 미묘한 표정으로 내려다보던 신혁이 천천히 눈을 감았다가 떴다. 상념을 삼킨 채로 그가 뭔가를 말하려는 순간 수진이 먼저 말했다.

"아직 저에 대해서 아무한테도 물어보지 않았나 봐요?"

"……그런 성가신 짓을 왜 하겠냐?"

"그럼 대신 설명해 드릴게요. 전 사정이 있어서 지금 스물한 살이에요. 성인이란 소리죠. 술을 마셔도 된다는 뜻이기도 하구요. 그런고로 이건 제 거! 그럼 이만."

눈 깜짝할 새에 술병을 다시 빼앗은 수진이 그대로 몸을 휙 돌려 척척 걸어갔다. 하지만 채 몇 걸음 가지도 못해 앞이 탁 가로막혔다. 쳐다보니 신혁이 어느새 수진의 앞에 서 있었다. 수진의 메마른 눈과 물처럼 고요한 신혁의 눈빛이 마주쳤다.

"스무 살이든 스물한 살이든, 교복을 입고 있는 한 안 되는 건 안 돼."

마치 붙들 듯 수진의 시선을 사로잡은 채 그가 수진의 손에서 봉지를 다시 빼앗았다.

"얼른 집에 가라, 같은 동네 주민."

싱긋 웃어 보인 그가 수진을 둔 채 몸을 돌렸다. 여유롭게 걸어가며 아까 수진 때문에 껐던 담배를 다시 물고 불을 붙이는 뒷모습을 물끄러미 바라보던 수진은 척척 걸어가 그가 방심하고 있는 사이에 뒤에서 봉지를 다시 낚아챘다. 신혁이 어이없다는 표정으로 담배를 문 채 돌아보자 수진이 싱긋 웃었다.

"그럼 교복 벗고 마실게요. 됐죠?"

황당해하는 신혁을 두고 수진은 잽싸게 그곳을 벗어났다.

신혁은 도대체 말이 안 통하는 저 고집쟁이 문제아가 사라진 방향을 그저 기가 막힌다는 눈으로 쳐다보고 있었다. 무방비 상태로 일격을 맞은 꼴이었다.

어느새 비어버린 자신의 한 손을 내려다보며 그가 혀를 끌끌 찼다.

"이걸 어떻게 한다……."

미간을 찌푸린 채 천천히 머리카락을 쓸어 넘겼다. 바람의 방향으로 고개를 돌려보아도 갑갑함은 쉬이 가시질 않았다.

## 2편 자꾸 그 사람이 생각나

옛 모습이 고스란히 남아 있는 멋스러운 한옥의 사랑방 문이 활짝 열려 있었다. 그 고즈넉한 방 안에서 수진은 무릎을 꿇고 앉은 채 차분하게 먹을 갈고 있었다. 다친 손이 왼손이라 다행이었다.

수진의 앞에서 그녀의 할아버지 임한중 선생이 화선지에 신춘 휘호를 적어 내려갔다. 하얗게 센 머리카락과 서리가 내린 눈썹, 꾹 다문 입술에서 절로 위엄이 풍겨 나왔다. 또한 꼿꼿이 편 허리와 악력을 이용한 힘 있는 붓놀림은 나이가 무색할 정도였다.

방 한쪽에는 간단한 주안상이 차려져 있었는데, 예스러운 개다리소반 위에는 아까 그 복분자 술병이 놓여 있었다. 바로 수진이 신혁에게서 무사히 탈취해 온 그것이었다. 술을 좋아하는 임한중 선생은 언제나 간편한 주안상을 봐두고 생각나면 한 잔씩 마시곤 했다.

서예가이자 한학자인 임한중 선생은 한문에 조예가 깊고 옛 비석에 새겨진 금석들을 해석하는 금석문(金石文)에 해박했다. 또한 한문에도 조예가 깊어 많은 사학도들이 직접 찾아와 그에게 한문을 배우기도 했다.

수진은 학교가 끝나면 늘 이렇게 할아버지의 방에서 매일 한 시간씩 먹을 갈았다. 조용히 먹을 가는 수진과, 일필휘지로 글자를 써내려가는 임한중 선생. 할아버지와 손녀 사이엔 그 어떤 말도 오가지 않았다. 하지만 이상하게도 비어 있는 느낌은 들지 않았다. 이제는 평범한 일상이 된 이런 모습은 2년 전부터 시작된 것이었다. 바로 수진의 사고가 일어난 그즈음이었다.

사고 이후 수진은 정상이 아니었다. 자살 시도도 했고 우울증에 걸려서 말 한마디 안 한 적도 있었다. 툭하면 울었고 툭하면 어두운 방구석에 처박혀서 물 한 방울 넘기지 않은 채 죽어가고 있었다. 그때 수진을 부른 사람이 할아버지였다.

평소 할아버지의 꼬장꼬장한 성정을 생각했을 때 엄청난 시련이 기다리고 있을 거라 생각했지만 수진을 불러 앉힌 할아버지는 단 한 마디를 했을 뿐이었다.

"먹을 갈아라."

처음엔 너무 힘들었다. 아무 말씀도 없이 난만 치는 할아버지가 무섭기도 했거니와 너무도 갑갑하고 지루했다. 다리가 저려오고 팔도 아프고……. 이때쯤이면 말씀하시겠지. 내일이면 말씀하시겠지. 하지만 계속 그뿐, 똑같은 나날이 지속되었다.

그러는 와중에 신기하게도 수진의 마음은 점점 평정을 찾아갔다. 어찌 보면 할아버지의 사랑방은 수진에게 질책이 아닌 구원 같은 공간이었다. 간섭하는 이도 없고, 그 어떤 말을 들을 것도 없고, 그 어떤 생각을 하지 않아도 되는 무상무념의 공간.

그렇게 딱 1년이 되었을 때 할아버지는 이제 그만 와도 된다고 말씀하셨다. 하지만 수진은 못 들은 척 그날 이후로도 같은 시간에 할아버지를 찾아 이렇게 먹을 갈았다. 아마도 할아버지 나름의 수진을 살리는 방법이 아니었을까?

수진에게 필요한 건 살아가라는 격려도, 괜찮다는 위로도 아니었을지 모른다. 살아가야 한다면, 살아갈 수밖에 없다면 자신의 깊은 안쪽으로 한 번 제대로 풍덩 빠져볼 필요가 있었다. 하나도 포장하지 않은 날것 그대로의 감정을 직시할 필요가 있었다. 이곳은 그 목적을 이루기에 딱 알맞은 장소였다.

쏜살같이 한 시간이 지나자, 언제나 그렇듯 먹을 갈던 손을 멈추고 술잔을 채워놓고 있는데, 그때까지 한마디도 하지 않던 할아버지가 낮게 입을 열었다.

"손은 왜 그러누?"

흠칫 놀란 수진은 붕대가 감긴 왼손을 오른손으로 가리고서 할아버지 쪽으로 돌아앉았다.

"……그냥 좀 삐었어요."

"음, 학교는 어떠냐?"

오늘따라 할아버지가 많은 걸 물어보셨다. 아마도 붕대를 칭칭 감은 손이 신경 쓰이셨으리라.

“아직까지는 나쁘지도 좋지도 않아요.”

“일체유심조(一切唯心造)라 하였다. 모든 일은 네 마음먹기 달렸느니라.”

“네…….”

“지지 마라.”

그것이 마지막 말이었다. 할아버지는 다시 자신의 세계로 돌아갔고 수진은 조용히 사랑방을 나왔다.

지지 마라.

무엇에 지지 말라는 것일까?

요즘 그녀가 지지 말아야 할 대상은 딱 하나였다. 소문. 아니, 소문을 뭉게뭉게 퍼뜨리고 있는 여자애들. 하지만 할아버지가 왕따니 이지메니 하는 걸 알 리가 없을 테니 딱히 그 아이들을 두고 한 말은 아닌 것 같고.

“무엇이든.”

수진은 피식 웃었다.

“지지 말아야지.”

그래야 하는데, 그럼 좋을 텐데…….

“지지 않기가 쉽지가 않네.”

아직은 모든 것에 지고 있는 느낌이었다. 스스로 걸어 들어간 학교에서 자신은 한 치도 성장하지 못하고 있는 느낌. 참 한심한 날들을 보내고 있다는 건 스스로도 잘 알았다. 하지만 무엇도 하고 싶은 마음이 들지 않으니 문제였다.

방이 있는 별채로 향하며 수진은 생각에 잠겼다. 사랑방에서 한 발짝 나오자마자 여러 가지 시끄러운 생각들이 기다렸다는 듯 밀려들었다. 그중에서 가장 큰 면적을 차지하는 건 역시나 신혁이었다.

처음부터 그는 자신을 땡땡이나 치는 문제아로 알고 있었으니, 술을 마시는 문제아로 보든 안 마시는 문제아로 보든 무슨 상관이람. 오해 같은 것 해도 상관없을 터인데, 그럼에도 왠지 뒤늦게 아주 조금 억울해졌다. 억울하다니, 정말 오랜만에 든 감정이었다. 그 누가 어떤 억측을 해도 억울하기는커녕 도리어 무심히 바라볼 뿐이었는데.

"별일이다, 임수진."

1년 전부터 수진은 부모님과 살던 집에서 나와 이곳으로 옮겨왔다. 엄마는 끝까지 반대했지만 아버지의 묵인하에 무사히 이사를 할 수 있었다.

엄마치고 용하게도 사고에 대해선 별말 없이 넘어가나 싶었는데, 피아노를 그만둔 것에 대해서는 한 치도 물러서지 않았다. 어떻게든 수진을 피아노 앞에 다시 앉히고 싶어 안달난 사람 같았다.

어려서부터 콩쿠르에서도 두각을 나타냈고 여러 번의 입상 경력도 있었다. 절대음감이라고까지는 할 수 없었지만 재능이 있었던 것 같다. 엄마한테 반항하고자 예고로 가지 않고 일반 고등학교에 진학했지만, 레슨으로 부족한 점을 보충하면서도 피아노에서 떨어진 자신의 삶을 생각한 적은 없었다. 하지만 결국 수진은 스스로 피아노를 그만두었다. 아마도, 레슨을 받고 돌아오는 길에 사고가 났다는 그 이유가 가장 큰 듯했다. 한동안 수진을 잠식하던 우울증은 사고와 관련된 모든 것을 끔찍한 공포와 동일 선상에 놓았다.

자연히 엄마와는 부딪칠 때마다 싸움이 일었다. 더는 엄마와 싫은 소리를 하기 싫어 결국 아버지와 상의 끝에 이곳으로 옮겨 왔다.

구두를 벗고 마루에 오르는데 수진의 방문이 열리며 안에서 엄마가 나왔다. 순간 다친 손가락이 욱신거렸다. 하필이면 오늘 같은 날 오다니, 일이 커질 게 싫어서 자신도 모르게 말이 퉁명스럽게 나갔다.

"또 왜 왔어."

"넌 엄마한테 말을 해도 꼭……."

서운한 듯 화를 내던 엄마의 말이 딱 끊겼다. 휘둥그레진 엄마의 시선이 수진의 손을 뚫어지게 보고 있었다.

바로 이것 때문이었다구. 또 한바탕 광풍이 휘몰아치겠구나 싶어 도망가려고 방문을 열려는데 엄마가 먼저 수진의 팔을 확 잡았다.

"너, 손이 왜 이래?"

표정만 봐서는 세상의 종말이라도 본 것 같다.

"그냥 좀 접질렸어."

"그냥 좀? 도대체 뭘 어떻게 했기에 이 지경이 된 거야!"

"엄만, 손이 걱정되는 거야? 내가 걱정되는 거야?"

수진은 더 싸울 힘도 없어서 그냥 엄마의 손을 툭 놓고 방으로 들어갔다. 방문을 잠그려는데 엄마가 먼저 방문을 휙 밀어 수진은 포기하고서 책상으로 가서 앉았다. 수진의 뒤로 쌩 하니 온 엄마가 다다다 말을 쏟아냈다.

"손을 걱정하는 게 뭐가 나빠? 엄마로서 네 재능을 아까워하는 게 뭐가 나쁘냐구. 피아노 치게 하려는 게 그렇게 잘못이니? 툭하면 엄마 노려보고 공격할 정도로 너한테 그렇게 잘못하는 거냐구!"

"몰라. 지금은 말할 기분 아니야."

"지금이라도 유학 가."

"싫어."

"엄마가 다 알아서 해줄 테니까 재능 썩히지 말고 엄마 말 들어 좀. 추천입학 가능하니까 너만 마음잡으면 넌 다시 꿈을 꿀 수 있어. 최고의 피아니스트가……."

"안 해. 안 한다구! 피아노 같은 거 치고 싶지 않아. 내가 행복하지 않은데 무슨 수로 다른 사람을 행복하게 하겠단 거야? 건반을 눌러도 죽은 소리밖에 안 나오는데 그게 무슨 예술이야? 그게 무슨 피아노야!"

벌떡 일어나 소리친 수진이 괴로운 마음으로 엄마를 쳐다보았다.

"그냥 날 좀 내버려 두면 안 돼?"

"엄마도 그러고 싶어! 하지만 지금의 널 봐. 계속 이렇게 목표도 없이 살겠단 거야?"

"언젠간 가져지겠지. 하지만 지금은 그러고 싶지 않아."

"그걸 말이라고 해?"

"그러니까 왜 자꾸 말을 시켜. 이런 말 나올 거 뻔히 알면서!"

"너 도대체 왜 이렇게 변했니. 대체 왜 이러는 거야."

수진은 고개를 푹 숙였다. 엄마와 싸우지 않았으면 좋겠다. 아니, 누군가와 싸우는 것 자체가 너무 힘들다.

"가줘, 엄마."

"이럴 거면 무슨 생각으로 학교로 돌아간 거야? 처음부터 그 학교를 보내는 게 아니었어! 엄마 말이 틀린 게 하나라도 있어? 너 대학 갈 생각은 있는 거야?"

"없어, 대학 갈 생각 같은 거."

"너 그걸 말이라고……!"

"대학에 가면? 그 애가 죽지 않아도 되는 세상이 와?"

수진의 표정에서 분노조차 사라졌다. 아무것도 없는 표정으로 흘러나온 말에 엄마의 표정이 흠칫했다.

"너 또……."

"그러니까 왜 자꾸 생각나게 하는 거야. 그냥 두지!"

"언제까지 그럴 거야! 엄마 피 말려 죽일 생각이야? 언제까지 그럴 거냐고!"

"……얼굴이 생각나지 않을 때까지."

수진의 눈자위가 빨개졌다.

"대체 언제까지 엄마 속을 긁겠단 거니? 그냥 어쩌다가 일어난 사고야! 죽은 애는 불쌍하지만……."

"그만해……."

"그것 때문에 니 인생까지 망치는 걸 엄마가 두고 봐야 해?"

"그만하라고 좀!"

결국 수진이 버럭 소리쳤다.

"너……."

그 기세에 눌린 엄마가 놀란 얼굴로 입술을 달싹였지만 수진은 가슴에서 확 치받쳐 올라오는 감정을 누르지 못한 채 방을 휙 나가 버렸다. 엄마가 등 뒤에서 수진을 부르는 소리가 들렸지만 수진은 뒤도 안 돌아보고 집을 뛰쳐나와 미친 듯 주변을 두리번거리다가 뒷동산으로 달려 올라갔다.

할아버지의 집 뒤쪽으론 얕은 뒷동산이 있다. 그곳에 난 오솔길은 수진이 어릴 적부터 자주 가던 곳이었다. 털레털레 산을 오른 수진은 오솔길의 공터 벤치가 눈에 띄자 털썩 주저앉았다. 아무리 눈에 힘을 줘도 제멋대로 맺혀서 그렁거리는 눈물을 막을 수가 없었다.

다른 사람에게는 어떤 말을 들어도 흔들리지 않는데 엄마와 부딪치기만 하면 이렇게 가슴이 찢어지는 것처럼 아팠다.

엄마는 하나뿐인 딸이 엄마의 욕망에 딱 부합하는 딸이 되어주길 바랐다. 엄마에게는 엄마의 기준에 맞는 아이가 착한 아이였다. 그래서 수진은 동네 어른들에게 아무리 인사를 잘해도 학원을 빠지면 나쁜 아이였고, 자기 신발을 가지런히 정리하는 아이여도 피아노를 못 치면 나쁜 아이가 되었다. 엄마가 추구하는 아이는 기계적으로 엄마 말을 잘 듣는 아이였고, 수진은 엄마가 예뻐하는 아이가 되지 못하는 자신이 늘 속상했다.

자연히 자라면서 엄마와 조금씩 거리가 생겼다. 머리가 굵어지면서 엄마에게 반항하는 법부터 배운 것 같다. 그럴 때마다 잦은 마찰이 있었지만, 수진도 엄마와 싸우는 게 좋을 리 없었다. 하지만 오늘처럼 엄마가 민후에 대해 나쁘게 말하는 것만큼은 참을 수가 없었다. 엄마가 그런 말을 하지 않는 사람이었으면 좋겠다.

진동으로 해놓은 휴대폰이 주머니에서 요란하게 울렸지만 무시했다. 왜 엄마는 좀 더 자신을 이해해 주지 않는 걸까? 왜 괴로운 부분을 자꾸만 후벼 파려고만 하는 걸까.

닦자마자 다시 고인 눈물을 또 고집스럽게 닦는데 갑자기 커다란 무언가가 수진의 머리를 꾹 눌렀다. 목이 그대로 땅으로 박힐 것 같은 느낌에 깜짝 놀라서 고개를 들어보니 뒷동산 귀신…… 같은 건 아니고.

"……서, 선생님?"

신혁이었다.

에? 어째서…… 어떻게!

수진은 자신이 지금 질질 찌고 있다는 것도 잊은 채 신혁을 얼빠진 얼굴로 쳐다보았다.

"어떻게 여기에……."

신혁의 시선이 수진의 눈물에 닿았다. 가슴이 싸했지만 드러내지 못하는 상념을 도리어 무심함으로 포장한 채로 신혁은 담담하게 말했다.

"어떻게 된 일이냐……? 술병을 싸들고 돌아다니는 날라리 여자애를 아무래도 그냥 두고 볼 수 없어서 집 주소를 알아냈지. 그리고 집으로 찾아갔는데 그 날라리 여자애가 울면서 집에서 뛰쳐 나오기에 따라온 길이지."

"……정말이요?"

논리적으로 보면 살짝 말이 되는 것 같기도 하지만, 철썩 믿기에는 좀 무리가 있지 않은가?

"농담이다. 운동하러 나왔다가 음침하게 앉아 있는 한 여자애를 발견했지."

역시 자신의 생각이 맞았는지 피식 웃으며 말한 그가 옆에 털썩 앉았다.

하긴, 여긴 동네 사람들이 애용하는 등산로이자 운동 코스였다. 지금도 썬캡을 가면처럼 덮어쓴 아줌마가 흰 장갑 낀 손을 앞뒤로 쳐가며 올라간 참이다. 그래도 하필이면 이럴 때 마주칠 건 뭔지.

"표정이 왜 그래?"

"제 표정이 뭐가 어때서요."

"더 못난이처럼 찌그러졌잖아."

윽!

"화나서 그래요."

"뭐가."

"오늘따라 너무 자주 만나잖아요. 짜증나요."

"마찬가지다."

수진은 남몰래 한숨을 내쉬었다. 하필이면 징징 짜고 있는 이런 때 이런 식으로 맞닥뜨리다니. 정말이지 악연이 아니고 무엇인가.

어떻게 하면 되도록 자연스럽게 발딱 일어나서 도망갈까 생각하고 있는데 갑자기 커다란 손이 다가오더니 수진의 턱을 확 잡아 자신 쪽으로 향하게 했다. 너무 놀라 아무 말도 못하고 입만 뻥긋거리고 있는데 그가 눈을 가늘게 뜬 채 탐색하듯 수진의 얼굴을 살피며 낮게 말했다.

"왜 울어."

"아, 안 울었어요."

말도 안 되는 변명을 해서라도 그의 손에서 벗어나려고 했지만 도리어 신혁의 손에 힘만 더 들어갔다.

"아, 아프잖아요. 놔요, 좀."

"여자애들은 왜 빤히 들여다보이는 거짓말을 하나 몰라. 눈물을 이렇게 한 다발이나 달고 있으면서 안 울었단 게 말이 돼!"

괜히 호통을 치고 난리다.

"안 울었단 게 아니라, 울었단 게 들키기 싫어서 거짓말하는 거잖아요!"

"그러니까 왜 그런 거짓말을 해."

수진은 말문이 막혀서 그저 어버버거려야 했다. 여자애가 울면 그냥 적당히 '울었구나.' 생각하면 될 것을, 저렇게 대놓고 따지는 게 어디 있느냔 말이다.

"선생님이야말로 울었느냐 안 울었느냐, 왜 울었는데 거짓말하느냐 따지기 전에 그냥 눈물이나 닦아줘야 하는 거 아니에요? 배려도 없는 선생님이 이상한 거잖아요!"

화가 나서 신혁의 손을 확 치려는데 그의 손이 먼저 떨어져 나갔다. 그나마 다행이라고 생각하는 순간 그의 손이 다시 다가와 수진의 속눈썹에 맺힌 눈물을 가만히 닦아주었다.

수진의 속눈썹이 파르르 떨리며 눈이 커졌다.

빈정거리는 말투와는 너무도 다른 조심스러운 손길. 그 움직임이 너무도 다정해서 수진은 자신도 모르게 가슴이 찌르르 울리고 말았다.

설마 정말 눈물을 닦아주리라곤 생각도 못했다. 그것도 다정함과는 거리가 백만 광년은 떨어져 있을 것 같은 이 남자가? 닦아달랬다고 정말 닦아주는 건 도대체 무슨 속셈이지? 한번 당해봐라, 이건가?

기묘한 감각이었다. 심장이 알 수 없는 떨림으로 두근거리기 시작했다. 아직 턱에 닿아 있는 그의 체온, 그 온도가 너무 따뜻해서 손가락 하나 까딱할 수가 없었다. 이 선생님은 울고 있는 문제아 학생에게 전부 이런 식으로 위로를 해주나? 아니면 인적이 없는 뒷동산에서 어린 여자애한테 작업을 거는 거? 알고 보면 엄청 파렴치한 선생? 그건 좀……. 그렇게 몰아붙이기에 자신은 그의 접촉에서 불쾌함보단 설렘을 느끼고 있다.

위로를 해주는 건지, 그저 생각 없이 눈물을 처리해 주는 건지 도무지 알 수 없는 표정으로 눈물을 닦아준 그의 손이 곧 멀어졌다. 하지만 수진은 그에게서 시선을 떼지도, 입을 열지도 못했다. 느껴지는 건 알 수 없는 두근거림뿐. 그리고 그가 의외로 말을 잘 들어주는 사람이구나, 하는 깨달음. 이 선생님이랑 앞으로 친해지는 것에 대해서 재고를 좀 해봐야겠다.

그래서였을까?

자신은 대체 왜 그런 행동을 했을까?

자신도 모르게, 멀어져 가는 그의 손을 확 잡았다. 순간 신혁의 표정이 말 그대로 굳어버렸다. 수진도 창피함으로 귀까지 빨개졌지만 이상하게 그 손을 놓아야지 하는 생각은 들지 않았다. 심장이 미친 듯이 날뛰고 있었다. 홀린 듯 그의 얼굴을 바라보고 있는 시선도 다른 곳으로 옮겨지질 않았다.

잠시 굳은 표정으로 수진을 보고 있던 그가 수진에게 잡힌 오른손을 그냥 둔 채 다른 손을 뻗어 마저 눈물을 닦아주었다. 그런 말은 아니었는데. 양쪽 눈물을 다 닦아달란 소리는 아니었는데. 그래도 그의 온기가 멀어지지 않아서 그저 마음이 놓였다. 표정은 무심했지만 그 행동 저편에 배인 다정함 때문일까? 수진은 이상하게 심장이 더워지면서 또 눈물이 올라오려 했다.

뭐라고 하더라도 위로받는 느낌.

자신과는 거리가 먼 이 선생님의 생각지도 못한 손길 때문에.

눈물을 닦아준 엄지가 천천히 뺨을 따라 일자로 쭉 내려갔다. 예민한 감각. 점점 더 날카로워지는 신경. 이런 기묘한 접촉을 하고 있는 순간임에도 거부감 같은 것보다 도리어 어이없게도 어떤 기대감 같은 마음이 들고 있다니.

그 커다랗고 따뜻한 손이 자신의 얼굴을 좀 더 어루만져 줬으면 좋겠다는 생각.

숨 막히는 긴장감이 일었다. 이 선생님과 같이 있으면 아마도 심장이 제대로 배겨나지 못하리라.

'어떡하지? 이젠 어떻게 해야 하지?'

본능에 따라 행동해 버리긴 했지만, 정점을 찍던 긴장의 순간이 차차 사라지자 밀어두었던 당혹스러움이 밀려들기 시작했다. 염치 불문하고 매달려 보긴 했는데, 이걸 어떻게 수습하지?

정신없이 생각하고 있는데, 다행스럽게도 신혁의 손이 먼저 멀어져 갔다. 뒤늦게 정신을 차린 수진은 후다닥 고개를 돌려 버렸다. 심장이 두방망이질치는 게 바로 이런 느낌이로구나.

어, 어떡해.

내가 미쳤나 봐.

"내가 미쳤나 보다."

수진은 깜짝 놀라서 신혁을 쳐다보았다.

'그, 그건 방금 내가 속으로 한 말인데.'

"이거 잘못하면 성추행 되는데."

자신의 이마를 탁 누르며 저딴 소리나 중얼거리고 있다.

"신고하면 선생질도 더 못할 테고."

진심으로 어이가 없다.

그게, 뭐야!

저 인간 도대체 뭐냐고!

누군 혼자 두근거리느라 정신이 없는 판에, 이거야말로 떡 줄 사람은 생각도 않는데 김칫국물만 사발로 들이켠 격이었다. 상황이 이렇게 우습게 되었는데도 아직까지도 분위기 파악 못하고 뛰고 있는 심장을 주먹질하며 수진은 어떻게든 분위기를 무마해 보려고 아무 말이나 던졌다.

"뭘 그렇게 심각하게 고민하고 그러세요? 설마 흑심 같은 거 품으셨어요?"

신혁이 눈썹을 끌어 모으며 수진을 쳐다보았다.

"참 예쁘게도 묻는다."

"신고 안 한다구요. 뭐, 나쁜 일 한 것도 아니고. 괴로워하는 제자를 위로해 주신 거잖아요."

위로해 준 거 맞나? 사실 따지자면 눈물을 닦아주었을 뿐인 그 손을 자신이 잡아버렸다. 그러니 자신이 유혹해 버린 게 되나? 아, 난 꼬리를 친 건가!

"그, 그러니까…… 눈물 닦아달라고 하는 애를 그냥 닦아준 것뿐이니까."

눈물만 닦아준 게 아니라 얼굴도 만진 것 같은데.

뭔가 내 나이에 비해 엄청 자극적이었던 것도 같은데. 성인 남자 선생님이 다 큰 여학생의 얼굴을 그런 식으로 만지면 이거 성추행 맞는데. 근데 그건 또 아닌 것 같은데……. 내가 확 느껴 버린 것 같은데. 아, 난 느껴 버린 건가!

"선생님 생각보다 다정하신가 봐요. 안 그런 척하더니."

"꼭 그런 것만은 아니야."

잠시 말이 끊겼다.

신혁은 신혁대로 앞만 보았고, 수진은 옆만 보았다.

"선생님 때문에 귀신에 홀린 것 같아요."

"내가 할 소리다."

"이사 갈까 봐요."

"그것도 내가 할 소리야."

"지금 뭔가 날카로운 예감이 들었는데요, 혹시 제가 선생님 이상형 같은 거 아닐까요? 왠지 그냥 두고 볼 수 없는 뭐, 그런 거?"

"이사 가야겠다."

수진이 풋 웃었다.

"산속에서 통곡이나 하고 있고."

"통곡 안 했어요."

"걱정이다."

"뭐가요? ……제가요?"

"아니, 내가."

뭐래?

"니 정신줄 붙들어주고 있다가 어느새 열혈 교사가 된 나 자신을 발견할 것 같아서."

"기막혀. 그런 고민하는 선생님은 태어나서 처음 봤어요."

정말 앞뒤가 안 맞는 선생님이다.

말인즉슨, 이쪽의 정신줄을 붙들어주려고 그런 살가운 행동을 했다는 뜻인데.

"무사히 열혈 교사가 될지 어떨진 모르겠지만 선생님은 방식이 잘못됐어요."

"뭐가?"

"그거야……."

아무한테나 그런 식으로 눈물을 닦아주면 조만간 큰일 날 거라고 충고해 주고 싶었다. 잘못하면 만날 위로해 달라고 눈물 질질 짜가며 도시락 싸들고 따라다니게 될 수도.

“몰라요. 말 안 할래요.”

“아…… 무섭다, 정말.”

“또 뭐가요.”

“열혈 교사 될까 봐.”

“정말…… 그걸 말이라고 하세요?”

“아무래도 안 되겠다. 너, 정말 상담실 와라.”

“……싫은데요.”

“싫어도 와. 진지하게 삶에 대해서, 인생의 비극에 대해서 논해 봐야 할 것 같다.”

“가슴에 손을 얹고 진지하게 생각해 봐서 삶이나 인생의 비극에 대해 정말 궁금한 게 있으면 갈게요.”

신혁이 수진의 이마를 탁 튕겼다.

“상담해 준다고 할 때 와. 혼자 방황하지 말고.”

이대로 있으면 정말 이 선생님한테 찰싹 달라붙어 버릴 것 같아 수진은 자리에서 벌떡 일어나려 했다. 하지만 신혁이 그 팔을 확 끌어당기는 바람에 수진은 어정쩡하게 주저앉고 말았다.

“어딜 가. 마저 울고 가.”

“……뭐, 뭐라는 거예요? 싫어요.”

“좋게 말할 때 내가 보는 데서 울고 가.”

“이, 이상한 성격인 거 아세요? 왜 억지로 울릴라 그래요?”

“너처럼 청승스러운 애를 보면 그냥 두고 볼 수가 없거든.”

하긴 자신처럼 청승스러운 여자애가 또 있을까. 교사 생활하면서 본 ‘청승 톱5’ 안에 거뜬히 들 것이다.

"아…… 알겠다. 그러니까 너무 청승맞아서 그렇게 다정하게 대해주신 거구나?"

왠지 모를 아쉬움.

"하지만 그런 거 너무 자주 해주지 마세요. 버릇 잘못 들어요."

"반성하고 있다."

"잘못하면 두근거릴 뻔했거든요."

신혁의 표정이 멈칫했다. 농구코트에서 봤을 때부터 느낀 거지만 이 선생님 의외로 순진할 땐 순진한 것 같다. 수진은 풋 웃음을 터뜨렸다.

"완전 겁먹었나 봐, 선생님."

긴장한 게 제대로 보여서 비웃었더니 수진의 머리에 두 번째 꿀밤이 날아왔다.

"왜 때리세요. 두근거리는 게 뭐 잘못이에요? 진짜 두근거려서 두근거린다고 솔직히 말한 건데. 열받게 하면 계속 두근거릴 거예요!"

"그럴까 봐 지금 안 보내고 있는 거잖아. 괜히 오해하고 혼인신고서 같은 거 끊어서 들고 오면 무섭다."

수진이 고개를 절레절레 저었다.

"자의식이 너무 강하신 거 아니에요?"

"너처럼 청승맞은 애들 중에 그런 극단적인 행동을 하는 애들이 꽤 있거든."

"기대에 부응하지 못해 죄송하지만 저 의외로 내성적이거든요?"

“징징 짜면서 눈물 닦아달라고 남의 손 안 놔준 당돌한 애랑 어
울리는 말은 아니야.”

윽! 그걸 콕 집어 말하다니.

매너 꽝이다, 진짜.

“덧붙여 말하자면, 제 감성이 의외로 섬세하거든요.”

“흑심 있냐고 선생한테 대뜸 물어본 애가 칠 대사도 아니야.”

수진의 얼굴이 아궁이처럼 빨갛게 달아올랐다.

이상하고 또 이상하고 아주 못된 선생님이다, 정말.

“술은 어디다 두고 여기서 이러고 있어?”

“신경 쓰지 마세요.”

“마시지 마라.”

“…….”

“담배도 끊고.”

“안 피우거든요?”

“면도칼 같은 것도 씹지 말고.”

“지금이 칠십년대예요? 저 칠공주 아니라구요.”

“아……! 칠공주는 아니었구나. 한숨 났다. 그나마 두 다리 뻗고
잘 수 있겠다.”

“뭐라는 거야, 진짜.”

두 사람의 툭탁거리는 소리가 계속 이어졌다.

수진은 어느새 웃고 있는 자신을 발견하고 살짝 놀랐다. 이신혁
선생이 어떤 사람인지는 모르겠지만, 이대로 좀 더 계속 같이 있
고 싶다는 희망이 들게 하는 사람이란 건 확실했다. 교사라는 사

람과 이런 형태의 시간을 보낼 수도 있구나, 그런 생각이 들면서 신기하기도 했다.

수진은 그와 함께 있으면 좋았다. 편안했다.

이 두근거림을 편안함이라고 해석한다면, 말이다.

그로부터 며칠, 조용하다 싶었더니 다시 땡땡이 병이 도졌다. 하지만 이번엔 교무실에 들러 다음 수업인 문학 선생님에게 손가락이 아파서라는 이유를 확실하게 말했다. 다행히 문학 선생님은 압박붕대의 압박을 느꼈는지 아무 말도 하지 않았다. 사실 벌써 다 나았지만 이런 일이 있을 줄 알고 일부러 붕대를 안 풀었더니 요렇게 도움이 되어주었다.

문학녀, 서은우. 청순한 생김새에 긴 생머리, 44사이즈도 안 될 것 같은 호리호리한 몸매에 서정적인 외모를 가진 그녀는 수업을 빠져도 좋다는 허락뿐 아니라 많이 아프겠다며 걱정까지 해주었다. 마음씨까지 곱다니, 여자의 적이 아니고 무엇인가.

"대신 '최인훈'의 '광장'이 한국문학사에 끼친 영향이랑 작가의 문학관에 대해서 정리해서 제출하렴."

너무도 어여쁘게 웃는 얼굴로 그런 터무니없는 과제를 내주다니, 하나를 내어주고 둘을 회수할 줄 아는 여인이었다. 예쁜데다 똑똑하기까지 하다니, 여자의 적이 아니고 무엇인가.

"광장이라."

덕분에 수진은 도서관 문학 섹터에서 현대소설들을 하나로 묶어놓은 책을 찾아 헤매고 있었다.

"여기 어디에 있었던 것 같은데……"

중얼거리며 후미진 도서관의 코너를 도는데 발밑에서 뭔가가 툭 걸려서 수진은 흠칫 멈춰 섰다. 그런데 자세히 보니 뭔가가 아니라 누군가가 책으로 얼굴을 푹 덮어쓰고 단잠에 빠져 있었다.

"기막혀라."

문제아 학생보다 더 문제아 선생 이신혁이었다.

그날 이후로는 한 번도 수학 시간에 땡땡이를 친 적이 없었다. 그러다 보니 학생의 본분으로는 잘 돌아갔는데, 이신혁 선생님과 의외의 장소에서 마주치는 즐거움은 사라졌다. 그런데 눈앞에서 이렇게 또 마주치고 보니 역시 이것은 운명일까?

"그나저나 수학 선생이 이렇게 한가해도 되는 거야?"

지금은 작가 최인훈의 책을 찾아야 했다. 그러니 그를 무시하고 그냥 가버려야 했지만 수진은 이상하게도 발이 떼어지지 않았다. 그래서 그의 맞은편으로 가서 무릎을 모으고 앉아 그를 바라보았다. 손을 뻗어 얼굴을 가리고 있는 책을 치울까도 싶었지만 그만두었다. 문제아에 술고래에 뒷동산 통곡 귀신에…… 스토커로까지 오해받을 순 없었다.

"그나저나…… 길기도 하다."

수진은 고개를 비스듬히 기울인 채 연하게 웃으며 중얼거렸다. 책장에 기대 있어 자연 몸이 반으로 접혀 있긴 했지만 그래도 다리 길이가 보통 수준이 아니었다. 근데 이렇게 찬 바닥에 저렇게 아무렇게나 앉아 있어도 되는 건가?

"찬 데서 자면 입 돌아가요, 선생님."

작게 중얼거리며 깨울까 말까 고민하고 있는데 깊은 잠에 빠진 줄 알았던 그가 문득 부스럭거리더니 천천히 손을 움직여 얼굴에서 책을 내렸다.

드디어 그의 얼굴이 보였다!

아직 잠이 덜 깨 검은색과 흰색 포스터물감을 섞은 듯한 연한 눈동자 색과 마주쳤다. 무방비 상태라 그런지 살짝 멍해 보이기도 했다. 직장에서 도둑잠이나 자고 있는 사람인데, 아직 잠이 묻어 있는 그 눈이 마음에 들었다.

"뭐야, 너."

하지만 기다린 보람도 없이, 잠에서 깬 이신혁 선생의 입에서 나온 말은 저렇게 불량했다. 미간에 잔뜩 주름을 잡고서 그가 자신의 앞에 도서관 귀신처럼 바짝 마주 앉아 있는 수진을 째려보았다.

"전 할 일이 있어서 온 거예요. 오늘은 책 찾으러 왔어요, 진심."

"그럼 인기척이라도 할 것이지, 귀신인 줄 알았잖아."

신혁이 책을 바닥에 툭 던져 놓더니 목이 뻐근하다는 듯 문질렀다.

"뒷동산에선 통곡을 하더니, 도서관에선 자는 사람 구경이냐?"

"왜 여기서 주무세요?"

"교무실에서 잘 순 없잖아."

명답이십니다!

"도서관에서 자주 주무세요?"

"교무실에서 자주 잘 순 없잖아."

도무지 말이 이어지질 않는다.

"넌 도대체 언제까지 이런 음습한 데로 도망만 다닐 거야?"

"저요? 음…… 사람 말을 잘 안 들으시는군요. 오늘은 도망 온 게 아니라고 말씀드렸는데. 문학 선생님이 현대소설을 조사하라는 과제를 내서 책 읽으러 온 거라구요."

"나는 자려고 왔다."

수진은 고개를 설레설레 저었다. 확실히 자신보다 저쪽이 더 불량이다.

그와는 자꾸 같은 곳에서 부딪친다. 그곳이 학생들이 잘 모이지 않는 조용한 장소라는 공통점이 있었다. 이신혁 선생님 또한 시끄러운 여자애들을 피해서 이런 조용한 장소를 택하는 게 아닐까 싶었다. 그런 면에서 보면 같은 입장이었다.

"선생님, 책은 덮고 자라는 게 아니라 보라는 거거든요."

"수업은 들으라고 있는 거지 땡땡이치라고 있는 게 아니야."

졌다.

"우리 말이에요, 동네에서도 마주치고, 뒷동산에서도 마주치고, 여기서도 이렇게 또 마주치고 진짜 인연인가 봐요. 운명의 상대 같은 거 아닐까요?"

"무서운 소리 하지 마."

"그러게요."

"부탁인데, 우리라고 묶지도 마."

"……그러게요."

"그러게."

몇 마디를 주고받던 두 사람은 결국 동시에 쿡 웃음을 터뜨렸다. 그가 있으면 수진은 이렇게 웃음이 났다. 역시 그냥 버리기에는 아까운 선생이다.

"그러고 보니 너, 그날 상담실엔 왜 안 왔어."

"앗! 까먹었다……."

신혁이 어이없다는 얼굴로 혀를 찼다.

"정말로 진심인 줄은 몰랐죠. 설마 기다리셨어요?"

"넌 인마, 그걸 말이라고……! 됐다, 그만두자."

"뭐예요, 정말 열혈 선생님처럼."

"너한테 그런 말 듣고 싶지 않아."

수진은 피식 웃음을 터뜨렸다.

"뭐, 이렇게 만난 것도 계시라고 치고, 여기서 상담해 볼까?"

신혁이 책상다리를 하고 앉아 본격적으로 수진을 쳐다보았다. 수진은 무릎을 끌어안은 채 고개를 기울였다.

"누차 말씀드렸지만 별로 상담할 게 없는데……."

"그건 네가 정할 게 아니지, 술고래 문제아!"

흠……. 또 술로 돌아갔군.

"그치만 지금 와서 뭘 하겠어요? 어차피 술병도 못 빼앗았잖아요. 묵인한 거 아니에요?"

"한 병 빼앗는다고 뭐가 해결되나. 술을 마시는 행동 자체를 제거해야지."

"음, 듣고 보니 그렇다. 정의로운 어른이시네요."

"교복 입은 애가 술병 들고 돌아다니는 꼴을 참아줄 정도로 세상이 싫진 않아."

"저 술 안 마셨어요."

"아껴두고 앞으로 마실 생각이에요, 같은 소리 하면 창밖으로
집어 던질 테다."

수진이 풋 웃었다.

"선생님 의외로 유머가 강해요."

"유머가 아니라 협박이야."

"협박도 유머처럼 하시니까 그게 재능이죠."

"딴 데로 새지 말고."

"알았어요. 그날 술은 할아버지 드릴 술이었어요. 할아버지께
서 술을 좋아하시거든요. 필요하면 인증샷 찍어올 수도 있어요."

그제야 신혁의 표정이 '아……!' 뭔가 깨닫기라도 한 듯 서서히
풀어졌다.

"그나마 다행이로군."

"진짜 제가 마실 줄 알았어요?"

신혁이 씁쓸하게 웃었다.

"무력함. 공허함……."

문득 그가 낮게 중얼거린 말에 수진은 난데없이 무슨 소리를 하
느냐는 듯 그를 쳐다보았다.

"네?"

이 아이가 알까? 그 손에 술병이 들려 있는 걸 보고 자신이 느
낀 감정이 어떤 것이었는지. 단순히 다른 사람의 심부름일 수 있
다는 추측으로 연결시키지 못할 만큼 자신의 정서가 얼마나 깨져

있는지. 손 놓고 지켜볼 수밖에 없는 자신의 무력함을, 공허함
을…….

"아무것도 아니니까 신경 쓰지 마."

"신경 쓰이게 해놓으시곤. 술 좀 샀다고 술고래처럼 의심을 하
질 않나."

"마시고도 남을 것처럼 생겼잖아."

"말도 안 돼. 어디가요?"

"눈이 퀭하니 풀린 게 술고래 같았어."

뭐라는 거야.

정적이 일었다. 두 사람은 말없이 조용히 서로를 쳐다보았다.
붓으로 그려놓은 듯 수려한 신혁의 눈썹에 수진의 시선이 닿았다.
그 눈썹 아래 무심하기도 하고 강렬하기도 한 눈빛. 이렇게 시선
을 맞추고 있으면 마치 그와 자신이 오래전부터 알고 있는 사이였
던 것 같은 착각이 일 때가 있다.

"이제 그만 가볼까?"

순간 수진의 의식이 얼른 현실로 돌아왔다. 좀 더 같이 있고 싶
었지만 어쩔 수 없이 따라 일어나려는데, 책을 집으려고 몸을 숙
인 그의 와이셔츠 주머니에서 뭔가가 툭 떨어져 수진의 시선이 거
기로 옮겨 갔다.

"어? 이건……?"

챙그랑 하고 떨어진 그것은 반짝거리는 심플한 넥타이핀이었
다.

순간 신혁의 표정이 멈칫했다. 그의 눈동자가 놀란 듯 짧게 흔

들리더니, 마치 보이면 안 되는 걸 보이기라도 한 듯 다급하게 수
진에게로 시선이 돌아갔다. 신혁의 그 눈빛과 마주한 수진이 고개
를 갸웃했다.

"……왜 그렇게 놀라세요?"

그의 표정이 이상하게 불안해 보였다. 당황한 듯 초조하게 흔들
리는 그 눈동자를 쳐다보던 수진은 그가 그대로 굳은 채 도통 주
울 생각을 하지 않자 어쩔 수 없이 자신이 주워서 신혁에게 내밀
었다.

"이거 넥타이핀 맞죠? 넥타이도 안 하셨으면서 왜 주머니에 갖
고 다니세요?"

순간 신혁의 표정에 허탈한 기운이 돌았다. 온몸의 맥이 탁 풀
리는 기분. 긴장과 초조는 일시에 사라지고 가벼운 상실감만이 남
았다. 이렇게 자신은 하나씩 하나씩 무(無)로 둘러싸인 그녀의 세
계를 지켜봐야 할 운명인 건가.

자제심을 발휘해 평상시의 표정으로 돌아간 신혁은 넥타이핀을
주머니에 넣으며 담담하게 말했다.

"안 하니까 갖고 다니기라도 해야지."

"그게 뭐예요."

엷게 웃으며 신혁의 주머니 속으로 다시 들어가는 넥타이핀을
보던 수진은 문득 어떤 생각이 들어 그에게 물었다.

"혹시 그거 선물 받은 거예요?"

"……."

신혁이 멈칫하더니 곧 쓴웃음을 지었다.

"가령, 애인한테 받은 거라던가?"

넥타이핀이 떨어진 순간 그가 보인 반응이 아무래도 심상치 않았다. 도저히 그냥 넘어갈 수 없어 수진은 빙글빙글 돌리며 떠보기를 지속했다. 하지만 호락호락 넘어올 이신혁 선생님이 아니었다.

그가 더없이 차가워진 얼굴로 외면하듯 수진에게서 고개를 돌렸다. 그 반응이 더욱 의심스러웠다. 자신의 추측이 맞을지도 모른다는 불행한 예감이 들자 수진은 기분이 확 다운됐다.

"……선생님 반칙이다, 애인도 있고."

웃으며 말했지만 사실 충격이었다. 왜 자신이 이런 질투 같은 불량 감정을 부리고 있는 건지 모르겠지만, 부정하지 않는 걸로 봐서 정말 애인이 있는 건가? 넥타이핀이 떨어진 순간 그가 보인 표정 변화가 모든 걸 말해주고 있는 것 같긴 했지만.

'내가 지금 뭘 하는 거야.'

고개를 절레절레 저으며 치마를 툭툭 털고 일어나려는 순간이었다. 갑자기 뻗어온 손이 수진의 팔을 확 잡았다. 그대로 강제로 끌려 일어난 수진이 놀란 얼굴로 신혁을 쳐다보았다.

'선생님?'

신혁이 마치 화난 사람처럼 수진을 무섭게 쏘아보고 있었다. 너무 갑자기 일어난 일이라 얼떨떨해하고 있는 수진을 향해 그가 낮게 말했다.

"반칙은 지금 네가 하고 있잖아."

수진은 자신도 모르게 숨을 삼켰다.

“……선생님, 왜 그러세요?”

상황도 잘 정리가 안 되고, 조금 겁도 났다.

“좀, 아파요.”

잡힌 팔이 아파와서 수진은 천천히 그 손을 밀어냈다. 순간 신혁의 눈빛에 돌고 있던 차가운 분노가 서서히 사라지더니 곧 정신을 차린 듯 표정이 선명해졌다. 그러자 허탈감이 물밀듯 덮쳐 왔다. 이런 행동을 한 자신을 이해할 수가 없었다. 짧게 혀를 차며 신혁은 머리카락을 쓸어 올렸다.

“선생님?”

신혁이 보인 이상 행동이 걱정스러웠는지 그녀가 그를 불렀다. 신혁은 자신을 향해 경멸을 쏟아내며 수진을 돌아보지 않은 채 말했다.

“됐으니까 얼른 교실에나 가.”

“툭하면 교실 가래.”

“……너랑 지금 뭘 하고 있는지 모르겠다, 내가.”

“저 좋아하시잖아요.”

순간 신혁의 눈썹이 꿈틀 하며 끌려 올라갔다. 그가 더없이 싸늘해진 눈으로 천천히 돌아보자, 당황한 수진이 서둘러 웃으며 변명을 둘러댔다.

“아니, 오해하지 마시구요…… 그냥 딱히 싫어할 이유도 없다는 말이었어요.”

“……엄청나게 많단 걸 자각 좀 해라.”

나 참.

“미안하다.”

잠깐 딴생각에 빠져 있는데 신혁의 목소리가 들려 수진은 그를 쳐다보았다. 잠시 머뭇거리다가 대답했다.

“저 때문에 좀 화나셨나 봐요. 넥타이핀에 무슨 사연이 있으신가 본데 건드려서 오히려 죄송해요.”

신혁은 아무 말도 하지 않았다. 그런 그를 두고 창가로 걸어간 수진이 창턱에 툭 기댄 채로 신혁을 돌아보았다.

“그런데요, 혹시 저에 대해선 알아보셨어요?”

“형사냐. 알아보긴 뭘 알아봐.”

신혁이 책을 휙 잡고 돌아서며 한 말에 수진은 씁쓸하게 웃었다. 역시 이신혁 선생님은 임수진이라는 녀석에 대해서 그리 궁금하지 않나 보다. 그저 바람 앞의 등불처럼 불안하게 흔들리는 무언가로밖에 보이지 않나 보다.

“뭐가 그래요? 2년 꿇었다고 하면 나 같으면 궁금해서라도 물어보겠네.”

“……알아서 뭐 하게.”

낮게 흘러나온 말에 수진의 눈동자가 그대로 정지했다. 동시에 그때까지 자리하던 감정들이 전부 오래된 벽의 페인트처럼 파스스 부서져 내리기 시작했다.

지금까지 함께 있던 짧은 시간의 동화와는 전혀 다른 무심한 말.

“알면 뭐가 변하는데?”

서늘한 눈으로 그가 수진을 똑바로 보며 말을 이었다.

"뭘 알리고 싶은 건지 모르겠지만, 왜 2년을 쉬었는지, 스무 살인지 스물한 살인지 나하고 무슨 상관이야."

무심한 것 같기도 하고, 비난하는 것 같기도 한 차갑고 딱딱한 어조.

"관심 밖이야."

갑자기 왜 저렇게 무서운 표정을 하는 건지 모르겠다. 수진은 얼어붙은 듯 그 자리에 서서 어떻게 반응해야 할지 갈피를 잡지 못했다. 당황스러웠다. 그는 가끔 저렇게 너무도 갑작스럽게 냉정한 태도를 보이곤 한다. 친해지는가 싶으면 무심하고, 가까워졌는가 싶으면 냉정해진다. 그런 성격인 것 같다. 어느 정도 선까지는 응대해 주지만 그 이상을 들어가 보려고 하면 눈앞에서 문을 확 닫아버리듯.

잘생긴 남자는 꼭 못된 남자더라는 일반론이 제발 좀 깨어져야 할 텐데.

상황이 이해 가고 생각도 정리되고 있었지만 몸은 전혀 다른 말을 했다. 수진은 가려는 신혁의 뒤로 달려가 그의 소매를 확 붙잡았다. 순간 걸음을 멈춘 신혁이 천천히 수진을 돌아보았다.

"뭐 하는 거야, 너."

손을 대면 그대로 얼려 버릴 것 같은 차가운 눈동자.

"선생님이 아니면, 다시 외로워질 것 같아서 그래요."

불안하게 떨려 나오는 수진의 목소리.

"그래서 선생님한테 계속 매달리면, 저 진짜 우스운 거예요?"

신혁의 눈빛이 수진이 보지 않는 공간에서 아득해졌다. 동의를 구하듯 사정하는 간절한 엷은 색의 눈동자, 핏기가 가신 하얀 뺨, 아직은 보드라운 말만 해야 하는 게 맞는 연한 붉은빛이 도는 입술. 차례차례로 수진의 얼굴을 훑던 신혁의 시선이 마지막 하얀 목덜미에 닿는 순간 자신도 모르게 손이 움찔하며 올라갔다. 그런 자신에게 욕을 퍼부어가며 막으려고 하는데도 반사적으로 뻗어나간 손이, 의아함으로 멈칫하는 수진의 뺨에 닿으려는 그 순간, 책장 너머 반대쪽에서 사람들의 목소리가 넘어왔다.

"미술사 이쪽에 있지 않았나?"

"그랬던 것 같은데."

귀에 익은 선생님들의 목소리에 수진도 신혁도 동작을 멈췄다. 어쩔 줄 몰라 하던 수진은 문득 시선을 내렸다가 아직도 자신이 신혁의 소매를 꽉 잡고 있다는 걸 깨닫고 후다닥 놓으려 했다. 하지만 신혁이 그대로 수진의 손을 확 잡아채 책장을 몇 개나 지나쳐 도서관의 가장 구석으로 데리고 갔다.

온통 한문으로 적힌 책등이 보였다. 두껍고 허름한 책들이 아무렇게나 방치되어 있는 그곳은 사람들이 거의 찾지 않는 버려진 구역이었다.

저쪽에서 선생님들이 책을 찾았는지 책장을 넘기는 소리가 희미하게 들려왔다. 수진은 긴장한 듯 그곳에 시선을 두고 있다가 천천히 고개를 돌렸다. 그 순간 수진의 심장이 두근 하며 뛰었다. 신혁이 수진을 가두듯 바로 앞에 서 있었다. 그의 넓고 단단한 가슴이 바로 앞에서 보였다. 수진은 책장을 등지고 선 채로 숨죽여 신혁을 올려다보았다. 짙어진 그의 눈빛이 수진을 내려다보고 있었다. 조금만 움직이면 닿을 듯한 가까운 거리에서 두 사람의 시선이 같은 곳에서 마주쳤다.

심장이 더욱 뛰었다.

그냥 아무 일도 없었던 듯 걸어나가 모르는 척 선생님들에게 인사를 하고 도서관을 나갔으면 됐을까? 모르겠다. 이곳에 오기 직전 이신혁 선생님이 보인 행동도 수진을 혼란스럽게 만드는 것이었다.

"선……."

작게 그를 부르려는 순간 신혁이 쉿! 하며 낮은 소리로 수진의 말을 막았다. 수진은 얼른 입을 다물고 천천히 고개를 끄덕였다. 붕대를 감지 않은 손은 여전히 신혁에게 잡힌 채였다. 문득 그걸 깨닫고서 수진이 그 손을 내려다보자 신혁의 시선도 같은 곳으로 향했다.

수진이 먼저 움직였다. 손을 빼려고 했지만 신혁이 그냥 그대로 있으라는 듯 잡은 손에 더욱 힘을 주었다.

"……."

커다란 손에 잡힌 채 수진은 바로 앞의 신혁이 예민하게 인식되었다. 온 신경이 지척에 있는 그에게 온통 가 있어 조금의 움직임도 부담스러웠다.

긴장감. 평소처럼 자연스럽게 숨이 쉬어지지 않았다. 급기야 숨이 막히는 게 아닐까 걱정되는 그때 다행히도 선생님들이 멀어지는 소리가 들렸다. 그제야 수진은 참았던 호흡을 흘리며 자유로운 손으로 가슴을 꾹 눌렀다.

“다행이다……..”

중얼거리며 고개를 들자 신혁도 긴장이 풀렸는지 수진의 손을 잡은 채로 몸을 옆으로 휙 돌려 책장에 등을 툭 기대고서 바닥을 내려다보았다. 미간에 힘을 준 채 그는 생각에 빠진 듯 말이 없었다. 바로 자신이 그를 고민하게 만든 인간인지라 수진은 성실하게 죄책감을 느끼며 그를 불렀다.

“죄송해요, 선생님.”

“……..”

“곤란하게 하려던 건 아니었는데.”

더 말을 잇지 못하고 실내화 끝을 내려다보는데 잡고 있던 신혁의 손이 천천히 떨어져 나갔다. 순간 가슴속에 알 수 없는 허전한 바람이 불었다. 하지만 이걸로 됐다고 생각한 순간 손을 놓은 신혁이 책장에서 등을 떼고서 수진의 앞을 막아섰다. 긴 그림자가 지는 느낌에 수진은 고개를 들자, 신혁이 수진을 두 팔 사이에 가둔 채로 묵묵히 그녀를 내려다보았다.

입안이 바짝 말랐다.

“……선생님?”

하지만 그는 그저 침묵한 채로 수진을 내려다보기만 했다. 책장과 신혁의 사이에 갇혀 선 수진의 입술이 가늘게 떨렸다. 신혁의 시선이 수진의 눈동자에서 그 입술로 서서히 내려갔다. 시선의 방향을 깨달은 수진의 심장이 미친 듯이 뛰기 시작했다. 자신도 이해할 수 없는 기대감에 명치끝이 아릿하고 뱃속이 조이는 느낌.

깊고 서늘한 그 시선이 미세하게 떨리는 수진의 입술에 닿아 있는 채로, 천천히 그가 몸을 숙였다.

“……!”

수진의 눈이 커졌다. 설마 하고 생각했던 일이 현실로 벌어지고 있었지만 미동도 할 수 없었다. 마치 키스라도 하듯 고개를 살짝 튼 채로 그의 입술이 점점 더 가까이 내려왔다. 그리고 마침내 수진의 입술 바로 위까지 왔을 때 그의 입술이 그대로 멈췄다. 숨결마저 느껴질 가까운 거리에서 정지한 그가 수진의 눈을 들여다보았다.

숨 막히는 긴장감, 당연한 안도감, 동시에 허전함까지.

수진은 숨 쉬는 법마저 잃어버린 사람처럼 호흡을 삼킨 채 그를 바라보았다. 본능적으로 눈을 깜빡이는 와중에도 눈꺼풀이 뜨거울 정도로 열이 났다. 하지만 그는 아닌 듯, 그 입가에 서서히 자조적인 미소가 담기기 시작했다. 씁쓸하게 웃고 있는 그의 눈동자에 돌고 있는 그 감정이 서글픔이라는 걸 그때의 수진은 전혀 알지 못했다.

“……봤지?”

그가 살짝 물러나며 낮게 한 말이었다. 수진은 그 말뜻을 선뜻 이해하지 못했다. 신혁이 조금 더 멀어져서 그런 수진을 내려다보며 흐릿하게 웃었다.

“세상이란 게 이렇게 무서운 곳이야.”

“……무슨 뜻이에요?”

“외로워서 사람을 선택하면 안 돼.”

수진의 눈동자가 흔들렸다. 이제는 완전히 멀어진 신혁이 손을 들어 수진의 머리를 톡톡 두드렸다. 마치 이때까지의 긴장이라곤 하나도 없었다는 듯, 짓궂은 장난기마저 배어 있었다.

허리에 양손을 얹은 채로 창밖 어딘가를 잠시 본 그가 곧 수진을 돌아보았다.

"아무도 믿으면 안 돼. 조심해야지."

"그걸 알려주려고 그런 행동을 하신 거예요?"

"넌 제대로 체감이 되게 설명을 해야 알아듣는 타입 같아서 말이야."

맞는 말이지만, 그래도…….

"비겁한 방법이잖아요. 선생님 맞아요?"

"스물한 살이라고 본인이 그렇게 주장을 하지 않았던가?"

얄미워서 정말!

"교복 입고 있잖아요."

"그러게. 교복을 예쁘게 입고 있긴 한데, 스물한 살이라니까 그 나이에 걸맞은 경고를 해줬을 뿐이야."

"치사해요."

"고맙다. 그런 마음으로 앞으로 쭉 미워해 줘라."

그리고 신혁이 몸을 돌렸다. 정말 이제 더 이상 아는 체 말자는 듯. 진심으로 쭉 미워해 달라는 듯.

그런 그가 밉기도 야속하기도 했지만, 수진은 이대로 멀어지고 싶지 않다는 묘한 조바심만 가득 떠올라, 얼른 그의 등에다 대고 조금은 가볍게 말했다.

"학교 안에 친한 학생 하나 정돈 있어도 나쁘지 않잖아요?"

"글쎄, 안 내키는데."

이상하고 못된 선생님! 그는 오늘 행동으로 '그만 까불어라' 라는 선을 그었다고 생각할지 모르겠지만, 그건 불공평한 것이었다. 그런 식으로 설렘의 문을 열어놓고는, 내 의도는 그게 아니었어라고 말해봐야 한 대 때려주고 싶어질 뿐이다.

"선생님은 저에 대해서 계속 알아가실 거예요. 절 신경 쓰실 거고, 지금도 신경 쓰고 있을 거예요."

"3학년 1반 23번 임수진. 다행히 술은 안 마신다. 땡땡이는 어떻게 할 수가 없다. 그걸로 끝."

"아닐걸요. 선생님은 오늘 저한테 끌린 거예요, 확실하게."

"마음대로 생각해라."

"어쩌면 전 문제아에 말만 성인이지 아직은 애일지도 몰라요. 맞아요. 하지만 전 선생님이 아무리 뭐라고 하더라도 계속 선생님이랑 친해질래요."

"나보다 교실이랑 친해져."

"그렇게 학생한테 일정 이상 관심도 없으면서, 여자애들 피해서 이런 데나 찾아다니면서 왜 선생님이 됐어요?"

수진이 항의하듯 한 질문에 신혁의 표정이 멈칫했다. 마치 아픈 걸 생각하기라도 하듯 흐린 눈빛이던 그가 곧 낮게 말을 이었다.

"애들은 싫어도 교실은 좋거든."

그는 먼저 가버렸다.

"난 애들도 싫고 교실도 싫은데……."

덕분에 그녀가 뒤이어 중얼거린 말은 그녀 자신이 들어야 했다. 소설도 찾아야 하고 작가에 대해서도 알아봐야 하는데, 수진은 그 어떤 것도 할 마음이 들지 않았다.

## 3편 이상하게도 자꾸만 가슴이 아파

그의 말처럼 그날 이후 도서관에서도 양호실에서도 신혁의 모습은 보이지 않았다. 아마도 그런 식의 우연은 두 번 다시 일어나지 않을 것이다, 라고 경고라도 하듯.

하긴, 세 번, 네 번, 다섯 번 이상 지속되면 그건 더 이상 우연이 아니다. 우연의 최대치에서 그와의 만남은 끝이 난 것 같았다.

"간단하게 생각하자."

하지만 마음을 그리 먹었음에도 수진은 자신도 모르게 그를 찾고 있었다. 교정을 걸으면서도 혹시라도 그가 없을까 둘러보게 되고, 복도에서도 그의 모습을 찾았다. 수학 시간은 절대 빼먹지 않았고 수업을 듣는단 핑계로 그의 자투리 하나라도 더 보려고 했다. 하지만 학생들 중 한 명으로, 단순히 수업을 받는 입장으로 그를 보는 건 성에 차지 않았다. 왜 이러는지 자신도 자신의 정신 상태를 감정할 수가 없었다. 익숙지 않은 감정의 매달림에 자신이 바보가 된 것만 같았다.

또한 자주 가슴이 따끔거렸다.

그리고 어제 가장 크게 따끔거리는 일이 있었다. 바로 신혁이 교정 한쪽에서 문학 선생님과 애기를 하며 서 있는 모습을 봤을 때였다. 청순의 대명사인 문학 선생이 달콤한 미소를 지으며 신혁에게 무슨 말인가를 하고 있었다. 어엿한 선남선녀 커플. 둘이 대화하는 모습이 너무도 잘 어울려서 지나가다가 그 현장을 본 수진은 심장이 덜컹 내려앉는 충격에 자기가 더 놀랐다.

"야! 문학이 또 수학한테 알랑거리고 있어."

"문학 쌤, 수학 쌤한테 고백했다가 작년에 차인 거 아니었어? 근데 둘이 왜 아직도 저러고 있어?"

"그걸 믿었냐? 애들이 헛소문 낸 거지."

"에이, 들어보니까 수학이 문학한테 데이트 신청했다던데? 둘이 영화 보고 나오는 거 누가 봤대."

"아니거든? 그거 남자애들이 막 지껄인 거래거든? 자기들 문학이 수학한테 자꾸 화살을 날리니까 열받아서 막 지어낸 거라잖아. 수학이 미쳤다고 문학을 좋아하겠냐?"

"그거야 모르지. 선생들 저러다가 막 사귀고 그러던데. 우리 몰래 무슨 짓을 할지 어떻게 알아?"

여학생들이 떠들어대는 소리가 수진을 콕콕 찔렀다. 안 그래도 기분이 바닥을 치는데 감정이 더 확 상했다. 그 현장을 보고 있는 모든 여학생들이 분개를 하고 문학 선생님의 욕을 했다. 수진의 감정도 그들과 다르지 않았다. 생전 처음으로 여학생들에게 동조하고 싶어지는 자신을 깨닫곤 놀라웠다. 뒤에서 수군거리는 뒷말들이 얼마나 사람을 다치게 하는지 누구보다 잘 알면서.

수진은 한숨을 내쉬며 애써 몸을 돌렸다. 내가 이신혁 선생을 생각하는 마음은 저 여자애들과는 달라. 그런 유치한 생각에 자조하며.

왜 자신의 감정만이 더 특별한 것 같을까?

감정이란 건 허락 없이도 눈덩이처럼 홀로 커지는 것 같다.

"뭐야, 정말!"

수진은 그런 자신이 황당해서 머리를 쥐어박았다. 이신혁 선생에게 온 정신이 팔려 있는 임수진. 장점이라면 거기에 정신이 팔려서 애들이 떠드는 소리 같은 게 전혀 들어오지 않게 되었다는 것. 시야가 좁아지니 그건 좋았다. 하긴, 더 이상 똑같은 레퍼토리가 재미없었는지 그녀들의 수다도 한풀 꺾여가는 찰나였다.

다행이긴 했지만 그렇지 않더라도 무슨 상관일까? 그들이 떠들건 말건 수진의 레이더는 온통 이신혁뿐이었는데.

도대체 왜 이럴까?

짐작이 가지 않는 것도 아니었지만 굳이 파고들자면 이건 짝사랑 같은데. 도대체 왜 그 감정이 일어난 걸까?

그와 함께 있으면 외롭지 않다. 즐겁다. 두근거린다. 그 심장이 뛰는 감각이 너무나 반갑다. 살아 있는 것처럼 느껴진다. 뚝 떨어진 섬처럼 홀로 살아가고 있는 자신을 건져 내주는 것 같은 그 손길에 어느새 익숙해져진 걸까? 그래서 그를 돌파구로 지목해 집착하고 있는 걸까? 아니면 그저 그냥 그가 좋은 걸까. 머리가 깨질 것처럼 혼란스러웠다.

그날 이후 일상은 똑같이 반복되었다. 수진은 홀로 앉아 홀로 생각하고 홀로 책장을 넘겼다. 다만 변화가 있었다면, 이제 수학 시간에 신혁을 뚫어지게 쳐다보지 않게 되었다는 것 정도. 다른 학생들과 같이 문제를 풀 땐 고개를 숙이고, 칠판을 봐야 할 땐 고개를 들었다. 시선은 칠판과 움직이는 분필 외에는 그 어디로도 향하지 않았다.

어쩌면 보여주고 싶었던 걸까? 나도 마음만 먹으면 열심히 공부하는 학생 같은 거 할 수 있다구요. 그러니까 내가 선생님과 함께 수다 떨고 웃고 설레었던 시간을 잊었듯, 선생님도 잊어버려요. 잊었대도 하나도 서운하지 않으니까.

모든 수업이 끝나자 교실은 썰물이 빠져나가듯 텅 비었다. 학원에 가는 아이들, 옷 사러 가자며 시끌벅적 몰려나가는 여자애들, 각자 할 일을 떠들며 전부 빠져나가자 교실은 금세 적막한 공간이 되었다.

수진도 해야 할 일은 있었다. 할아버지의 사랑방으로 가서 먹을 갈아야 한다. 한 번도 빼먹지 않고 2년을 이어온, 나름대로 충실하게 해온 일이다. 하지만 오늘은 왠지 할 마음이 들지 않았다.

째깍째깍 누가 떠밀지 않았는데도 시간은 잘도 갔다. 편안한 마음으로 펼쳐 놓은 소설책을 읽어 내려가는 그때 닫혀 있던 앞문이 열렸다. 반갑지 않은 마음으로 흘끗 쳐다본 수진의 눈동자가 멈칫했다. 신혁이었다. 이게 무슨 일인가 싶어 수진은 멍한 눈으로 신혁을 빤히 쳐다보았다.

신혁도 잠깐 멈칫한 표정이다가 이내 교실로 들어섰다.

"몇 신데 아직도 교실에 있는 거냐?"

말투는 냉랭했다.

그제야 창밖을 돌아보니 벌써 저녁노을이 지는 시간이었다. 언제 시간이 이렇게 흘러간 걸까? 불을 켜지 않아 어둑한 교실에 저녁노을 특유의 빛이 밀려들어 쓸쓸한 분위기를 자아냈다. 이런 시간의 하늘의 빛깔은 참 마음에 든다.

"그냥 좀 앉아 있었어요."

"어두운 데서 책 읽으면 눈 나빠진다."

"나빠지라죠."

아저씨 같은 말만 내던지고 있는 이신혁 선생이 예뻐 보이지 않아서 수진은 그를 무시한 채 다시 책에 시선을 두었다.

"뭐든 중간을 모르는 녀석일세. 땡땡이치지 말랬더니 이젠 교실이 아주 좋아진 거냐?"

수진은 대답 없이 책장을 넘겼다. 물론 내용이라곤 머릿속에 들어오지 않은 채 쓸데없이 넘어간 책장이었다. 집에 가면 다시 읽어야겠다.

"나쁠 건 없지만 이제 그만 집에 가라. 오늘 내 임무가 집에 안 가고 교실에서 어슬렁거리는 너 같은 녀석들 쫓아버리는 거라서 말이지."

"알아서 가면 안 될까요? 문단속은 잘하고 갈게요."

"아니. 그냥 가."

수진은 옅은 한숨을 내쉬고 책장을 탁 덮었다. 책가방에 책을 집어넣고 벌떡 일어나 그를 쳐다보지 않은 채 휙 지나치는 수진을 신혁이 불렀다.

"임수진."

수진은 대답 없이 문에 손을 뻗었다. 하지만 먼저 뻗어온 신혁의 팔이 수진의 머리 위를 지나가 교실 문을 가볍게 탁 닫았다. 수진은 별수 없이 문을 향해 그렇게 서 있었다. 저물어가는 태양빛을 받은 신혁의 그림자가 등 뒤에서 길게 수진을 덮고 있었다.

어쩌면 자신은 그의 행동 하나, 접촉 하나에 너무도 많은 의미를 부여하는 건지도 모르겠다. 다른 배 나오고 머리 벗겨진 선생님이었대도 이렇게나 인식이 됐을까? 자신은 명백히 이신혁 선생님을 '의식' 하고 있었다.

수진은 천천히 돌아서서 그를 따가운 눈으로 쳐다보았다. 시선이 마주치자 신혁은 천천히 팔을 거두어들였다.

"네 말처럼, 너에 대해서 좀 알아봤다."

수진의 눈동자가 흔들렸다.

신혁은 가까운 책상으로 가 가볍게 걸터앉은 채 수진을 쳐다보았다. 수진은 가슴 안에서 이는 웅성거림을 애써 누르며 그에게 물었다.

"그래서요?"

"그냥 그렇다고."

그러게 말이다. 괜히 알아보라고 고집을 피워서 상황만 더 어색하게 되었다. 알아보라고 할 때 알아보던가, 지금 와서 조사 보고를 하면 어쩌라고.

"무슨 일이 있었건, 학교에 돌아온 이상 다른 학생들처럼 평범하게 수업받고 시간이 되면 졸업하고."

너무도 많이 들어 지루하기까지 한 판에 박힌 가르침에 수진은 피식 웃음이 흘러나왔다.

"라는 건 다른 사람들이 다 해준 말일 테고."

뭐라고 들이받아 줄까 고민하던 수진의 눈이 천천히 커졌다.

"모르는 애들이 뭐라고 떠들건 네 쪽에서 먼저 마음을 열고 다가가야지. 어차피 함께 1년을 보내야 할 친구들인데, 라는 것도 너무 당연해서 시끄러운 말일 테고."

"……지금 뭐 하세요? 선생님이잖아요. 어른이면 그런 당연한 설교라도 해야 하는 거 아니에요?"

"듣고 싶다면야 얼마든지 해줄 수도 있지만, 자기 마음 한 조각 움직이지 못할 소리를 남에게 떠드는 건 공해 같아서 말이야. 나이 좀 더 먹었다고 설교하는 것도 취미가 아니고."

"잘 알았습니다. 취미도 아닌데 관심 가져달라고 귀찮게 굴어서 죄송했습니다. 제 일은 제가 잘 알아서 할게요. 이제 수업도 웬만하면 안 빠지고 잘 듣고 있어요. 또 뭘 할까요? 애들이랑도 친하게 지낼까요?"

불만스럽게 쏟아져 나오는 날 선 수진의 어조에 신혁의 눈빛이 가라앉았다. 잠시 두 사람 사이에 침묵이 돌았다. 가슴에 담고 있던 말을 다 쏟아내서 속이 후련하긴 했지만 다 뱉고 나니 또 후회스러웠다. 그를 원망해서 될 일이 아니지 않은가.

"좋은 현상이네."

잠깐 후회했는데, 후회했던 마음 바로 철회였다. 아무리 반항을 해도 그의 마음은 언제나 두 발, 세 발, 아니, 그보다도 먼 거리에 떨어져 있다. 수진은 어쩔 수 없는 서러움에 손을 꼭 쥐었다.

"미안하다. 그렇게 몰아붙이려던 건 아니었는데."

수진은 씁쓸하게 웃었다.

임수진, 철 좀 들자. 괜한 트집을 잡아서 애처럼 굴어서 뭐가 좋겠는가. 더 이상 그와 이런 식의 감정 소모는 하지 말아야지.

"전 이만 가볼게요. 선생님도 교실 점검 잘 마무리하세요."

"……아픈 곳은 다 나았니?"

수진은 잠깐 갸웃했지만 '아…….' 하며 붕대를 푼 손을 들어 보였다.

"보시다시피 말짱해요. 신경 써주셔서 감사합니다."

"그거 말고."

떠들던 수진의 동작이 멈칫했다. 손 말고?

"여기 말이다. 여기 아픈 건 다 나았냐고."

그가 천천히 자신의 가슴을 가리키며 한 말에 수진은 숨이 탁 막혔다. 동시에 자신도 모르게 눈물이 핑글 돌 뻔했다.

다친 손이 다 나았느냐는, 그런 게 아니었다. 2년 전의 사고, 그 때 눈앞에서 아주 좋아하던 친구가 죽어버리는 모습을 보았던 그 때의 충격을, 그때의 상처가 아물었느냐고 묻고 있는 것인가.

좀 잠잠해졌다고 그때의 아픔이 나았다고 할 수 있을까? 이제는 가끔 민후 생각에 웃을 수도 있게 되었다고 해서 다 사라진 거라고 할 수 있을까? 하지만 같은 장소에 있었기에, 그는 죽었지만 자신은 살았기에 죄스러움으로도 함부로 드러낼 수 없었던 아픔. 그 아픔에 대해 물어온 사람은 그가 처음이었다. 두렵기도 했고 놀랍기도 했고 그리고 또 조금은 기뻤다.

"아파요……."

그래서 수진은 자신도 모르게 꼭꼭 숨겨두었던 속마음을 대답하고 있었다.

"아직도 아파요. 그치만 나는 살았고, 민후는 죽었으니까…… 난 아파하는 것도 안 돼요. 나는 이렇게 잘 살아 있는데 민후는 가족도 볼 수 없고 친구들도 볼 수 없고, 가족들도 민후를 볼 수 없고 그 누구도 볼 수 없으니까. 더 이상 그 애를 볼 수 없으니까."

눈물이 툭 떨어졌다.

민후에게 물어보고 싶었다.

"그 앤 왜 그렇게 날 좋아했을까요? 내 매력이 뭘까요? 별로 대단할 것도 없는데. 별로 나 같은 애 안 좋아했어도 자기를 좋아해주는 사람이 그렇게나 많았는데…… 좋아했으면 끝까지 옆에 있어주지, 왜 멋대로 내 앞에서 죽은 걸까요?"

착한 애처럼 '민후가 죽어서 괴롭다'고, 그런 말이 아니라 왜 자신을 두고 먼저 떠났느냐고, 그래서 도리어 그가 원망스러운 이런 마음을 처음으로 쏟아내고 있었다.

"엄마한테도, 아버지한테도, 민후 부모님께도, 친구들한테도 말하지 못했어요. 엄마는 주변의 눈 때문에 창피해했고, 아버지는 사고 해결에만 바빴고, 친구들은 온갖 억측들을 했어요."

민후의 부모님은 드러내지 않으려고 했지만 수진을 원망하는 눈으로 봤다. 엄마는 딸과 대화를 해보려고 하는 대신 정신과 상담을 예약했다.

외로웠다.

두려웠다.

서민후가 불쌍하다. 서민후가 아깝다.

하지만 너도 아프지? 그 말을 물어본 사람은 한 사람도 없었다.

"그래서 더 무섭고 절망스러웠어요. 정말 민후를 내가 죽인 게 아닐까 싶어서. 나 때문에 민후가 그렇게 빨리 간 건 아닐까 싶어서……. 괜찮느냐고, 나한테도 말해주길 바랐어요. 민후가 죽어서 가장 아픈 건 나라고, 그렇게 소리치고 싶었어요. 하지만 너는 슬퍼할 자격도 없다고, 다들 그러니까."

신혁은 아무 말 없이 수진의 쏟아지는 말들을 들어주고만 있었다. 하지만 그 표정은 점점 더 고통스러워져 갔다. 깨진 유리 파편처럼 2년 동안 수진의 심장에 박혀 있던 말들이 밖으로 쏟아져 나왔다. 그리고 그건 그대로 신혁의 심장을 관통하고 있었다.

"민후가 죽고 나서 1년 동안 꿈에 그 애가 나타났어요. 전 너무 기뻐서, 살아 있는 거지? 죽지 않은 거지? 너무 기뻐서 그 애한테 다가갔지만 그때마다 민후는 울었어요. 왜 자기가 죽었냐고, 너무도 슬픈 얼굴로 묻는데도 전 그 애한테 아무 말도 할 수 없었어요."

쏟아지는 그녀의 괴로움이 신혁에게는 형벌이었고, 그는 그저 그 형벌을 받아들일 수밖에 없었다.

나랑 같이 가자고, 그렇게 꿈속에서 민후가 말한 날 수진은 자살 시도를 했다. 그게 반복되던 1년의 시간. 공포 같은 1년이 지나고 할아버지의 사랑방에서 겨우 고요를 찾았다. 하지만 여전히 수진의 가슴속엔 응어리가 있었다.

교실 안은 바늘 떨어지는 소리까지 들릴 정도로 고요했다. 얼른 눈물을 닦은 수진은 신혁에게 뭔가를 더 말하려다가 결국 아무 말도 못한 채 교실을 나갔다. 닫히는 문 너머로 애처로울 정도로 떨리는 수진의 야윈 어깨가 그대로 비수가 되어 신혁의 심장을 찔렀다.

문이 탁 닫힌 순간 신혁의 몸이 튀어나가려는 듯 반사적으로 움찔했지만 마지막 순간에 그는 멈추고야 말았다. 그저 끌어안아 떨림을 멈추게 하는 것으로 이 모든 게 해결된다면 얼마나 좋을까.

열아홉 한창 빛나던 순간의 죽음.

죽음이라…….

신혁의 눈빛이 흐려졌다. 텅 빈 저수지처럼 깊게 가라앉은 그 눈동자에 아픔이 돌았다. 갑자기 찾아온 죽음이란 게 어떤 상실과 충격을 주는지 자신이 가장 잘 알고 있었다. 저 작은 어깨에 얹혀 있기에는 너무도 큰 부피였다. 당장에라도 달려나가 그녀를 붙들어 버리고 싶은 욕망과 이대로 그녀를 내버려 두어야 한다는 억제 사이에서 혼란은 올가미처럼 그를 옥죄었다.

먹물 같은 검은 눈동자가 닫힌 문에 고정된 채로 그는 그 문 너머로 사라져 간 한 여학생을 생각했다.

'왜 내 옆에서 죽은 걸까요?'

수진의 낮은 외침이 귀에 달라붙은 듯 떨어지질 않았다.

너무도 괴로워 신혁은 천천히 눈을 감았다.

참 예뻐하던 아이였다.

신혁이 수진을 처음 알게 된 건 수진이 아주 어릴 때였다. 수진의 할아버지 임한중 선생과 재단의 인연으로 신혁의 부친과 임한중 선생이 만났고, 그 인품과 재능에 반한 신혁의 부친이 급기야 개인적으로 임한중 선생을 찾아가 서화를 배우게 되었다.

자신의 기분이 내키지 않으면 글자 한 자 써주지 않는 꼬장꼬장한 임한중 선생도 신혁의 부친에게만큼은 너그러웠다. 두 사람만의 통하는 바가 있었던 듯 그야말로 관계는 각별해져 이후 술자리까지 갖는 막역한 관계로 발전했다.

그리고 어느 날 신혁의 부친은 고등학생인 신혁을 데리고 임한중 선생 댁을 찾았다. 강제로 끌려온 그곳에서 접한 임한중 선생의 첫인상은 엄격하고 매서웠다. 서글서글한 눈매나, 바늘 하나 들어갈 구석이 없어 보이는 까다로운 표정 등 어느 하나 편한 구석이 없었다.

하지만 신혁은 점차 임한중 선생의 그런 분위기가 좋아졌다. 임한중 선생도 의젓하면서도 심지가 깊은 신혁을 마음에 들어했다. 신혁의 단정하면서도 깊은 고요함이 깃든 태도를 아꼈다.

신혁은 당시 형을 잃은 아픔을 겨우 견뎌내고 너덜너덜한 상처를 얼기설기 봉합한 채 살아가고 있는 상태였다. 임한중 선생을 만나기 몇 해 전, 비극적인 사건이 터졌다. 아버지의 통제와 비정상적인 강요를 견디다 못한 형이 열여덟의 나이에 학교 옥상에서 투신자살을 하고 말았다. 모든 것이 허물어지는 시기였다. 형의 죽음으로 부자 모두 같은 부피의 고통을 겪었다. 하지만 신혁의 눈에 아버지의 고통은 도리어 자신의 잘못을 모르는 뻔뻔한 자기 위안으로밖에 비치지 않았다.

위선자.

대학에 들어갈 시기가 되고 전공을 정하는 과정에서 신혁은 부친과 수없이 부딪쳤다. 그때 신혁이 자주 찾은 사람이 바로 임한중 선생이었다. 성한 데라곤 없이 상처받은 마음, 그에게 의지할 곳이라고는 임한중 선생의 고요한 뒤뜰뿐이었다. 그곳에 오면 신혁도 힘겨운 안정을 찾을 수 있었다. 임한중 선생은 신혁의 표정만 보고도 그의 혼란을 알아냈다. 그때 임한중 선생은 신혁에게 한마디를 했을 뿐이었다.

"먹을 갈아라."

그날 이후 신혁은 매일 같은 시간에 들러 먹을 갈았다. 처음에는 이게 무슨 의미가 있을까 싶었지만 시간이 지나다 보니 어딘가 고요해지는 부분이 있었다. 신혁에게 그 공간은 한 줌의 햇살이었다. 그리고 그곳에서 신혁은 한 가지 더 한 줌의 햇살을 찾게 되었다.

버릇처럼 그곳을 드나들면서 신혁은 수진을 만났다. 신혁이 처음 임한중 선생을 찾았을 때가 고등학생이었으니 그때 수진은 아직 초등학생이었다. 신혁의 입장에서 그야말로 수진은 애기였다. 하지만 수진은 신혁이 알고 있는 어린애들과는 조금 달랐다. 할아버지를 보고 자란 탓인지, 수진은 어린애였지만 까불까불 뛰어다니는 일도 없이 아주 얌전하고 내성적인 아이였다.

보면 늘 마루에 한지를 두고 앉아 삐뚤빼뚤 붓글씨를 쓰고 있기도 했고, 조용히 잉어에게 먹이를 주고 있기도 했다. 그러다 엄마가 오면 뚱한 얼굴로 엄마 손에 잡혀 어디론가 끌려가곤 했는데, 피아노 학원이었던 모양이다. 느낌상 별로 피아노를 좋아하지 않는구나 생각했지만 수진은 한 번도 그런 마음을 엄마에게 표현하지 않는 아이였다. 어린애가 어떻게 저렇게 침착할 수 있을까 싶을 정도로 말하는 어법에도 예의가 있었고, 어느 때는 어른들보다 더 어른스러운 말을 척척 하곤 했다.

갑자기 집에 드나드는 저 고등학생 오빠가 신기한 것 같긴 한데도 먼저 다가와서 말을 거는 일도 없었다. 멀리서 숨어서 보다가 들키면 얼굴이 빨개져서 후다닥 도망가 버리기 일쑤였다. 그러던 녀석이 중학생이 되자 갑자기 말이 많아지더니 온갖 수다를 쏟아내기 시작했다. 그런 손녀를 보며 임한중 선생은 '경거망동' 이라느니 '고삐 풀린 망아지' 라느니 별의별 타박을 다 했지만 성장하며 바뀌는 변화를 막을 수는 없었다.

몇 해를 봐도 슬그머니 웃는 게 다였던 아이가 활짝활짝 잘도 웃더니 어느 순간부터는 언제 어려워했냐는 듯 신혁에게 장난도 치기 시작했다. 수줍음이 많던 내성적인 소녀가 외향적으로 바뀌면서 그쪽에서 다가오는 일이 점점 더 많아졌다. 먼저 말을 걸고, 오랫동안 들르지 않으면 기다렸다고 푸념하고, 학교에서 있었던 일을 재잘재잘 떠들어댔다.

"그때 유영이가 갑자기 딸꾹질을 하는 거예요. 유영이가 누군 진 알죠?"

당연히 모른다. 하지만 반드시 알고 있을 거라 믿어 의심치 않는 그 반짝거리는 표정 때문에 대꾸할 말을 찾지 못하곤 했다. 틈만 나면 수진은 장황하게 반 친구들의 얘기들을 늘어놓았다. 듣다 보면 하나도 안 웃겨서 어디서 웃어줘야 하나 난감할 때가 한두 번이 아니었는데도, 수진은 뭐가 그렇게 웃긴지 까르르르 잘도 웃었다. 물론 신혁은 그 변화가 전혀 싫지 않았다.

"햄버거 사주세요."

"피자 사주면 알려주죠~!"

조건을 걸고서 협박하기도 하고, 피아노를 가르쳐 준다면서 종이 건반을 만들어 와 자기 멋대로 수업을 해주기도 하고, 공부를 하다가 모르는 게 있으면 쪼르르 달려와 가르쳐 달라고 시끄럽게 굴기도 했다.

"와, 어떻게 오빤 그렇게 모르는 게 없어요?"

"다 배웠으니까 그렇지, 인마."

수진은 신혁을 오빠라고 부르며 따랐지만 말을 놓진 않았다. 아무리 어릴 때 봤다고 해도 수진의 눈에 신혁은 완벽한 어른이었을 것이다.

그래서인지 수진이 아무리 자라도 신혁에게는 계속해서 그저 애기였고, 수진도 신혁을 한참이나 나이 많은 사람 정도로 인식하고 있었다. 신혁이 교사가 되면서 그 거리감은 더욱 벌어졌다. 도리어 이후 수진은 신혁을 깍듯한 태도로 모시기 시작했다.

　그 일례로, 어느 날부턴가 수진은 신혁을 꼬박꼬박 선생님이라고 불렀다.

"오빠는 어디 가고 갑자기 선생님이야?"

"선생님이니까요. 당연한 거 아니에요?"

"그렇긴 한데."

"근데요, 절대 우리 학교론 오지 마세요?"

"그건 또 왜?"

"성적 나쁜 거 적나라하게 들킬 거 아니에요. 지금도 공부 못한다고 진짜 아프게 쥐어박으면서. 머리 나쁜 게 아니라 피아노 때문에 그런 건데 구박만 하고. 으⋯⋯."

　하지만 그렇게 결사반대를 외쳤음에도 수진이 고2 때 신혁은 결국 수진의 학교로 발령이 났다. 수진은 그야말로 기겁을 했다.

"왜, 왜요!"

　첫마디가 '왜요' 라니.

"왜는 왜야, 거기로 가라잖아."

"으⋯⋯! 안 오면 안 돼요?"

"그걸 말이라고 하냐?"

"에잇! 이럴 줄 알았으면 예고로 가는 건데."

"그러지 그랬냐?"

"몰라요. 괜히 엄마한테 반항한다고 잔머리 굴리다가 내 꾀에 내가 당했어."

　신혁은 고개를 설레설레 저었다. 수진이 어릴 때부터 피아노를 쳐온 건 누구보다 잘 알고 있었지만 신혁의 눈에는 항상 수진이 피아노에 갇힌 것처럼 보였다. 그래서 예고에 가지 않겠다고 결정했을 때 신혁은 오히려 내심 찬성했었다.

엄마의 억압적인 강요가 없다면 오히려 지금보다 더 재능이 발휘되지 않을까 하는 아쉬움도 들었다. 부모의 과잉된 강요가 아이들에게 어떤 영향을 미치는지 그가 가장 잘 알고 있었다.

"예고로 가지 않은 건 잘한 거야. 기왕 일반 고등학교에 진학했으니 좀 더 넓게 보고 천천히 네 미래를 생각해 봐."

"으…… 큰일 났다. 가정 방문 같아. 으, 못살겠다."

신혁이 고개를 설레설레 저었다.

"농담이에요. 레슨은 열심히 받고 있으니까 걱정 마세요."

"걱정할지 말지는 학교에서 보고 판단하자."

"악! 알았어요. 좋아요. 어쩔 수 없지 뭐. 대신 저 아는 체하면 절대 안 돼요!"

"그건 또 왜."

"아, 정말, 창피하잖아요."

"누가 누굴."

"당연히 내가 선생님을! 애들이 선생님이랑 아는 사이냐고 물으면 왠지 좀 그렇잖아요. 민망하고 귀찮을 것도 같고. 인기도 많은 주제에."

하긴 알고 지내던 오빠가 어느 날 갑자기 선생이랍시고 교실에 나타나 눈앞에서 왔다 갔다 한다면 그것도 골치 아프긴 할 것이다. 그렇게 보면 그녀의 격렬한 거부 반응이 이해가 가기도 했다. 하지만 수진이 아무리 싫다고 학을 뗀다고 한들 자신은 수진의 고교 생활을 볼 수 있다는 게 내심 기대되고 즐거우니 어쩌겠는가.

하지만 아는 척도 안 할 것처럼 굴던 수진은 신혁의 첫 수업 날 애들 몰래 신혁을 뒤따라와 선물 상자 하나를 던지듯 주고 도망갔다.

상자를 열어보니 카드가 예쁘게 놓여 있었다.

**환영해요, 선생님! 열심히 공부할게요.**

단정한 필체로 적힌 카드를 들어보니 선물이 드러났다. 선물은 넥타이핀이었다.

답답해서 넥타이를 잘 하지 않는 신혁에게는 어찌 보면 가장 거리가 먼 선물이었지만, 나름 열심히 머리를 굴려 정했을 선물일 거라 생각하니 문득 웃음이 났다.

"내일은 넥타이나 해볼까?"

그 말대로 신혁은 전에 있던 학교에서 몇 달 만에 겨우 한 번 볼 수 있다는 '간지 강림 넘사벽 포스'의 완벽한 정장 차림으로 출근을 했고, 여학생들은 그야말로 자지러졌다.

폼 나는 고급 회색 슈트를 반듯하게 차려입은 신혁이 칠판 앞에서 왔다 갔다 하자 여학생들은 정신을 차리지 못했다는 후문이다. 그런 여학생들 틈에서 수진은 남몰래 씨익 웃음 지었다. 멋진 실크 넥타이를 살짝 누른 저 넥타이핀이 바로 자신의 선물이란 말이지. 왠지 가슴이 막 부풀어 오르는 것도 같았다. 저렇게 잘 어울리다니, 자기가 선물한 거라고 자랑하고 싶은 마음이 굴뚝을 때려부술 정도였다.

멋진 그를 보면 왠지 자기 어깨가 으쓱했고, 여학생들이 그를 좋아하면 자기가 기분이 좋아졌다. 신혁을 두고 여자애들이 싸우고 질투하면 왠지 자기가 나서서 정리해 줘야 할 것 같았다. 하지만 수진은 끝까지 신혁이 자신의 관계를 비밀에 부쳤다. 잘못하면 모든 여학생들의 질투를 받을 수도 있었으며 잘돼도 러브레터 배달부밖에 되지 않을 것이었다. 또한 그런 걸 엄청 귀찮아하는 신혁의 성격을 알기에 수진은 이 비밀을 무덤까지 갖고 가기로 했다.

늘 활발하던 수진도 체육 시간엔 맥없이 앉아 있곤 했다. 신혁은 가끔 지나가다가 그런 수진을 보았다. 말괄량이 주제에 친구들과 어울리지도 못하고 홀로 뚝 떨어져 앉아 있는 게 얼마나 고역일지 상상이 되었다. 온몸을 꼼지락거리고 있는 게 가엾기도 했다.

운동장 계단에 혼자 우두커니 앉아 있던 수진은 갑자기 뭔가가 뒤통수를 콕 때리고 떨어지자 뭔가 싶어 뒤통수를 문지르며 돌아보았다. 그곳에는 종이비행기 하나가 떨어져 있었다.

"뭐지?"

갸웃거리며 들어보자, 벌어진 종이비행기의 날개 부분에 글자가 적혀 있었다.

뭐 하냐?

누구의 글씨인지 금방 알 수 있었다. 할아버지에게 붓글씨를 배운 사람들에게는 공통적인 느낌의 필체가 있었다. 역시 고개를 들어보니 신혁이 2층 창턱에 기대서서 수진을 나른하게 쳐다보고 있었다.

수진이 풋 웃으며 그를 바라보았다.

선생님 또 졸리시나 보다.

"수업 안 하고 뭐 해?"

"하고 있잖아요, 참관 수업."

"게을러 터져선."

말도 안 되는 소리를 날리고 신혁은 제 갈 길을 갔다. 어이가 없어 종이비행기를 내려다보는데, 미처 발견하지 못한 글자가 저 안쪽에 또 적혀 있어 수진은 마저 종이비행기를 펴보았다.

힘내라!

신혁의 전언이었다.

신혁과 수진의 관계는 그렇게 어른 대 아이, 선생님과 학생이라는 평행 관계를 유지하며 잘 흘러갔다. 그리고 그 와중에 수진에게 변화가 찾아왔다.

수진이 고3이 되자마자 같은 반의 유명한 녀석 서민후와 사귀게 된 것이다. 수진이 남자친구를 사귈 수도 있단 걸 머리로는 알고 있었지만 막상 그때가 오자 신혁은 이상하게도 마음이 묘해졌다. 잘 웃던 아이는 더 잘 웃게 되었고, 예쁘던 미소는 더 예뻐졌다. 바로 서민후가 만들어낸 것이었다.

민후와 함께 있는 수진은 반짝반짝 빛이 났다. 둘은 잘 어울리는 커플이었고, 모두의 호기심과 질투의 대상이 되었다. 서민후, 잘생기고 자신만만한 녀석. 이 일대의 유명인사인 서민후를 모르는 사람은 없었다. 태어날 때부터 이목을 끌 운명을 타고난 것처럼 화려했다.

그저, 처음 남자친구를 사귀는 수진을 오빠의 마음으로 걱정하는 것이겠지, 선생으로서 주목하는 것이겠지, 그렇게 생각했다. 하지만 신혁은 이따금씩 자주도 마음이 갑갑해졌고 자주도 그 두 사람이 신경이 쓰였다. 뭔가가 거슬리는 느낌이었고, 서민후를 주의 깊게 쳐다보게 되었다. 아마도 질투 같은 것이었는지도 모르겠다.

아이가 소녀가 되고 소녀가 청소년이 되고 청소년이 어른이 될 준비를 하면서, 그 변화를 모두 지켜보면서, 신혁은 수진이 아주 많이 사랑스럽다고 생각했던 모양이다. 그저 애기였을 뿐이던 아이가 교복을 입고, 굴곡이라곤 없던 몸매에 부드럽게 곡선이 생기고 봉긋하게 가슴이 솟고 점점 여성스러워지고 어른스러워지고.

그런 수진이 어느 틈에 참 예쁘고 소중한 존재가 되어버렸나 보다.

하지만 그뿐이라고 생각했다. 내 옆에서, 늘 내 주변에서만 맴돌던 작은 소녀가 이제 남자친구를 사귀고 그를 향해 예쁘게 웃는다. 단지 서운함일 것이라고. 더 이상 나만 찾는 아이가 아닌 것이 허전했던 것, 그것이라고…….


도망치듯 교실에서 나온 수진은 눈물을 닦아가며 거리를 걸었다. 너무 오랜만에 감정을 폭발해서인지 심장이 미친 듯이 뛰었다. 사고 이후 한동안 이렇게 날마다 울었었다. 하지만 눈물도 말라 버린 건지 그 이후로는 한 방울의 눈물도 나지 않았다. 도리어 마음은 무감각해지고 싸늘해지기만 했었는데 지금 이렇게 뒤늦은 눈물 파티를 벌이다니.

눈이 퉁퉁 부을 정도로 울면서 걸어가고 있는데 갑자기 뒤쪽에서 오토바이 소리가 들렸다. 순간 수진의 몸이 전기라도 맞은 것처럼 크게 튀어 오르며 온몸이 부들부들 떨리기 시작했다. 생각하기도 싫은 그 소리에 입술이 바짝 타들어갔다. 동공이 누가 벌리기라도 한 듯 커졌다. 자신 쪽으로 달려오고 있는 오토바이 소리가 굉음으로 변한 순간 수진은 몸을 홱 돌리고서 하얗게 핏기가 가신 얼굴로 달려오는 오토바이를 바라보았다. 그러다 자신도 모르게 천천히 그쪽으로 걸음을 옮겼다. 머릿속이 텅 비었다. 뭔가에 얻어맞기라도 한 듯 심장이 아팠다.

사고 순간의 기억. 피투성이의 얼굴, 싸늘한 주검, 절망적인 그때의 그 모든 기억들이 플래시백처럼 떠오르자 정신이 아득해졌다. 의식이 흐려져 가며 그대로 픽 쓰러지려는 순간 누군가가 강한 힘으로 수진의 팔을 잡아 그대로 끌어당겼다.

"정신 차려, 임수진!"

수진의 몸이 허깨비처럼 팔랑거리며 신혁의 품속으로 무너지듯 쓰러졌다.

"아……."

희미한 시야로 소리치는 남자의 모습이 서서히 또렷하게 보이기 시작했다. 그가, 이신혁 선생님이 숨을 몰아쉬며 수진을 쳐다보고 있었다. 화가 난 듯 잔뜩 찌푸려진 이마. 그럼에도 살피듯 수진의 얼굴을 낱낱이 훑어보는 시선엔 걱정이 담겨 있었다. 단지 자신의 소망일 뿐이더라도 좋았다. 허물어지듯 신혁의 가슴에 기댄 수진의 눈동자에 차차 색이 돌아왔다. 과거의 어딘가에서 헤매고 있던 의식도 점차 또렷해졌다.

왜일까, 그가 왜 여기에 있는 걸까. 하지만 동시에 미친 듯한 안도감이 일었다.

오토바이는 이미 수진과 신혁의 옆을 시끄러운 소리를 내며 지나간 후였다. 뭐라고 욕설을 남긴 것도 같다.

이제 오토바이는 없어.

깨달은 순간 수진은 터뜨리듯이 숨을 내뱉었다.

"대체 뭐 하고 있는 거야!"

신혁이 정말 화가 난 듯 무서운 얼굴로 수진을 다그쳤다. 하긴 혼날 짓을 제대로 하긴 했다. 그래도…… 일부러 그런 것도 아닌데. 잘못하면 큰일 날 뻔한 사람한테 쥐 잡듯 닦달이라니. 수진은 입술을 축여가며 겨우 대답했다.

"오토바이가……."

그런 수진을 내려다보는 신혁의 눈동자가 서서히 가라앉았다. 그의 눈썹이 좁혀졌다.

트라우마인가.

한숨을 내쉰 신혁은 서서히 표정에서 힘을 풀었다. 수진은 자신의 팔을 꽉 잡고 있는 신혁의 손을 내려다보았다. 이 사람은 이렇게 자주도 자신을 잡아준다.

"괜찮으니까 이제 놔주세요."

신혁이 순순히 손에서 힘을 풀었다. 팔이 자유로워지자 수진은 입술을 꼭 깨물었다.

"여긴 왜 계세요?"

"왜, 불만 있냐? 혹시라도 이런 일이 있을까 봐 따라왔다고 하면 믿을래?"

그가 어울리지 않게 괜한 시비를 걸어왔다. 말뜻은 꽤나 상냥한 의미 같은데 어쩜 태도는 정 떨어지게 저럴까?

"안 그래도 위태위태한 문제아가 그렇게 불안한 상태로 나가 버리면 남은 사람 마음이 편하겠냐? 자기 할 말만 하고 그렇게 가 버리면 순진무구한 이 아저씨는 어떻게 하냐고."

뭐래?

"뭐 일단은, 그런 상태로 만든 내 책임도 있으니까."

"……그렇다고 한강에 뛰어들거나 하진 않아요."

"누가 그런 짓 하게 놔둔대!"

그가 버럭 소리를 질렀다. 진짜 화났나 보다. 그 초연하고 고고한 이신혁 선생님은 어디 가고 버럭버럭 소리 지르는 폼이 꼭 할아버지를 보는 것도 같았다. 그나저나 애 뺏긴 엄마 귀신처럼 넋이 나가서 오토바이 앞으로 제 발로 걸어간 그 순간에 정확하게 나타나 주다니, 앞으로 이 선생님을 존경해야겠다.

"한 번만 더 그런 짓 하면 꽁꽁 묶어서 체육관 창고에 가둬 버릴 테니까 그렇게 알아!"

거긴 좀…… 밤에 체육관 귀신 나온다던데.

"조심할게요. ……죄송합니다."

신혁이 짧은 시간에 너무 많은 격노를 한 건지 호흡을 가다듬으며 머리카락을 살짝 쓸어 넘겼다.

“근데요 선생님, 저 걱정해 주시는 거예요?”

“입 다물어라.”

“선생님은 그런 식으로 걱정을 하시는구나. 도리어 화내면서. 그죠?”

잡아먹을 듯 수진을 노려보던 신혁이 앞장서서 걷기 시작했다. 하지만 수진이 그 자리에 계속 멀뚱히 서 있자 휙 돌아보곤 신경질을 냈다.

“뭐 하고 있어. 빨리 따라와!”

“어디 가는데요?”

“어디 가긴 어딜 가. 집에 가야지. 따라와.”

“저 혼자 갈 수 있어요.”

“누가 몰라? 내 마음 편하자고 그러는 거니까 잔말 말고 따라와.”

이기적인 소리를 잘도 흘리고는 제멋대로 가버리는 얄미운 선생을 노려보다가 수진은 어쩔 수 없어 타박타박 따라 걷기 시작했다. 눈이 퉁퉁 부어서 앞이 잘 보이지 않았다.

“……어디야, 집.”

“같은 동네요.”

“그걸 누가 몰라?”

“근데 저 버스 안 타요.”

“타.”

“원래 걸어 다녀요.”

“고집하고는.”

신혁이 고개를 설레설레 저었다. 그러다가 고개를 땅에 박다시피 하며 걷고 있는 수진의 반대편으로 휙 돌아오더니 도로변 쪽으로 서서 나란히 걸었다. 수진은 그 행동의 의미를 알 것 같아 마음이 찡해왔다.

"뭘 그렇게 생각하고 있어?"

"선생님에 대해서요."

"또 무서운 소리 한다."

"선생님 본성 말이에요, 생각보다 훨씬 더 상냥하지 않을까 싶어요."

"나도 모르는 내 본성을 꿰뚫어 봐줘서 고맙다만, 현재 내 생각은 지금이라도 혼자 보내야 하나, 그거다."

수진은 퉁퉁 부은 눈가를 문지르며 피식 웃었다.

침묵이 참 불편했다. 그렇게나 오랫동안 자신의 안에 꾹꾹 눌러 두어 어쩌면 발효까지 되었을 감정을 고스란히 내비친 상대방과 이렇게 걷는 게 편할 수는 없었다. 지금이라도 가주었으면 하는 마음과, 절대 가지 말았으면 하는 바람 사이에서 수진은 당황스러웠다.

나는 왜 자꾸 이 선생님한테 끌리는 걸까. 왜 자꾸 그를 바라보고 싶은 걸까. 왜 자꾸만 나에 대해 알려주고 싶은 걸까. 그저 그의 보살핌을 받고 싶은 걸까? 아니면 그의 모든 것을 소유하고 싶은 걸까?

그저 같이 있으면 외롭지 않기 때문에?

아니, 이제 알겠다. 이유 따윈 없다. 그냥 자신은……

그건 어쩌면 스물한 살 덜익은 경험치에서 나온 경솔한 말이었을지도 모르겠다.

"저 선생님 좋아하나 봐요."

자신도 모르게 말해 버린 순간 신혁이 서서히 멈춰 섰다. 그가 놀란 듯 동공이 벌어져서 수진을 천천히 돌아보았다. 수진은 가방을 꼭 쥔 채 신혁을 똑바로 마주 보았다. 내뱉은 이상 물러나지 말자!

하지만 신혁이 짓고 있는 표정의 의미를 도통 가늠하질 못하겠어서 당황스러웠다. 놀란 것도 같고 당황해하는 것도 같고. 이도 저도 아니고 그저 황당해하는 것도 같고. 아니, 그냥 좀 많이 놀란 것 같다. 그래도 저렇게 충격받은 표정이라니. 그냥 좀 황당해하던가, 심하면 비웃음 정도 날려줄 줄 알았는데, 기분이 영 찜찜했다.

자신도 지금 자신이 참 어이가 없단 걸 좀 참작해 줬으면 싶다. 하지만 감정의 둑이 터져 눈물이 정신없이 흘러나왔듯, 아직 여물지 않은 감정의 알맹이는 허술한 울타리를 간단하게 무너뜨려 버리고서 밖으로 뛰쳐나오고 말았다.

"선생님을 보면 언제부턴가 가슴이 두근거려요. 찌르르 아프기도 하고 누가 찌른 것처럼 아리기도 하고……. 이거, 좋아하는 거 맞죠?"

"저 선생님 좋아하나 봐요."

자신도 예상치 못했던 고백. 필시 그에게도 예상치 못했었을 말. 마른하늘에 날벼락과도 같았을 갑작스런 선고. 망치로 얻어맞기라도 한 듯 얼떨떨한 표정으로 서 있던 그날의 이신혁 선생님. 타이밍도, 상대도, 상황도, 어느 것 하나 제대로 된 게 없었는데도 수진은 자신의 마음을 말해 버린 걸 후회하고 싶지 않았다.

좋아하는 게 맞다. 아무리 생각해 봐도 그렇다.

언제부턴가 가슴이 두근거렸다. 그건 곧 통증으로, 저릿함으로, 그리움으로, 열병으로 변했다. 이상하게도 그렇게 되어버리고 말았다.

"선생님을 보면 언제부턴가 가슴이 두근거려요. 찌르르 아프기도 하고 누가 찌른 것처럼 아리기도 하고……. 이거, 좋아하는 거 맞죠?"

아무 예고도 없이 비가 내리기 시작했다.

처음 좀 놀란 듯했던 그의 표정은 점차 서늘함으로 변했다. 그나마 돌던 약간의 혼란스러움조차 지운 채 싸늘하게 식은 시선으로 그가 이내 앞서서 걷기 시작했다. 마치 아무것도 못 들었다는 듯.

그리 거센 비는 아니라서 우산이 없어도 걸을 수 있었다. 두 사람 다 비를 맞으며 수진은 뒤처져서 그는 앞서서, 그렇게 걸어가며 수진은 조금씩 비에 젖고 있는 그의 머리칼을, 등을 바라보았다. 하지만 무심한 그 등은 수진을 전혀 돌아보지 않았다. 마치 갑작스러운 고백을 단절시켜 버리기라도 하듯.

"그게 대답인가요?"

"선생님!"

"말로 해주시면 안 돼요?"

몇 번이나 그를 부르고 그런 말을 물었던 것도 같다. 하지만 신혁은 단 한 마디도 반응해 주지 않았다. 대답 없음이 대답이란 걸 대답하는 것도 용납하기 싫을 정도로 그는 그렇게 임수진이 어이없었던 걸까?

드디어 집 근처까지 다다랐을 때 그는 도착하자마자 수진을 두고 돌아섰다. 수진은 비를 맞아가며 의기소침한 얼굴로 신혁을 바라보았다.

'정말 그렇게 가버리는 거예요, 치사하게?'

하지만 아무리 임수진이라도 그쯤 되니 용기가 사그라져 버리고 말았다.

"욕이라도 하던가!"

그가 마음을 고쳐먹고 돌아와서 무슨 말이라도 해주길 끝까지 기다렸지만 마지막까지 그 어떤 말도 하지 않은 채, 그는 그렇게 등을 돌린 채 사라져 버렸다. 차라리 비웃기라도 하지. 마치 들은 것도 없었다는 듯 무시하는 게 더 가슴 아팠다.

"선생님……."

무모한 용기가 도리어 화가 될 수 있다는 걸 오늘 깨달았다.

"좋아해요. 좋아졌어요……."

기대고 싶은 마음을 착각하고 있는 건지 몰라도, 설령 그렇더라도 지금 내 마음에 거짓은 없어요. 착각이면 좀 어때요? 이렇게 가슴을 두근거리게 하는 착각도 있나요? 이유가 있어도 좋고 없어도 좋아요. 왜 이렇게 맹목적인지 나 자신도 불안하지만 그것조차 이겨낼 정도로 선생님이랑 같이 있고 싶다구요. 그러니까 그렇게 냉정한 표정은 안 하면 안 돼요?

"그 정도로 내가 싫어요?"

나는 이런 마음을 가지면 안 되는 걸까요?

죽어버린 친구를 두고, 나 혼자만 행복하려 하면 안 되는 걸까요?

누군가를 좋아하면 안 되는 걸까요?

아니면 선생님을 좋아하면 안 되는 걸까요?

집 안으로 들어서니 할아버지는 후원의 연못가에서 우산을 쓴 채 비단잉어에게 먹이를 주고 계셨다. 비가 오건 눈이 오건 정해진 시간에 해오던 일을 한 번도 거르지 않는 분이었다. 수진은 죄송스러운 마음에 가만히 옆으로 가서 섰다.

"죄송해요, 할아버지. 늦었습니다."

할아버지는 대답 없이 비단잉어에게 먹이를 던졌다. 이렇게 서 있어도 별다른 언질이 있을 것 같지 않아서 수진이 돌아서려는 순간 할아버지가 낮게 말했다.

"내일은 오랜만에 난을 쳐볼 생각이다. 시간에 늦지 마라."

"네……."

"무슨 고민이라도 있누?"

"아, 아뇨."

고개까지 저어가며 아니라고 하는 수진을 심연까지 꿰뚫어 볼 듯 깊은 시선으로 보던 할아버지가 곧 손을 탁탁 털고 돌아섰다. 사랑채로 향하시는가 싶더니 몸을 돌려 수진에게 우산을 건네주었다.

"비 맞고 다니지 마라. 몸 상한다."

"네……."

수진은 할아버지의 온기가 그대로 남아 있는 따뜻한 우산 손잡이를 잠시 쥐고 있다가 천천히 할아버지를 불러보았다.

"할아버지……."

하지만 잠시 머뭇거리다가 결국 엷게 웃고 말았다.

"아니에요. 비 맞으세요. 얼른 들어가세요."

"오냐."

사랑채로 사라지는 할아버지를 바라보며 수진은 고개를 저었다.

무슨 말을 하고 싶었던 걸까? 누군가가 좋아졌다. 그래서 내 멋대로 고백을 해버렸는데 거절보다 더 심각한 반응을 대답으로 들었다. 그런 것도 고민이라고 말하려고 했던 걸까?

"저요, 누군가가 좋아졌는데…… 그 사람은 제가 너무 귀찮은가 봐요."


누가 고백을 하건 차이건 해는 제시간에 뜨고 제시간에 졌다. 수진은 만사가 다 귀찮아 아무것도 하고 싶지 않았지만 축축 늘어지는 몸을 끌고 겨우겨우 학교를 다녔다. 오늘도 역시 몸만 거기에 둔 것 같은 느낌으로 오전 수업을 멍청히 흘려보냈더니 어느새 점심시간이 되었다. 하지만 애들이 버글거리는 식당에 가는 게 내키지 않아서 빵과 우유를 사서 운동장으로 향했다.

어디 한구석에 처박혀서 빵이나 먹을 생각으로 걸어가고 있는데 맞은편에서 걸어오던 여학생들과 수진의 몸이 확 부딪쳤다. 장난치며 걷느라 앞을 못 본 여학생과 부딪친 수진의 손에서 빵이 툭 소리를 내며 떨어졌다. 거기까지만 해도 괜찮았는데, 미처 걸음을 멈추지 못한 여학생이 빵을 발로 밟아버렸다.

이런.

아깝게시리.

수진은 혀를 차며 실내화 밑창의 횡포가 고스란히 찍혀 있는 빵을 내려다보았다. 남의 점심 끼니를 빼앗은 여학생은 일부러 그런 건 아니었는지 좀 미안한 표정을 했지만 빵의 주인이 임수진이란

걸 깨닫자 어느새 표정이 확 바뀌더니 참으로 싸가지 없게도 이렇
게 말했다.

"일부러 그런 건 아니거든요? 미안해요?"

그러고는 자기 친구들이랑 그 자리를 홀랑 벗어나는 것이다.

"미안해요? 뒤에 물음표는 뭐야? 물음표 빼고 다시 해."

수진은 어이가 없었지만 그냥 한숨을 삼키곤 너덜너덜해진 빵
을 주우려고 허리를 숙였다. 성질 같아선 저걸 빵으로 확 날려 버
리는 건데. 투덜거리며 빵에 손이 닿으려는데 누군가의 손이 수진
보다 먼저 빵을 탁 잡았다.

수진은 혹시 하는 기대감으로 천천히 고개를 들었다. 하지만 고
개를 든 수진의 표정은 서서히 식어버리고 말았다. 뭘 기대했던
걸까? 신혁이 아니었다. 처음 보는 남학생이 빵을 주워선 잠시 그
처참한 꼴을 보다가 수진에게 불쑥 내밀었다.

뭐지? 빵을 주는 척하면서 업어치기를 하려는 건가?

"고마워."

학교에서 입을 뗀 게 사흘 만인가, 나흘 만인가. 아무튼 웃으며
인사를 했더니 남학생은 같이 싱긋 웃어주고는 곧 자기 갈 길을
갔다.

'참 가지런하게도 생긴 녀석이네.'

남학생을 잠시 돌아보고 섰던 수진은 곧 처참한 꼴이 된 빵을
다시 내려다보았다.

"이걸 먹어야 해? 말아야 해?"

하지만 봉지 안에 있었으니 먹어도 되지 않을까? 이래 봬도 내

가 제일 좋아하는 빵인데. 때 아닌 진지한 고민을 하며 빵에 시선을 쿡 처박고 걸어가는데 이번엔 자신 쪽에서 앞에서 오던 사람을 확 박아버리고 말았다. 오늘따라 왜 이렇게 교통 정체가 심한 거야? 짜증난 마음을 애써 누르며 '미안……' 하며 고개를 들던 수진의 눈이 활짝 떠졌다.

이번에야말로 신혁이 고개를 살짝 기울인 채 수진의 앞에 서 있었다. 하지만 그의 시선은 수진이 아닌 수진의 빵에 닿아 있었다.

"안녕하세요."

수진은 그를 만난 게 그저 기뻐서 헤헤 웃었다. 그날 그렇게 개무시를 당했는데도 이렇게 여전히 그가 반갑고 그를 보는 게 행복하기만 하다니, 아마 자신은 지상 최대의 멍청이일 듯.

"빵 꼴 좀 봐라."

그가 언제나처럼 용기가 확확 솟아나는 따뜻한 태클을 걸어주었다.

"맛있겠죠?"

"시끄러워. 성질도 더러우면서 뭘 그렇게 참고 넘어가? 지구의 평화라도 지킬 생각이냐?"

그 한심한 현장을 본 모양이다. 봤으면 그냥 넘어가 주지. 하지만 태클을 걸어와도 좋고 망신스러워도 좋았다.

"뭘 그렇게 실성한 사람처럼 혼자 웃어?"

"누가요? 저 안 웃었어요."

그러면서 함빡 웃고 있는 수진을 신혁이 진심으로 불쾌하다는 표정으로 쳐다보았다.

"사실요, 현대인들 아무렇게나 벌컥벌컥 화내는 거 문제 좀 있
잖아요. 조금만 참으면 싸움 없이도 넘어갈 일을 괜히 끝까지 따
지고 그러니 불쾌지수 올라가고 그러다 보면 사소한 시비가 칼질
로 이어지고."

"말 한번 예쁘게 한다. 여고생이 칼질이 뭐야, 칼질이."

수진은 싱긋 웃으며 빵 봉지를 열어 한입 베어 물었다. 복도 한
가운데서 선생님이 보는 가운데 그 짓을 하고 있으니 지나가던 학
생들이 흘낏거리며 수진을 쳐다보았다. '역시 임수진 살짝 사이코
란 게 사실이었나 봐' 라는 소리도 들린 것 같다.

"뭐 하냐, 너?"

신혁도 정상이 아닌 인간을 보는 눈으로 수진을 쳐다보았다.

"배가 고파서요."

"그럼 밥을 먹어."

"아시잖아요, 저 왕따인 거. 아무리 저라도 가끔은 혼자 먹는 게
쓸쓸할 때가 있거든요."

그렇게 말하고 수진은 오늘은 여기서 이만, 하며 신혁에게 꾸벅
인사를 하고 운동장으로 향했다. 짧게 보는 거라도 좋다. 오버하
지만 않으면 그날처럼 그에게 무시당할 일도 없을 것이다. 타인이
되지 않아도 된다.

복잡한 마음으로 수진을 응시하고 있던 신혁은 옅은 한숨을 삼
키며 천천히 몸을 돌렸다. 하지만 몇 걸음 가지 못해 뒤에서 누군
가가 등을 콕콕 찔러서 돌아보니 이미 간 줄 알았던 수진이었다.
신혁의 눈동자 안에서 경미한 진동이 일었다.

"왜."

"전 역시 선생님이 좋은가 봐요."

신혁의 눈동자가 벌어졌다. 이젠 더 해질 데도 없는 심장이 수진이 잠시 호 부는 바람에도 발기발기 찢겨진 채로 제멋대로 흔들린다는 걸 그녀는 알까?

수진은 돌아올 신혁의 반응도 무섭고 이렇게나 스토커 본능으로 똘똘 뭉친 자신도 무서웠다. 바로 방금 전까지 그에게 더 이상 부담 주지 말자 그렇게 다짐해 놓고서 또 이러고 있다. 하지만 아무리 생각해 봐도, 한 번 눈 질끈 감고 고백한 걸로 땡! 그다음부터는 안전권 내에서 그나마 자연스러운 관계 유지하기, 같은 건 마음에 들지 않았다. 최악의 경우 여학생의 철없는 장난질이라고 생각하더라도 그가 좋은 건 좋은 거다.

하지만 신혁은 그런 철없는 여학생의 장난질에 장단 맞춰줄 만큼 호락호락한 인간이 아니란 걸 바로 다음 말로 보여주었다. 맥락 없이 까불어대는 여학생을 향한 그의 단호한 체포 영장이 떨어졌다.

"지금 당장 따라와, 상담실로!"

그렇게 해서 현재 수진은 신혁의 앞자리에 앉아 그를 빤히 쳐다보고 있었다. 상담실에 끌고 온 걸 보면 기를 죽일 심산이겠지만 죄송하게도 별로 기가 죽거나 그래지진 않았다.

좋아한다는 걸 열 번이고 백 번이고 말로 하지 않는다면 그 마음을 그가 절대 알아주지 않는 관계였다, 이 관계는.

"좋아하는 게 그렇게 잘못하는 거예요?"

그래서 그런 소리나 흘려대며 앉아 있었다. 여기가 멘붕 스쿨도 아니고 뭐 하는 건지 자신도 모르겠지만. 하지만 껌 좀 씹을 것 같은 수진의 태도와 달리 신혁의 표정은 단호했다.

"넌 학교를 뭘로 보고 있는 거야?"

단단히 화도 난 것 같다.

그렇게 말하면 할 말이 없어진다. 하지만 그런 말에 바로 포기해 버리면 절대 1초의 관심도 받지 못할 관계였다, 이 관계는.

"그렇게 말씀하시면 할 말이 없어지잖아요."

"너 때문에 병 날 것 같아."

애초에 통하지 않으리란 건 알았다. 자신이 무례한 행동을 하고 있다는 자각도 있었다. 하지만 그렇다고 바로 정신 차리고 사과하고 철회하면 자신의 의지라는 걸 절대로 인정받지 못할 관계였다, 이 관계는.

"선생님한테 고백하는 여자애들 많지 않아요? 저도 그중의 하나일 뿐이라고 생각하시면 되잖아요? 뭘 그렇게 심각하게 고민하고 그러세요?"

"하……."

"선생님한테는 누군가가 좋아한다는 게 그렇게 불쾌한 거예요?"

"너처럼 그렇게 면전에서 떠들어대진 않아."

"다들 떠들어대던…… 저처럼 그러던데요?"

"너처럼 무섭게 들이대진 않지."

"아, 그렇구나."

하긴, 그건 임수진 전매특허니까.

"대체 왜 그러는데."

질문이 참 이상하다. 게다가 저 말을 저렇게까지 지친 표정으로 할 건 뭐냐고.

"왜 좋아하냐구요? 아니면 좋아한다고 떠들어대냐구요?"

"전자, 후자 둘 다!"

참 단호하기도 하시지.

"왜 좋아졌는지는 저도 모르겠지만, 그렇게 되어버렸어요. 뇌에 불이 붙은 것 같은 기분이에요. 그냥 그래요."

"가지가지 한다, 이 녀석아."

수진은 씁쓸하게 웃었다. 아무리 진심으로 고백해도, 혹시 이 마음이 더 깊어져 정말 간절한 마음으로 굳어 후에 또 고백을 한 대도 이 사람의 반응은 이와 같을 것이다. 적당히 넘겨 버리거나, 무시하거나, 그딴 소리 하지 말라거나.

"저는, 다른 사람이 좋아지면 안 돼요?"

순간 신혁의 표정이 굳었다.

"돼. 충분히……. 하지만 나한텐 하지 마."

마음이 울적해진다.

"하지만 누군가 다른 사람이 좋아진다는 건 좋은 현상이니까 계속 좋아하도록 노력해 봐. 단, 나는 빼고."

가슴이 찌르르 울렸다.

전생이 목수였나. 저렇게 때려 박듯 단호하게 못 박는 것도 재능이지 싶었다.

"나는, 이렇게 무시당하는데도 왜 선생님이 싫어지지 않을까요?"

"……내가 너무 매너 있게 대해줬나 보다."

"선생님 행동들 동영상 찍어서 보여 드려요? 완전 파렴치 선생님이었는데. 자신에 대한 자각이 없으시군요. 매너가 뭔지 모르시거나."

잘났다고 불만을 쏟아내고 있는 수진 때문에 신혁의 눈썹이 꿈틀했다.

"아무튼."

신혁이 테이블을 탁 집고 일어나 섰다.

"성실하고 착한 학생으로 오래오래 보자. 졸업하고, 좋아하는 일 하고 너한테 어울리는 연애하고 잘살아라. 내 소망이다."

"그렇게 할 거예요, 뭐. 선생님 덕분에 학교가 조금은 좋아졌고 수업도 잘 듣고 있으니까."

"그렇다면 다행이고."

"그러니까…… 역시 앞으로도 계속 좋아할래요. 그래야 성실하고 착한 학생이 돼서 선생님을 기쁘게 해드릴 수 있을 거 아니에요."

그 궤변에 신혁이 어이없다는 듯 수진을 봤다.

"대꾸하기도 귀찮아진다. 아, 힘 빠져."

"그렇게 복잡하게 생각하지 마세요. 여고생이 선생님을 좋아하는 건 너무 평범한 거니까."

수진이 싱긋 웃고는 의자에서 일어났다.

"그러니까 개인적으로 이런 데로 저 막 부르고 그러지 마세요. 연심이 더 커질 수도 있으니까요. 친절한 상담, 감사드립니다."

수진은 꾸벅 인사를 하고 밖으로 나갔다. 신혁은 한 방 얻어맞은 얼굴로 수진이 나간 자리를 보고 있었다.

"뭐라는 거야."

진심으로 머리가 아픈 듯 그가 관자놀이를 꾹 눌렀다.

뭐가 연심이란 건지. 하지만 그 짧은 한마디에도 이렇게 흔들려서야…….

밀려오는 이율배반적인 감정을 주체하지 못하겠다. 수진의 말도 맞았다. 여학생이 선생을 좋아하는 감정을 갖는 건 너무도 평범한 일이다. 그걸 막을 필요도 없고, 신경 쓸 이유도 없다. 하지만 그렇기에 더 막아야 하는 불안정한 감정이다, 라는 건 다른 대다수의 여학생에게나 통할 이론. 자신에게는 수진이 그들과 동등한 의미가 아니었기에.

그녀의 고백이 그의 심장을 얼마나 갈가리 찢어놓는지. 한 사람의 고백이 다른 한 사람에게는 흉기가 될 수도 있다는 걸 그 누가 믿겠는가. 목적 없는 시선을 아무렇게나 던져 둔 채로 그 자리를 떠나지 못하는 신혁의 표정이 마치 세상 끝에 서 있는 사람처럼 위태로웠다.

하지만 그를 괴롭히는 수진의 고백 퍼레이드는 그날로 끝나지 않았다. 도대체 무슨 고백 귀신이 쓰인 건지 수진의 이상 행동은 그날 이후로도 이어졌다.

수업이 없는 시간이라 등나무 벤치에 앉아 있는데 등 뒤쪽 건물의 창문에서 뭔가가 휙 날아왔다. 엉성하게 얽어진 등나무 틈새로 정확하게 날아 들어온 그것은 그대로 신혁의 어깨를 맞고 팔랑 떨어졌다. 종이비행기라는 걸 발견한 순간 신혁의 눈동자가 정처 없이 흔들렸다.

문득 그립기도 하고 아릿하기도 해서 잠시 애틋한 눈으로 보던 신혁은 그저 여학생들의 장난이려니 하는 마음에 곧 고개를 젓고서 종이비행기를 한쪽에 밀어두려 했다. 하지만 그 순간 벌어진 종이비행기의 날개 부분에 적혀 있는 글귀를 발견하고 눈이 커졌다.

**선생님 멋지시네요.**

다급해져서 고개를 휙 돌려보니 예상대로 창가에 수진이 서 있었다. 신혁은 천천히 종이비행기를 다시 내려다보았다가 수진을 다시 쳐다보았다.

“……!”

신혁의 눈동자가 흔들렸다. 하지만 그의 안에서 일고 있는 파문과 달리 수진은 그저 편안하게 웃고 있었다. 자신의 예감이 틀렸다는 걸 그 표정을 보고 알았다. 아무것도 아닌가. 기억해 낸 것이 아닌가.

빤히 신혁을 보며 창가에 기대서 있던 수진이 종이비행기 하나를 더 날렸다. 그 종이비행기 역시 추락 없이 날아와 이번에는 신혁의 머리를 툭 때리고 떨어졌다. 순간 수진이 풋 웃음을 터뜨리며 죄송하다는 듯 양손을 가슴 앞으로 딱 갖다 붙였다.

눈썹을 찌푸린 채로 종이비행기를 펼쳐 보았더니 이번엔 더 황당한 내용이 적혀 있었다.

**애인이 되어주세요.**

신혁은 어처구니가 없어서 혀를 차야 했다. 저 녀석을 대체 어찌하면 좋을까……. 한숨이 일어 미간을 찌푸리며 시선을 드는데, 맥 빠지게도 수진은 이미 이쪽을 보지 않고 있었다. 사람을 어이없게 만들어놓고 누군가와 복도에 서서 수다를 떠는 중이었다. 그나마 다행이로군. 상담실에도 부를 수 없는 상태이니 차라리 잘됐다고 생각하고 있던 신혁의 표정에 의아함이 스친 건 그때였다.

'가만…… 수다를 떤다고?'

신혁은 천천히 일어나 수진이 더 잘 보이도록 허리를 펴고 섰다. 저 녀석이 누군가와 애기를 나누는 걸 한 번도 본 일이 없었기에 확인을 할 의도였는데, 확실히 수진이 어떤 남학생과 애기를 나누고 있었다. 그것도 꽤나 길게.

신혁의 눈매가 길게 가늘어졌다.

뭐, 드디어 저 녀석도 같은 반 친구와 애기도 하는 정상적인 여고생이 된 건가. 반갑기도 하고 조금은 씁쓸하기도 한 마음. 하지만 역시 수진에게 필요한 건 정상적인 생활이었다.

"제발 그래 줘라."

마치 알을 깨고 나온 오리가 처음 눈에 비친 생명체를 부모라고 각인하고 따라다니듯 수진 역시 자신에게 무한한 신뢰와 애정을 품은 채 졸졸 따라다니고 있었다. 하지만 그게 결코 그 녀석이 말하는 '좋아하는 감정'과는 다른 것이란 사실을 그녀는 빨리 깨달아야 한다. 그걸 깨닫기 위해서는 반드시 한 번, 괴로운 현실을 직시해야 할 테지만.

신혁은 수진을 한 번 더 쳐다보곤 천천히 돌아서서 그 자리를 떠났다.


수진은 문학 선생님에게 뒤늦은 '작가 최인훈과 그의 소설 세계'에 대한 보고서를 제출하고 돌아오는 길이었다. 우연히 창밖을 내다봤다가 등나무 벤치에 홀로 앉아 있는 신혁을 발견하고 얼른 창가로 다가섰다. 그는 바람이라도 느끼는 건지, 느긋하게 상체를 젖힌 채 벤치에 앉아 어딘가를 보고 있었다. 딱히 뭔가를 본다기보다 그냥 망중한 중인 것 같았다.

자신도 모르게 미소가 지어졌다. 그의 저런 모습을 보는 게 좋았다. 그저 보고 있는 것뿐인데도 기분이 묘해지고 가슴이 두근거린다. 깍깍거리며 시끄럽게 구는 여자애들이 귀찮다면서 도대체 왜 저렇게 마음을 끄는 모습으로 앉아 있느냔 말이다.

갑자기 수진은 문득 확 그러고 싶어져서 신혁에게 보낼 종이비행기를 만들었다. 잘 기억은 나지 않지만, 언젠가 이렇게 종이비행기로 장난을 친 적이 있었던 것 같다. 종이비행기를 곱게 접어서 그 안에 글자를 적었다. 조금은 장난스럽게. 그래서 또 무시당할 가능성이 큰 그 종이비행기를 그를 향해 날려 보냈다. 어떤 반응을 받게 되더라도 좋았다. 그에게 종이비행기가 날아가서 닿을 수 있다면.

결과는 역시 참패였다.

'참 쓸데없는 짓 하는구나, 너.'

바로 그런 표정으로 그가 자신을 쳐다보는 것이다.

그러거나 말거나 두 개째의, 물리적으로만 그에게 날아가 닿은 종이비행기를 보내고 있는데, 누군가의 목소리가 수진의 즐거운 시간을 방해했다.

"뭐 하세요? 쓰레기 버리세요?"

순간 흠칫 놀란 수진은 후다닥 창문을 등지고 서서 목소리의 주인공을 쳐다보았다. 가만히 그 얼굴을 보고 있자니, 며칠 전 빵 테러사태가 있었던 날 만났던 그 친절한 남학생이었다.

'응? 나, 난 지금 선생님한테 종이비행기로 스토커질 하는 중이었어.'

그렇게 말할 수는 없으므로 수진은 어색한 표정으로 대충 얼버무렸다.

"그냥 바깥 좀 보고 있었어."

"뭔가 창문 밖으로 던지는 것 같았는데……."

"어? 그랬나?"

수진은 계속해서 시치미를 뗐다. 그만 파헤치고 좀 가주었으면 좋으련만.

"왠지 즐거워 보였거든요."

"응?"

"선배, 웃는 얼굴 오랜만에 본 것 같아서요."

수진은 자신이 어느새 웃고 있었나 싶어 잠시 의아했다가, 곧 더욱 의아한 점을 깨닫곤 그를 휙 쳐다보며 물었다.

"근데 너, 누구니?"

그럴 줄 알았다는 듯 남학생이 크게 웃었다.

"저 지금 같은 반인데 전혀 기억 못하시죠? 중학교 때도 같이 학급 임원 했었는데. 그때 전 1학년이었지만."

"아……."

그런 일이 있었군.

"미안하지만 전혀 생각이 안 난다."

남학생이 쿡 웃었다.

"괜찮아요. 왠지 그럴 것 같았거든요. 선배 별로 사람 이름 잘 기억하지 못했으니까."

수진은 당황스러웠다. 사실 자신이 사람 이름을 잘 기억하지 못하는 증상이 있긴 했지만, 그걸 잘 알고 있는 후배가 눈앞에 서 있다니.

"혹시 마음 내키면 앞으론 기억해 주실래요? 엄재진. 제 이름이에요."

"응? 아, 그래. 노력해 볼게."

수진은 그렇게 대답하곤 살짝 손을 흔들어 보이며 돌아서려고 했다. 하지만 재진이 수진을 불러 세웠다.

"잠깐만요."

수진이 갸웃하며 재진을 돌아보았다.

"잠깐, 선배한테 하고 싶은 말이 있는데 괜찮겠죠?"

안 괜찮다고 할 수가 없는 질문이었다. 왠지 어조에 자연스러운 당당함이 배어 있다.

남자 주제에 매우 하얀 피부, 가지런한 이목구비, 굉장히 똑똑해 보이는 얼굴이다. 전체적으로는 환한 미소가 참 잘 어울린다 싶게 선하고 반듯한 생김새지만, 자세히 보니 눈매가 약간 날카롭다고 할까? 웃고 있었지만 그 눈빛에서 왠지 모를 또래 아이들과는 다른 날카로움이 느껴져서 수진은 자신도 모르게 그의 말에 고개를 끄덕여 버렸다.

"선배를 제가 좀 지켜보았는데요, 좀 다가가 보는 게 좋지 않을까요?"

순간 수진은 당황스러웠지만 드러내지 않으려고 애써 미소를
지었다.

"그런가?"

어쩐지……. 거칠 것 없는 태도로 사람을 잡아 세우더니 이런
제대로 된 충고를 해주고 싶었던 모양이다.

"소문 따위 실제 그 사람을 가리고 있는 거라 생각해요. 실제의
그 사람을 알고 싶은 사람도 분명히 있을 거예요."

"……그게 혹시 너 아니니?"

"물론 저도 포함해서요."

장난으로 해본 말이었는데 저리도 간결하게 대답하니 괜히 주
책 맞게 물었다 싶기도 하고. 생각보다 강적일 것 같다.

"실제 선배 모습, 알면 즐거울 것 같거든요. 보여주시지 않을래
요?"

고마운 말이었다. 살짝 감동도 받았다. 하지만 역시 민망해서
수진은 애매하게 웃음 지으며 말했다.

"근데 뭔가 어른스럽네. 노인네 같기도 하고."

"제가요?"

"응. 내가 아는 어떤 어른은 그런 심오한 말은 절대 안 해주던
데."

"어른 실격이네요."

"그런가?"

수진은 푸핫 웃음을 터뜨렸다. 신혁이 들으면 무슨 말을 할지
재미있는 상상이 들었다.

“뭐라고 해야 할까? 솔직히 말해주니까 나도 솔직하게 대답해 볼게. 내가 변해야 내 주변도 변할 거라고 생각은 해. 그래, 조금 씩 걷어볼게. 소문의 장막을.”

“기대할게요.”

“고마워.”

“별말씀을요.”

그렇게 웃어 보인 재진은 곧 돌아서서 가버렸다.

“진짜 노인네 같네.”

중얼거리던 수진은 그제야 애초의 목적을 생각해 내곤 창가로 후다닥 뛰어갔다. 하지만 이미 신혁의 모습은 보이지 않았다.

“아, 진짜…… 좀 기다려 주지.”

아쉬움이 밀려들었다. 착각인지 무엇인지 모르겠지만 자신은 그를 좋아하고 있었다. 그리고 그 감정대로 행동하고 싶었다. 하지만 그때는 그를 좋아하는 게 얼마나 큰 대가를 치러야 하는 건지 전혀 알지 못했다.

그날 오후, 수진은 수업이 끝나고 모두가 돌아간 학교에서 우산을 쓴 채 신혁을 기다리는 중이었다. 텅 빈 교정에는 비가 내리고 있었다. 우산을 꼭 쥔 채 신혁을 기다리는 수진의 표정에 어쩔 수 없는 초조함이 돌았다.

“같은 동네 주민으로서 같이 돌아갈래요? 아니야. 넘어가 줄 리가 없어. 비가 갑자기 와서 걱정돼서요. 이것도 아니야. 우산으로 맞을지도 몰라. 아, 그냥 돌아갈까?”

나름대로 기합을 넣어봤지만 당장에라도 용기가 사라져 이대로 확 도망치고 싶기도 했다. 그래도 안 좋은 예감을 떨쳐 버리며 귀찮은 취급을 당할 각오를 다졌다.

그렇게 얼마를 기다렸을까? 드디어 건물 입구에서 신혁이 모습을 드러냈다. 그리고 하늘이 도와주신 건지 그의 손에는 우산이 들려 있지 않았다. 어쩌면 우산 핑계를 댈 수 있을지도 모르겠다. 이렇게 기다리고 있는 자신을 보면 그는 무슨 말을 할까? 별의별 무서운 예상 답안이 쏟아져 나왔지만 애써 무시하고서 발을 떼는 순간이었다.

"선배님!"

밖으로 나오던 신혁이 수진을 발견한 것과 동시에 신혁의 뒤에서 어떤 낭랑한 목소리가 그를 불러 세웠다. 목소리의 주인은 사뿐한 걸음걸이로 날 듯이 달려와 신혁의 앞에 멈춰 섰다. 수진의 시선이 막 날아온 그녀에게 향했다. 수진에게 고정되어 있던 신혁의 시선도 자연히 그녀에게로 돌아갔다.

수진은 겨우 얻게 된 시간을 방해하는 그녀를 물끄러미 쳐다보았다.

'문학녀!'

은우가 신혁을 향해 활짝 웃으며 말했다.

"선배님, 우산 안 갖고 오셨죠? 저한테 두 개 있으니까……."

그를 선배라고 부르는 그녀가 청순한 미소를 띤 채 신혁에게 우산을 내밀었다. 하지만 그 순간 그녀의 표정이 갸웃했다. 잠깐 은우를 확인한 신혁의 시선은 이미 다른 곳을 향해 있었다. 자연히 은우도 신혁이 보고 있는 쪽으로 고개를 돌렸다.

"어? 수진이구나?"

수진은 살짝 고개를 숙여 인사를 했다. 은우가 표정에 돌던 의아함을 지우고는 얼른 다정한 미소를 지어 보였다.

"비도 오는데 누구 기다리고 있니? 다 젖겠다. 안으로 들어와서 기다리지. 누구, 친구 기다리니?"

"아뇨……. 수학 선생님 기다리고 있었어요."

순간 신혁의 눈빛이 짧게 흔들렸다. 수진은 슬픈 마음으로 신혁을 쳐다보았다. 하지만 눈동자만 마주칠 뿐 그와 자신의 마음은 전혀 닿지 않는 것 같다.

의아한 표정으로 신혁과 수진을 번갈아 보던 은우가 곧 웃으며 신혁에게 말했다.

"선배님, 수진이가 뭔가 상담할 게 있나 봐요. 수진아, 나한텐 물어볼 건 없는 거지? 그럼 내일 보자. 선배님, 내일 봬요."

그녀가 부드러운 미소를 띤 채 그렇게 말하고 가려는 순간이었다.

"아니."

신혁의 낮은 말이 은우의 걸음을 가로막았다. 수진은 떨리는 눈동자로 신혁을 쳐다보았다. 신혁이 수진에게 두고 있던 차가운 시선을 거두곤 은우를 돌아보며 말했다.

"가자. 정류장까지 바래다줄게."

"네? 하지만……."

은우가 난감하다는 듯 수진을 쳐다보았지만 신혁은 털어내듯 냉정하게 말했다.

"물어볼 게 있으면 내일 물어보면 돼."

은우의 표정이 멈칫했다. 표정만 봐도 상당히 당황스러운 것 같았다. 선하고 착한 저 여선생님은 갑작스러운 선생과 제자의 이상하리만치 기묘한 기류에 상당히 놀랐을 것이다.

"그렇게 알고 가봐."

냉정하게 끊어낸 그가 수진을 스쳐 지나갔다. 놀란 표정으로 서 있던 은우가 뒤늦게 수진에게 손 인사를 한 후 얼른 신혁에게 뛰어갔다.

"선배님, 우산 쓰세요."

부지런히 달려간 그녀가 신혁에게 우산을 내밀었다. 신혁은 잠시 생각하는 표정이다가 곧 우산을 받아 들어 펼쳐 쓰고는 걷기 시작했다. 나란히 우산을 쓴 두 사람의 모습이 멀어져 갔다.

이게 도대체 농도 몇 퍼센트의 박대인지.

수진은 돌아보지도 못한 채 우산 속에 박힌 듯 서서 한숨을 내쉬었다.

"임수진, 너 바보니? 질리지도 않고 계속 같은 짓이야."

우산을 때리듯 세차게 내리는 빗줄기가 마치 피부를 때리는 듯 독해서 수진의 눈시울이 확 붉어졌다. 비가 너무 많이 와서 그냥 기분이 나빠졌을 뿐이다. 신혁의 외면은 그가 미리 예고했던 딱 그대로였으니.


버스에서 내린 신혁은 천천히 집 쪽으로 걸음을 옮겼다. 은우에게 빌린 우산 위로 빗방울이 투둑투둑 성가시게 부딪쳐 떨어졌다.

은우와는 잠시 커피를 마시고 오는 길이었다. 대학 선후배 사이인 두 사람은 별다른 용건이 없어도 이따금씩 퇴근길에 차 한 잔을 마시거나 편하게 저녁을 먹기도 했다. 오늘은 신혁 쪽에서 용건이 있어서 그녀의 퇴근 시간을 좀 늦어지게 만들었다.

임수진, 그 녀석이 자꾸만 자신을 혼란스럽게 만들고 있다. 그렇게 빗속에 두고 오는 게 아니었다, 라는 생각이 들까 봐 일부러 은우와 시간을 보낸 건지도 모르겠다.

수진의 마음을 모르는 건 아니다. 아마도 외로워서, 기억에선 지워졌지만 어딘가 익숙한 그에게 기대려고 하는 거겠지. 그렇게밖에 할 수 없는 그 아이의 연약하고 불안한 감성이 가엾어 가슴이 아팠다. 하지만 자신은 그 마음에 날개를 달아줄 생각이 없다. 차라리 그런 마음을 갖지 못하도록 꺾어버려야 한대도 그렇게 할 것이다.

자신이 할 일은 선생으로서 어느 정도의 선까지 용납해 주고, 그 이상의 것은 끊어버리는 것. 아주 객관적으로, 사무적인 태도로만 그녀를 대하는 것. 지난 2년간 얼마나 사납게 자신과 싸워가며 얻어낸 결론인가.

그렇게 수없이 모질게 마음을 먹었음에도, 내리는 빗속에서 그렇게 하염없이 기다리고 있는 수진을 대면한 순간 마음이 술렁거리고 말았다. 화를 내야 한다는 생각도 잊은 채, 그 아이의 정말 마음이 무엇인지, 어디까지 갈 것인지 확인해 보고 싶단 충동이 일었다. 그런 즉흥적인 감정에 흔들려서 어쩌려고.

은우는 도리어 수진을 안타까워했다.

"그 나이 때는 다들 한두 번씩 그러잖아요. 물론 수진인 나이로 따지면 성인이지만, 어쩌면 그때 그 사고로 십대 후반에서 성장이 멈춰 버렸는지도 모르죠. 그래서 전 그 아이를 성인이라고 생각할 수 없어요. 학교에서도 잘 어울리지 못하고 겉도니까, 아마 선배님을 좋아하는 마음에 기대는 게 아닐까요?"

누구라도 그렇게 말할 것이다.

"저도 그랬거든요. 고등학교 때 과학 선생님을 너무 좋아해서 어쩔 줄을 몰랐어요. 근데 졸업하니까 언제 그랬냐는 듯 금세 잊어버렸죠."

그도 익히 알고 있는 바였다.

"그러니까 그렇게 냉정하게 굴지 마세요. 그럼 수진이가 너무 불쌍하잖아요. 그런 면에선 이미 득도하셨나 싶을 정도로 무심하게 잘 넘기시더니, 선배님답지 않아요."

신혁도 바로 그게 한심하던 차였다.

얼마나 간절한 눈을 하건, 얼마나 순수한 마음으로 애원하건, 결국 잘못된 감정의 착각일 뿐. 그러니 좀 더 어른스럽게 대처했더라면 좋았을 것을. 분명히 그런 방법이 있었을 텐데. 자신이 아니면 누가 그런 그녀의 상태를 이해해 준단 말인가. 자신이 오늘따라 참 요령도 없는 사람처럼 느껴져서 신혁은 입맛이 썼다.

빗속에 수진을 두고 걸어가는 내내 사고가 뒤틀렸다. 이게 무슨 임수진이 만들어놓은 조화속인지 모르겠다.

어느 틈에 비가 멎었나 보다. 편의점 근처에 다다른 신혁이 우산을 접으려는 순간이었다. 천천히 눈앞으로 드러난 누군가의 모습에 그의 눈이 파동 치듯 커졌다. 수진이 편의점 앞에서 고개를 푹 숙인 채 서 있었다. 구두 끝만 내려다보고 있는 그 모습.

신혁의 심장에 묵직한 통증 같은 게 일었다.

안타깝다. 그리고 동시에 화가 났다. 용납이 안 됐다, 그녀의 행동도. 자신의 안에서 일고 있는 격통도. 그때 인기척을 느꼈는지 수진이 천천히 고개를 들어 이쪽을 바라보았다. 신혁의 손끝이 가늘게 떨리기 시작했다. 그는 손에 힘을 꽉 주어 그 떨림을 멈췄다. 말도 안 되는 흔들림에서 고개를 돌리듯 그가 수진의 앞으로 다가갔다. 그리고 그대로 수진의 손목을 잡고서 인적이 없는 골목길로 데리고 갔다.

천천히 손목을 놓았다. 미칠 듯한 분노가 그의 사고를 휘젓고 있었다.

"너, 대체 뭐냐."

수진은 잠시 놀란 얼굴이었지만 곧 자조하듯 말했다.

"저 진짜 이상한 애 같죠? 그냥, 선생님 기다리고 있었어요. 기왕 같은 동넨데 이렇게 만날 수 있는 기회를 놓치는 것도 바보 같잖아요."

수진은 웃었지만 신혁은 조금도 웃지 않았다. 싸늘하고 차가운 시선이 수진을 탓하듯 향했다. 언제든지 자신은 냉정한 인간이 될 수 있었다. 그 차가움으로 수진을 무시할 것이다. 하지만 똑바로 쳐다봐 오는 그 눈동자엔 어쩔 수 없이 혼란스러워져서 신혁은 절망스러웠다.

"너, 뭐 하는 놈이냐고!"

도대체 이만큼의 분노가 어느 구석에 숨어 있다가 터져 나온 건지 스스로도 놀랄 정도였다. 지금까지의, 선을 긋고자 애써 만들어낸 냉정함이 아니었다. 그는 정말 화가 났다. 수진의 태도가 화가 났고, 자신을 기다렸다는 수진의 말이 화가 났다.

'그 나이 때는 다들 한두 번들 그러잖아요.'

모르는 게 아니다.

'어쩌면 그때 그 사고로 십대 후반에서 성장이 멈춰 버렸는지도 모르죠.'

그래서 어쩌란 거야.

'근데 졸업하니까 언제 그랬냐는 듯 금세 잊어버렸죠.'

그런 당연한 일에 자신은 화를 내고 있다. 너무도 명백히 공격받고 있다.

'그렇게 냉정하게 굴지 마세요. 그럼 수진이가 너무 불쌍하잖아요.'

하지만 그 말만은 동의하지 못하겠다. 지금 누가 불쌍하다는 건지.

젠장!

신혁은 깨달았다. 좀 더 어른스럽게, 상처 주지 않고, 보듬으며 끊을 수 있는 방법? 그런 것 따위 존재하지 않는다는 걸.

미안하지만 방법은 하나뿐이었다. 더 냉정하게. 더 지독하게.

"임수진, 잘 들어. 너처럼 굴면 예쁘게 보고 싶던 마음도 사라져."

"……알고 있어요."

"알면 행동을 해! 어차피 진지한 감정 아니야. 영원히 갈 감정도
아니고."

"그건 선생님이 결정할 일이 아니잖아요."

"그래, 좋아. 내가 뭘 어떻게 해줬으면 좋겠냐? 원하는 게 있을
거 아니야!"

들을 생각도 없는 표정이면서 신혁의 차가움이 수진을 날카롭
게 베는 것 같다. 마치 지금까지 알고 있던 그가 아닌 듯 불성실한
얼굴로 그가 싸늘하게 수진을 훑었다. 그 낯선 시선에 당황한 수
진의 목소리가 불안정하게 흘러나왔다.

"딱히 뭘 어떻게 해달란……."

"그런 게 무르다는 거야. 겨우 동화책 수준의 사고 능력을 갖고
내 앞에서 용감한 척 굴어? 뭘 어떻게 해달란 게 아니라 단지 그냥
좋아한다고? 좋아하니 어쩌란 거야? 나는 단지 좋아하기 위해서
여자를 만나지 않아. 나는 뭘 어떻게 하려고 여자를 만나. 그게 어
른 남자야!"

사정을 두지 않고 몰아붙이는 말에 수진은 야속하단 얼굴로 신
혁을 쳐다보았다.

"……꼭 그렇게 말씀하셔야 해요?"

하지만 신혁은 마음에 품은 칼날을 접지 않았다. 굳이 이렇게
몰아붙이듯 말하지 않아도 된다. 마음 한구석은 아직도 평화로운
방법을 찾고자 하는 욕망이 있었다. 하지만 그게 도통 찾아질 것
같지 않아 신혁은 용서 없이 말을 이었다.

"그럼 내가 어떻게 말할 줄 알았는데? 내가 이 나이에 너랑 손

잡고 순진한 연애놀이라도 해줄 것 같았어? 스물한 살이니 어쩌니 떠들었으니 알 거 아냐! 넌 십대도 아니고 애도 아니야. 원래대로라면 충분히 성인이야. 그러니 네가 날 좋아한다는 게 뭘 의미하는 건지 알고 있을 거 아냐!”

수진이 부들부들 떨리는 목소리로 되받아치듯 항의했다.

“선생님이야말로 뭘 말하고 싶은 건데요?”

“너라면, 너한테 성욕을 느끼겠냐?”

매몰차게 쏟아져 나온 말에 수진의 눈동자가 그대로 굳어버렸다. 하지만 신혁은 그런 수진을 무시한 채 그대로 수진을 지나쳐 갔다. 수진은 입술을 꼭 깨물었다가 그대로 달려가 신혁의 앞을 막아섰다.

“선생님한텐 그게 그렇게 중요해요?”

“중요해.”

수진은 손톱자국이 남을 정도로 손을 꽉 쥐었다.

“그럼 제가 좀 더 여성스러워질게요.”

신혁의 눈동자가 파동 쳤다.

“그래서.”

이를 갈 듯 내뱉었다.

“그래서 어쩌잔 거야.”

“……”

“말해봐. 도서관에서처럼, 그 벤치에서처럼 그렇게 만져 줘? 멈추지 말고 끝까지 갈 걸 그랬나? 키스라도 해줘? 중간에 멈춰서 그렇게 서운했어?”

그가 점점 더 멀어지고 있었다. 야비하기까지 한 신혁의 말이 쏟아질수록 수진의 눈시울이 뜨거워졌다.

"설레게 해놓고, 설렌다고 비난하는 건가요?"

정곡을 찌른 그녀의 말에 신혁이 아무 말도 하지 못했다.

"왜…… 그렇게 사람을 무시하지 못해 안달이에요? 제 고백이 싫은 거예요? 제가 싫은 거예요? 제가 어린 게 싫은 거예요? 어려서 바보처럼 굴까 봐 그게 싫은 거예요? 초점이 벗어나 있잖아요!"

수진은 신혁의 낯선 모습이 화가 나서 참을 수 없었다. 이런 식으로 말을 할 사람은 아니었다. 적어도 자신이 아는 이신혁이란 사람은.

"그래, 정정하자. 제대로 말해줄게. 네가 싫은 게 아니라 네가 어린 게 싫은 거야. 나는 그런 어린애의 마음을 받아들여 줄 마음이 전혀 없고. 아무리 고집 부려도 내 눈에 넌, 애가 아니라고 강조하는 너무도 흔한 애로 보여. 스물이든 스물하나든 넌 아직 학생이야. 몇 살이든 내겐 똑같아."

"학생인 게 문제라면 몇 개월만 지나면……."

"그 몇 개월이 지나면 그때 말해. 기왕, 나란 인간에 대해 보여줬으니까 더 정확히 말해줄까? 단순히 애라서도 아니고 학생이라서도 아니야. 여자 냄새라곤 안 나는 애라서야. 손을 대면 선생으로서 자격이 박탈당하는 애라서."

그 적나라한 말에 수진의 눈에 결국 눈물이 핑글 돌았다.

"유감스럽게도, 너를 건드려 봤기 때문에 확실히 깨달았어. 스물한 살? 그런 거 상관없이 네 교복이 날 가로막았어. 그 이상은 건들고 싶은 마음이 없어졌거든. 그게 너에 대한 내 감정이고, 네가 잘못 이해하고 있는 내 본모습이야.”

“……본모습이요?”

“그래.”

“고작, 데리고 잘 수 없는 나이니까라는 거예요?”

신혁은 냉정하게 수진을 외면했다. 수진의 입술이 바들바들 떨렸다.

“실망스럽네요.”

“실망할 일 따위 애초에 없었어. 네가 좋아한다며 환상을 갖고 있는 그 남자는 그저 주변에 차이도록 널린 돌멩이처럼 흔한 그냥 그런 평범한 남자일 뿐이야. 환상을 가질 것도 없고 실망할 것도 없어. 나는 금욕적이지도 않고, 이성이 감성을 누를 만큼 완벽한 인간도 아니야. 순간적으로 충동이 일면 적당히 즐기기도 하고, 그러다 적당한 여자 만나면 연애하고 결혼하고.”

“……”

“도대체 내가 너한테 어떤 환상을 줬는지는 모르겠지만 알고 보면 별것도 없는, 흥미로울 것도 없이 지루하고 그저 그런, 지극히 평범한 인간이야.”

귀를 어지럽히는 말들에 수진은 천천히 고개를 떨어뜨렸다.

“하지만 선생님은 이미 저한테 평범하지 않아요.”

신혁이 자신의 가슴 언저리를 꾹 눌렀다. 미칠 것 같다.

“선생님이 어떤 말을 해도 그저 좀 놀라운 말을 들었다 정도지,

선생님 자체를 지금까지와 전혀 다른 사람으로 볼 수는 없어요.
그러니까 그렇게 애쓰지 않으셔도 돼요."

"……."

"그날, 도서관에서, 마치 여자인 것처럼…… 그랬던 건 결국 선생님이랑 절 멀어지게 한 원인이 됐네요."

수진은 목까지 빨개져서 중얼거림을 이었다.

"무책임한 어른."

"그래, 그런 게 어른이다. 그러니 넌 너한테 어울리는 순진하고 적당한 남자친구를 찾아."

신혁은 또 한 번 제대로 이 관계에 못을 박았다. 고개를 숙인 채로 수진은 눈물을 닦았다.

"선생님은 지금 제가 너무 싫으시겠죠. 하지만 이미 공포 영화로 인식이 됐는데 이제 와서 즐거운 로맨틱 코미디라고 속일 순 없잖아요. 전 그냥 공포 영화 할래요."

"……화를 내도 안 되고, 무시해도 안 되고, 정말 한 대 때려주기라도 해야 하나."

"선생님한텐 제 감정이 그저 경솔하고 가벼운 것 같죠? 성장통이니 가벼운 가슴앓이니. 하지만 전 아니에요. 적어도 제 감정을 제가 결정하고 책임질 수 있는 나이는 돼요. 그러니까 선생님한테 전혀 미안하지 않아요. 지금 전 제 감정을 충실하게 따르고 있는 거니까요. 하지만 이대로는 안 될 것 같단 건 깨달았어요. 선생님의 정말 솔직한 충고들 덕분에요."

수진은 웃었지만 신혁은 여전히 웃을 수 없었다.

"그러니까, 앞으론 종이비행기 같은 거 날리지 않을게요. 좋아한다고 밖으로 떠들지도 않을게요. 교무실 앞에서도, 여기서도 절대 기다리지도 않을게요. 그러니까…… 진지한 감정이 아니라고 무시하지만은 말아주세요."

수진은 아주 두꺼운 벽을 두드리는 기분으로, 닿지 않을 게 뻔함에도 말을 이었다.

"혹시 또 모르잖아요. 이렇게 기다리고 바라보다 보면…… 언젠가 선생님 감정도 반올림하면 사랑이 될 수도 있지 않을까요?"

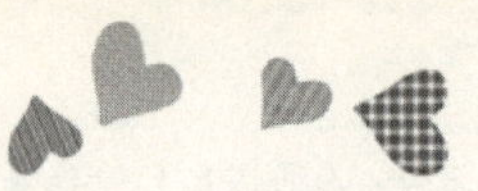

## 6편 진짜 사랑이란 아픈 것

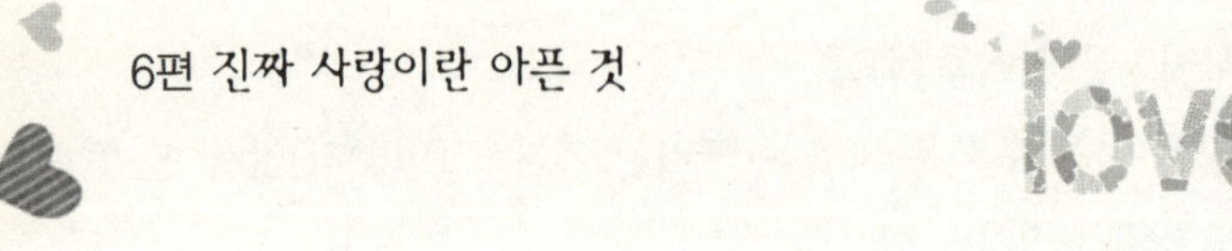

신혁은 혼자 살고 있는 빌라에 도착하자마자 비밀번호를 누르고 문을 열었다. 은우에게 빌린 우산을 한쪽에 세워두는데 현관에 눈에 익은 하이힐이 가지런하게 놓여 있어 신혁의 눈썹이 찌푸려졌다.

역시 인영이 와 있었다. 그녀가 방금 손을 씻었는지 접어 올렸던 블라우스의 소매를 단정하게 끌어내리며 모습을 드러냈다. 여성스러운 외모. 백자처럼 푸른 기가 도는 하얀 피부, 밝은 갈색의 머리카락, 그리고 머리카락 색과 같은 밝은 갈색의 눈동자. 하지만 따뜻한 느낌이 없어 오히려 베이지에 가까운 건조한 빛을 낸다. 눈동자 색과 어울리는 베이지색 스커트가 몸의 라인을 그대로 드러내며 지적인 이미지와 섹시함의 중간에서 균형을 이루고 있었다.

유인영, 아버지가 며느리로 맞고 싶어하는 여자였다.

"이제 왔어요?"

그녀가 소파로 가서 앉으며 물었다. 인영은 이렇게 가끔씩 들러서 주인 없는 집에서 저녁을 준비해 놓곤 했다. 신혁은 표정 없이 안으로 들어서서 맞은편 소파에 털썩 앉았다.

빌라 내부는 주방, 방, 서재, 침실을 하나로 터놓아 한쪽 면은 붙박이 책장을 짜 넣어 서고처럼 만들었다. 전면에 통째로 나 있는 베란다 창을 통해 도시의 야경이 한눈에 내려다보였다. 나머지는 블랙 앤 화이트로 색조를 통일했다.

"저녁을 만들까 했는데 중간에 그만뒀어요. 일부러 늦는구나 생각했거든요."

신혁은 별다른 말이 없었다. 아니, 그는 다른 생각에 골몰해 있었다.

언제나 똑같은 반응. 인영은 그런 신혁을 물끄러미 쳐다보았다. 자신이 아무리 이 집을 드나든다고 한들 언제 한 번이라도 곁을 내어준 사람이던가. 어쩔 수 없이 핸드백과 겉옷을 집어 들고 자리에서 일어났다.

"들어온 거 봤으니까 그만 갈게요."

그럼에도 여전히 쳐다볼 기미도 안 보이자, 인영은 낮은 한숨을 내쉬고 말했다.

"내일 아버님이 함께 저녁 하자세요."

그제야 신혁의 의식이 현실로 돌아온 듯 흘끗 인영을 쳐다보았다.

"꼭 참석하라고 하시네요. 퇴근 시간 맞춰서 학교 앞으로 갈게요."

"아니, 오지 마."

신혁이 관심 밖이라는 듯 시선을 돌렸다.

"아버님이 저더러 재단 고문변호사를 맡아달라세요."

"내가 알아야 할 일인가?"

"신혁 씨도 찬성한다면 고려해 볼게요."

"글쎄, 그쪽이 알아서 할 일이야."

신혁이 천천히 소파에서 일어나 섰다.

"언제 돌아올 거예요, 신혁 씬?"

가는 모습이라도 봐줄 생각이었던 신혁은 난데없이 흘러나온 인영의 질문에 눈썹을 끌어 모은 채 그녀를 쳐다보았다.

"다들 그러길 바라고 있어요. 저도 마찬가지고."

"하긴, 아버지는 당신 자식이 일개 교사의 길을 걷는 걸 이해할 분이 아니지."

"아버님 성격 누구보다 잘 알잖아요. 잠깐 외도를 하더라도 결국 돌아올 거라 믿고 계시는 거예요."

"외도라……."

"돌아와 줬으면 해요."

신혁이 날카롭게 인영을 주시하며 단호하게 말했다.

"그럴 생각 없어. 그건 이 일을 하지 않더라도 마찬가지야. 그러니 괜한 기대 말고 아버지한테도 그렇게 전해."

"하고 싶은 말이 있다면 내일 직접 뵙고 하는 건 어때요?"

인영의 말에 신혁이 재미있다는 듯 눈썹을 모은 채 피식 웃었다.

"참 재미있는 여자야, 넌."

"……."

교사를 그만두고 재단으로 돌아오는 것. 신혁은 아버지와 늘 같은 문제로 줄다리기를 했다. 지금까지도 그랬고 앞으로도 그럴 것이다. 인영 역시 재단으로 돌아온 신혁에게 걸맞을 짝으로 일찌감치 정해놓은 상대였다. 결혼마저도 당신의 뜻대로 되어야 성이 풀리는 사람이었다.

그녀와는 애정 관계라곤 없이 어느 날 집안끼리의 이해관계가 맞아떨어져 약혼자가 되었다. 한 번도 그녀를 여자로 느껴본 적은 없었지만, 한 사람의 여성으로서는 높이 사고 멋진 여성이라고 생각한다. 그녀 스스로도 세간의 그러한 평가에 만족스러워했다. 법정의 마녀라고 불리는 일 중독자. 그 정도 선에서 그녀를 객관적으로 보았다면 관계는 이보다는 좋았을 것이다.

"언제부터 네가 아버지 대변인이 됐지?"

신혁이 피곤하다는 듯 목을 문지르며 말했다.

"아버님 뜻을 전하는 건 사실이지만 제 뜻이기도 해요."

"하긴, 네가 결혼 상대로 선택한 상대는 고등학교 수학 교사가 아닌 재단의 후계자 이신혁이었을 테니까."

"아니라고는 할 수 없어요. 하지만 왠지 모욕적인 말이네요."

"그렇게 들렸다면 미안하군."

“사과할 거 없어요. 신혁 씨 말처럼, 당신이 교사를 고집하는 이상 이미 우리의 이해관계는 균형이 깨졌다고 볼 수 있으니까. 재단으로 돌아온다면 모를까, 박봉의 평범한 교사의 아내로 만족할 타입은 아니죠, 제가.”

오기를 부리는 건지, 자존심을 지키겠다는 건지, 공격성을 다분히 담은 시니컬한 어조에 신혁이 낮게 웃었다. 저렇게 말하고 있지만 싸우려고 덤벼드는 것은 아니다. 단지 그녀는 자신이 받고 있는 불공정한 대우를 당당하게 비틀어 비난하고 있는 것뿐이다. 그녀 입장에선 당연한 응수였다.

그렇다고 그녀의 말을 곧이곧대로 들어 이해타산적인 사람으로 치부하지도 않았지만, 아주 순진한 여자라고도 생각하지 않았다. 사랑이니 감정이니 하는 걸로 시끄럽게 굴 타입도 아니었다. 굳이 일과 사랑 중 하나를 택하라면 서슴없이 일을 택할 여자였다.

그게 신혁이 알고 있는 유인영이었다.

“나는 돌아가지 않아. 그러니 똑똑하게 판단해서 처신했으면 싶군.”

“협박인가요?”

“권유지.”

“누구를 위한 권유인데요?”

“글쎄, 너를 위한 권유인가?”

인영이 차갑게 웃었다.

“뭐가 어떻든 절 위한다니 듣기는 좋군요.”

“아버지를 너무 믿지는 마.”

"알고 있어요, 이미."

"그렇다면 다행이고."

"저는 신혁 씨를 재단의 후계자 위치로 돌려놓기 위한 아버님의 장기 말일 뿐이죠. 하지만 중요한 건, 난 그 자리를 거부할 생각이 없다는 거예요. 그리고 당신도 손해 볼 건 없죠. 제가 중간에서 완충 역할을 해주고 있으니 신혁 씨도 아버님과 직접 부딪치는 일이 줄어든 건 사실 아닌가요?"

신혁은 잠시 불쾌한 듯 미간을 찌푸렸지만 곧 낮은 웃음을 흘렸다.

"그래. 서로 손해 보는 장사는 아니지."

"당신도 알고 있을 테죠, 손익을 따져서 이득이 더 많은 쪽을 선택하는 것. 그게 당신과 내가 암묵적으로 따르고 있는 룰이 아닌가요?"

"참, 적나라하기도 하군. 내가 조금만 더 섬세했다면 상처받았을 거야."

장난 같은 말을 하면서도 신혁은 전혀 웃고 있지 않았다. 인영의 말은 맞았다. 결혼도 사업의 일환이라고 생각한다면 양쪽 다 손해 볼 일은 아니었다.

"그런데 어쩌나, 내가 널 손해를 보게 하고 있으니. 나는, 당분간 선생질을 그만둘 생각이 없거든."

조소 안에 사악한 웃음기마저 떠올랐다. 그 지독한 표정에 인영은 시선을 피해 버렸다. 냉정한 남자다.

그가 자신을 어떻게 생각하는지는 이미 알고 있다. 어차피 만나면 냉정하고 객관적인 말들밖에 주고받지 않는다. 하지만……

그도 모르고 있는 사실이 있었다. 그녀가 딱딱한 가면 뒤에 얼마나 힘겹게 자신을 숨기고 있는지를. 그녀는 어릴 때부터 신혁을 홀로 마음에 담고서 그 마음을 키워 나가고 있었다. 하지만 그걸 표현할 수는 없었다. 그러기엔 너무나 자존심이 상했다.

이신혁은 유인영이 있는지 없는지조차 관심이 없는 사람이었다. 그렇다고 가까워지기 쉬운 사람도 아니었다. 어릴 때도, 학생 때도, 대학을 들어가도 그는 여자를 사귄다거나 하는 일이 없었다. 일견 무관심해 보이기도 했고, 누군가와 관계를 정해놓고 만나는 걸 귀찮아하는 것 같기도 했다. 그리고 대학에 들어갈 때부터 그의 관심사는 오로지 아버지와의 대립이었다. 애초에 그의 마음속엔 그녀가 들어갈 공간 따위 없었던 것이다.

“좀 이상하지 않아요?”

인영이 낮게 입을 열었다. 신혁은 이미 심드렁해진 시선이었다.

“뭐가.”

“왜 그렇게 교사의 끈을 놓지 못하는 거죠? 별로 열혈교사 이미지도 아니면서.”

신혁이 피식 웃었다.

“그렇군.”

똑같은 말을 그 녀석에게도 들었었지.

“교사도 중요하지만 더 중요한 일이 있지 않나요?”

“더 중요한 건 또 뭐야.”

신혁이 시시하다는 듯 목을 문지르며 창가로 가서 섰다.

"그건, 당신이 판단할 일이겠죠."

단 한 번이라도 제대로 시선을 맞추고 얘기해 주는 사람이 아니었다. 이렇게 뭔가가 어려운 적은 처음이었다. 재능이 안 되면 노력을 해서라도 반드시 이루어내는 게 그녀였다. 연애가 어렵다면 책을 읽어서라도 성공해 낼 수 있었다. 하지만 인영은 신혁에게만은 늘 실패하고 있었다.

그녀도 이런 연애 관계엔 서투른데 신혁은 더욱 모래처럼 버석거리기만 하니, 두 사람이 함께 있어봐야 모닥불 하나 피지 않는 허허벌판이었다.

"갈게요."

하지만 신혁은 창문에 한 팔을 툭 기댄 채 밤거리만 내려다보고 있었다. 그나마 찾아오는 것마저 막진 않았지만 그뿐이었다. 등지고 선 신혁을 잠시 바라보던 인영은 천천히 몸을 돌려 그 자리를 떠났다. 문이 닫히는 소리가 들렸지만 신혁은 귀를 닫은 듯 어떤 반응도 없었다.

익숙한 정적이 일면 언제나 그렇듯 그에겐 고통이 찾아들기 시작한다. 모든 사고가 그날로 돌아가 버리고 마는 것이다. 모든 것이 시작된 그날로.

할아버지 집에 들렀다가 레슨을 받으러 가기 위해 나서려는 수진을 신혁이 불러 세웠다. 임한중 선생과 약속이 있어서 왔던 그의 눈에 수진이 띈 것이다.

그날, 그 아이를 부르지 않았다면 지금쯤 두 사람은 어떻게 되었을까? 그날 그 집을 찾아가지 않았더라면……

"앗, 선생님!"

수진은 일말의 경계도 없이 쪼르르 달려와 신혁의 앞에 섰다. 백 퍼센트 신뢰를 담은 눈으로 그를 보며 잘도 웃었다.

하지만 신혁의 마음은 웅성거리고 있었다. 마음에 안 든다. 수진이 웃을수록 가슴 한구석에 날카로운 초조함이 일고 있었다.

"어디 가는 길이니?"

"학원이요. 선생님은 할아버지 만나러 오셨어요?"

신혁이 천천히 고개를 끄덕였다.

"요즘 할아버지 잔소리가 너무 심해요. 내가 정신을 반쯤 빼놓고 사는 얼간이 같다잖아요. 선생님이 아니라고 살짝 말 좀 해주면 안 돼요? 수업 시간에도 엄청 열심히 공부하고 그렇게 성실할 수가 없다. 애가 어쩜 그렇게 모범적이냐. 보는 내가 답답할 정도로 공부만 한다. 뭐, 이런 거?"

그러고는 수진이 또 웃음을 터뜨렸다. 그러다 손목시계를 보더니 꽥 소리를 질렀다.

"앗! 늦겠다! 민후가 기다린댔는데!"

그 순간 꾹꾹 누르고 있던 신혁의 신경줄이 팅 하고 끊어졌다.

몇 번이고 그때의 자신을 후회했는지. 자신도 모르게 수진의 팔을 잡아 세웠다. 바스러뜨려 버리고 싶다는 위험한 생각까지 드는 자신을 통제하지 못한 채로 잡고 있는 수진의 팔에 더욱 힘을 주었다. 불안하게 흔들리고 있는 그를 수진이 의아한 얼굴로 돌아보았다.

"선……."

수진이 입술을 열었지만 신혁은 손을 뻗어 수진의 머리를 감싸 쥐어 자신의 가슴으로 끌어당겼다. 그리고 그대로 꽉 안아버렸다.

수진의 작은 몸이 품 안에서 빳빳하게 굳었다. 놀란 듯, 단지 놀란 듯 수진은 미동도 없었다. 신혁은 자신의 가슴 안에 잠기는 수진의 가느다란 몸을 더욱 힘주어 꽉 끌어안았다.

자신이 무슨 행동을 하고 있는지 겨우 인식이 되기 시작했다. 팔에 감겨오는 부드러운 몸의 촉감, 한 손에 감길 것 같은 가느다란 목, 조금만 더 힘을 주면 그대로 바스러질 것 같은 여린 어깨, 손등을 간질이는 길고 가는 머리카락, 작은 새처럼 팔딱팔딱 뛰고 있는 심장의 박동, 놀란 듯 숨을 멈춘 채로 갇혀 있는 수진의 모든 것이 자신의 안에서 느껴졌다.

신혁은 아팠다. 이런 식으로 누군가 때문에 아픔을 느낀 건 처음이었다. 그랬기에 수진을 놓아줄 수 없었다. 자신도 모르게 한 행동이었다면, 늦었더라도 수진을 풀어주었어야 했다. 하지만 그날 신혁은 수진을 놓아주지 못했다. 품 안에 안고서야 자신이 이 아이를 좋아하고 있었다는 걸 확실하게 깨달았던 것이다. 말도 안 되는 일이었지만, 이 아이를 여자로 생각하고 있었구나.

몸이 뜨거워지고 있었다. 그녀가 단지 애일 뿐이었다면 이런 감정이 들었겠는가. 서민후라는 이름이 그렇게나 그의 신경을 긁었겠는가. 그동안 자신은 민후를 명백하게 질투하고 있었던 것이다. 왜 그렇게 자주도 초조했는지, 왜 그렇게 일이 손에 잡히지 않았는지, 뜬금없이 차가운 물에 식혀야 할 정도로 열이 났는지 이해가 갔다.

"선생님……?"

강제로 가둔 품 안에서 수진의 가느다란 목소리가 흘러나왔다. 겁을 집어먹은 듯 불안해하는 목소리. 하지만 신혁은 아무 말도 할 수 없었고, 그렇다고 놓을 수도 없었다. 원하는 온기는 오래지 않아 멀어졌다. 수진 쪽에서 먼저 신혁을 밀어낸 것이다.

견제하듯 신혁의 가슴을 꾹 눌러 밀어낸 채로 수진이 떨어져서 그를 바라보고 있었다. 그 눈동자가 믿을 수 없다는 듯 혼란스럽게 흔들렸다.

"선생님……."

수진은 그저 그렇게 신혁을 부르기만 했다. 엷은 눈동자엔 두려움마저 묻어났다. 신혁은 자신이 수진을 겁주는 존재란 게 씁쓸했다. 하지만 그 순간에조차 신혁은 수진의 입술에 키스하고 싶었다. 명백히 거절당하고 있다는 걸 깨닫고 있음에도 온몸은 불처럼 뜨겁기만 했다.

자신은 남자로서 수진에게 욕심을 내고 있는 것이다. 어쩌면 하이에나처럼 그녀를 가지려고 늘 주변을 배회하고 있었는지도 모르겠다. 한 번 손에 닿은 감촉에서 마음은 쉽게 떨어지질 않았다. 그대로 수진을 끌어당겨 입술을 머금고 싶다. 그런 생각에 머리가 돌아버릴 것만 같았다. 자신이 미친 게 아닌가 싶을 정도로.

"한심하다, 내가……."

신혁이 자조 섞인 한숨을 흘렸다. 수진은 여전히 콩닥콩닥 놀란 가슴을 진정시키며 낯선 눈으로 신혁을 바라보고 있었다. 그런 수진의 시선을 붙들고서 신혁이 낮게 말했다.

"나가지 마, 오늘은."

수진의 눈동자가 커졌다. 하지만 뭐라고 그녀가 말하려는 순간 밖에서 오토바이의 엔진 소리가 들렸다. 동시에 수진의 고개가 그쪽으로 확 돌아갔다. 그런 수진을 보는 신혁의 눈빛이 착잡해졌다. 당장에라도 그녀의 얼굴을 붙잡아 시야를 막아버리고 싶다. 이 정도의 마음이었다니.

천천히 다시 신혁을 돌아본 수진이 여전히 혼란이 남아 있는 얼굴임에도 애써 웃으며 말했다.

"저 레슨 다녀올게요. 그리고 오늘 일은…… 아니, 저 갈게요."

아마도 그 아이가 감당하기에는 너무 큰 부피였을 것이다. 신혁이 보인 그 행동의 의미가 무엇일지, 열아홉이나 먹은 수진이 모를 리가 없었을 것이다. 하지만 그걸 이신혁과 연결시키는 건 무리인 모양이었다. 울 것도 같은 얼굴로 수진은 허둥지둥 밖으로 달려나갔다.

다시 오토바이 소리가 들리고 순식간에 멀어져 갔다.

신혁은 내내 그 자리에 서 있었다.

천천히 자신의 손을 내려다보았다. 수진을 안아버리고 만 자신의 손을 내려다보았다. 아직도 부드러움이 손가락 마디마디마다 스며들어 있다. 그래서 화가 났다. 신혁은 손을 꽉 말아 쥐고서 자신의 이마를 꾹 눌렀다.

자신이 이렇게 즉흥적인 인간이었는지, 실망감. 그리고 자책.

그럼에도 어찌할 수 없는 질투심.

수진은 단지 놀란 반응밖에 보여주지 않았다. 정신을 못 차리던 그 표정이 계속 뇌리에 남아 그를 미치게 했다.

긴 한숨이 흘러나왔다.

충격받은 듯 그를 보던 수진의 동그란 눈동자가 그를 계속해서 괴롭혔다. 괜히 휘저어 수험생인 녀석의 마음을 산란하게 만들고 말았다.

다음날이면 어떤 얼굴로 녀석을 봐야 할지.

하지만 결국 그런 일은 일어나지 않았다.

오토바이 추돌 사고.

레슨이 끝나면 한 번도 어긋남 없이 제시간에 집으로 돌아오던 수진이 그날만은 열두시가 다 되도록 집에 돌아오지 않았다. 그리고 불행한 사고를 알리는 전화가 걸려왔다. 신혁은 임한중 선생에게 전화를 받고 현장으로 달려갔다. 그때의 그 처참한 광경이란. 서민후의 죽음. 그리고 수진.

넋이 나간 듯 도로에 엎드린 수진이 민후에게 시선을 박고 있었다. 그녀도 온통 피투성이였다. 다리가 부러진 듯 양손으로 몸을 지탱해 다리를 질질 끌어가면서 어떻게든 민후에게 닿으려고 했다. 당장에라도 쇼크가 와서 위험할 수 있는 상황, 숨도 못 쉬고 달려온 신혁이 그런 수진의 어깨를 확 잡아 돌려세웠다. 몸을 붙들어도 고개가 돌아갔다. 할 수 없이 강제로 턱을 붙잡았음에도 시선은 여전히 민후에게서 떼어지질 않았다. 눈물과 피가 범벅이 된 채 수진이 사시나무처럼 온몸을 떨었다.

"임수진, 정신 차려!"

결국 신혁이 수진의 뺨을 세차게 감싸 쥐었다. 그제야 수진의 황망한 눈동자가 천천히 신혁에게 향했다. 신혁의 격렬한 눈빛과 수진의 젖은 눈동자가 부딪쳤다. 하지만 그 시선을 붙들어 둘 새도 없이 수진의 눈빛이 흐릿해지면서 몸이 뒤로 넘어가고 말았다. 의식이 끊어진 수진의 몸이 신혁의 팔 안에서 축 늘어졌다.

그렇게 수진의 의식은 정지되었다.

그리고 다시 눈을 떴을 때 그날의 기억 속에서, 신혁만이 사라졌다.

불행하게도, 라고도 할 수 없는 일.

기가 막히게도, 라고도 할 수 없는 일.

아이러니하게도, 의식을 잃기 직전 마지막으로 본 신혁을 수진은 까맣게 잊어버리고 말았다. 너무도 큰 충격에 수진은 마지막 동공에 맺힌 신혁을 본능적으로 가장 큰 공포와 동일하게 인식해 버린 걸까? 아니면 감당할 수 없는 사고 순간의 충격적인 공포를, 평소에 믿고 의지하던 신혁에게 떠맡기고서 두 가지를 함께 잊어버리기로 선택한 걸까. 그것도 아니면 그날 그녀를 혼란스럽게 만들었던 당사자가 보이자 공격 대상으로 인식하고서 잊어버리기로 한 걸까.

무엇이 되었든 결과는 같았다.

그녀의 기억에서 사라졌다는 것.

어떻게 그런 일이 있을 수 있을까.

몇 번이나 피를 토하는 심정으로 자신에게 되물었던 말.

하지만 정답은 수진만이 알 일이었다. 왜 수진은 왜 그날따라

열두시가 다 되는 시간까지 집에 돌아오지 않은 것인가. 이유는 하나밖에 짐작할 수 없었다.

자신 때문이라고.

그렇게나 오랜 시간 동안 오빠로, 선생님으로만 알고 지내던 신혁의 낯선 모습에 놀라고 당황해서 돌아오고 싶지 않았던 건 아닐까? 그때의 충격을 민후와 함께 있음으로 잊고 싶었던 게 아닐까? 하지만 운명의 여신은 악마와 조우했고 불행한 사고로 이어졌다. 그리고 수진은 이신혁만 잊어버리고 말았다.

그날의 고백 같은 포옹에 대한 반동. 무의식 속의 거부라고 신혁은 그렇게 생각할 수밖에 없었다.

PTSD, 심적 외상 스트레스.

감당하기 힘든 무서운 사고로 마음에 깊은 상처를 입은 사람들이 시달린다는 극도의 불안, 악몽. 수진은 바로 그것을 신혁을 잊어버림으로써 어떻게든 극복해 보려고 한 건 아닐지. 의도적이든 아니든, 그녀 나름의 본능적인 의지와 자기 보호 욕망, 그리고 격렬한 투쟁이 만들어낸 결과가 아닐까.

그것이 그녀가 내린 결론.

그런데 어떻게…… 자신을 좋아한다는 수진의 말을 아무렇지 않게 듣고 있을 수 있겠는가. 곧이곧대로 믿을 수 있겠는가.

수진이 깨어나고 복학하기까지 2년 동안 신혁은 수진을 찾을 수 없었다. 최소한 그렇게라도 그 아이에게서 괴로움을 하나라도 줄일 수 있다면. 그리고 2년 후, 수진이 복학했다. 주변에선 유학을 추천했지만 수진은 학교로 돌아오는 걸 선택했다. 누구 때문일지, 무엇 때문일지는 신혁이 가장 잘 알고 있었다. 수진은 꿋꿋하게 두려움과 마주하는 걸 선택한 것이다. 그래서 신혁도 결코 학교를 떠날 수 없었다.

하지만 다시 만난 수진을 보는 건 신혁에게 일말의 위안도 되지 않았다. 그녀는 완전히 다른 아이가 되어 있었다. 늘 혼자 있고, 자신의 억울함에 대해 그 누구와도 정면으로 부딪치지도 않았다. 어떤 것에도 애정을 두지 않는 그 텅 빈 눈을 볼 때마다 신혁은 자신이 벌을 받는 것 같았다. 그래서 신혁은 먼 거리에서 그런 수진을 그저 망막에 투영했을 뿐이었다. 이제 자신이 다가갈 일은 없을 것이다. 그렇게 힘겹게 잊어버린 사실을 혹시라도 자신 때문에 다시 기억해 내서 그녀가 다시 괴로워지는 걸 두고 볼 자신이 없었다.

80퍼센트는 죄책감. 나머지는 안타까움이었다.

그렇게 두 달의 시간이 흐른 어느 날, 결국 신혁은 모든 걸 지우고 완벽한 선생님의 모습으로 그녀의 앞에 다가갔다. 농구코트에서 2년 만에 수진에게 처음으로 말을 걸었다. 수많은 고민과 망설임 끝에 아예 그 아이를 모르는 사람처럼 다가갔다. 그녀는 역시 자신을 전혀 기억 못하는 얼굴. 예상하고 있었지만 아릿한 건 어쩔 수 없었다.

이후 몇 번은 우연으로, 몇 번은 자신의 의도로 수진과 계속 마주쳤다. 하지만 수진은 여전히 그를 기억하지 못했고 넥타이핀조차 처음 보는 얼굴이었다.

"이거 넥타이핀 맞죠?"

그때의 충격이란.

"넥타이도 안 하셨으면서 왜 주머니에 갖고 다니세요?"

"애인한테 받은 선물 맞잖아요. 그러니까 넥타이도 안 하면서 갖고 다니는 거지. 제 말이 맞죠?"

아무것도 모르는 수진은 너무도 악랄했다.

언젠가 자신이 그랬던 것처럼 종이비행기를 날려서 보낸 수진 때문에 잠시 멈칫하기도 했다. 혹시 기억해 낸 건 아닐까? 하지만 역시 아니었다. 어쩔 수 없이 이는 서러움. 그런 건 무의식적으로 기억하면서 어째서 나는 기억해 주질 않는 거냐. 자격이 없음에도 이는 원망.

양호실에서, 도서관에서, 복도에서, 교실에서, 뒷동산의 오솔길에서, 편의점 앞에서, 그 많은 시간을 두 사람은 함께했다. 서로를 쳐다보고 있었지만, 엄밀히 말해 보고 있는 게 아니었다. 수진이 함께 있는 사람은 이신혁이지만 이신혁이 아니었다. 신혁 또한 수진을 만나고 있었지만 수진이 아니었다.

그래서 수진과 자신의 관계엔 새로운 방향이 필요했다. 도와줄 게 있으면 도와줄 것이다. 필요하다면 옆에 있어줄 수 있다. 하지만 아마도 옆에 있어주는 건 이신혁이면서도 이신혁이 아닐 것이다. 모든 것을 잊어버린 수진의 눈에 비치는 '그녀가 전혀 모르는' 이신혁일 뿐.

차라리 서민후를 잊었다면 너에게는 덜 힘이 들지 않았겠는가.

그런데 어째서.

신혁은 천천히 복도를 걷고 있었다. 별 생각 없이 고개를 든 신혁의 눈빛이 일순 흔들렸다. 맞은편에서 수진이 프린트 물을 잔뜩 들고서 걸어오고 있었다. 아무도 알아차리지 못할 정도의 짧은 파동이 신혁의 눈동자에 일었다가 사라졌다.

'저 선생님 좋아하나 봐요.'

'선생님한테는 누군가가 좋아한다는 게 그렇게 불쾌한 거예요?'

'그렇게 되어버렸어요. 뇌에 불이 붙은 것 같은 기분이에요.'

'언젠가 선생님 감정도 반올림하면 사랑이 될 수도 있지 않을까요?'

신혁을 발견한 수진의 입가에 환한 미소가 돌았다.

잘못된 각인을 사랑이라고 믿고 있는 이 아이의 부서질 듯한 감성을 자신이 부추겨서는 안 된다.

그 어떤 반응도, 하다못해 아는 척도 없이 자신을 무심하게 스쳐 지나가는 신혁을 수진이 천천히 돌아보았다.

스스로 알아차리지 못한다면, 이쪽에서 끊어주는 수밖에……

수진의 입가에서 서서히 미소가 사라졌다.

"이젠 아예 무시하기로 했구나. 갈 길이 멀다, 정말."

수진은 한숨을 폭 내쉬곤 어쩔 수 없이 가던 길을 계속 갔다. 신혁도 돌아보지 않은 채 앞만 보고 걸었다. 교무실로 들어서자 책상에 출석부를 던지듯 놓고서 의자에 눕듯이 기댔다. 눈빛이 허무함으로 옅어졌다.

믿을 수 있겠는가. 이런 관계가 되어버린 수진과 자신이……

그녀가 좋아한다고 말할 때마다 찔리듯 아팠다.

'그럼 수진이가 불쌍하잖아요.'

누가 불쌍하다는 건지.

가장 서러운 건 자신이었다.

## 7편 한없이 쓸쓸함에 가까운 사랑

수업이 끝나 학생들의 인사를 받아가며 교문을 나서는데 빵 하는 자동차 경적 소리가 들려 신혁은 천천히 고개를 돌렸다. 역시나, 인영이 차를 세운 채 그를 기다리고 있었다. 지나가던 학생들이 인영의 잘 빠진 외제차를 발견하고 시끄럽게 떠들기 시작했다.

생각해 보니 어제, 저녁 약속이 어쩌고 했던 말이 기억났다. 운전석에 앉아 있던 인영이 천천히 차 문을 열고 차에서 내려섰다.

"다행히 너무 늦지 않게 나와주었네요."

신혁이 다가가자 인영이 건조하게 말했다. 웃음기 없는 여자와 그런 그녀를 무뚝뚝하게 쳐다보는 남자. 보호자 면담도 이보다는 덜 서먹할 듯했다.

"오지 말라고 말했을 텐데 못 들었나?"

"난 신혁 씨와 함께 가야 해요. 그러니까 오늘은 좀 맞춰줘요."

신혁은 낮은 한숨을 흘렸다. 어차피 아버지가 만든 일이었다. 중간에서 그녀가 곤란지경에 처하는 것도 우스운 일이었다. 어쩔 수 없이 오늘은 아버지 장단에 맞춰줘야겠다고 생각하고 있는데 뒤쪽에서 여학생들의 수군대는 소리가 직통으로 들렸다.

"누구야? 애인인가 봐."

"진짜? 애인이야?"

"충격이다, 충격!"

"야, 미진이한테 카톡 날려. 지금 수학 애인 떴다고!"

특유의 쨍쨍거리는 소음들에 귀가 다 따가웠다. 이런 재미있는 장면을 구경시켜 주었으니 내일은 또 얼마나 귀찮은 질문 공세들이 퍼부어지려나.

"선생님!"

아니나 다를까, 신혁을 집요하게 따라다니는 걸로 유명한 2학년의 윤공주라는 여학생이 째지는 소리로 신혁을 불러 세웠다. 신혁이 흘끗 쳐다보니 윤공주를 위시해서 여학생들이 잔뜩 둘러싸고 있었다.

"그 여자 선생님 애인 맞아요?"

"애인이면 니가 어쩔 건데."

대답하기도 귀찮아서 목을 문지르며 대충 대답하자 여자애들이 동시에 괴성들을 내질렀다. 아이고, 귀야.

"언제부터요!"

"언제부터면."

"뭐 하는 여잔데요?"

"너보단 하는 게 많을걸."

"선생님이랑 안 어울려요!"

"너만 하겠냐."

"헤어지세요!"

"……."

유구무언이었다.

한창 혈기왕성한 십대들은 푸념하며 공격하며 난리도 아니었다. 인영은 아무런 표정 변화 없이 그 모든 상황을 구경하듯 보며 서 있었다. 늘 이런 아수라장 속에서 사느냐는 듯 놀리는 듯한 시선을 한 번 툭 던지기도 했다.

이 와중에서 저렇게까지 태연할 수 있는 유인영도 인물이지 싶었다.

"헛소리 그만하고 다들 집에나 가."

"너무해요, 선생님!"

"맞아요! 졸업하면 바로 시집갈라 그랬는데! 고새를 못 기다리고!"

"뭐래? 윤공주 쟤 미쳤나 봐."

"그러게. 야, 너 미쳤냐?"

"아, 뭐! 니가 무슨 상관인데?"

이제 자기들끼리 싸우고 있다. 역시나 말을 들어먹을 인사들이 아니었다. 뭐라고 말해도 자기들 욕망만 퍼부어대고 있는 여자애들 때문에 신혁은 머리가 터질 지경이었다. 이래서 애들이 더 무서운 거다. 이들은 논리도, 순서도 없다. 마음에 들지 않는 일이 발생하면 즉각 비상사태를 선포하고 머릿속에서 거르는 과정 따위 생략하고서 마구 뱉어내며 인의전술을 이용해 달려든다. 누가 귀신이 무섭다고 했나. 신혁은 교복 입은 여자애들 패거리가 제일 무서웠다.

낮은 한숨을 삼키고 있는데 그때 막 교문을 빠져나오는 얼굴 하나가 눈에 확 띄었다. 바로 수진이 뚝 떨어진 섬처럼 혼자 교문을 나오다가 모여 있는 여자애들 너머로 신혁과 시선이 마주친 것이다. 얼떨떨하게 신혁을 보던 수진의 시선이 자연스럽게 옆의 인영에게로 돌아갔다.

"……?"

수진의 눈동자에 의문이 돌았다. 도대체 그 여자는 누구며 선생님은 거기서 뭐 하고 있느냐는 듯 갸웃갸웃 하며 이쪽으로 다가오기 시작했다.

그 표정을 보아하니 눈앞의 여학생들과는 급이 다른 엄청난 폭탄을 던질 기세였다. 요즘의 신혁에게 교복 군단들보다 더 무서운 게 바로 임수진이었다.

신혁은 골치가 지끈거려 일단 자리를 피하기로 했다.

"가지."

두 사람이 탄 차가 부드럽게 출발해 그곳을 벗어났다. 달리는 차에 탄 신혁의 시선이 사이드 미러에 못 박혀 있었다. 거울 안에서 수진이 이쪽을 황망히 쳐다보고 있었다.

"뭘 그렇게 봐요?"

운전을 하던 인영이 신혁을 흘끗 쳐다보며 물었다.

"……아무것도 아니야."

천천히 미러에서 시선을 뗀 신혁이 아무 데나 시선을 던졌다.

"그렇게 신경 쓰여요? 눈도 떼지 못할 만큼?"

"뭐?"

"그렇잖아요. 계속 사이드 미러 보는 모습이…… 꼭 중요한 거라도 떨어뜨리고 온 사람처럼."

"어쩌면."

"뭐가 그렇게 신경 쓰이는데요?"

창밖으로 시선을 돌린 신혁이 나른하게 입을 열었다.

"걱정스러워."

"……뭐가요?"

"댁 덕분에 내 인기가 확 떨어질까 봐."

인영이 어이없다는 듯 신혁을 쳐다보았지만 신혁은 수진을 생각하고 있었다.


"거 봐! 내가 애인 있을 거라 그랬지?"

"야! 없는 게 더 이상한 거지. 뭐 대단한 거 발견한 것처럼 난리야?"

"악! 어이없어. 싱글인 척하더니."

"싱글이길 바란 거겠지."

"뭐 하는 여자지? 짜증나게 이쁘던데."

"가슴 봤어? 완전 대박!"

"대박은 쥐뿔. 수술한 거지! 척 보기에도 완전 부자연스럽더
만!"

여학생들이 근거도 없는 뒷담화를 하거나 말거나 수진은 생각
이 잘 정리가 되지 않아 멍한 눈이었다.

애인이라…….

애인?

아, 애인…….

그렇겠지. 가능한 일이지. 그게 뭐 놀랄 일이라고.

아아! 애인이 있었구나!

생각해 보면 해가 동쪽에서 뜨는 것처럼 당연한 일이었다. 그는
객관적으로 보기에도 멋진 성인 남자고. 약간 정신세계가 이상한
것 같긴 하지만 그걸 커버할 정도로 섹시하고 또……. 아무튼 그
런 남자가 애인 하나 없이 옆구리 시려 하며 살고 있을 이유가 없
었다. 그런데 왜 그 너무도 당연한 사실을 여태껏 몰랐을까!

가만, 애인이 있으면 뭐가 달라지나?

사실 애인이 있건 말건 짝사랑에는 아무 지장도 없는데 말이다.
이신혁 선생의 사적인 부분을 모두 꿰차고서 적당한 여건이 되니
그를 좋아한 게 아니었다. 이루어지지 못할지도 모른다고 짝사랑
이 뚝 끊길 것도 아니고, 마찬가지로 반드시 이루어지려고 시작되
는 짝사랑도 없다.

그렇게 정리가 됨에도 가슴 한구석이 허전해 오는 건 어쩔 수
없었다. 화가 나기도 했다. 근데 뭔가 배신감 같은 것까지 느껴지
니 이게 문제였다.

가만.

'근데 이 남자 진짜 이상하잖아! 차라리 그때 애인 있다고 말을 하지!'

생각해 보니 억울한 게 한두 개가 아니었다.

"아, 나쁜 인간."

그럼에도 제발.

"애인이 아니었으면……."

"나 저 여자 알아."

돌아서려던 수진의 걸음이 멈칫했다. 저건, 같은 반 소 모 양의 목소리였다.

"정말? 너 알아?"

"둘이 진짜 애인 맞아? 아니지?"

"아니라고 해줘."

"미안하지만 맞아. 내가 알기로 저 여자 수학 약혼녀야."

쿠궁!

애인을 넘어서서 이젠 약혼녀라고?

머릿속에서 작은 산더미 하나가 산사태를 일으키며 우르릉 쾅쾅 무너져 내렸다.

수진은 아득해진 시선으로 망망대해를 보듯 신혁이 사라진 방향을 바라보았다.

이건 너무하잖아. 애인 없는 남자를 짝사랑하는 건 아무 문제도 없는 그냥 짝사랑. 애인 있는 남자를 짝사랑하는 건 좀 문제 있는 짝사랑. 하지만 약혼녀 있는 남자를 짝사랑하는 건, 삽질이다. 지금까지 삽질한 것만 쌓아도 뒷동산 하나는 거뜬히 나올 분량인데, 이젠 아예 포크레인 급으로 앞산을 하나 더 세우게 생겼다.

신혁이 학을 떼며 자신을 귀찮아한 이유를 알 것도 같았다. 곧 결혼할 남자한테 이 무슨 못된 짓거리였단 말인가!

근데 소 모 양은 대체 그런 걸 어떻게 아는 걸까? 그녀는 임수진 왕따 클럽의 간부인 동시에 이신혁 선생의 결사 추종자 클럽의 간부이기도 했단 말인가?!

"니가 그걸 어떻게 아는데?"

그래! 내가 궁금한 게 바로 그거야!

"쌤들 말하는 거 들었다, 왜? 수학한테 약혼자 있다고 확실한 정보통이 흘렸거든?"

"그게 누군데?"

"문학. 둘이 선후배잖아."

"어? 문학은 수학 짝사랑하는 거 아니었어?"

"그러니까! 약혼녀가 있으니까 가능한 게 짝사랑밖에 더 있어?"

현명한 추리로다.

"하긴, 우리 이신혁 쌤, 저 얼굴에 저 스타일에 애인 하나 없겠냐? 없을 거라 생각한 니 대가리가 새대가리지."

"그럼 우리 신혁 씨 결혼하는 거야? 나 안 기다려 주고?"

수진은 천천히 그곳을 벗어났다. 더 이상 귀 기울일 말은 없었다.

불행하게도, 쌤에게 약혼녀가 있단 건 얼추 사실인 듯했다.

"하아……."

이건 뭐, 들이댈 부분이 있어야 들이대 보기라도 하지. 그와 함께 서 있던 여성을 머릿속에 다시 떠올려 보았다가, 괜히 그랬다. 자신감 오백 퍼센트 하강이라는 대따 큰 상상의 바위에 얻어맞기만 했다.

'저 선생님 좋아하나 봐요.'

그 고백을 포함해서 지금까지의 만행들을 되돌릴 수 있다면 얼마나 좋을까. 순간순간 되살아나는 기억들에 얼굴에서 열이 확확 나는 것 같았다.

'더 정확히 말해줄까? 단순히 애라서도 아니고 학생이라서도 아니야. 여자 냄새라곤 안 나는 애라서야.'

온몸에서 힘이 빠졌다.

도대체 몇 살을 더 먹어야 그놈의 여자 냄새란 걸 풀풀 풍길 수 있는 걸까?

그런 냄새를 케이스에 담아서 파는 인터넷 쇼핑몰은 어디 없나?

집에 돌아온 수진은 이제 곧 닥쳐올 기말고사를 대비하기 위해 시험공부란 걸 해보기로 했다. 하지만 문제집만 펴놓은 채로 멍하니 딴생각에 빠져 있는데 휴대폰이 울렸다. 액정도 확인하지 않고서 무심히 귀에 대자 귀에 익기도 하고 아니기도 한 목소리가 넘어왔다.

[임수진 선배 전화 맞죠?]

들어본 적이 있는 것 같으며 자신을 선배라고 부를 만한 남자애라곤 하나밖에 없었다.

"……엄재진?"

[와, 기억해 주고 있었네요?]

"그 정도로 새대가리는 아니야."

힘없이 중얼거리던 수진이 곧 인상을 쓰고 되물었다.

"너, 내 번혼 어떻게 알았어?"

[아아, 그게 뭐가 중요해요? 하나도 안 중요해요, 그런 건.]

……어, 안 중요한가? 또다! 저렇게나 당당하게 안 중요하다고 정리를 해버리니 정말 안 중요해져 버리는 거다.

[지금 뭐 해요?]

뭘 하고 있었느냐…… 수학 문제집을 펴놓고 수학 쌤을 생각하고 있었다.

"뭐, 대충 시험공부 비슷한 거?"

[여전히 성실하시네요.]

'여전히' 란 단어의 호사를 누릴 수 있는 건 2년 전의 임수진일 것이다. 지금의 자신과는 결코 어울리는 단어가 아니었다.

"미안하지만 부탁이 있는데, 날 잘 아는 것처럼 말하지 말아줄래?"

야박한 말이었지만 어쩔 수 없었다. 2년 전까지의 자신이 어떤 애였는지 자신도 잘 모르겠는데 나도 아닌 남이 그렇게 말한다는 게 왠지 뭔가 툭 걸렸다.

나는 어떤 애였을까?

왜인지 '민후의 여자 친구' 였던 임수진 외의 나머지 기억은 잘 나질 않았다. 어떤 애였는지, 뭐 하고 살던 애였는지, 뭘 좋아하고

뭘 싫어했었는지. 그저, 일렁이는 수면 너머에 있는 것처럼 불안
정하게 투영되는 느낌일 뿐.

그렇다고 불편할 건 없었다. 별로 옛날 일 같은 거 그립지도 않
았고, 생각해 보려고 부지런히 애써 본 적도 없었다. 사실 엊그제
일도 잘 기억하지 못하는데 2년이나 전의 일이 흐릿한 건 어찌 보
면 당연한 일이었다. 살다 보니 현재의 자신이 익숙해져서 지금의
얼간이 같은 자신이 오히려 본성 같기도 하고.

가만…… 얼간이?

언젠가 그런 말을 들은 적이 있는 것 같은데.

'정신 빼놓고 돌아다니는 게 꼭 얼간이 빼다 박았구나!'

아, 할아버지였다!

"그래서 그게 너무 억울해서 그걸 누군가한테 말하면서……."

수진은 통화를 하고 있다는 것도 잊은 채 입 밖으로 중얼거리고
있었다. 뭔지 모르겠지만 위화감이 느껴진다. 뭔가가 탁 걸리는
데, 흙탕물을 푼 비커를 들여다보는 것처럼 도통 뚜렷하질 않다.
요즘 들어 이따금씩 머리가 깨질 듯 아팠다.

[선배, 제 말 듣고 계세요?]

아, 통화하고 있었지, 참!

"아, 미안……."

[지금 뭐라고 혼잣말한 거예요?]

"어? 그, 그랬어? 그냥 내 취미야, 취미. 그럼 다음에 보자."

[뭐라는 거예요? 묻는 말엔 대답도 안 해주고 갑자기 끊겠다
니?]

"응? 뭘 물었어?"

수진은 사실 당장 전화를 끊고 머리를 싸매고 누워서 진지하게 고민해 봐야 할 당면 과제가 있었다. 이신혁과 '이신혁의 그녀'와 '임수진' 이 세 사람을 놓고 작대기를 이리 긋고 저리 긋고 고민해 봐야 하는데.

[진짜 서운해요.]

얘가 이렇게 나오니 죄책감이 사막의 미어캣처럼 빼꼼 고개를 내미는 것이다.

"아, 미안미안. 잠깐 딴생각 좀 하느라고. 뭐였는데? 다시 한 번 물어줄래?"

[지금 잠깐 만날 수 있냐구요.]

"지금?"

수진은 갸웃하며 손목시계를 확인해 보았다. 그렇게 늦은 시간은 아니었지만, 친구와 후배 사이의 잘 모르는 경계에 있는 클래스메이트를 성큼 만나러 갈 정도의 적당한 시간대도 아니었다. 애초에 얘가 왜 난데없이 사람을 만나려고 하는 거지?

"그냥 전화로 얘기하면 안 될까?"

[전해줄 게 있어서 그래요.]

"전해줄 거? 나한테? 네가?"

[아무튼 나와보면 알 거예요.]

그렇다면야.

"그래, 그럼."

수진은 순순히 고개를 끄덕이곤 장소를 정하고 전화를 끊었다.

도대체 뭘 전해준다는 걸까? 격려의 메시지를 가득 담은 우정 같은 걸 전해주려는 건 아니겠고.

"나가보면 알겠지."

수진은 문제집을 탁 덮고 일어나 겉옷을 걸쳤다.

약속 장소인 패스트푸드점에 가보니 재진이 먼저 와서 기다리고 있었다. 후드를 푹 눌러쓴 채 청바지 주머니에 양손을 쿡 찔러넣고서 건들거리며 앉아 있다. 사복 차림이라 그런가, 학교에서 보던 이미지와 좀 달랐다. 공부 잘하는 부잣집 도련님 같은 분위기를 풍기는 그 애가 밖에서 보니 껄렁해 보이기도 하고.

"왔네요?"

수진이 앞자리에 앉자 재진이 예의 그 날카로워 보이는 눈매로 웃었다.

너 눈 좀 무섭다고. 후드라도 좀 벗던가.

"뭘 전해준다는 거야?"

"이거요."

그 녀석이 자기 옆자리에 놓인 종이가방을 턱으로 흘끗 가리켰다. 수진은 '그럼 실례'라며 반쯤 일어나 종이가방에 손을 뻗었다. 하지만 녀석이 먼저 몸으로 막아버리는 바람에 목적을 달성하지 못했다. 근데 이 자식, 선배 앞에서 손 안 뺄래?

"무슨 사람이 그래요? 자기 용건만 챙기고."

"그 용건 때문에 나온 건데?"

"전 그 용건을 미끼로 선배 얼굴 좀 보려고 한 거라구요. 양쪽이 공평해야죠."

"내 얼굴? 내 얼굴을 봐서 뭐 하게?"

재진이 그럴 줄 알았다는 듯 웃음을 터뜨리더니 그제야 주머니에서 손을 뺐다.

"왜겠어요? 보고 싶으니까……."

아, 보고 싶으니까.

그래, 보고 싶으니까.

뭐? 보고 싶으니까?

잠시 눈을 깜빡거리던 수진이 짧게 되물었다.

"왜?"

"참 이상한 사람이네. 보고 싶으니까 보고 싶은 거지, 다른 이유가 뭐가 있겠어요?"

"느닷없이 이상한 소릴 하니까 그러는 거 아냐."

"그런 말은 원래 느닷없이 하는 거예요."

"……나 인기 많네?"

"소감이 겨우 그겁니까?"

재진이 쿡 웃었다.

"그럼 뭐라고 말해야 하는데?"

"그냥 살짝 두근거려 주시면 됩지요."

"그래, 그럼. 그러자. 지금부터 살짝 두근거리자. 나도 써먹어 봐야겠다. 지금부터 좀 두근거려 주셔야겠는데요? 라고."

"누구한테요?"

"있어, 그런 사람."

"……무신경하고 둔하고 성의 없고. 기껏 얘기했더니 딴 남자한테나 써먹는다고 그러고. 선배 이상한 사람인 거 알아요?"

"응, 내가 좀 그래."

어이없는 대화였음에도 두 사람은 말이 끝나자 동시에 풋 웃음을 터뜨렸다.

"넌 시험공부 안 하니?"

"안 해도 머리가 좀 돼요."

"어, 좀 행복하겠구나. 난 안 하면 큰일 나. 그러니까 빨리 용건 건네주고 나 좀 보내주라."

"싫어요. 선배 빨리 보내면 시간이 남잖아요. 그럼 남은 시간 동안 공부하게 될지도 모르잖아요. 제가 이상하게 시험공부를 하면 성적이 떨어지거든요."

"그거 지능형 잘난 척이지?"

재진이 양심도 없이 힘차게 고개를 끄덕였다.

"뭐 마실래요?"

"응. 난 콜라."

재진이 콜라와 몇 가지 먹을 걸 사 왔다. 수진은 콜라를 마시면서 재진을 빤히 쳐다보았다.

"이제 아홉시 다 돼가."

"알아요."

"넌 학원 안 다니니?"

"말했잖아요. 좀 천재라고."

"하하하."

"선배는 스물한 살인데 애들이랑 학교 다니기 힘들지 않아요?

사실 말도 안 통하고 그럴 것도 같은데."

이런 화제가 나올진 몰랐기에 수진은 콜라를 내려놓고는 씁쓸하게 웃었다.

"안 힘들어 보이디?"

"글쎄요. 워낙 무표정해서."

"힘들지 않았다면 적어도 웃었을 거야."

그 말에 재진이 수진을 흘끗 쳐다보았다. 수진은 그 시선을 모르는 척 피해 버렸다. 동생 같은 애를 붙들고 이런 말을 하고 있는 자신이 우스워서였다.

"애들은 선배가 힘들어할 거란 생각 같은 거 하지 않아요. 선배가 자기들을 무시하고 있다고 생각한다면 모를까."

"……뭐?"

"선배는 애들이 자기를 힘들게 한다고 생각할지 모르겠지만, 애들은 선배가 자기들을 힘들게 한다고 생각할 수도 있단 거죠. 도도한 선배한테 무시당한다고 말이죠. 무시당했다고 생각하면 인간은 공격적이 되죠. 한데 뭉쳐서 자기가 억울한 걸 내세우면서 같은 억울함을 갖고 있는 인간들을 자꾸 모아요. 그리고 자기는 그 군중 속에 숨어서 안전함을 만끽하죠."

"음."

"한마디로 힘의 우위에 있는 쪽은 뭉쳐 있는 애들보다 선배 쪽이란 말이에요. 힘이 있다고 생각하는 사람은 뭉치지 않아요. 자기 혼자 처리하지. 즉흥적으로 뭉쳐서 떠드는 애들보다 그 애들을 아무렇지 않은 얼굴로 상대하는 선배가 알고 보면 훨씬 무서운 사람일지도."

"그런가?"

수진은 자신도 모르게 고개를 끄덕거렸다. 인정하기엔 약간 억울한 부분도 있었지만 다 틀린 말은 아닌 것 같았다.

"그러니까 정리하면, 내가 걔들을 겁먹게 했다는 뜻?"

"그럴지도."

"그래, 그럴지도. 하지만 사람은 그렇게 강하지 않아. 그 애들이 뭉칠 수밖에 없게 할 무언가의 포스를 내뿜을 정도로 난 강한 사람도 아니고, 용기도 없어. 난 그저 조용하기를 바랄 뿐이야."

수진은 빨대를 빙글빙글 돌려가며 중얼거렸다. 하지만 그의 말처럼 그건 반 애들 입장에서는 이기적인 생각일지도 모르겠다.

"근데 뭔가 너무 철학적이다. 너, 진짜 열아홉 맞니?"

"열아홉이나 스물이나, 스물하나나."

"……이상해."

"뭐가요?"

"그 말, 다른 사람한테도 들었었는데, 그때와는 완전히 다른 의미처럼 들리거든."

그때는 참 절망적으로 들렸었는데.

"무슨 소리예요?"

"그냥 그런 게 있어."

"음, 사실 사정이 있어서 다른 애들보다 한 살이 더 많아요. 저야말로 스무 살이죠. 그러니 선배와 전 실제로는 한 살 차이예요."

수진은 잠시 머릿속으로 따져 보다가 피식 웃으며 그만두었다.

"열아홉이면 어떻고 스물이면 어때. 안 그래?"

신혁에게는 그렇게나 강조하곤 했던 나이 문제를 재진의 앞에 선 무심코 포기해 버리고 있다니. 이게 상황의 차이란 걸까?

재진이 픽 웃더니 드디어 종이가방을 수진에게 탁 내밀었다.

"한 번 확인해 보세요."

대체 무엇이기에? 가방을 열어보던 수진의 눈이 커진 건 그때였다.

"이건……."

수진의 눈동자가 잘게 떨렸다.

아주 오래전의 물건들. 천천히 종이가방에 손을 넣어 하나씩 꺼내보는 수진의 심장이 미친 듯이 뛰었다. 2년 전 교실 사물함에 두었던 자신의 책, 노트, 사전, 필통, 볼펜, 그런 것들이었다. 미처 챙기지 못한 자신의 물건들. 그리고 민후의 것도 있었다. 민후의 볼펜, 책 한 권, 그리고 손목시계였다.

"어떻게 이게……?"

"민후 형 물건들은 민후 형 부모님이 학교로 와서 다 가지고 가셨어요. 유품일 테니까. 그 볼펜이랑 책이 어쩌다가 흘려진 것 같아요. 그리고 손목시계는 민후 형이 체육 시간에 배구를 하기 전에 풀어서 우리 형한테 맡겼던 건데 그대로 빌렸나 보더라구요. 우리 형이 민후 형 물건들 챙기면서 선배 물건도 같이 보관했던 것 같아요."

"형…… 이라니?"

"엄승호. 2년 전에 선배랑 같은 반이었죠."

"아……."

기억하고 있다. 엄승호라면 민후와 가장 친한 친구였다. 수진은 마른침을 삼켜가며 겨우 중얼거렸다.

"승호 동생이었구나."

"손목시계는 형이 민후 형 부모님께 전해 드렸어야 한 건데, 그때 우리 형 상태가 좀 안 좋아서 장례식도 참석을 못했어요. 민후 형이 자꾸, 꿈에 나온다고."

눈시울이 뜨끈해지고 심장이 먹먹해졌다. 그래, 그랬을 것이다. 자신 외에도 민후의 죽음이 충격이고 괴로움이었을 사람들은 많았다.

"형이 결국 전해주지 못해서 제가 갖고 나왔어요. 선배 물건 돌려주면서 함께 주는 게 좋을 것 같아서요."

"그래. 고마워."

"……잘못 전해준 건 아니죠?"

"응, 아니야. 이렇게라도 돌려받을 수 있어서 참 좋아. 고마워."

민후를 떠오르게 하는 물건들을 보는 게 아팠지만 아픔만은 아니었다.

"그럼, 난 그만 갈게."

수진이 유령처럼 스르르 일어나자 재진이 걱정스러운 눈으로 따라 일어났다.

"같이 가요. 바래다줄게요."

"아니, 나 혼자 갈게. 혼자 가게 해줘."

재진이 잠시 머뭇거렸지만 어쩔 수 없다는 듯 고개를 끄덕였다.

수진은 다시 한 번 고맙다고 말하고서 재진을 뒤로한 채로 가게를 나왔다. 비가 올 리가 없을 텐데도 눈앞이 물에 젖어 일렁거렸다. 유리창 안쪽에서 재진이 계속 수진을 바라보고 있었다.

집에 돌아오자마자 수진은 재진에게 받은 물건들을 책상에 하나씩 꺼내놓았다. 물건엔 전부 추억이 묻어 있어 그때를 선명하게 떠올리게 해주었다.

"이 손목시계 생각난다……."

민후가 아버지에게 수험생 된 기념으로 받은 선물이라고 했다. 엄청 비싼 거라서 반애들이 시끌시끌했었는데. 민후는 보란 듯 친구들 앞에서 수진의 손목에 그것을 채워줬었다.

"오버쟁이. 하여튼…… 뭘 해도 조용조용 넘어가는 일이 없었지."

얼마나 벌여놓길 좋아하는지, 덕분에 그의 주변에 있으면 다들 즐겁고 유쾌했다. 두근거리는 일, 설레는 일, 배가 아프도록 웃을 일들이 너무도 많았다. 민후의 손목시계를 만지작거리던 수진은 그것을 한쪽에 밀어두고 이번엔 자신이 썼던 물건들을 하나씩 만져 보았다.

"신기해. 이땐 이런 모양의 필통을 썼었구나……."

이 볼펜은 친구랑 같이 산 거였다. 이 수업은 너무 어려워서 책이 너덜너덜할 정도로 외웠었다.

"아, 이 수업. 진짜 졸려 죽는 줄 알았는데."

수진은 하나하나 떠올려 가며 웃기도 하고 핑글 눈물이 돌기도 하며 2년 전에 쓰던 교과서들을 차례로 쭉 넘겨보았다. 국어, 윤리, 영어……. 하나하나 책장을 펼쳐 보는데 수학 교과서 뒷면에 무슨 글씨가 적혀 있어 갸웃했다.

"이게 뭐지?"

거기엔 반듯한 필체로 뭔가가 적혀 있었다.

**공부 좀 해라, 이 게으름뱅이야.**

"누구지?"

갸웃거리며 글자를 보았다.

"민후는 아닌데……."

민후의 글씨체보다 더 각이 지고 정자에 가까운 체였다. 누군지 모르겠지만 굉장히 좋은 글씨체를 갖고 있다. 문장가인 할아버지를 보고 자라서인지 수진은 글씨체에 꽤 까다로웠다. 자신도 짧은 글을 쓰더라도 항상 신경 쓰곤 했지만 다른 사람의 글씨체도 민감하게 따지곤 했다.

그런데 대체 누가 남의 교과서에 이런 글을 써놓은 걸까?

"게으름뱅이야, 라니……."

모르긴 몰라도 꽤나 친한 사이였음엔 틀림없다. 거기에 자신이 이렇게 반항을 해놓았으니까.

**잔소리 대마왕 물러가라!**

수진은 혀를 차며 자기 글씨를 뚫어지게 쳐다보았다.

도대체 누구랑 이런 유치한 장난질을 주고받은 건지. 그것도 교과서에.

"가만. 이 글씨체……."

수진은 책을 확 세워 글자를 더 자세히 들여다보았다.

“왠지 낯이 익어.”

이런 비슷한 글씨체를 알고 있다. 그런데 도대체 어디서 본 거지? 떠오를 것 같으면서도 아사무사 답답해하고 있던 수진의 시선이 벽으로 스윽 돌아갔다. 뭔가 떠오르는 바가 있었다.

“아……!”

왜 낯이 익었는지 그제야 깨달았다. 벽에는 할아버지가 직접 쓴 가훈이 담긴 족자가 걸려 있었다. 이 글씨체는 어딘지 모르게 할아버지의 그것과 비슷한 느낌이 났다. 아마도 남의 교과서에 이런 장난스런 글을 적어놓은 사람은 본격적으로 붓글씨를 배웠거나 할아버지와 관계가 있는 사람임이 분명했다.

“근데 왜 기억이 안 나는 거지?”

수진은 도무지 이해가 안 가서 중얼거렸다. 바보도 아니고 어째서 2년 전에 있었을 게 분명한 일을 이렇게나 까맣게 잊어버릴 수 있단 말인지.

사실은 별로 친하지 않았던 사람인가? 누군가가 자신을 골탕 먹이려고 몰래 휘갈겨 놓은 단지 장난인 건 아닐까? 그걸 뒤늦게 발견하고 화가 나서 밑에 그런 분노를 표현해 놓은 거?

“아, 몰라!”

머리만 복잡해져서 수진은 그냥 수학책을 탁 덮어 다른 물건들과 함께 서랍에 넣었다. 그리고 맨 위에는 민후의 물건들을 놓았다. 왠지 마음이 찡해졌다. 2년의 시간을 돌아서 자신에게 와준 민후의 유품들이다.

“반가워.”

엷게 웃어 보인 수진은 천천히 서랍을 닫았다.

"후우."

왠지 긴 하루였던 것 같다. 머리가 복잡해서 멍하니 앉아 있다가 곧 샤프를 들어 톡톡 누르고 문제 풀기에 돌입했다. 하지만 잠시 그렇게 풀이를 적어 내려가던 수진은 뭔가가 갑자기 떠올라 의아해졌다.

"그러고 보니 이신혁 선생님은 언제 우리 학교에 온 거지?"

혹시 2년 전에도 학교에 있었던 건 아닐까? 전혀 기억나지 않는 걸 보면 다른 학년을 가르쳤을 수도 있다. 자신을 가르친 선생님은 아니었으니까.

"그럼 누구였지? 수학 선생님이 누구였더라? 국어 선생님은 지금이랑 똑같고, 윤리 선생님은 얼굴에 곰보 자국이 있는 최학구 선생님. 전근 가서서 지금은 안 계시고. 영어 선생님은……."

이런……! 기억이 안 났다.

정말이지, 얼간이가 따로 없었다.

8편 너를 안고 싶어

돌려받은 민후의 물건 때문일까? 수진은 내내 마음이 잡히지 않아 학교에서도 멍하니 앉아 있다가 번개를 맞은 것처럼 갑자기 눈을 번쩍 뜨곤 했다. 결국 오늘은 민후의 손목시계를 차고 나왔다. 왠지 그러고 있으니 신기하게 마음이 안정되었다.

수학 시간이 되자 수진은 되도록 신혁의 얼굴을 보지 않은 채 책에만 집중했다. 이따금씩 칠판을 쳐다보면 분필로 풀이를 적어 내려가는 신혁의 길고 남자다운 손가락에 시선이 닿곤 했다. 이 와중에도 그 손 모양을 보고 가슴이 두근거리는 자신은 바보 멍청이다! 약혼녀 소동이 있은 후 두 사람은 한 번도 시선이 마주치지 않은 채 그렇게 한 공간에 있다가 멀어지곤 했다.

돌아온 민후의 물건들.

그리고 신혁의 약혼녀.

머리가 깨질 것 같다.

모든 수업이 끝나자 수진은 머리를 식힐 요량으로 도서관으로 가서 책을 보았다. 뒤숭숭한 마음으로 책장을 설렁설렁 넘기기만 한 것 같은데 벌써 한 시간이나 지나 있었다. 슬슬 집에 돌아갈까 싶어 도서관을 나와 가방을 챙기기 위해 교실로 들어서려던 순간 수진의 몸이 가늘게 진동했다.

수업이 끝나 모두가 돌아간 교실에 신혁이 혼자 책상에 걸터앉아 있었다.

'왜……?'

커다란 등을 보이며 돌아앉은 신혁은 깊은 생각에 빠진 듯 미동도 없었다. 그리고 어째서 그런 생각이 들었는지는 모르겠지만 그 큰 등이 무척 외로워 보인다는 생각. 하지만 수진은 고개를 저었다. 이 무슨 감정의 비약이란 말인지.

수진은 천천히 문을 닫고는 조용히 자신의 자리로 걸어갔다. 가방을 챙겨서 고개를 들자, 책상에 걸터앉아 있던 신혁과 눈이 마주쳤다. 하지만 수진은 아무 말 없이 먼저 고개를 살짝 숙여 인사를 하곤 몸을 돌렸다. 뒷문으로 가는데도 신혁에게선 아무런 반응이 없었다. 무서울 정도로 조용한 게 더 신경 쓰였다.

'뭐야. 늘 나만 안달복달. 저렇게 사람을 투명인간 취급하는데.'

괜한 오기가 돌아서 수진은 열려던 뒷문을 다시 놓고 자신의 자리로 되돌아왔다. 가방을 책상에 탁 놓고서 의자에 앉아 신혁을 똑바로 쳐다보았지만 신혁은 여전히 미동도 없이 수진을 바라보고만 있었다.

저 눈동자 안엔 대체 뭐가 비치고 있는 걸까? 유리처럼 투명해서 모든 걸 반사시킬 것만 같다. 운동장 쪽에서 하교하는 학생들의 재잘거리는 소리가 들려왔다가 아득히 멀어져 갔다.

"여기서 뭐 하고 계셨어요?"

결국 수진이 먼저 정적을 깨뜨렸다.

"……잠깐 생각을 하고 있었어."

"무슨 생각이요?"

"너를, 어떻게 하면 좋을까…… 하는 생각."

수진의 눈이 살짝 커졌다.

어떻게라니. 아니, 그것보다도…….

"정말요?"

난데없이 수진이 까르르 웃음을 터뜨렸다.

"그건 제 생각을 했다는 거네요? 아…… 겁난다."

"뭐가."

"그렇잖아요. 선생님답지 않게 그런 걸 고분고분 말해주다니, 불안하게……."

웃으며 분위기를 무마시켰음에도 그는 여전히 무거웠고, 깊은 생각에 빠진 듯 한없이 가라앉아 있었다.

"뭔가 결정적으로 냉정한 말을 준비하고 있었던 건 아니죠?"

"사람을 악마로 만들지 마."

"나한테 선생님은 악마예요."

자신에게도 그렇다는 걸 전혀 모르고 있다.

외면하게도 두지 않고, 마음 놓고 바라볼 수도 없게 하는 주제에.

"선생님, 약혼녀 있었어요?"

수진이 난데없이 직구를 던지고 나왔다. 수진다워서 신혁은 피식 웃었다.

"약혼녀 맞아요? 아니에요?"

"일단은, 맞아."

예상하고 있었지만 신혁의 대답에 힘이 쪽 빠졌다. 틈이 날 때마다 고민해 보았지만 역시 이 남자에게 약혼녀라니, 너무 난해한 문제였다.

"그분이, 언젠가 선생님이 말한 적당한 상대인가요?"

"아마도."

"그런 애매한 말은 안 쓰면 안 돼요? 약혼녀가 맞느냐. 아니냐. 그걸 물은 거잖아요."

신혁의 눈동자가 눈부신 무언가를 보듯 가늘어졌다. 이 녀석과 말을 하면 언제나 구석으로 몰리는 기분이다. 귀찮은 것, 설명하기 싫은 것들은 대충 얼버무리며 심드렁하게 넘겨 버리며 살아왔었다. 누구도 그것에 대해 꼬치꼬치 캐묻지 않았고. 하지만 수진만은 달랐다. 그녀는 꼭 대답을 들어내곤 했다. 본성이 집요한 것인지도.

"그래. 약혼녀 맞고, 내게 적당한 상대도 맞아."

"치사해요. 그런 거면, 미리 말 좀 해주면 어때서. 정확하게 말해줬음 좋았잖아요. 빙빙 돌려 말하지 말고 정확하게 약혼녀 때문이라고 못 박아줬음 좋았잖아요. 한 번 받아도 됐을 상처를 세 배, 네 배로 부풀려서 받게 하다니. 그때 박힌 대못이 아직도 안 뽑혀서 속 쓰려 죽겠는데.”

이렇게나 따져대는데도 여전히 신혁은 잠잠했다. 지금 가슴 안에 일고 있는 감정의 파도를 여과 없이 밖으로 드러낸다면 과연 얼마만큼의 부피가 될까?

“선생님, 난 참 이상해요. 이렇게 만날 뒤통수를 맞는데 왜 난 선생님이 아직도 좋을까요?”

신혁은 이제 안다. 수진의 바로 그 의문과 혼란에 같이 흔들려서는 안 된다는 걸.

너의 그 ‘좋아한다’ 의 의미를 알고 있기에.

아마도 기억에선 지워졌지만…….

“익숙함을 애정으로 착각한 거겠지.”

쓸쓸한 신혁의 어조에 수진이 눈을 가늘게 뜨며 되물었다.

“……무슨 말이에요? 의미를 전혀 모르겠어요.”

“의미 같은 건 없어. 그냥 그런 거야.”

수진에게는 그 대답이 애매하겠지만 신혁으로서는 그것이 정답이었다. 아무것도 모르고 있다. 다 잊어버렸기 때문에.

“애매한 대답 싫다고 했는데 또 그래. 하지만 결론은 결국 ‘없다’ 는 거군요.”

“받아줄게, 니 마음.”

중얼거리던 수진의 눈이 번쩍 떠졌다. 놀라움과 의문이 가득 담긴 눈초리로 신혁을 뚫어지게 쳐다보았다.

"네?"

"좋아한다는 니 말, 그거 진심이란 거 인정할게."

"정말…… 믿어주시는 거예요?"

"그래. 의심하지 않을게."

신혁이 내린 결론이었다.

의심하지 않으마. 믿어주마. 나를 기억하지 못하는 너를 두고, 네가 그저 몇 달 전부터 새로 알게 된 수학 선생으로서 말한다. 그 현실에 자신을 끼워 맞추고자 한다.

너의 그 '좋아한다' 는 말.

누구보다 자신이 가장 듣고 싶었던 말.

하지만 자신의 의지와 달리 거부할 수밖에 없었던 말. 아무것도 모른 채 부당하게 거부당해야만 하는 그녀를 보는 건 또 자신이 괴로워서.

이 정도의 선은 스스로 용납한다.

"하지만 그것으로 끝이야."

이게 너를 위한 나의 최선.

내 식의 사랑법.

나도 아프고 너도 괴롭히는 못난 해결책.

"인정한다고 하더라도 그뿐, 내가 널 좋아할 일은 없을 거야."

모든 걸 기억해 냈을 때 네가 혼란스럽지 않으리라는 보장이 있다면, 나도 지금 너를 안고 싶다. 가장 붙잡고 싶은 사람은 자신이었다. 좋아한다는 너의 말을 가장 믿고 싶은 사람은 바로 자신이었다.

수진의 눈동자가 절망의 나뭇가지로 휘저어놓은 연못처럼 탁해졌다.

"그게…… 뭐예요."

신혁의 횡포를 견딜 수가 없었다. 수진은 벌떡 일어나 외쳤다.

"뭐가 그래요! 그게 무슨 인정이에요? 도대체 지금까지와 뭐가 다른데요?"

"달라, 분명히."

신혁은 흔들리지 않았다. 한시도 시선을 빼앗겨선 안 된다.

"좋아하는 건 인정해 줄 테니까, 대신 앞으론 좋아하지 말라고, 그 말이잖아요! 그게 선생님의, 어른의 대답인 거예요?"

"그래."

"정말, 안전한 선택이네요."

"글쎄. 그게 어른이라는 비애가 아닐까?"

가장 안전한 방법을 찾는다. 상처 주지 않으려고 선택한 결론이 결국 더 큰 상처를 내게 한다는 걸 알면서도.

어른이 되면 너무 많은 수를 생각해야 한다. 단 한 번, 그러지 못했던 적이 있었다. 경솔하게, 마음 닿는 대로, 욕심나는 대로 행동한 적이 있었다. 그때 결과가 어땠는가. 같은 일로 두 번 실수는 하지 않는다. 지금의 이 상처를 견뎌내면 너는 더 큰 상처를 받지 않아도 된다. 가장 잊고 싶었던 사람을 좋아하는 걸로 착각하고 고백한 너 자신을 깨닫고 절망하지 않아도 된다.

"그래선…… 인정해 주지 않는 것보다 더 나쁜 거잖아요. 차라리 지금처럼 그냥 무관심하게 굴어요. 시끄럽게 구는 여자애가 있건 말건 지금처럼 귀찮아하다가 그냥 좀 구박하세요. 무시해도 좋아요. 화내도 좋아요. 다 좋으니까, 모르는 사람으로 돌아가잔 것처럼 그런 말은 하지 말라구요."

수진의 눈동자가 젖어 올랐다. 하지만 신혁은 수진의 그 눈을 바라보지 않았다. 더 이상 무슨 말을 해도 통하지 않으리라는 걸…… 그는 이미 결론을 내린 것이다.

"여기서 더 사정하면 이번에야말로 정말 귀찮은 인간이 될 테니까 그만 갈게요."

수진은 가방을 홱 집어 들고 도망치듯 교실을 뛰어나갔다. 문이 닫힌 후 신혁은 천천히 손을 들어 눈언저리를 꾹 눌렀다.

"슬퍼할 것 없다, 임수진. 모든 답은 니가 쥐고 있는 거야."

기억해 내.

먼저 나를 기억해 내면 넌 지금 울 필요도 없다.

모든 걸 기억해 낸다면, 너는 더 이상 대답이 돌아오지 않는 고백을 할 필요도 없다. 매달리고 있는 쪽은 그녀의 생각과는 달리 이신혁 자신이었으니까.

수진은 화가 나서 어쩔 줄 몰라 하며 복도를 걸었다. 성질대로 감정을 다 쏟아냈지만 그게 전혀 위로가 되지 않았다. 매일 매달리고 매일 박살나고, 매일 기대하고 그 기대가 여지없이 깨지고. 그럼에도 또 그를 좋아한다고 온 힘을 다해 떠들어 버리고.

이런 자신을 보면 이신혁 선생이 아니라 누구라도 우습게 생각하겠다. 괜히 말 한 번 걸어줬다가 징그럽게 매달린다고 학을 떼겠다.

"밀당도 모르냐, 이 멍청아!"

계단을 내려가기 위해 복도를 휙 도는 순간 코너에 서 있던 누군가와 몸이 확 부딪치는 바람에 넘어지려는 수진의 몸을 그가 가뿐히 받아내 똑바로 서게 해주었다. 수진은 자신의 팔을 잡고 있는 그 녀석을 빤히 쳐다보았다. 재진이었다. 그가 수진의 팔을 천천히 놓아주더니 황당하단 표정으로 중얼거렸다.

"이신혁 선생님, 좋아하셨어요?"

순간 수진의 눈동자가 벌어졌다. 예고도 없이 튀어나온 일격에 심장이 다 철렁했다.

이, 이 녀석 도대체 뭐야? 가만, 시치미 떼는 표정이 어떤 거였더라? 정신없이 머릿속에서 자갈을 굴리고 있는데 재진이 픽 웃으며 수진의 어깨를 톡톡 두드렸다.

"미안하지만 다 엿들었어요. 다른 곳도 아닌 교실에서 그런 고백 쇼가 펼쳐지리라고 누가 상상이나 했겠어요?"

헉!

하필이면 이 녀석이! 하긴 누구나 오갈 수 있는 교실에서 그런 리사이틀을 벌였으니. 이신혁 선생님도 바보고, 자신도 바보다. 정말 간 큰 선생과 제자가 아니고 무엇인가.

'웃긴 소리 하지 말라고 잡아뗄까? 꿈꾼 거 아니냐고 몰아세워볼까? 설마 이거 위험한 건 아니겠지? 에이, 선생님한테 여학생이 좋다고 고백하는 게 뭐가 문제라고. 혹시라도 저 녀석이 나불거리더라도 선생님한테 피해가 갈 일은 없을 거야. 그는 제대로 거절

의 펀치를 날렸으니까.'

그렇다면…… 일단 진정하자.

"그래, 좋아해. 그게 뭐 어때서?"

수진이 아무렇지 않은 척 당당하게 말하자 재진이 곧 반응을 보였다.

"아아?"

아아? 뭐야, 그게 다야?

"뭐 어떻단 건 아니구요, 그렇게 대놓고 수긍하니까 왠지 이신혁 쌤 부러워지네. 나도 누군가가 목에 칼이 들어와도 좋으니 날 좋아한다고 외쳐줬음 좋겠네."

정말이지 이 녀석을 종잡을 수 없단 말이지.

"엿들었으면 못 들은 척 가버리지 왜 기다린 거야?"

"그걸 몰라서 묻는 거예요? 당연히 구경해야죠. 가령, 선생님한테 걷어차이고 나온 선배 얼굴을?"

수진이 기가 막혀 혀를 찼다.

"그래. 잘 구경했니? 이렇게 생긴 얼굴이고 이런 표정을 짓고 있어."

"네, 잘 봤어요."

빈정거린 재진이 문득 한숨을 내쉬더니 중얼거렸다.

"그런 건 생각하지도 못했어요. 선배가, 다른 사람을 좋아하리라곤."

수진은 멈칫했다.

이 말의 의미가, 혹시 그건 아닐까?

다른 사람이라면…….

"민후 형…… 이제 잊어버린 거예요?"

민후가 아닌 다른 사람을. 과연 임수진이 죽어버린 민후를 두고서 다른 사람을 좋아해도 되나? 역시 그 말이었다. 니가 뭔데 그런 비난을 하느냐고 따지고 싶었지만.

"그러게. 너무했지?"

서운하다 어떻다 말할 수 없었다. 이 녀석과 자신 사이엔 승호가 있고, 승호와 이 녀석과 자신 사이엔 민후가 있다. 그러니 그 정도의 간섭은 수긍하기로 했다.

"배신이란 생각이 들지?"

"어? 아닌데. 글쎄요. 음, 전 오히려 좋은 일이라고 생각했는데요?"

"……뭐?"

"그렇잖아요. 언제까지고 죽은 사람을 끌어안고 있을 순 없으니까."

마음이 아팠다.

"선배 오해한 것 같은데, 난 정말 잘됐다고 한 말이었어요. 비난한 게 아니라, 이제 정말 잊어버린 게 맞느냐고 확인한 건데."

"……고마워. 안 물어줬으면 더 좋았겠지만 어쨌든."

"앞의 것만 들을게요."

푸하 웃은 재진이 곧 걱정스러운 눈으로 수진을 보았다.

"괜찮아요, 선배?"

"변명처럼 들릴지 모르겠지만…… 이신혁 선생님이라 가능했

어. 민후를 기억해야 한다고 생각하면서도 다른 사람 생각한 것,
이신혁 선생님이기에 가능했어.”

“그랬구나. 전 기왕이면 그게 저였으면 했는데요.”

재진이 잘못하면 엄청 놀라울 말을 가뿐하게도 내뱉고는 히히
웃었다.

뭐라는 거야, 이 녀석은?

“선배 마음에서 서민후란 이름을 지우는 사람, 내가 되고 싶었
다구요.”

수진은 그야말로 얼떨떨한 얼굴로 재진을 쳐다보았다. 이건 또
왜 이렇게 전개가 되는 거야?

“너 참 사람 여러 번 놀라게 한다.”

“놀라게 해드렸다면 죄송합니다.”

“도대체 언제부터 나한테 흑심을 품은 거야?”

“흑심이라니……! 무슨 말이 그래요?”

재진이 어깨를 축 늘어뜨리자 수진은 장난이었다는 듯 픽 웃었
다. 재진도 어쩔 수 없다는 듯 따라 웃었다.

“어차피 말 나온 김에! 차인 것 같으니까 나랑 사귈래요?”

“사실이긴 하지만, 직접 들으니까 어째 슬프다. 남한테 직접 들
으니까 더 슬퍼. 하지만 이런 것도 차였다고 할 수 있나? 그냥 중
간에 거부당한 거지. 하긴 그게 차인 거다. 차인 거라고!”

“선배, 정신 차려요. 한 번 차인 걸로 정신분열증 오면 안 되
죠.”

“재진아…….”

“네?”

“그냥 불러봤어.”

재진은 그런 수진을 미소 없이 빤히 쳐다보았다. 힘없이 웃는 수진이 신경이 쓰였다.

“선배 오늘 고백한 것, 쉬운 일 아니었죠? 말은 안 해도 지금 많이 힘들단 것 알겠어요. 왜냐면 저도 다르지 않거든요. 그거 아세요? 누가 관심도 없는 여자 번호 일부러 알아내서 전화하고 그 사람 물건을 열심히 간직해 뒀겠어요?”

“…….”

“민후 형이 부러웠어요. 사고 소식 듣고 형보다 선배가 더 궁금했어요. 어떻게 지내는지, 괜찮은지. 왜냐하면 나한테 더 닿아 있던 사람은 선배였으니까. 다시 선배를 봤을 때 내가 이 선배를 좋아하고 있었구나, 깨달았어요.”

재진의 표정은 진지했다. 그래서 수진은 가슴이 더 따끔했다. 누군가가 자신의 걱정을 해줬었다는 게 고마웠다. 하지만.

“미안.”

수진은 고개를 저었다.

“선택하라면, 난 그냥 이대로 계속 짝사랑하고 싶어.”

그렇게 차갑게 거절당했는데도 수진의 가슴은 계속 뜨거웠다.

이 불씨를 꺼줄 수 있는 건, 적어도 재진은 아니었다.

“차였으니까 다른 사람을 만난다는 건 지금의 나한텐 너무 어려운 일이야. 좋아하는 마음을 도저히 끊을 수가 없거든. 그만, 갈게.”

수진은 미안함을 품은 채 재진을 두고 학교를 나섰다. 집으로 걸어가면서 재진의 일을 포함해서 모든 걸 하나씩 찬찬히 정리해 보았다. 사실상 모든 게 끝났다. 자신이 재진에게 레드카드를 내밀었듯, 자신은 신혁에게 레드카드를 받았다. 그러니 남은 건 퇴장뿐이었다.

하지만 퇴장하기 전에 한 번만 더, 이의 제기를 해보고 싶다. 심판한테 들이받아서 영원히 출전 금지가 되더라도, 머리가 터질 정도로 열심히 고민해 보고 나서 퇴장을 하더라도 하고 싶었다.

다만, 오로지 자신 혼자 해야 한다.

혼자서 이렇게 계속 좋아하며 아파하느냐.

이쯤에서 그만두고 아픔에서 벗어나느냐.

단 두 가지 중 하나를 택하면 된다.

며칠 앓다 보면 어느 쪽으로든 결론이 나 있을 것이다.

그 결론에 승복하겠다.


그날 이후로 벌써 며칠이 흘렀다. 교무실에서 시험 문제를 만들던 신혁은 결국 쉬이 마음이 잡히지 않아 그만두고 집으로 돌아오는 길이었다. 요 며칠 너무 수진의 생각에 빠져 있어서인가. 빌라에 가까워지던 신혁은 마치 환영을 본 듯 서서히 걸음을 멈췄다. 눈앞에 수진이 서 있는 것처럼 보였다. 하지만 상상이 아닌 진짜 수진이 빌라 앞에서 서성대고 있었다.

"너……."

신혁은 놀란 얼굴로 수진을 불렀다. 꽤 오래 기다리고 있었던 듯 지루한 표정이던 수진이 신혁을 발견하고 활짝 웃으며 이쪽으로 뛰어왔다.

신혁의 심장 박동이 빨라지기 시작했다.

설마, 이곳을 기억해 낸 것인가?

자신을 기억해 낸 것인가?

"죄송해요, 선생님. 멋대로 교직원 주소록 뒤져서 선생님 주소 좀 훔쳤어요."

순간 긴장이 풀려 신혁은 관자놀이를 꾹 눌렀다.

무얼 기대한 걸까.

자신은 이 아이가 기억해 내기를 원하는 걸까, 아니면 그 반대일까.

"너도 꽤나 집요하다."

"그 노력으로 공부를 하면 S대는 거뜬히 가겠다, 뭐, 그런 말하고 싶으신 거죠?"

"왜 여기 있는 거야."

엄한 표정으로 무사히 돌아간 신혁이 수진을 보며 물었다.

"일단 화는 안 내셔서 다행이네요."

웃지 마.

"화내고 있는 거야."

"제가 여기 있어서 놀라셨어요?"

제발 그런 얼굴로 웃지 마.

"너라면 안 놀라겠냐?"

"반갑진 않으셨죠?"

신혁은 아무런 대답도 하지 않았다.

미안하지만 반가웠다.

"뭘 기대하는 거야."

그저 퉁명스럽게 면박을 주는 걸로 마무리했다.

"그러게요."

잠시 블라우스 자락을 만지작거리던 수진이 곧 말을 이었다.

"며칠을 고민해 봤는데요, 역시 선생님을 괴롭히지 말자고 결론을 내렸어요."

드러낼 수 없는 격랑이 신혁의 가슴 안에서 세차게 일었다. 다만 수진의 눈에 보이는 신혁은 그저 고요하기만 할 것이었다. 감정의 컨트롤 같은 것 차라리 못하는 인간이었으면.

나이를 먹지 않았다면, 자신도 앞뒤 생각하지 않고 그저 즉흥적으로 행동할 수 있었을까? 지금 이 순간 어린 녀석들이 부럽다는 생각을 하고 있었다. 자신도 그 나이 때는 그렇게 자유분방하고 때론 경솔할 정도로 솔직하게 행동하기도 했을까? 이런 후회 되는 행동 따위는 하지 않아도 되었을까?

"선생님은 인정해 주겠다고 했지만, 결국 제가 선생님을 좋아하는 게 싫은 거고, 제 마음을 받아주는 건 더 싫은 거잖아요."

그것이 그녀가 낸 결론인가.

허전한 마음도, 씁쓸한 마음도 그저 지나가겠지 생각했다.

"사실 좀 버겁기도 하구요. 선생님을 생각하면 가슴이 자꾸 아팠어요. 누군가를 좋아한다는 건 즐겁고 설레고 행복하고…… 그래야 할 텐데 전 자주 아팠어요. 생각하는 것만으로도 여기가 묵직하고 아파 죽겠어요."

수진이 자신의 가슴 언저리를 꽉 누르며 슬픈 눈으로 신혁을 바라보았다.

"그저 아프기만 하기엔, 전 좀 더 행복과 희망 같은 걸 생각해야 하는, 아직은 학생이잖아요. 선생님 말처럼."

"그래."

집에 돌아가면 거울 속에 한심한 남자 한 명이 서 있겠지. 비참한 마음으로, 사랑하는 아이가 멀어져 가는 모습을 손 놓고 지켜보고 있는 정말 불쌍한 사내 하나가 서 있겠지.

"그러니까 이 시간을 그만 낭비해야겠어요. 혼자 좋아하더라도 그것 자체로 값지고 소중한 거라고 그렇게 바보 같은 합리화는 하고 싶지 않아요. 억울하잖아요. 나만 주고 나만 다 드러내고. 화나요. 불공평한 것 같아요. 그 모든 걸 감수하고 '온리 유'만 외칠 만큼 전 그렇게 착실하진 않은가 봐요. 그러니까 억울한 짝사랑은 그만할래요."

"이제야 좀 똑똑해졌군."

예상하던 바였지만, 그는 그저 후련해하는 것만 같았다.

"아직 서랍이 다 정리가 안 돼서 지저분하긴 하지만, 언젠가는 깨끗하게 정리돼서 비어버릴 날도 오겠죠. 그래도 마음이 안 놓이신다면 광속으로 남자친구를 사귈 수도 있어요. 그럼 좀 안심이 되실까요?"

신혁이 엷게 웃었다. 너무 꽉꽉 눌러놓아 이젠 더 누르기도 힘든 이성을 또다시 강요하며 신혁은 이제야 자신에게서 완전히 독립하는 수진의 모습을 지켜보고 있었다.

"이제부턴 선생님 좋아하지 않을게요. 수업도 잘 들을게요. 제대로 졸업할게요…… 라고 말했으면 좋겠죠?"

다른 곳을 응시하고 있던 신혁의 눈동자가 정지했다. 우뚝 선 채로 하지만 신혁은 쉽게 수진에게로 고개를 돌리질 못했다.

"미안하지만 그렇게 말할 순 없어요. 지금까지 한 말 다 취소할래요."

신혁이 그제야 서늘한 눈으로 수진을 돌아보았다.

"뭐?"

"다 거짓말이라구요. 포기한다고 하면 조금이라도 서운해해 주실 줄 알았는데. 미세한 표정 변화라도 잡아낼 계획이었는데 실패했지만."

신혁이 그런 수진의 얼굴에서 시선을 떼질 못했다.

"그런데 말하면서 정리됐어요. 아, 내가 지금 하고 있는 말들은 다 거짓말이구나, 도저히 말대로 될 것 같지 않구나. 역시 선생님을 안 좋아하는 건 안 되겠구나."

입을 꽉 다문 채 수진을 뚫어지게 쳐다보던 신혁은 결국 아무런 말도 하지 않은 채 수진을 지나쳐서 입구로 향했다. 수진은 무시당할 줄 알았기에 그의 반응을 수긍하면서도 얼른 따라붙어 그의 앞을 막아섰다.

"비켜."

신혁의 눈빛이 무서울 정도로 차가웠다.

"아직 말 다 안 끝났어요."

“그 앞에 한 말들만 기억하마.”

“전에 제 마음 인정해 준다고 하셨죠? 거기까지만 저도 받아들일래요.”

신혁은 미칠 것 같았다. 도대체 이 녀석을 어찌하면 좋을까. 자신을 이렇게나 밑도 끝도 없이 휘저어놓는 이 소악마 같은 그녀를.

수진의 말처럼 그녀가 무슨 행동을 하건 무시해 버리면 좋을 텐데. 그리고 그녀가 안정을 찾아가는 모습을 따로 지켜보면 될 텐데. 곁에 두고도 무시하는 게 가능했다면 이렇게 괴롭지도 않았겠지.

“선생님 약혼녀요…… 예뻐요. 멋진 사람 같았어요. 저하곤 비교도 안 될 정도로.”

언제 이렇게 시간이 흘렀을까? 벌써 밤이 되어 있었다. 그의 머리 위로 드리워진 밤하늘과 그 까만 밤하늘을 수놓고 있는 별들과 그리고 자신에게는 별보다 더 반짝이면서도 더 멀리 있는 존재인 신혁을 동시에 바라보았다. 하지만 여전한 냉담함. 닿을 수 없을 정도로 먼 마음의 거리. 하지만 손은 바로 눈앞에 있다.

그게 너무 슬퍼서, 안타까워서, 혼자서 좋아하는 게 너무 서글퍼서 수진은 천천히 그 손을 잡았다.

“그래도…….”

다행히, 아주 낮은 온도일 거라 예상한 신혁의 손은 예상 외로 따뜻했다. 밀어내지 않는 그 손과 손의 접촉을 통해 넘어온 온기에 마음이 놓여서 수진은 울 것 같은 마음으로 용기를 내었다. 말릴 새도 없이 까치발을 들어 신혁의 입술을 찾아 짧게 입을 맞췄다.

1초일까, 2초일까, 부드러운 입술이 닿았다가 떨어졌다. 서투르게 자신의 마음을 전한 수진이 눈에 힘을 주고 신혁을 바라보았다. 심장이 쿵쿵 뛰어 미칠 지경이었지만 수진은 덜덜 떨리는 손에 힘을 주고서 선전포고를 했다.

"그래도, 절 한 번 좋아해 보세요!"

신혁의 한쪽 눈썹이 치켜 올라갔다. 심장이 주인의 의지를 배반한 채 고동치기 시작했다.

"아마 앞으로 선생님은 인생 최대의 모험을 하게 될 거예요. 그렇게 예쁘고 흠이라곤 없는 약혼녀를 버리고, 고3 여학생을 사랑하게 될 테니까요!"

자신이 생각해도 웃긴 선전포고를 남기고 수진은 기절할 것 같은 마음을 끌어안고서 도망치듯 그 자리를 벗어났다.

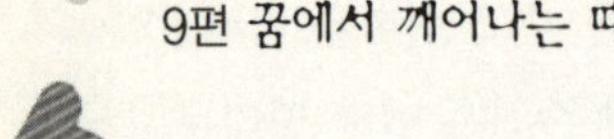

9편 꿈에서 깨어나는 때

밤바람이 없었다면 아마도 산소 부족으로 기절해 버렸을지도 모르겠다. 입술에 손을 대보았더니 방금 전 닿았던 신혁의 입술 촉감이 선명하게 떠올랐다. 두근거림으로도 숨이 막힐 수 있단 걸 수진은 처음 알았다.

이렇게 좋을 수가. 뽀뽀 같은 거 진작 해버릴걸!

일단 도장부터 찍어놓고 그다음에 책임지라고 더 들이댈걸.

이렇게 저 사람을 가깝게 느낄 수 있는 최고의 방법이 있었는데.

설렌다.

설렌다.

설렌다.

신혁은 굳은 듯 그 자리에 서서 수진이 사라진 자리를 쳐다보고 있었다. 천천히 손을 들어 엄지로 자신의 입술을 쓸어보았다. 닿았던 수진의 입술이 아직까지도 생생하게 남아 있는 것 같다.

심장이 뛰는 속도가 제 것 같지가 않았다. 수진이 만들어 남기고 간 두근거림은 그를 토닥이기도 했고 공격하기도 했다.

열이 났다. 그것은 수진이 지피고 간 불씨의 잔류였다. 빠르게 자맥질치는 심장이 온몸의 피를 데워 순식간에 몸 전체가 뜨거워졌다. 임수진이 위험한 건 이것이었다. 벌써 성인이 되어버린 남자를 마치 처음 이성을 알게 돼 안절부절못하는 중학생처럼 만들어 버리고 만다. 적어도 자신에게는 그랬다. 키스라고도 부를 수 없는 그런 짧은 접촉에도 이렇게 반응해 버리게 만들다니.

예상치 못했던 짧은 입맞춤. 입술이 닿았을 때 자신은 굳어버린 게 아니었다. 도리어 정신은 선명해지고, 찬물이라도 덮어쓴 듯 의식은 또렷해졌다. 아주 미세한 입술의 움직임마저 느껴졌을 정도로, 도리어 수진을 붙잡고서 그 입술에 진한 키스를 되돌려주고 싶었다.

욕심대로라면 장난처럼 귀여운 키스 같은 것, 어른의 키스로 되돌려줄 수도 있었다. 근육이 팽팽해지면서 이성과 달리 손이 나갈 뻔했다. 하지만 마지막 남아 있는 한 줄의 이성이 그를 꽉 잡았다. 수진의 짧은 입맞춤은 그를 설레게 했고 또 아프게 했다.

이제 한계였다.

신혁은 결정해야 했다.

더 이상 뒤로 미룰 수는 없다. 그건 이제 더 이상 안전한 길이 아니었다. 이렇게 해서야, 그녀를 위하는 길이라는 변명도 쓸모없는 것이 되어버리지 않겠는가.

"꿈에서…… 깨어나야 할 시간인 것 같다, 임수진."

신혁은 흐릿해지는 눈동자를 천천히 감았다. 허탈했다. 가슴을 아릿하게 하는 통증을 견뎌내려는 듯 심장을 묵직하게 눌렀다.

때론 현실이 꿈보다 더 지독할 수도 있단 걸, 자신이 그녀에게 알려주게 되리라곤.


그날 멋대로 뽀뽀를 해버린 후 사흘 만에 그를 제대로 보는 것 같다. 할아버지 집으로 접어드는 골목길에서 수진은 너무도 놀란 얼굴로 눈앞의 신혁을 쳐다보고 있었다. 그가 자신의 집 앞에서 기다리고 있다니.

도둑 뽀뽀를 해버린 이후로 학교에서 눈도 마주치지 않던 그였다. 물론 기말고사가 다가오고 있었으니 그가 바쁘리란 건 알았다. 진도 나가랴, 모의시험 보랴, 문제 만들랴, 보기에도 정신이 없어 보이긴 했다. 하지만 아무리 그래도……. 너무 심하게 아는 체를 안 하기에 속으로 욕을 퍼부어주던 참이었는데. 도무지 믿을 수 없는 일에 눈이 휘둥그레져서 수진은 그를 한동안 쳐다보기만 했다.

"……선생님?"

벽에 기대서 있던 신혁이 천천히 수진을 돌아보았다. 불안 반, 기대 반으로 잠시 심호흡을 하고서 신혁에게 다가가자 신혁도 등을 떼고 수진에게로 다가왔다.

“저 만나러 오신 거 맞아요?”

신혁이 고개를 끄덕였다.

처음 봤을 때보다 약간 길어진 것 같은 머리카락이 그의 눈앞으로 드리워져 있었다. 그 너머에서 짙은 검은 눈동자가 그녀를 사로잡았다.

뭐지? 기습 뽀뽀했던 거 때문에 가정방문이라도 온 건가?

감히 선생님을 기만했다고 경고라도 하러 온 건가?

그 입술의 무례는 입술로만 되갚을 수 있다고 지금 기선을 제압해 버릴까?

“일부러 찾아오신 거 보니까 진짜 중요한 할 말이 있으신가 봐요.”

“아마도.”

“……싫다니까요, 그런 애매한 말.”

“임수진.”

자신을 부르는 신혁의 목소리가 불안정한 것 같아 의아했다.

“아마, 내가 어떤 말을 해도 너는 잘 이해하지 못할 거야.”

수진은 고개를 갸웃했다. 또 바로 알아들을 수 없는 모호한 말에 뭐라고 따지려는 순간 신혁이 손을 들어 수진의 말을 저지했다.

“내 말부터 들어. 일단 넌 한 가지, 네가 하기 싫어하는 일을 먼저 해야 해.”

“……그게 뭔데요?”

“기억해 내는 것. 기억해 내, 네 시간 속에서 없어져 버린 누군가를."

"그게 누군데요?"

긴장 섞인 침묵이 잠시 두 사람 사이를 감싸고 돌았다.

"나."

수진은 멍한 얼굴로 눈을 깜빡거리다가 눈썹을 확 찌푸리곤 되물었다.

"좀 알아듣기 쉽게 설명해 주시면 안 돼요?"

"설명을 해도 마찬가지야. 아무리 내가 설명해도 네가 직접 기억해 내지 않는 한 의미가 없으니까. 그건 네 기억이 아니니까."

"모르겠어요, 전……. 그런 애매한 말 말고 그냥 선생님이 말해 주시면 안 돼요? 선생님이 제 시간 속에서 없어져 버렸다니, 그게 무슨 뜻이냐구요."

"넌 잊어버렸어. 깨끗이 기억에서 지웠어. 그 수많은 것들 중에서, 더 괴로운 기억조차 하나도 버리지 않고서 제대로 다 기억해 내고 있던 네가, 나만은 잊어버렸어."

"무슨…… 말이냐구요, 그게!"

수진은 답답하다 못해 울 것 같은 얼굴로 소리쳤다. 그가 왜 자신에게 이런 말을 하는 건지 도무지 모르겠다.

"그게 말이 돼요? 제가 왜 선생님을 잊어버려요? 애초에, 저랑 선생님은 얼마 전에 처음 만났는데 어떻게 잊어버릴 수 있냐구요! 싫으면 그냥 싫다고 하세요. 아무리 냉정한 말해도, 윽박질러도, 저 괜찮다고 했잖아요. 근데 왜 자꾸 괴롭히세요? 왜 그런 말도 안 되는 소리로……."

“내가 묻고 싶다. 왜였는지, 묻고 싶은 건 나야.”

신혁의 목소리가 공허하게 울렸다. 수진은 어느새 올라온 눈물을 닦아가며 반항하듯 그를 노려보았다.

“제가 선생님을 전부터 알고 있기라도 했다는 거예요? 말이 안 되잖아요. 그럼 왜 제가 선생님을 기억하지 못하겠어요!”

그의 표정에서 혹독한 고통 같은 게 묻어나 수진은 멈칫했다.

도대체 왜!

신혁도 괴로웠다. 수진의 모든 말이 자신을 아프게 찌르고 있었다.

그래, 나도 그게 기가 막힌다.

각오하고 있었지만 수진은 생각했던 것보다 더욱 혼란스러워 보였다. 신혁은 그런 수진이 너무도 안쓰러워, 괴로움은 잠시 뒤로하고서 천천히 손을 뻗었다. 긴 머리카락에 닿는 순간 잠시 정지했던 그 손이 천천히 안으로 밀려들어가 수진의 목덜미를 어루만졌다. 그 손의 온기는 여전한데 왜 그는 자꾸만 멀어지려고만 하는 걸까. 수진이 그의 손을 잡으려고 하는 순간, 신혁이 냉정하게 그 손을 거두어갔다. 수진은 괴로운 마음으로 멀어져 가는 그의 손을 바라보았다. 잠시 가까워졌던 거리, 가슴이 아리도록 섬세하게 닿았던 그의 짧은 손길.

“너는, 몇 주 전에 처음 날 만난 게 아니야. 2년 전, 사고가 나기 전에도 이미 너는 날 알고 있었다. 나를 좋아한다고 했지? 하지만 좋아하는 사람은 나였다.”

그는 지금 무슨 말을 하는 걸까?

　신혁이 애틋한 시선으로 수진을 어루만지듯 보았다. 안타까움을 담은 그 눈동자가 참으로 많은 말을 하는 것 같았다. 하지만 하나도 알아들을 수 없는 말. 도저히 피부에 와 닿지 않는 말들이기 때문에.

　"좋아한단 내 말에 놀란 널 끌어안아 버린 것도 나야. 좋아하고 있었다, 임수진."

　수진의 동공이 점점 더 벌어졌다.

　"하지만 넌 아니었지. 두근거릴 일도, 나 때문에 아플 일도 적어도 2년 전의 너한테는 없었어. 나를 좋아한다고 했지? 하지만 그건 네 감정이 아니라 내 감정이었다."

　수진의 머릿속이 텅 비었다. 그저 소리들의 배열일 뿐 단어 같은 건 하나도 이해되지 않았다. 신혁이 다시 손을 뻗어 수진의 뺨을 만졌다. 그 손끝이 가늘게 떨렸다. 안타까울 정도로 낮은 눈빛으로 수진을 보며 그가 낮게 말을 이었다.

　"기억해 내."

　그리고 그는 그대로 손을 떼고 수진을 지나쳐 가버렸다.

　"선생님!"

　수진은 그를 향해 외쳤다. 하지만 그는 돌아보지 않았다.

　"선생님!"

　두 번, 세 번 계속해서 그를 불렀지만 외침은 그저 허공으로 흩어질 뿐이었다.

　"말해주고 가라구요, 제발……."

　허물어지듯 수진은 그 자리에 주저앉았다.

'오늘이 며칠이지?'

수진은 줄기차게 울려대는 휴대폰 벨소리를 무시하며 돌아누웠다. 아침부터 벌써 몇 번이나 울리고 있는 건지 모르겠다. 평상시엔 늘 조용하기만 하던 휴대폰이 오늘따라 왜 이렇게 시끄럽게 구는 건지.

학교를 빠진 지 벌써 이틀째였다. 담임선생님에겐 감기 때문이라고 연락해 두었으니 딱히 학교에서 오는 전화는 아닐 것이다. 이불에 푹 파묻혀 있던 수진은 결국 비틀거리며 일어나 책상에서 저 혼자 울려대고 있는 휴대폰을 들었다.

재진이었다.

"……여보세요."

[선배, 많이 아프세요? 저 누군지 아시겠어요? 고열? 기침? 도대체 얼마나 아프길래 이틀씩이나 학교를 빠져요!]

휴대폰을 뚫고 나올 듯 호들갑스러운 재진의 외침에 수진은 낮은 한숨을 흘렸다. 걱정해 주니 고맙긴 했지만, 꾀병이었으니 재진이 알고 있는 것과는 상황이 많이 달랐다. 하지만 결석한 내내 방구석에 틀어박혀 주구장창 누워 있었더니 병이 진짜 찾아온 것도 같았다. 머리가 띵하고 어지러웠다.

"괜찮아. 걱정해 줘서 고마워."

[당연히 걱정되죠. 내일은 나올 거죠?]

"애써볼게."

사실은 며칠 더 이렇게 아무 생각 없이 널브러져 있고 싶었다.

스트레스가 이만저만이 아니었다. 신혁이 터뜨린 폭탄의 파급 효과는 생각보다 훨씬 더 컸다. 그걸 생각하자 또다시 머리가 지끈거렸다.

"그럼 내일 보자."

몇 마디 더 대화를 나누고 전화를 끊으려던 수진은 문득 어떤 생각이 들어 다시 재진을 불렀다.

"저기, 잠깐만!"

휴대폰을 쥔 채 수진은 긴장했다. 이걸 정말 물어봐야 할까? 질문하는 순간 가장 두려워하고 있던 일이 사실이 될까 봐 겁이 났다.

"재진아, 너 2년 전에 말야, 1학년이었지?"

[갑자기 무슨 질문이 그래요? 스무고개예요?]

"그냥 대답해 줘."

[그랬었죠. 2년 전엔 1학년, 1년 전엔 2학년.]

"혹시…… 이신혁 선생님, 2년 전에도 우리 학교에 있었니?"

쿵쿵 뛰는 심장 소리에 귀가 멀 것만 같다.

[2년 전이요? 제가 1학년 때니까 당연히 그때도 계셨죠. 입학하자마자 뭔 영화배우 같은 선생이라나, 사실은 현직 모델이라나, 떠들썩했었거든요. 근데 그건 왜요?]

수진의 눈동자가 아득해졌다.

"그럼 혹시…… 이신혁 선생님, 그때도 3학년을 가르쳤니?"

[그거야 선배가 더 잘 알겠죠. 선배가 3학년이었잖아요. 뭐예요. 걱정돼서 전화했더니 맥 빠지게. 잠깐만요. 난 잘 모르겠으니

까 좀 물어볼게요.]

말릴 새도 없이 옆에 있는 누군가와 애길 하는 것 같던 재진이 다시 돌아왔다.

[그렇다는데요? 몇 년 동안 계속 3학년만 쭉 가르치셨대요.]

쿵!

그 뒤로는 아무것도 들리지 않았다. 넋이 나간 수진의 손에서 휴대폰이 툭 떨어졌다.

'어이, 수업 안 들어가고 왜 여기서 어슬렁거리고 있어.'

처음 그가 건넨 말. 또한 처음 보는 여자애를 대하는 게 분명했던 그의 태도.

'몇 반이냐?'

'어이, 3학년 1반 문제아. 몸이 안 좋으면 양호실에 가.'

머리를 쥐어짜듯 다시 떠올려 봐도 역시 그는 일말의 멈칫거림도 없었다. 그런데 알고 있던 사이라고? 그것도 그가 자신을 좋아했었다고?

"그런 느낌 따위 전혀 보여주지도 않았으면서."

도리어 가까이 가려고 하면 혹독하게 외면했으면서.

"그게 사실이라면 왜 지금껏 한마디도 안 한 건데."

자신이 기억을 잃어서, 라는 건 이유가 되지 않았다. 설명을 하면 되지 않았겠는가. 적어도 처음 보는 사람처럼, 전혀 모르는 사람처럼 그렇게 굴지는 말았어야 하는 거 아닌가? 그러니 믿을 수 없다. 하지만 이신혁 선생님은 분명 2년 전에 자신을 가르친 수학 담당 선생님이었다.

"도대체 뭐야……."

기묘하고도 복잡했다. 깨질 것처럼 머리가 아팠다.

이유는 모르겠지만 이대로라면 그의 말이 사실이었다는 결론이 난다. 복학하고 처음 본 게 분명한 수학 선생님은, 그전에도 이 학교에 있었고 자신을 가르쳤다. 생각하던 수진은 뭔가가 떠오른 듯 갑자기 손을 뻗어 서랍의 열었다. 전에 민후의 물건과 함께 넣어 두었던 수학 책. 미친 듯 급하게 꺼내 펼쳐 보는 수진의 손이 사시나무처럼 떨렸다.

거기에 남은 메모.

눈에 익은 이 필체.

확실히, 다시 보니 신혁의 말투 같기도 했다.

"말도 안 돼."

바들바들 떨던 수진은 벌떡 일어나 방을 나섰다. 교과서를 그대로 끌어안고서 그녀는 한걸음에 할아버지의 사랑채로 달려갔다.

이 필체를 처음 본 순간 생각했었다. 필체에서 왠지 할아버지의 느낌이 묻어난다고. 신혁이 자신과 아는 사이였다면, 이 필체의 익숙한 느낌도 어쩌면 이유가 있을지도 모른다. 정신없이 사랑채로 뛰어들던 수진의 걸음이 멈췄다. 오래 찾을 것도 없이 할아버지는 연못가에서 비단잉어에게 먹이를 주고 있었다.

"할아버지!"

할아버지가 천천히 고개를 돌려 수진을 쳐다보았다. 무슨 일인지 이틀이나 학교를 쉬고 있는 손녀가 걱정되던 차에 저렇게 숨이 차서 뛰어오니 할아버지라도 조금은 놀란 모양이었다. 먹이를 주던 손을 탈탈 털고 할아버지가 수진에게 다가왔다.

"무슨 일이냐."

"아……!"

하지만 수진은 막상 아무 말도 못한 채 할아버지를 바라보기만
했다.

뭘 어떻게 물어봐야 하지? 어디서부터 물어봐야 하지? 머릿속
에서 엉겅퀴가 마구 얽혀 자라고 있는 것 같다. 무작정 필체를 보
여주며, 이 사람 아세요? 물어봐야 하나? 생각 없이 달려오고서야
수진은 주춤했다. 그건 그저 자신의 억측일지도 몰랐다. 너무 멀
리 갔다. 수진은 헛웃음을 흘리며 천천히 고개를 숙였다.

"어디 아프누?"

"아니요……. 걱정시켜 드려서 죄송해요. 내일은 학교 갈 수 있
을 거예요."

할아버지의 시선이 수진이 들고 있는 책에 닿았다. 수진은 깨닫
자 창피해서 얼른 수학 책을 뒤로 확 숨겼다.

"저 가서 조금 더 쉴게요."

애매하게 웃으며 몸을 돌리려는 그때 할아버지가 낮게 말했다.

"신혁이가 어째 통 찾아오질 않는구나."

아……!

수진은 그대로 얼어붙고 말았다. 온몸에 전율 같은 충격이 일었
다. 수진은 입을 벌린 채 천천히 할아버지를 돌아보았다.

"이신혁…… 선생님이요?"

"한 번 찾아오라고 전해라. 안 오니 어째 쓸쓸하구나."

수진은 유령처럼 창백해진 얼굴로 방으로 돌아왔다. 억측이 아니었다. 이신혁 선생님은 생각했던 것보다 훨씬 더 가까운 거리에 있던 사람이었다.

할아버지에게 물어보고 싶은 게 너무도 많았지만 수진은 차마 아무것도 말할 수 없었다. 질문하는 순간 자신이 신혁을 까맣게 잊어버렸다는 걸 알려주는 결과가 되어버린다. 손녀가 그나마 겨우 제정신을 차렸다고 생각하고 계실 텐데. 하지만 겉으로만 멀쩡할 뿐 사실은 더욱 황당한 증상을 몸속에 품고 있었다니.

누군가, 아주 가까웠을 게 분명했던 한 사람을 깡그리 잊어버렸다는 것. 더 심각한 건, 잊어버렸다는 자각조차 하지 못한 채 2년이라는 시간을 보냈다는 것이다. 오한이 온 사람처럼 몸을 떨어가며 수진은 자신의 팔을 끌어안았다.

'넌 모든 걸 잊어버렸어. 깨끗이 기억에서 지웠어. 그 수많은 것들 중에서, 더 괴로운 기억조차 하나도 버리지 않고서 제대로 다 기억해 내고 있던 네가, 나만은 잊어버렸어.'

수진은 천천히 눈을 감았다.

'익숙함을 애정으로 착각한 거겠지.'

언젠가 신혁이 했던 말의 부피가 이제야 선명하게 느껴졌다.

"아……."

수진은 깨질 것 같은 머리를 감싸 쥐었다.

'너는 나를 좋아하는 게 아니야.'

'기억해 내.'

그가 했던 말이 천둥처럼 머릿속을 울렸다.

울 것 같은 눈으로 그가 했던 말을 따라 중얼거려 보았다.

"기억해 내……. 기억해 내라구, 이 바보 천치 얼간이야!"

눈시울이 뜨거워졌다.

만약 누군가가 자신을 까맣게 잊어버린 얼굴로 눈앞에 나타난다면…… 그런데도 그 뻔뻔한 얼굴로 당신을 좋아하고 있다고 시끄럽게 떠들어댄다면.

모든 게 불분명한 이 상황에서도 단 하나만은 확실했다. 자신이 이신혁 선생님을 실망시켰다는 것. 그 실망의 정체가 아픔이든 분노이든 서운함이든, 그의 마음을 명백하게 공격했다는 것.

좋아한다면 잊어버리지 말았어야지.

잊어버렸으면 좋아하지 말았어야지.

멍하니 앉아 있던 수진은 갑자기 벌떡 일어나 옷장으로 달려가 무언가를 찾아 꺼내 들었다. 그건 2년 전에 쓰다가 지금은 정지해 둔 휴대폰이었다. 사고 이후에 전혀 쓰지 않고서 처박아두었다. 사실이라면 여기에 번호가 남아 있을 것이다. 떨리는 손으로 휴대폰을 켜자 배터리 방전 경고 표시가 깜빡거렸다. 수진은 구식 휴대폰의 전화번호부를 검색해 내려갔다. 하나씩 확인하며 내려가던 수진의 눈동자가 정지했다. 얼굴에서 핏기가 싹 가셨다.

"아!"

손을 들어 자신의 입을 막아버렸다.

'dear my teacher.'

그렇게 저장이 되어 있었다. 그리고 함께 저장되어 있는 사진. 전혀 웃고 있진 않았지만 분명히 신혁의 얼굴이었다. 그 옆에서 활짝 웃고 있는 자신의 얼굴. 억지로 그의 팔짱을 낀 채로 셀카를 찍게 만든 것 같은, 바로 그런 느낌의 사진이었다.

사진 속의 이신혁 선생님은 머리가 지금보다 좀 더 짧고, 살짝 더 어리고, 표정은 지금보다는 덜 냉랭하다. 선생님 같기도 하고 오빠 같기도 했다. 도망가려다가 잡힌 듯 난감한 표정으로 카메라를 응시하고 있는 그 표정. 눈썹은 지금처럼 찌푸려져 있다. 그렇게 불만스러운 얼굴로도 같이 사진을 찍어주고 있는 그 모습이 도리어 두 사람의 친근한 관계를 보여주는 것 같았다.

"선생님……."

결국 수진의 뺨을 타고 눈물이 흘러내렸다. 이미 정지가 되어 사용할 수 없는 휴대폰을 쥔 채로 일어나 책상에 떨어뜨려 놓은 자신의 휴대폰을 찾아 신혁의 번호를 옮겨 찍었다. 눈물을 닦아내고서 통화 버튼을 꾹 눌렀다. 숨을 죽인 채 착신이 떨어지기를 기다렸다.

[여보세요.]

숨이 탁 막히는 것 같다.

넘어온 건 분명히 신혁의 목소리였다.

"아……."

무슨 말이든 해보려고 했지만 목소리가 걸린 듯 도무지 나와주질 않았다. 이 모든 상황이 무섭기까지 해서 멈추지 않고 눈물이 고였다. 애써 눈물을 말린 수진은 아무렇지 않은 척하며 겨우 입을 열었다.

"저예요, 임수진……. 퇴근하신 후에 잠깐 시간 좀 내주실래요?

편의점 앞에서 기다릴게요."

　세 시간을 기다린 끝에 드디어 신혁을 만났다. 그는 퇴근하자마자 이리로 온 듯 시간을 맞춰주었다. 다만 자신이 기다리고 있지 못해 먼저 달려나와 기다리고 있었던 것뿐.

　가까이에 와서 선 신혁이 수진을 조용히 내려다보았다. 이틀 동안 혼자서 얼마나 힘이 들었을지 그 얼굴을 보고 짐작할 수 있었다. 핏기라곤 없는 창백한 얼굴에 마음이 아팠다. 몇 번이나 수진을 찾아가고 싶었는지 모른다. 하지만 그녀를 혼란 속에 밀어 넣은 사람이 자신인 이상 더 이상은 간섭할 수 없었다. 무력한 자신을 자조하는 데는 이틀도 모자랐다.

　수진은 웃어 보이고 싶었지만 웃음이 나오질 않았다. 빤히 쳐다보고만 있자 신혁이 수진의 눈을 가리듯 커다란 손으로 수진의 눈앞을 탁 막고는 머리에 알밤을 놓았다.

　"뭘 그렇게 쳐다봐."

　어떻게 하면 좀 더 자연스럽게 이야기를 할 수 있을까? 절대 울면 안 되는데. 괴로워해서도 안 되는데. 감당하기 힘든 문제를 끌어안은 채 수진은 한 대 맞은 머리를 문지르며 여전히 신혁을 쳐다보았다.

　"그만 보라니까."

　"기억해 내라면서요."

　수진이 투덜거리듯 말하자 신혁이 낮은 한숨을 흘렸다.

　그래, 이렇게 해보자. 심각해지지 말고 무거워지지도 말고. 조금은 가볍게. 그래서 이 버거운 무게가 조금이라도 덜어지도록.

"학교는 왜 안 와."

"갈 수 있을 리가 없잖아요. 생각할 게 얼마나 많았는데. 아, 근데 저혈압이 좀 생긴 것 같아요."

"어쩐지, 얼굴이 퉁퉁 부었더라. 못났다, 정말."

"아니거든요?"

수진이 양손으로 뺨을 가리며 항의했다. 가만, 좀 붓긴 했나? 나오기 전에 거울을 보니 웬 허여멀건 한 여자가 퉁퉁 부은 얼굴로 자신을 빤히 쳐다보고 있었다. 이틀 동안 너무 많은 생각을 했더니 피가 얼굴로 다 몰린 걸까?

"다 선생님 때문이잖아요. 그렇게 갑자기 터뜨리면 어떻게 감당하라고."

"그래서 무단결석 용서해 주고 있잖아."

"선생님다운 따뜻한 말씀이시네요."

"일단은 선생이니까."

수진은 입술을 삐죽 내밀고 시선을 아래로 떨어뜨렸다. 신혁이 낮은 한숨을 삼킨 채 그런 수진을 쳐다보았다. 바짝 마른 그 얼굴을 보고 있자니 어쩔 수 없이 지독한 후회가 밀려들었다. 차라리 말하지 않았어야 했을까.

"선생님."

수진이 갑자기 고개를 번쩍 드는 바람에 신혁은 멈칫해서 한 걸음 뒤로 물러나기까지 했다.

"왜."

이 사람이!

이젠 불러도 겁을 내고 있다.

눈이 반달로 접히도록 활짝 웃으며 수진이 말했다.

"수플레 먹고 싶어요."

뭔가가 터질 듯 말 듯 긴장감이 돌던 그 심각한 분위기에서 난데없이 터진 수플레 타령에 신혁은 볼만한 얼굴로 디저트 카페에 앉아 있었다. 여기도, 저기도 온통 달콤한 초콜릿 냄새가 나는 노란색의 공간, 아기자기한 소품이 쭉 늘어진 그 디저트 카페의 예쁜 의자에 앉아 신혁은 팔짱을 낀 채 눈썹을 왕창 찌푸리고 있었다.

갑자기 튀어나온 수플레 타령에 벌써 단내가 나는 것 같아 신혁은 모르는 척 시치미를 뗐었다. 인상을 쓰며 '수플레?' 되물었더니 수진이 '먹고 싶어요!' 라고 핏대까지 세우며 으르렁거렸다.

"치즈 수플레? 초콜릿 수플레? 뭐가 좋을까?"

결국 지금 저렇듯 심각하게 메뉴를 고민하고 앉는 수진을 보며 신혁은 관자놀이를 꾹 눌렀다. 그렇게 애가 아니라더니 지금 보니 딱 애였다.

"선생님은 뭐 드실래요?"

"다 싫다."

"엑! 왜요?"

"단 거 못 먹어."

수진이 순간 눈을 크게 뜨더니 메뉴판을 탁 덮었다.

"몰랐어요. 진작 말해주시지. 죄송합니다."

정중하게 사과를 하는가 싶더니 그 즉시 치즈 수플레를 시켜 버렸다. 신혁은 별수 없어 메뉴판을 휘리릭 훑어보고는 맥주를 시켰다.

"학생 앞에서 술 마셔도 돼요?"

"술이라도 마셔야 제정신으로 앉아 있을 것 같아 그런다."

"왜요?"

"단 거 싫어."

앵무새도 아니고 똑같은 말만 벌써 몇 번째다.

"단 게 그렇게 싫으세요?"

"단 거에 트라우마가 있어."

"……정말요?"

"그걸 믿냐?"

수진이 기가 막힌다는 눈으로 신혁을 째려보았다.

약간의 시간이 흐른 후 두 사람의 앞에 맥주와 치즈 수플레가 놓여졌다. 보송보송한 수플레를 스푼으로 한입 떠서 그 촉촉한 맛을 느끼고 있는 수진을 신혁이 맥주를 마시다 말고 구경하듯 쳐다보았다. 입안에서 살살 녹고 있는 수플레를 더없이 행복한 표정으로 맛보고 있던 수진이 신혁과 시선이 마주치자 고개를 갸웃했다.

"왜요?"

"그런 거에 잘도 감동하는구나 싶어서."

"원래 잘 감동하는 성격이에요."

익히 신혁도 알고 있는 부분이었다. 옛날 일이라도 생각난 듯 신혁이 씁쓸하게 웃으며 맥주를 내려놓자 수진의 표정도 멈칫했다. 마음이 금세 심란해졌다. 그는 자신을 어디까지 알고 있는 걸까?

갑자기 폭신한 수플레의 촉감도, 달콤한 맛도 수진을 더 이상 끌지 못했다. 일순간에 미각을 잃어버린 장금이처럼 그저 기계적으로 스푼만 움직이고 있는데, 문득 신혁의 시선이 수진의 손목에 닿았다.

"남자 시계."

신혁의 중얼거림에 스푼을 딱 멈춘 수진이 자신의 손목시계를 내려다보았다.

"아, 얼마 전에 민후 걸 돌려받았거든요."

"……그래."

삽시간에 공기가 착 가라앉아 버렸다. 달콤한 냄새가 가득한 공간에서는 좀 더 자연스럽게, 같은 말을 해도 덜 힘들게 얘기할 수 있을 줄 알았는데. 단 거도 실패고, 수플레는 더 실패고, 손목시계도 실패였다. 차고 있다는 사실조차 깜빡 잊고 있었다.

"사실은, 물어볼 게 있어서 만나자고 했어요."

비스듬히 앉아 맥주를 만지작거리고 있던 신혁이 고개를 끄덕였다.

"우린, 그러니까 선생님이랑 전 언제부터 알고 있었어요?"

신혁의 눈동자가 잠깐 정지했지만 그는 먼저 말을 꺼낸 이상 궁금해하는 것에는 대답해 주고 싶었다.

"처음부터."

"처음부터가 언젠데요?"

"네가 아주 어릴 때부터. 내 아버지와 네 할아버지의 친분 관계
로 내가 아버지를 따라 네 할아버지 댁을 찾았지. 그때 넌 일곱 살
인가, 여덟 살인가 그랬던 것 같다."

"아……. 기가 막히네요. 일곱 살인가 여덟 살의 상태부터 죄다
알고 있단 거예요?"

"그런 셈이지."

"선생님은 그때 중학생?"

"난 아마 고등학생이었지."

"진짜 기가 막히네요."

수진은 허허 실소를 터뜨렸다. 이 대목에서 대체 웃지 않고 무
얼 할 수 있단 말인가.

"뭔가 있잖아요. 애인데도 왠지 좀 뇌쇄적이라거나 관능적이라
거나, 그런 게 있진 않았나요?"

신혁의 눈썹이 불쾌하게 휘어져 올라갔다. 농담 좀 한 것 갖고.

"무슨 말을 하고 싶은 거야?"

"그냥 좀 섹시한 일곱 살짜리도 있을 수 있잖아요."

"내가 변태냐?"

심상치 않게 째려보는 바람에 수진은 얼른 화제를 돌렸다.

"전 선생님을 따랐겠죠?"

"……처음엔 수줍은지 자주 도망 다녔지만 어느 날부턴가는 옆
에서 내내 시끄럽게 굴었지."

"그땐 선생님도 아니었을 텐데 왜 따랐을까요?"

"아마, 잘생겨서가 아닐까?"

답지 않게 농담도 하고 계시다.

"아마 전 선생님을 아주아주 많이 좋아했을 거예요."

신혁은 표정을 굳힌 채 맥주만 만졌다.

글쎄, 그랬는지 어땠는지는 너만이 아는 거겠지.

"선생님은, 보이는 것마다 다 내 타입인데, 도저히 싫어할 부분이 하나도 없는데 어떻게 안 그랬겠어요? 아마 선생님은 그때도 참 멋졌을 테니까. 지금처럼. 이 사람이 나랑 친한 사람이란 걸 자랑하고 싶어서 어쩔 줄 몰라 했을 거예요."

"……."

"나라면 그랬을 테니까. 기억나지 않아도 나라면 분명히 그랬을 테니까."

신혁은 천천히 눈을 내리감았다. 자랑하고 싶어서 견딜 수 없어 했는지 어땠는지는 몰라도, 수진은 자신을 따랐었고 친해지려고 애썼다. 그때의 자신은 그런 수진이 공기처럼 자연스러웠다. 옆에서 웃기도 하고, 화내기도 하고, 떠들기도 하고, 졸기도 하던 그런 아이. 아무리 오래 옆에 있어도 전혀 거슬리지 않는 그런 존재였다. 맑은 날엔 햇볕 같았고, 더운 날엔 바람 같았고, 흐린 날엔 보슬비 같았고, 추운 날엔 함박눈 같았다. 사계절을 그의 곁에서 내리고 불고 쪼이고 쌓였다.

"근데 이상한 게 하나 있어요."

"뭐가."

"음…… 절 좋아했다면서 지금은 왜 안 좋아하세요?"

잠깐 옛일을 떠올리고 있던 신혁은 갑자기 날아온 공격에 허가

찔린 얼굴로 수진을 쳐다보았다.

"뭐?"

"그렇잖아요. 좋아했다면서요? 그럼 제가 고백하면 반드시 기뻐해야 하는 거 아니에요? 근데 왜 화내고 면박 주고 몰아내셨어요?"

신혁은 낮은 한숨을 내쉬었다. 이런 게 바로 자신이 친 덫에 자신이 걸리는 심정이리라.

"왜요?"

"그건 말할 수 없어."

신혁이 낮지만 단호하게 대답했다. 한껏 허리를 꼿꼿이 세운 채 몰아붙이던 수진이 바람 빠진 풍선처럼 추르르 아래로 꺼졌다.

"너무해요, 제일 중요한 부분인데."

"설명하는 건 쉽겠지. 하지만 그러고 싶지 않아."

"……결국, 기억해 내란 소리군요."

"그래."

여전히 냉정하기도 하다.

"전 그때 뭐라고 대답했어요? 선생님이 저한테 좋아한다고 했을 때요."

뭔가 복수를 하는 기분이었다. 지금껏 그렇게나 일방적으로 외치던 말이 아니던가. 사악한 복수심이 드는 건 당연한 거 아닌가?

"뻔뻔하게 잘도 묻는다."

"차이셨어요?"

"그래, 차였다."

"와아……! 2년 전의 난 대단했네."

신혁이 한쪽 눈썹이 끌려 올라갔다. 수진이 픗 웃었다.

"기분 안 나빴어요?"

"질문은 거기까지."

하지만 신혁은 수진의 앙큼한 계획에 말려들 인물이 아니었다. 수진이 맥 빠진 얼굴로 입을 삐죽거렸다. 그 후엔 더 할 말이 없어서 수진은 수플레에만 집중하는 척했다. 신혁도 말없이 맥주를 마셨다.

달디단 수플레를 먹으며 쓰디쓴 남자를 생각하고 있다. 아무 일도 없었던 듯 그렇게 즐겁게 지낼 수도 없고, 그렇다고 선생님으로만 보며 지낼 수도 없다. 무엇보다 신혁을 먼 거리에서 보아도 보이지 않는 사람인 척 무심하게 지내는 건 가장할 수 없었다.

그와 함께 있는 이 시간이 더디게 가길 바라면서도, 그가 무슨 생각을 하고 있는지 알 수 없어 다가올 시간이 무섭기도 했다. 당장 내일부터 이 관계가 어떻게 변할지 걱정이 돼 초조하기까지 했다. 이제 더 이상 자신을 귀찮게 따라다니던 여자애로도 봐주지 않을까 봐, 표정 없이 앉아 있는 신혁과 마주 앉아 있는 게 참 힘들었다.

가게를 나온 두 사람은 말없이 수진의 집 방향으로 걸었다. 중간에 말을 끊은 신혁은 더 이상 곁을 내주지 않았다. 수진의 초조함만 더해가는 가운데 할아버지의 집이 가까워졌다.

어느새 시간은 밤 열시. 그와 함께 있는 내내 불안했지만 시간은 잘도 흘러가고 있었나 보다. 집 근처에 이르자 수진이 천천히 멈춰 섰다.

"저 그만 갈게요."

"그래."

잠시 수진을 보는가 싶던 신혁이 몸을 돌렸다. 걸어가는 신혁을 바라보던 수진은 자신도 모르게 그를 다시 불렀다.

"선생님!"

신혁이 멈춰 선 채 수진을 돌아보았다. 순간 신혁의 눈동자가 흔들렸다. 수진의 눈동자가 잔뜩 젖어 있었다. 달빛인 듯 가로등인 듯, 빛에 비친 수진의 눈물이 반짝거리며 신혁의 가슴을 찔렀다. 자신도 모르게 선뜩해진 신혁이 한 걸음 다가가려는 순간 수진이 꽉 잠긴 목소리로 말했다.

"그럼 전…… 정말 선생님을 좋아한 게 아니었어요?"

"……!"

신혁의 심장이 쿵 하고 떨어졌다.

"선생님 말 알겠어요. 내가 선생님을 잊어버렸단 것도…… 백 번 양보해서 인정할게요. 익숙함을 애정으로 착각했을 거란 그 말도 무슨 뜻인지 이해가 돼요. 하지만 제가 제일 가슴 아픈 건…… 저는 선생님을 좋아한 게 아니었어요?"

그렇게 선명하던 마음의 방향도, 설렘도, 두근거림도 전부 다 착각이었단 것인가.

인적이 끊긴 공간, 정적이 일고 있는 주택가에는 아무런 소리도 들리지 않았다. 제법 쌀쌀해지는 밤바람을 뺨으로 느끼며 수진은 하염없이 울었다. 눈을 깜빡이자 고여 있던 눈물이 주르르 뺨을 타고 흘러내렸다.

"좋아한다는 게 대체 뭔지 모르겠지만, 내 생각에 난 정말……
이런 게 좋아한다는 감정이 맞는 것 같은데. 하지만 선생님은, 모
든 걸 다 알고 있는 선생님은 아니란 거죠?"

애타는 마음을 차마 눈빛에 드러내지 못한 채 신혁이 천천히 고
개를 끄덕였다.

"그래."

수진은 먹먹한 마음을 눌러가며 애써 미소를 띠었다.

"알았어요. 선생님이 원하는 게 그거라면, 저도 이젠 선생님을
편하게 해줄래요."

신혁의 고개가 번쩍 들렸다.

"아무리 저라도 그 정도는 아니까. 저도 누군가를 좋아하는 사
람이에요. 그 사람을 힘들게 하는 게 뭔지 확실히 알고 있다면, 그
정도는 접어줄 줄 알아야 하는 거니까. 아니라는데 계속 고집만
피우면서 어떻게 그 사람을 좋아하는 거라고 말할 수 있겠어요?"

수진은 아팠지만 웃었다. 슬펐지만 진심이었다. 그가 선 자리가
어두워서 표정이 보이질 않았지만 차라리 다행이었다.

"이제, 정말 갈게요."

수진은 몸을 돌렸다.

'바보처럼.'

눈물이 계속 흘러내렸다. 뭘 확인하겠다고 그런 말을 물었을
까? 그가 어떤 대답을 해줄지는 처음부터 이미 정해져 있었다. 한
번도 바뀌지 않았던 대답. 얼마나 더 상처를 받고서야 이런 헤프

고 한심한 짓을 하지 않겠다는 건지.

사실은 묻고 싶은 말이 또 있었다.

'선생님은 어때요? 이젠 제가 전혀 좋지 않아요?'

치사한 생각으로는, 그런 말이라도 해서 그가 과거에 가졌었다는 감정을 들쑤셔 끄집어내고 싶었던 걸까? 하지만 결국 묻지 못한 건, 그렇다고 할까 봐 겁이 나서. 또 한 번 그의 입으로 듣는 게 너무도 두려워서.

천천히 고개를 들었다. 눈물에 어른거려 앞이 잘 보이지 않는다고 생각한 순간이었다. 갑자기 등 뒤로 성큼 다가온 온기가 앞을 향해 서 있는 수진을 확 끌어당겼다. 그 바람에 몇 걸음 뒷걸음질 쳐진 수진의 등이 넓고 단단한 가슴에 부딪친 순간, 강한 팔이 수진을 뒤에서 확 끌어안았다.

수진의 눈동자가 미친 듯 떨렸다. 등 뒤의 온기가 누구의 것인지 모를 리가 없었다. 하지만 수진은 차마 뒤돌아보지 못한 채 천천히 떨리는 손을 들어 앞으로 둘러진 그의 팔 위에 가만히 가져다 대보았다. 꿈이 아니었다. 닿은 순간 신혁의 열을 느낄 수 있었다. 자신에게는 언제나 차가웠던 남자, 하지만 등 뒤에서 전해져 오는 이 뜨거움만은 너무도 선명해서 수진은 정처 없이 두근거렸다.

수진은 동작을 멈춘 채 자신을 끌어안고 있는 신혁의 팔을 꽉 잡았다.

"선……."

"부르지 마."

신혁이 팔에 힘을 주어 수진을 움직이지 못하게 했다.

"선생님……."

"부르지 말라고 했잖아. 이런 행동을 하는 사람이 무슨 선생이겠냐."

신혁의 이마가 수진의 어깨에 툭 닿았다. 한참이나 덩치가 큰 사람이 그렇게 수진에게 기대듯 선 채로, 힘겨운 듯 낮게 말을 흘렸다.

"이제 한계인 것 같다, 나도."

수진의 눈동자가 커졌다. 떨고 있는 수진을 신혁이 천천히 돌려세웠다. 눈물이 고여 있는 수진의 젖은 눈이 안쓰럽게 떨리며 신혁을 찾았다. 늘 색이 없던 신혁의 눈빛이 지금은 강렬한 검은빛을 띠며 수진의 시선을 받아들였다.

아무 말도 할 수 없었다. 그가 말한 한계란 게 뭔지 묻고 싶었지만 혹시라도 균열이 일어 이 순간을 깨뜨릴까 봐 함부로 입을 열 수도 없었다.

온몸이 긴장으로 팽팽하게 조여졌다. 기억에서 일방적으로 지워진 후로 신혁이 그녀에게 했던 모든 말들은, 실제의 감정을 속이는 말들이었을 뿐. 이제는 한계였다. 더 이상은 그런, 마음과는 다른 말 따위 할 수 없었다. 그러면 차라리 말을 하지 않으면 된다. 너를 위한 일이라는, 입바른 소리 따위 하지 않으면 된다.

너를 좋아하는 일은 없을 거라는, 그런 짜증나는 말 따위.

이제 다시는 입에 올리지 않고, 그저 뻔뻔해지면 된다.

나쁜 인간이 되면 된다.

"내가 누구냐?"

"……선생님."

"내가 누구야."

"……이신혁."

"키스한다."

수진의 얼굴을 들게 한 신혁이 그대로 뜨거운 입술을 겹쳤다. 신혁의 더운 호흡이 수진의 얼굴에 훅 밀려들며 얇은 입술 전체를 덮었다.

데일 듯 뜨거운 숨결이 수진의 머릿속 생각까지 삼켜 버리겠다는 듯 달려들었다. 눈꺼풀이 파르르 떨리며 천천히 수진의 눈이 감겼다. 이렇게나 가슴이 뛸 정도로 좋아하고 있는 그 사람의 숨결은 너무도 기쁜 반면 아득하게 두렵기도 했다.

수진은 그 두려움을 끌어안으려는 듯 신혁의 품으로 파고들었다. 신혁은 심장의 아픈 걸 느끼며 수진을 더욱 세게 끌어안았다. 그 반동으로 부드러운 수진의 가슴이 신혁의 단단한 가슴에 밀착되었다. 그의 팔 안에 완전히 갇힌 채로 수진은 신혁의 목을 꼭 끌어안았다.

몇 번이고 입술만을 빨아들이는 키스가 지속되었다. 불처럼 뜨거운 신혁의 입술이 갈구하듯 수진의 입술을 찾았다. 데일 것처럼 열이 나는 그의 숨결 때문에 수진은 심장이 마구 울렁거리면서도 기뻤다. 입술이 머금어질 때마다, 살짝 아랫입술이 물릴 때마다 그저 터질 듯 두근거렸다.

하지만 떨림은 수진만의 것이 아니었다. 온몸에서 열이 나고 있었다. 그럴수록 타는 듯한 갈증을 느끼며 신혁은 목이 마른 사람처럼 수진의 입술을 머금고 또 머금었다. 부드러운 입술 안의 살갗을 빨아들이고 하얀 치아를 훑다가 말캉한 혀를 만나자 수진의 혀가 움찔했다. 다독이듯 수진의 등을 어루만지며 조심스레 혀끝으로 수진의 혀를 두드렸다. 서서히 수진의 몸에서 힘이 빠지자 신혁은 살며시 그 촉촉하고 말캉한 혀를 감아 빨아들였다. 반응하는 수진의 움직임이 너무도 사랑스러워 결국 견디지 못하고 뜨겁게 혀를 비볐다. 한 줌의 숨결조차 놓치고 싶지 않다는 듯 신혁의 입술은 뜨겁고 초조했다.

원하는 것은 한 가지였나 보다. 사실은 벌써부터 수진을 이렇게 안아버리고 싶었나 보다. 그래서 그동안 그렇게나 숨이 막히고 화가 났나 보다. 어느새 자신도 모르게 그 입술에 입 맞춰 버릴까봐. 뺨을 감싸 쥐고 뜨거운 마음으로 끌어안아 버릴까 봐.

혀가 섞이는 깊은 키스가 지속되었다. 입술만 맞닿는 가벼운 키스로는 이미 이 갈증을 채울 수 없게 되었다. 숨결 전부를 마셔 버리겠다는 듯 수진의 머리를 뒤로 젖힌 채 집요하리만치 자신의 타액을 그녀의 안으로 보냈다.

너를 좋아하는 것은 나.

어느새 너를 사랑해 버리게 된 것도 나.

그 불행한 사고를 일으키게 한 사람도 나.

하지만 그런 너를 여전히 놓지 못하는 사람도, 단지 나였다.

## 10편 그건 사랑이었다

시험 기간이 바짝 다가왔다. 대학에 갈 마음은 없더라도 남 보기에 창피한 성적표를 받아 드는 것도 내키지 않아 수진은 나름대로 열심히 공부했다. 무엇보다 성적이 직통으로 신혁에게 노출된다는 게 신경 쓰였다. 그 때문에 쉬는 시간에도 교실을 떠나지 않고 책을 펼쳐 놓고 있는데 누군가 수진의 책상을 똑똑 노크했다.

"뭐 하세요?"

재진이었다. 얘가 지금 적군이 득시글거리는 공간에서 접선을 하고 난릴까. 안 그래도 여자애들이 벌써 이쪽으로 도끼눈들을 날리고 있었다.

"어…… 그냥 잠깐 딴생각?"

"음료수 마실래요?"

"너나 마셔라."

"그러지 말고 같이 가요."

말릴 틈도 없이 재진이 수진의 팔을 확 잡아채 끌고 나갔다. 뒤통수에 여자애들의 따가운 시선이 박히고, 귀여운 욕들도 더불어 들렸다.

"후우, 못살겠다, 진짜."

건물 한쪽의 음료수 자판기에서 이온음료를 꺼내 내미는 재진에게 수진이 한 말이었다. 재진이 고개를 갸웃했다.

"또 왜요?"

이런 팔자 편한 인간을 봤나.

"됐다. 말을 말자. 그러거나 말거나."

인생 뭐 있어. 하루 이틀 일이냐 싶어 음료수나 마시려고 손을 뻗는데, 재진이 음료수를 쥔 손을 놓지 않고 수진의 얼굴을 빤히 쳐다보는 바람에 그 얼굴을 확 째려봐 주었다.

"왜? 뒤늦게 돈이 아까운 거야?"

그 말에 재진이 푸하 웃음을 터뜨리며 음료수를 놓았다. 수진은 이온음료를 따면서도 여전히 미심쩍게 재진을 흘겨보았다.

"돈 줘?"

"나 참! 누가 돈 달래요?"

"근데 왜 그렇게 사람을 빤히 봐?"

"그냥 선배 얼굴 좀 가까이에서 구경하려고 했어요."

"내가 동물원 원숭이니? 남의 얼굴을 왜?"

"요즘 선배 왠지 모르게 기분이 좋아 보이거든요. 보면 혼자 씩 웃고 있고. 뭐, 즐거운 일이라도 있어요?”

순간 신혁과의 일이 떠올라 뺨이 확 달아올랐지만 수진은 애써 태연한 표정을 가장했다. 아이고, 어떡해! 자신도 모르게 행복 모드가 밖으로 새어 나왔나 보다. 나름대로 잘 단속하려고 했었는데. 인생 장밋빛이라! 사랑에 빠진 여자를 그 누가 막으랴.

“즈, 즐거운 일은 무슨. 시험 기간이라서 그런가?”

기껏 둘러댄 변명이 그 모양이었다. 당연히 재진이 한쪽 눈썹을 하늘까지 끌어 올리며 반문했다.

“시험 기간이 즐거워요?”

“어? 그, 그럼 안 즐거워? 즐겁잖아.”

“뭐가 즐거운데요?”

“그, 그거야 수, 수업도 일찍 끝나고.”

너무 무리한 변명이었다. 차라리 현충일을 국경일이라고 하지 그랬냐!

“일찍 안 끝나거든요?”

“그, 그랬나? 그럼…… 그동안 열심히 공부한 결과를 확인할 수 있으니까?”

“공익광고 찍어요?”

아, 귀찮아!

“역시, 선배 뭐 좋은 일 있는 거죠? 연애라도 해요?”

“뭐, 뭐!”

수진은 화들짝 놀라서 몇 걸음 확 떨어져 재진을 째려보았다.

아니, 어떻게 알았지?

아니야. 여기선 침착하고 태연하게 시치미를 떼야 해!

"여, 여, 연애라니, 무슨 소리야! 마, 마, 마 말이 되는 소릴 해."

태연 같은 소리 한다. 그런 수진을 보는 재진의 매끈한 입술선이 사악하게 말려 올라갔다. 선배, 제대로 걸렸어요, 라는 듯.

"아하, 연애하는구나?"

"아니라니까?"

"누군데요? 상대는?"

"시끄럽다, 응?"

어떻게든 막아보고자 했지만 역부족이었다. 무엇보다 자신이 가장 정신을 못 차리고 있으니 따지고 보면 딱히 재진이 날카로운 것도 아니었다. 이렇게 허둥지둥 반응을 보이면 세 살짜리 어린애라도 이 누나가 연애하는구나, 생각하겠다. 발동 걸린 듯, 재진이 심술궂게 웃으며 점점 가까이 다가왔다.

"저, 저리 안 갈래?"

협박도 해보았지만, 불쑥 허리를 굽힌 재진이 제정신을 못 챙기고 있는 수진의 귀에다 대고 낮게 속삭였다.

"혹시, 이신혁 선생님?"

심장이 밖으로 튀어나와 창밖으로 날아가는 느낌이었다.

"무, 무슨, 무슨 말도 안 되는 소리야?"

귀를 확 가리며 수진은 재진을 있는 대로 노려보았다.

실수다. 이 녀석이 그와 자신의 관계를 아주 조금이나마 알고 있단 걸 깜빡했다. 어떻게든 모르쇠로 일관해야 했다. 안 그래도 소문의 중심에 있는 임수진인데 그 이신혁과의 스캔들이라니. 아마 밖으로 유출되는 순간 수진에게 몰려올 파장은 파도 정도가 아닐 것이었다. 태풍, 허리케인, 쓰나미…….

상상만 해도 모골이 송연해졌다. 괜히 가십의 중심에 서서 한 선생님의 인생을 박살 낼 수도 있다. 아니, 그전에 일단 나부터 박살이 나겠지만.

"선배, 왜 그렇게 펄쩍 뛰어요?"

녀석이 재미를 붙였는지 능글능글 웃으며 사람을 가지고 놀고 있다. 이 녀석을 얕보면 안 된다. 이 녀석은 고단수다.

"누가 펄쩍 뛰었단 거야? 애초에, 기분이 좋아지면 누구든 다 연애하기 때문이란 건 어느 나라 법이니? 너도 요즘 기분 좋아 보이던데 너도 연애하니?"

"네."

"정말? 누구?"

"선배요. 지금 하고 있잖아요, 데이트."

"허…….."

"학교에서 막간 데이트. 청춘 스케치. 이보다 더 행복한 게 또 어디 어디 있겠어요? 귀에 바람도 넣어보고. 선배, 너무 순진한 거 아니에요? 귀 좀 후 불었다고 펄쩍펄쩍 뛰고 얼굴 빨개지고."

"너, 언제 귀에 바람 넣었었니?"

"에이, 긴장했으면서. 느끼지 마세요, 선배. 학교에선 제가 감당 못해요. 아무리 그래도 학교에선 안 돼요. 그만~!"

고개를 절레절레 저어가며 온갖 주접을 떨고 있다.

"지금 뭐 하니?"

"요즘 들어 제가 다시 보이기 시작한 거죠? 그때 괜히 찼구나, 막 후회되는 거? 괜찮아요. 늦었다고 생각할 때가 가장 빠른 때거든요. 전 항상 휴대폰을 활짝 열어놓고 있으니까 언제든 연락해요."

이 바보를 어떻게 하면 좋을까.

수진은 폭 한숨을 흘리며 주머니에서 휴대폰을 꺼냈다. 갑자기 뿍뿍 누르자 재진이 흘끗 쳐다보았다.

"뭐 해요?"

"니 번호 찾고 있잖아. 당장 지우려고."

"쏘리~!"

재진이 냉큼 사과를 하며 바람처럼 달려들어 수진의 휴대폰을 빼앗아갔다. 수진은 그런 재진 때문에 결국 웃음이 풋 터지고 말았다.

"알았으니까 이리 줘."

"가져가 봐요."

재진이 휴대폰을 더욱더 위로 올리며 수진을 약 오르게 했다. 발돋움을 해보았지만 녀석의 키가 농구부 만만치 않게 커서 도통 손이 닿지 않았다.

"너, 늙은이 놀리면 큰일 난다?"

"겨우 한 살 차이라니까 또 혼자 늙은 척한다."

"나 진짜 화낼 거야."

"선배는 화내도 예쁘니까 괜찮아요."

"아, 진짜! 그건 알고 있지만, 이리 안 내?"

이제 정말 약이 올라 욕이 나오기 직전이었다. 재진이 인질로 잡은 휴대폰을 더욱 높이 휙 치켜 올리는 그때, 뒤편에서 나타난 손이 가뿐하게 휴대폰을 낚아채 가버렸다. 갑자기 손이 가벼워진 재진이 몸을 돌리자, 휴대폰을 빼앗아간 장본인이 특유의 무표정으로 짧게 말했다.

"고맙다."

'……선생님?'

수진의 시선도 그쪽으로 향해 있었다. 심장이 두근 했다. 하지만 신혁은 심드렁한 표정으로 방금 빼앗아간 수진의 휴대폰만 요리조리 돌려보고 있었다. 하긴, 재진도 크긴 하지만 신혁에게는 새 발의 피일지니 어렵지 않게 휴대폰을 약탈했나 본데, 애들 노는 데 끼어들어서 지금 뭐 하시는 건지?

"어……."

재진도 예상치 못한 상황이었는지 당황했다가 곧 눈에 힘을 주곤 투덜거렸다.

"선생님, 그건 반칙인데요. 전 지금 명백하게, 마음에 드는 여자 짓궂게 놀리기 놀이를 하고 있는 중이었거든요? 이게 얼마나 유치하고 재미있는 짓인데, 중간에서 끼어드는 눈치 없는 짓을 하세요?"

이 자식이 지금 뭐라는 거야?

"시끄러워, 너 좀."

팔꿈치로 재진의 옆구리를 퍽 쳐서 쫓아내고는 눈을 부라리며 협박하자 비명을 꽥 지르며 물러난 재진이 오만상을 쓰며 수진을 원망스럽게 쳐다보았다.

"아프잖아요. 지금 저 친 거예요?"

"조용히 좀 하라구."

"그치만 억울하잖아요. 우리 둘이 한참 재미있게 놀고 있었는데 선생님한테 방해나 받고."

"재미있긴 뭐가 재미있단 거야?"

"와, 선배, 말 바꾸는 것 좀 봐. 언젠 나 없이 혼자선 못살 것처럼 굴더니."

"누, 누가!"

너 이 자식, 지금 일부러 그러는 거지?

"자, 장난이에요, 선생님. 얘가 좀 미쳤나 봐요. 자주 이래요, 얘가……."

"어? 왜 선생님한테 변명을 하고 그래요? 우리 사이랑 선생님이 무슨 상관이라고?"

조용히 안 해! 수진은 기절할 것 같았다. 이 녀석은 지금 자신이 이신혁 선생님을 좋아하는 걸 알고 일부러 이러는 거다. 그리고 그 반응을 보려는 것이다. 이럴수록 현명하게 대처를 해야 하는데, 재진의 계략에 홀랑 넘어가선 도리어 더 당황하고 있다니. 하지만 신혁의 앞이라 그런지 이성적이고 차분한 행동 같은 건 애초에 되지가 않았다. 키스한 이후로 첫 사적인 만남인데, 이 기념비적인 날에 이 모양이라니.

"고3들 주제에 참 귀엽게도 논다."

그때 뒤에서 들려온 목소리에 수진이 천천히 돌아보자, 신혁이 휴대폰을 수진에게 툭 던졌다. 반사적으로 휴대폰을 확 받아 들면서 그의 시선을 붙잡으려고 해봤지만 그는 재진만 쳐다보고 있었다.

"이름이, 엄재진이었던가?"

"그렇습니다만."

"너 말이다. 내가 1년 동안 쭉 지켜봤는데, 너랑은 임주희가 어울리는 것 같다. 임수진이 아니라."

"……."

재진은 굳어버리고, 더없이 진지한 표정으로 사랑의 짝대기를 그어준 신혁은 그대로 몸을 돌려 가버렸다.

정적.

남은 재진과 수진은 그야말로 벙 쪄 있었다. 먼저 깨어난 건 이신혁 선생님에게 친히 강제 커플 선정을 당한 재진이었다. 그가 펄펄 뛰었다.

"뭐라는 거예요, 저 선생?"

수진은 자신도 모르게 풋 웃음을 터뜨렸다. 하지만 재진이 째려보는 바람에 뚝 그쳐야 했다. 이신혁 선생님 때문에 미칠 것 같다. 저런 말을 할 줄은 상상도 못했다. 신경도 안 쓸 줄 알았더니.

설마, 이게 질투?

"선배!"

즐거운 상상에 빠져 있던 수진은 재진이 부르는 소리에 고개를 돌렸다.

"응?"

"……정말 주희랑 제가 잘 어울려요?"

수진은 또 풋 웃음이 터졌다.

"그걸 내가 어떻게 알아? 결정적으로 주희가 누구니?"

"아, 됐고! 진짜 이상한 선생일세. 왜 갑자기 나타나서 사랑의 작대기를 그어주고 난리시지?"

"1년 동안 지켜봤다잖아."

음료 캔을 휴지통에 버린 수진이 먼저 몸을 돌렸다. 재진이 긴 다리로 가뿐하게 도약해서 수진을 따라붙었다.

"혹시 질투하시나?"

녀석이 또 선동을 했지만 수진은 아무렇지 않은 얼굴로 가증을 떨었다.

"그러게. 선생님도 막상 차고 나니까 후회가 됐을지도? 내가 워낙 진흙 속의 보석 같은 존재잖아."

"그래서, 기뻐요? 선생님이 후회하고 있는 거면?"

"넌 대체 뭐가 그렇게 궁금하니?"

"약혼녀 있다던데."

"주희 기다리겠다. 얼른 가봐라."

"아, 선배!"

재진이 길길이 날뛰거나 말거나 수진은 교실로 쏙 들어갔다. 예상은 했었지만, 아니나 다를까, 재진과의 외출 덕에 여학생들의 눈초리는 그야말로 시베리아 벌판이었다. 어쨌거나 수업이 끝나고 수진은 제일 마지막에 교실을 나섰다.

막 건물을 나가려는데 마침 신혁이 건물 안으로 들어서고 있었다. 수진은 천천히 그 자리에 멈춰 섰다. 다른 곳을 보며 오던 신혁은 문득 고개를 돌렸다가 수진과 시선이 마주치자 미간을 살짝 찌푸렸다. 아직 하교하는 학생들이 있었기에 신혁은 별다른 표정 변화 없이 수진 쪽으로 걸어왔다. 다만 그 시선은 수진에게서 한 치도 떨어지지 않았다.

'너랑은 임주희가 어울리는 것 같다. 임수진이 아니라.'

문득 낮에 신혁이 했던 말이 떠올라 수진이 짓궂게 웃어 보이자 신혁의 한쪽 눈썹이 치켜 올라갔다. 그가 스쳐 지나가는 순간 수진이 웃으며 작게 말했다.

"먼저 갈게요, 선생님."

순간 수진의 손목이 뒤에서 가볍게 잡혔다. 멈칫한 수진이 돌아보는 동시에 신혁이 손목을 잡은 채로 가까운 계단 아래 그늘진 공간으로 들어갔다. 수진은 깜짝 놀라서 신혁을 쳐다보았다. 아직 건물 안에 남아 있는 학생들이 있을지도 모른다. 그래서 불안해하며 그를 바라보는 순간 신혁이 수진의 손목을 끌어당겨 뺨에 짧은 키스를 했다.

잠시 멍청한 얼굴로 서 있던 수진은 곧 얼굴이 화르르 달아올라 신혁을 힘껏 노려보았다. 하지만 그는 아무 일도 없었다는 듯 시치미를 뚝 떼고 어깨를 으쓱할 뿐이었다.

아, 이분, 정말 왜 이래?

신혁이 수진의 어깨를 한 번 탁 짚더니 천천히 스쳐 지나가며 낮게 중얼거렸다.

"너무 붙어 다니지 마."

순간 수진의 고개가 휙 돌아갔다. 하지만 신혁은 이미 저만치 걸어간 후였다. 그리고 완전히 보이지 않게 될 때쯤 학생들이 이쪽으로 걸어오는 소리가 들렸다. 사고를 친 당사자는 이미 홀가분하게 떠나 버렸건만, 수진만이 홀로 아궁이가 된 뺨을 감싸 쥐고 있었다.

'도대체 뭐야!'

저렇게 자기 멋대로 사람을 마구 흔들고 가도 되는 거야? 관심도 없이 버려둘 때는 그것대로 약이 올랐고, 지금은 지금대로 약이 오른다.

뭔지는 모르겠지만 신혁은 자신의 안에 있던 뭔가를 깨뜨린 것 같다. 한 번 자신의 안에서 탈피를 한 그는 이미 이전의 이신혁 선생님이 아니었다. 도리어 누구도 막을 수 없을 것처럼 저돌적인 모습을 보이고 있다. 살며시 뺨에 손을 대보자 무심하지만 그래서 더 강렬했던 짧은 입맞춤이 떠올라 또다시 심장이 제멋대로 뛰었다.

교무실에 돌아온 신혁은 자리에 앉자마자 짧은 헛웃음을 흘렸다. 아직 학생들이 남아 있는 학교에서 자신이 그런 짓을 해버릴 줄은 몰랐다. 하지만 눈앞에 수진이 보이니 이성은 날아가 버리고 말았다.

천천히 시선을 내려 자신의 손을 내려다보았다. 독점욕을 드러내었던 순간의 자신의 행동이란 어찌나 유치한지. 주먹을 말아 쥐어 천천히 그것을 이마에 댔다. 맥박이 평소보다 더 빠르게 뛰고 있었다.

우연히 수진과 재진이 음료수 자판기 앞에서 장난치는 모습을 보았다. 두 사람의 웃는 모습이 마음에 안 들었다. 수진의 옆에 있는 엄재진이라는 이름의 남학생. 그 모습이 자연스럽게 누군가를 떠올리게 했다.

전부터 느꼈지만 재진이 수진을 바라보는 시선은 호의 이상이었다. 같은 남자로서 그 눈빛이 어떤 의미인지 모를 수가 없었다. 그때 재진이 수진의 귀에 대고 귓속말을 하자 신혁의 눈썹이 확 찌푸려졌다. 그뿐 아니라 수진의 휴대폰을 빼앗아 장난치는 재진을 도저히 그대로 둘 수가 없었다.

둘이 친한 것이 싫다.

어쩜 그렇게 단순명료하고도 유치한 감정이란 말인지.

후, 신혁은 머리가 지끈거려 낮은 한숨을 흘렸다.

"빨리 졸업해라."

교복을 입고서 그 또래의 남학생들과 어울리고 있는 수진을 보는 게 일절 즐겁지 않다. 또 한 번 나이와 상황이라는 제약 때문에, 그저 멀리서 축복하듯 인자한 얼굴로 지켜보는 건 사양이었다. 자신이 임수진이라는 문제아 여학생에게 너무도 깊이 빠져 있다는 것, 그게 그를 조바심나게도, 불안하게도 했다.


저녁을 먹은 수진은 욕조에 물을 가득 받고서 그 안에 푹 잠겨 있었다. 뜨거운 수온에 알딸딸해지는 머리로 수진은 멍하니 생각에 잠겼다.

"이제, 어떻게 하면 될까?"

신혁이 자신의 마음을 받아줌으로써 모든 아픔은 끝난 것 같다. 하지만 여전히 남은 과제는 있었다. 자신이 아직 신혁을 기억하지 못하고 있다는 것. 그리고 신혁도 왜 그동안 모르는 척했는지 설명해 주지 않았다는 것.

사실 아무것도 풀린 건 없었다.

"뭔가 이유가 있어."

그것은 확실한 예감이었다.

하지만 그게 그렇게 중요한가? 기억 같은 거 떠오르지 않아도 되는 거 아닐까? 자신은 지금 이대로도 충분히 행복하다.

"난 왜 선생님의 고백을 거절했던 걸까?"

민후 때문에. 그럴 가능성이 가장 컸다.

"와, 나 정말 대단한 여자였다."

민후를 사귀고 있었고, 또 신혁에게서 고백을 받았다.

"거 봐. 대단하잖아."

수진은 몸을 누이며 욕조에 서서히 잠겼다. 머리끝까지 완전히 잠긴 후에야 숨을 토해내며 수면 위로 올라왔다. 턱에서 물이 뚝뚝 떨어졌다. 수증기가 올라오는 욕조의 물을 가만히 바라보다가 손을 움직여 보자 욕조의 물이 찰랑찰랑 하다가 넘치기 시작했다.

욕조의 물이 넘친다.

마치, 내 마음 같다. 그렇게 생각한 순간 수진은 벌떡 일어나 욕조를 나왔다.

벨을 누르자, 한참이나 후에 현관문이 열렸다.

"……."

무표정한 얼굴로 현관문을 열어주었던 그는 자신의 집 문 앞에 서서 싱긋 웃고 있는 수진을 발견하자 그대로 현관문을 쾅 닫아버렸다. 문이 자동으로 잠기는 소리에 어이가 없어 수진의 얼굴에서 미소가 싹 가셨다.

"아, 진짜!"

여기까지 들어오느라고 얼마나 고생했는데. 보안이 엄격해서 출입문이 도통 아무나 들여보내 주지 않는 것이다. 카드도 없고, 그렇다고 전화해서 나 왔소, 라고 말할 처지도 아니고, 그래서 다른 사람이 들어갈 때까지 기다렸다가 기회를 놓치지 않고 재빨리 몸을 날려 이곳까지 이르게 된 건데.

"내가 갈 줄 알아?"

다시 벨을 열어줄 때까지 계속 누르자, 결국 소음에 졌는지 신혁이 다시 현관문을 벌컥 열었다. 그가 팔짱을 척 낀 채로 수진을 제대로 노려보았다. 조각 같은 얼굴은 호러 영화에 나올 법한 느낌으로 싸늘해져 있었다. 그렇게 정나미 떨어지는 잘생긴 얼굴로 개미새끼 한 마리 내 집 안으론 들여보낼 수 없다는 듯 버티고 서 있으니, 무섭다.

수진이 헤헤 웃었다.

"안녕하세요."

"니가 여긴 왜 왔어?"

"주소를 아니까요."

"확인했으면 가."

"저, 잠깐 들어가면 안 돼요?"

"안 돼."

진짜 냉정하게도 끊어낸다. 사람이 찾아왔는데 좀 웃어줄 수도 있는 거 아닌가? 학교에선 그렇게 자기 멋대로 굴어놓고, 자신이 멋대로 구니 이렇게 문전박대다.

"불공평해요!"

"뭐가."

"선생님이요."

"확인했으면 가."

"저, 잠깐 들어가면 안 돼요?"

"안 돼."

아, 진짜, 돌림노래잖아!

욕조에서 넘치는 물이 내 마음 같다는 생각이 든 순간 수진은 자신도 모르게 이곳으로 달려오고 말았다. 그와 좀 더 얘기를 나눠보고 싶었다. 계속 머릿속에 드는 의문들, 그것을 해결하기 위해서는 당사자이며 모든 걸 알고 있는 신혁이 필요했다. 그에게서 힌트를 얻는 것. 그것이 바로 여기로 달려온 두 번째 이유.

첫 번째 이유는 역시, 그를 보고 싶다는 것.

"시험 문제 훔치러 왔냐?"

하지만 그는 저렇게 사람을 괄시하고 있다.

"시험 같은 거 관심도 없거든요?"

"잘하는 짓이다. 그게 학생 입에서 나올 말이냐?"

"그 학생을 계속 이렇게 세워두실 거예요?"

항의하던 수진이 갑자기 에치! 재채기를 했다. 샤워하고 머리도 채 다 말리지 못하고 튀어온 탓에 으슬으슬 추워지기까지 했다.

"머리도, 에치! 다 안 말리고 와서…… 에치! 감기 걸릴 것 같단 말이에요."

정말 감기라도 온 듯 코맹맹이 소리로 반은 재채기에 반은 투정을 부리자, 수진을 위아래로 쭉 훑어본 신혁의 눈썹이 찌푸려졌다. 확실히 그녀의 말대로 머리카락이 아직 젖어 있었다. 기가 찼다.

"그러니까 왜 그런 꼴로 돌아다녀."

"쓸데없이 혼낼 시간에 좀 들여보내 주겠네!"

"그대로 뒤로 돌아서 가."

"이대로 가면 정말 감기 걸릴 것 같단 말이에요. 진짜예요."

"……들어와."

신혁이 결국 한숨을 내쉬곤 몸을 옆으로 틀어 길을 터주었다. 그렇게 해서 현재 수진은 그렇게나 침투하고 싶던 신혁의 집 안에 들어와 당당하게 소파를 차지하고 앉아 있었다. 그나저나 이 소파 참 넓다. 위에 올라가 뛰어보고 싶은 충동이 확 들었지만 그만큼 비싸 보였기에 욕구를 내리눌렀다. 이리저리 둘러보니 역시 이신혁 선생님의 구역답게 세련되고도 매우 무미건조한 느낌이었다. 박봉의 선생님 집치고는 인테리어나 가구 취향이 좀 비싼 것 같은데.

"혹시 재벌 아들?"

재벌인지 거지인지, 기억만 안 잃었어도 다 알고 있었을 텐데.

2년 전엔 어땠는지 모르겠지만 지금으로선 처음 들어온 거실이었다. 멀뚱히 거기에 앉아 수진은 어떻게든 기억을 떠올려 보려 애쓰며 주변을 둘러보았다. 하지만 역시 감감무소식. 친하긴 했지만 집에까지 오가는 사이는 아니었나 보다.

그런 생각을 하고 있는데 수진의 머리에 뭔가가 푹 씌워져 들어보니 보송보송한 타월이었다. 수진은 헤헤 웃으며 채 마르지 않은 머리카락을 살살 닦았다. 신혁은 긴 소파의 끝으로 가서 털썩 앉았다. 수진과는 조금 떨어진 거리였다. 그가 뒷머리를 받친 채 수진을 조용히 쳐다보았다.

"제대로 말려."

"네……."

무섭다. 집까지 쳐들어온 건 정말 나쁜 짓이었나 보다.

"왜 왔어."

"괜찮잖아요, 이 정돈."

반성하려고 했는데 계속 괄시를 하니 말이 곱게 나가질 않았다.

"기억 같은 거 잊어버리지 않았다면 찾아오고 그랬을 거 아니에요. ……어? 혹시, 집까진 안 찾아왔었어요, 저?"

"그래."

"음……. 거짓말. 아! 왠지 기억나려고 하는데? 저 비싸 보이는 식탁에서 같이 라면 같은 거 끓여먹고 그랬던 것 같은데."

민망해서 헛소리를 지껄여 보았지만 신혁은 잘 논다는 듯 조소를 보냈다.

실패다.

“사실은 한 번 더 물어보려고 찾아왔어요. 제가 유추를 좀 해봤거든요. 제가 선생님을 거절했다고 했잖아요. 아마, 제가 선생님을 뻥 걷어차 버렸던 이유는……. 듣고 계세요?”

“계속해 봐.”

“그 이유는 아마, 민후 때문이었을 거예요. 그렇죠?”

신혁은 아무런 대답이 없었다. 다만 표정이 조금 굳었다. 수진은 어쩔 수 없이 자신이 말을 이었다.

“아니, 그걸 말하려고 한 게 아니라…… 저는 왜 선생님을 잊어버린 걸까요?”

“그건 네가 기억해 내라고 했을 텐데.”

“알지만…….”

신혁이 낮은 한숨을 흘렸다. 또다시 들쑤셔진 괴로운 기억에 총알이라도 박힌 기분이었지만, 자신의 앞에 앉아 있는 수진을 보며 마음을 가라앉혔다. 지금의 자신에게 필요한 건, 수풀 속에서 언제라도 튀어나올 준비를 하고 있는 ‘진실’이라는 놈에게서 고개를 돌리는 것이었다.

‘기억해 내.’

그 말을 꺼낸 순간 금기가 깨졌다. 이제 더 이상 임수진은 혼자 이신혁을 좋아하고 있는 학생이 아니다. 그 이전에 그녀를 먼저 좋아한 이신혁을 알고 있는 임수진이 된 것이다. 그리고 그 사실을 알려준 건 바로 자신이었다.

수진을 더 이상 아프게 하고 싶지 않았다고.

그건 변명일지도 모르겠다.

진짜 이유는 바로 자신의 욕망 때문이었다.

몸의 욕망. 마음의 욕망.

너를 아주 깊이 좋아하던 내가 있었다는 걸 그녀에게 알려주고 싶었는지도.

이미 둑이 무너지고 더 이상은 막을 길이 없다. 그렇기에 그 사고를 나게 한 사람이 바로 나라는, 그 지독한 진실을 네가 알게 되는 순간이 닥치더라도, 그래서 나를 원망하게 되더라도 그건 그것대로 그 모든 걸 감수할 수밖에.

함께 기다려 줄 것이다.

네 기억이 돌아오기를.

너는 모든 걸 제대로 알 권리가 있다.

하지만 아직은 그때가 아니다. 모든 것을 알게 되어도 너무 많이 아프지 않을 정도로, 그렇게 조금 더 단단해졌을 때까지 잠시 진실을 뒤로 미루는 그 정도는 이해해 주기를.

"임수진, 네가 할 일을 남에게 떠넘기지 마. 이 게으름뱅이야."

수진이 입을 딱 벌렸다.

"너무하시는 거 아니에요?"

"그래. 내가 좀 너무한 인간이야. 알면 더 묻지 마. 어차피 말해 줄 마음도 없으니까."

"좀 말해주면 어때서. 그러니까 더 궁금하잖아요."

"궁금해야 스스로 기억해 내려고 노력하겠지."

"뭔가, 내가 알면 선생님이 곤란한 일이라도 있는 거 아니에요? 자기가 불리하니까 말 안 해주는 거 아니에요?"

신혁이 씁쓸하게 웃었다.

정답이다.

임수진도 바보는 아니니 그 정도는 유추할 수 있겠지.

"그래, 내가 아주 불리해. 그래서 말 안 하는 거야."

"치사해요."

"그래, 치사하지. 치사한 인간이다, 내가."

그렇게 말하는 신혁의 표정이 왠지 아주 씁쓸해 보여서 수진은 마음이 안 좋았다. 이러려고 찾아온 건 아니었는데. 기억을 잃어버린 건 자신이면서 괜히 그를 괴롭히고 있다.

"죄송합니다. 귀찮게 해서요."

"알면 가."

"가란 말만 빼고 다 들을게요."

신혁이 피식 웃었다.

"밥은 먹었냐?"

"와, 처음으로 가란 소리 말고 딴 거 말해줬다."

신혁이 고개를 절레절레 저었다.

"아 참! 저 요리도 좀 하는데 언제 와서 해드릴까요?"

"오기만 해봐라, 창밖으로 던져 버릴 테니까."

"저를요? 요리를요?"

"대학은 정말 안 갈 생각이냐?"

마음대로 화제를 마구 바꾸는 건 저 선생님의 못된 버릇이다.

"안 갈 거예요. 별로 흥미가 없거든요."

신혁의 마음이 심란해졌다. 아마도 이것 또한 사고 후유증의 하나겠지. 대학에 가지 않겠다는 생각, 그게 바로 수진의 가슴 안에 아직도 서민후가 살아 있다는 증거였다. 서민후는 죽고 자신만은 살았다는 죄책감의 표현 중 하나이리라.

그래서 신혁은 마음이 아팠다. 수진의 마음을 이해하면서도 지지해 줄 수는 없었다.

"가도록 해."

수진이 천천히 고개를 들어 신혁을 마주 쳐다보았다.

"전…… 아니요. 역시 싫어요."

"그럼 뭘 할 생각인데."

"꼭 대학을 가야 뭔가를 할 수 있는 건 아니잖아요."

"그건 대학을 굳이 가지 않아도 자기 꿈이 확고한 녀석들이 할 수 있는 말이야."

"그건 맞지만……."

대학을 가지 않고 자신은 무엇을 할 생각일까?

"할아버지한테 서예를 배워볼까요?"

"취미잖아."

"그러네요."

자신이 할아버지처럼 하늘이 내린 재주가 있는 것도 아니고, 한 학자가 될 것도 아니고. 피아노도 그만둔 지금, 도통 자신이 뭘 해야 할지 알 수 없어졌다.

"어이, 무기력의 여왕. 뭘 좀 해볼 생각을 해봐."

수진은 풋 웃었다.

"음……. 사실 잘 모르겠어요. 제가 열심히 살아가는 시간이 민후의 빼앗긴 시간일 수도 있으니까.”

신혁의 표정이 딱딱하게 굳었다. 수진은 자신도 모르게 말을 흘려놓고는 정적에 휩싸였다.

“죄송해요…….”

그러다 곧장 사과를 하는 수진에게 낮게, 신혁이 말했다.

“기왕 빼앗은 시간을 의미 없이 버려 버리는 것에 대해선 어떻게 생각하는데.”

헉!

수진이 고개를 번쩍 들었다. 놀란 듯 커졌던 그녀의 눈동자가 점차 색을 찾는가 싶다가 다시 흐려졌다.

“무슨 말인지 알고는 있지만…….”

“남은 사람이 남겨진 시간을 살아가는 건, 죄도 뭣도 아니야.”

그의 눈빛은 슬퍼 보이던 어조와 달리 확고했다. 그리고 수진은 지금 너무도 간절하게 그 확고함이 필요했다. 그의 말을 인정함에도 아픈 건 어쩔 수 없었지만, 그래도…….

‘선생님은 언제나 저한테 매달리고 싶은 지푸라기를 던져 주시네요.’

자신도 이렇게 무기력하게 살아가는 건 그만둬야 한다고 알고는 있었다. 살아가려면……. 살겠다고 결정한 이상. 이래서는 뭐 하나 해결되는 게 없다고.

“대학에 가지 않고 뭘 할지 한 번 진지하게 고민해 볼게요.”

“그걸 아직도 안 했단 소리야?”

“그게, 그렇게 됐네요.”

수진이 하하 웃으며 민망한 듯 시선을 돌렸다.

"웃지 마."

"죄송합니다."

"대학에 들어가 있어."

"대학이 무슨 상자예요? 들어가 있고 말고 하게."

"거기에라도 넣어놔야 마음이 놓일 것 같아서 그래."

그러니까 상자가 아니라니까…….

"스물두 살짜리 여자애를 어디에 내놔야 마음이 놓이겠냐? 지금이야 사정거리 안에 있으니 언제라도 감시할 수 있지만, 졸업하면 학교에 가둬놓지도 못하고. 고등학교든 대학이든 학교라는 담장 안에 넣어놔야 마음이 편해."

그 말인즉슨, 임수진을 어디에 내놓기 불안하다는 소리?

"그러니까…… 대학이 가장 안전하다는 뜻이에요?"

"일단은."

"그렇게 안전하지도 않을걸요? 그러다 캠퍼스 커플이라도 만들면요?"

"그거야 니 결정이겠지. 팔팔하고 멋진 놈이 나타나서 내가 밀린다면 어쩔 수 없는 거고."

그가 어울리지도 않게 소극적인 소리를 하고 있다. 질투에 눈이 멀어 못된 본성도 잃은 건가? 라고 생각하는데 그가 더없이 오만한 표정으로 말을 이었다.

"다만, 날 이길 수 있는 녀석이 있을지 모르겠다만."

수진은 풋 웃음을 터뜨리고 말았다.

"잘난 척."

신혁도 낮게 웃었다. 수진은 왠지 가슴이 따뜻해지는 기분으로 그를 바라보았다. 그가 웃는 모습이 좋다. 크게 웃는 건 아니지만, 옅게 미소 지어주는 것만으로도 한없이 마음이 편해졌다.

신혁이 비스듬히 몸을 기댄 채 말을 이었다.

"내가 말한 건 그런 뜻만은 아니야. 대학에 넣어놔야 안심한다, 다만 딴 놈이 낚아채 갈수도 있다……. 그렇게 따지면 넣어놓더라도 똑같이 불안한 거 아니냐? 그런 뜻이 아니라 그런 주변 상황보다 나는, 네가 불안하다."

뚫어질 듯 응시해 오는 그의 시선에 수진의 가슴이 떨려왔다.

"학교라도 다니고 있어야 마음이 놓일 것 같단 소리는, 네가 대학생이라는 네 상태를 기억하고서, 공부를 하든지 꿈을 꾸든지 뭐든 집중을 하며 살아갔으면 좋겠단 거야. 이 이상 헤매고 다니는 널 보고 싶지 않아."

그거야말로 신혁의 진지하고 깊은 마음의 표현이었다.

그가 해줄 수 있는 최대의 애정 표현.

수진은 자신을 걱정해 주는 신혁의 마음을 가볍게 취급할 수가 없었다.

"……그래야 선생님 마음이 편하세요?"

"아마도."

"또 애매한 대답."

"결정은, 결국 네가 하는 거니까."

수진은 천천히 고개를 숙였다. 생각해 보면 신혁만큼 자신의 현재 상태를 가장 잘 알고 있는 사람은 없을 것이다. 잠시 생각하던 수진이 가만히 고개를 들었다.

"그런데요, 그렇다고 좋아하는 사람 말 한마디에 갑자기 인생의 방향을 확 트는 건 좀 한심해 보이잖아요. 재는 생각도 없나? 싶기도 하고."

"그래서 어쩔 건데."

"갈게요, 대학!"

방금까지 뭔 소리를 떠든 건지, 수진은 인생 방향을 금세도 틀었다.

마치 외계생명체 보듯 수진을 보던 신혁이 인상을 찌푸리며 말을 내던졌다.

"가지 마, 인마."

"왜요. 기껏 결정했더니. 제가 대학을 가야 선생님이 안심이 된다면서요."

"네 생각은?"

"선생님 생각이 제 생각이죠 뭐."

신혁은 또다시 머리가 지끈거려 이마를 꾹 눌렀다.

이 녀석의 이런 애정 공세를 어떻게 감당해야 할지 모르겠다. 자신이 바라는 건, 이런 순수한 애정 표현이 아니었다. 동글동글한 눈동자로, 오로지 백 퍼센트 신뢰를 보내는 수진을 감당하기 힘들었다. 자신이 생각하는 건 좀 더 의뭉스러운 것이었고, 어쩌면 수진의 신뢰를 무너뜨릴지도 모르는 좀 더 원초적인 감정이었다.

당신 뜻대로, 라고 무조건 믿고 있기에 자신은 수진에게 위험한 존재였다. 처음 벨을 누르고서 문 앞에 서 있던 수진을 봤을 때부터 지금까지 내내, 수진을 만지고 싶다는 생각만 하고 있었다. 그렇기에 돌려보내려 했고, 어쩌면 정말 이대로 가주기를 바랐다. 해서 손이 닿지 않는 떨어진 거리에 앉아 있었다. 수진의 믿음을 그대로 지켜줄 자신이 자신에게는 없었다. 자신의 머릿속에 일고 있는 생각들을 꺼내본다면, 그건 신뢰보다는 차라리 배신 쪽에 가까우리라.

그것들을 애써 이성으로 누르고 있는데, 저렇게 의도 없는 유혹의 말을 해버리면 어쩌란 건지. 결국 감정이 반응해 버리는 꼴을 보여주란 말인지. 좋아한다는, 그런 말을 할 때마다 신혁은 그녀가 순간순간 더 사랑스러워졌다. 그래서 안고 싶어진다. 남자로서 드는 욕심을 이 이상 선동하지 않았으면 좋겠다. 그냥 가만히 두어도 이미 수진은 자신에게 더 이상 억누르지 못할 정도로 유혹적인 존재였다. 그런데도 자꾸만 자신을 건드리는 수진 때문에 신혁은 돌아버릴 것 같았다. 결국 신혁이 벌떡 소파에서 일어났다.

"가, 이제 그만."

갑작스러운 축출 명령에 수진이 얼떨떨한 표정을 했다.

"네? 아직 얼마 지나지도 않았는데……."

"가, 얼른."

"……왜 쫓아내세요."

수진이 서운한 얼굴로 푸념했다. 난데없이 몰아내려 하니 기분이 나쁠 수밖에 없었다. 신혁은 어쩔 수 없이 수진의 팔을 잡아 현관으로 향했다.

"선생님……."

수진이 끌려가면서도 완강하게 버텼지만 결국 억지로 신발을 신고 현관 밖으로 내몰리는 신세가 되고 말았다. 졸지에 밖으로 밀려난 수진이 황당하단 눈으로 신혁을 쳐다보았다.

"너무해요."

"잔말 말고 가."

"좀 더 있다 가면 안 돼요?"

신혁이 그런 수진을 물끄러미 쳐다봤다. 어쩜 이렇게 무방비한지.

"이 천진난만한 놈. 반성해!"

그리고 현관문이 쾅 닫혔다.

수진은 어이가 없었다.

천진난만? 반성? 뭘 반성해!

"갈 거예요, 뭐!"

화가 나서 휙 돌아서서 몇 걸음 성큼성큼 걸어갔다. 하지만 도통 신경질이 가라앉지 않아 다시 되돌아가서 벨을 마구 눌렀다. 한참이나 후에 문이 다시 열리며 신혁이 못 말리겠단 얼굴로 나타났다.

"뭘 반성해요?"

"네 무지를."

헉!

"선생님, 이상해요."

"니가 더 이상해."

"바래다주지도 않는 거예요? 이렇게 험한 세상에?"

"걱정하지 마. 얼굴이 무기야."

칫……!

"예쁘다고 생각하고 있으면서."

"내 눈에만 이쁜 것 같아 다행이란 생각은 해."

헤헤, 그렇다면 나쁘지 않고.

"……또 와도 돼요?"

"오지 마."

그가 매몰차게 다시 현관문을 닫으려 하기에 수진은 한쪽 발을 확 밀어 현관문을 막았다. 어이없어하는 검은 눈과 마주치자 수진이 생그르르 웃었다.

"그게 아니라니까요, 뭐 두고 간 거 없나 해서……?"

괜히 두리번거리며 안을 훑어보는 쇼를 하자 신혁이 고개를 절레절레 저었다.

"없어, 아무것도."

"그럴 리가!"

"정신줄이나 챙겨가던가."

"진짜 혼자 가기 무서운데."

"……기다려."

"어? 정말 바래다주시게요?"

"아니. 뭐라도 걸치고 가라고."

수진의 이마에 빠직 핏대가 섰다. 뭐, 이런 매너도 없는 남자가 다 있담? 안 걸치고 가다가 얼어 죽은 귀신이 있나.

"됐어요, 뭐. 저 갈래요, 그냥."

수진은 오늘은 이만 후퇴해야겠다는 생각에 웃으며 손을 흔들었다.

"이번엔 진짜 갈게요."

살랑살랑 손을 흔들며 돌아서는 수진을 신혁이 머리카락을 쓸어 넘기며 쳐다보았다. 어차피 그냥 보낼 생각은 아니었다. 외투라도 챙겨서 곧 뒤따라갈 생각이었는데 저렇게 어수선하게 구니 일부러 골려줄 마음이 들었다. 하지만 그렇게 쫓아내려고 했음에도, 결국 마음 한구석의 댐이 툭 무너졌다. 이대로 보내기 싫다. 좀 더 함께 있고 싶은 건 자신이 더했다.

참 눈치도 없다. 어쩜 저렇게 야속하게 사람을 선동하는지 모르겠다.

신혁은 현관문을 열어둔 채 그대로 수진을 따라나섰다. 그 인기척에 갸웃하며 돌아보는 수진의 손을 신혁이 가만히 잡자, 수진이 의아한 표정으로 쳐다보았다. 조용히 수진의 눈동자를 응시하던 신혁이 천천히 손을 끌어당겨 다시 안으로 데리고 들어갔다.

"선생님?"

천천히 현관문이 닫히는 소리를 들으며, 영문을 몰라 하는 수진의 얼굴을 감싸 쥐고 조용히 입을 맞췄다. 부드럽게 입술만이 섞이는 키스를 시작하자 수진의 눈꺼풀이 파르르 떨렸다. 윗입술을 가만히 빨아들이며 목을 어루만지자 수진이 몸을 가늘게 떨며 신혁의 품으로 파고들었다.

사랑스럽다.

소중하다는 듯 수진의 뺨을 어루만졌다. 달콤하고 따스한 숨결이 흘러나오는 입술에 다시 입술을 포개 그 숨결을 자신의 안으로 마시며 신혁은 수진의 머리를 감싸 쥐었다. 천천히 수진의 몸이 밀리며 현관의 벽에 부딪쳤다. 신혁은 수진을 벽에 붙인 채로 천천히 입술을 떼어냈다.

열이 섞인 숨결을 흘리며 두 사람은 가까운 거리에서 서로의 눈을 들여다보았다.

"선생님……."

신혁은 그 가느다란 목소리의 떨림이 마음에 들어 다시 턱을 들어 입술을 찾았다. 윗입술을 가볍게 빨아들이고 쪼듯이 몇 번 키스하다가 뒤이어 눈꺼풀을 누르고 콧방울에도 키스했다.

"아……."

수진의 목에서 가느다란 신음 소리가 새어 나왔다. 신혁의 몸이 떨렸다. 그대로 수진을 와락 끌어안은 채 입술이 수진의 목을 타고 내려갔다. 목선을 따라 화인을 남기며 점점 더 아래로 내려가자 수진의 몸이 진동했다. 신혁의 몸도 긴장한 듯 함께 굳었다. 근육이 팽팽해지고 허리 아래가 뜨거워졌다. 목을 따라 내려간 입술이 쇄골 근처에서 강하게 누르자 수진의 목에서 신음이 터졌다.

본능적으로 둥글게 솟아오른 가슴을 찾아 감싸 쥐었다가 살짝 어루만지자 수진의 몸이 파르르 떨렸다. 무너지려는 몸을 끌어안고 가슴을 더욱 힘주어 움켜쥐자 수진이 매달리듯 신혁의 목에 얼굴을 묻었다. 온몸의 근육이 팽팽하게 당겨졌다. 미칠 것 같다.

얇은 티셔츠 너머로 손가락이 스치고 지나간 자리에 꼿꼿하게 유두가 서서 그 흔적이 여실히 느껴졌다. 그 끝을 찾아 문지르는 순간 수진과 신혁의 몸이 동시에 불덩이처럼 뜨거워졌다. 수진의 턱을 세워 혀를 섞었다. 잠시 후 입술이 떨어져 나가는 습한 소리와 함께 신혁은 무너지듯 수진의 목에 얼굴을 묻었다. 그녀의 몸이 뜨겁게 반응하고 있었다. 그것만으로도 이미 신혁은 열락을 경험했다.

땀으로 축축하게 젖은 수진의 몸에서 너무도 좋은 향기가 났다. 아직 비누향이 남아 있는 여린 육체. 애써 자제하고 있는 신혁의 가슴이 오르락내리락했다. 수진의 심장도 쿵쿵 뛰었다. 이대로 더 가면 정말 큰일이 날 것 같아 한참을 수진의 목덜미에 얼굴을 묻고 있던 신혁이 힘겹게 입을 열었다.

"가, 인마."

목소리가 갈라져 나왔다.

"보내줄 때."

겁도 없이 자꾸만 떼를 쓸 때마다 이성이 시험받는 느낌이었다. 결국 그녀에게 키스하고 말았고, 만약 이대로 진행된다면 자신은 견딜 수 없을지도 모른다. 참는 것 따위 불가능할 것 같았다.

"더 이상은 봐주지 않을 거야. 각오하기 싫으면, 얼른 가."


할아버지의 집 앞에 도착했을 때 수진은 천천히 신혁을 돌아보았다. 얼굴이 온통 새빨개져선 걸어오는 내내 신혁을 잘 쳐다보질 못했다. 지금까지의 키스 같은 게 아니었다. 오늘 신혁의 애정 표현은 한마디로 너와 자고 싶다는, 그런 의미였다.

표면상 학생일 뿐이지 이미 아이가 아니었다. 수진도 남녀 간에 사랑을 나눈다는 행위가 무엇인지 모를 리가 없었다. 그리고 신혁의 그런 강렬한 키스와 접촉이 싫을 리도 없었다. 하지만 아직은 학교에서 봐야 하는 그와 이 이상 깊은 관계를 맺는다면 도저히 교실에서 그를 보지 못할 것 같았다.

방금 전 같은 키스에도 이렇게 심장이 미친 듯이 뛰는데, 잘난 척 대범한 척하며 달려든다고 해도 끝까지 갈 수 있을지 모르겠다. 그와 계속 안고 있고 싶다. 그의 손길을 받는 게 너무도 좋다. 하지만 그것과 이건 조금은 별개의 문제였다.

"바래다 주셔서 감사합니다."

수진은 인사를 하고 천천히 돌아섰다. 그런 수진의 뒷모습을 잠시 보고 있던 신혁이 문득 낮게 말했다.

"얼른 졸업해라."

수진이 우뚝 멈춰 선 채 신혁을 돌아보았다. 그러다 서서히 번지듯 웃어 보이고는 고개를 끄덕였다.

"네…… 그럴게요."

"졸업해."

그가 다시 반복했다.

먹물처럼 검은 눈동자가 깊게, 아주 깊게 수진을 응시했다. 그 시선 때문에 수진은 가슴이 뭉클해 왔다. 다시 한 번 고개를 끄덕였다. 신혁이 엷게 웃고는 곧 골목길을 돌아 사라졌다. 수진은 그가 완전히 사라진 후에야 천천히 집 안으로 들어갔다.

얼른 졸업해라.

그가 남긴 한마디가 아직 미열이 남아 있는 가슴에 더없이 따스한 군불을 지펴주었다.

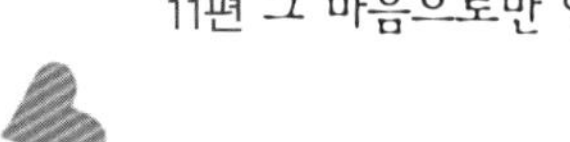

11편 그 마음으로만 안아줘요

시험은 무사히 끝났다. 모든 과목이 골고루 괜찮은 점수가 나와서 다행이었다. 특히 수학 과목은 올 클리어. 이젠 선생님이 자신의 성적을 본다고 해도 창피할 일은 없었다.

대학에 가라는 신혁의 직언에 그러겠노라고 대답해 버렸다. 남자 하나 때문에 인생의 방향이 대뜸 수정되었다. 하지만 어쨌든 목표가 다시 정해졌으니 이제부터는 열심히 대학에 갈 준비를 해야 했다.

그리고 동시에 연애도 열심히!

"아자!"

그런 다짐의 일환으로, 시험이 끝나자마자 수진은 음식 재료를 잔뜩 싸 갖고 신혁의 집으로 향했다. 이번에도 운 좋게 다른 입주

민에게 붙어 무사통과하자, 마치 신혁과 자신 사이에 장애라곤 없는 것 같아 절로 휘파람이 나왔다. 별다른 일이 없으면 신혁은 집에 있을 것이다.

"흠, 기대하시라!"

오늘은 솜씨를 부려 그에게 저녁을 만들어줄 생각이었다. 운이 좋으면 함께 저녁 준비를 하며 소꿉놀이 같은 걸 할 수 있을지도 모르겠다. 그는 야채를 씻고 자신은 고기를 손질하고.

신이 나서 벨을 누르는데, 기다리고 있는 반가운 얼굴은커녕 문이 도통 열리질 않았다.

"음, 전화해 보고 올걸."

아직 퇴근하지 않은 건가 싶어 돌아서려는데, 스피커폰에서 어떤 목소리가 흘러나왔다.

"……누구세요?"

그것도 여자 목소리!

"어?"

수진은 갸웃하며 얼른 다시 그의 집 앞으로 가서 섰다. 그런데 왜 여자 목소리가 들리는 거지? 잘못 찾아온 건가 싶어 호수를 확인해 보았지만 틀리지 않았다. 갸웃하곤 인터폰에 대고 말했다.

"저기…… 이신혁 선생님 댁 아닌가요?"

"맞는데. 누구……?"

그러는 당신은 누구?

"전, 그러니까 제잔데요. 근데…… 누구세요?"

자신도 모르게 밖에 있는 주제에 안에 있는 사람의 정체를 물어

보는 순간 현관문이 열렸다. 그리고 안에 있는 당사자의 모습이 드러나는 동시에 수진의 머릿속에서 적색 경보음이 울려대기 시작했다.

"앗!"

꿈에 부풀어 꽃밭에서 뛰어노느라 그만 까맣게 잊고 있었다! 어떻게 그걸 간과할 수 있었을까? 그의 집에서 여자의 목소리가 흘러나올 리가 없다고? 아니, 있었다!

약혼녀!

뒤늦게야 이 불리한 상황을 깨달은 그 순간 현관문이 완전히 열리며 인영이 모습을 드러냈다. 그날 학교 앞에서 보았던 그 얼굴 그대로였다. 하늘빛 블라우스에 단정한 스커트를 받쳐 입은 모습. 모델처럼 날씬한 몸매, 눈에 띄는 서구적인 이목구비.

그랬다. 그녀는 학교 앞에서 봤던 신혁의 약혼녀였다. 수진의 머릿속이 복잡하게 엉키기 시작했다. 큰일 났다! 하필이면 약혼녀와 정면에서 맞닥뜨리고 말았다. 아, 무섭다. 약혼녀라는 이분은 전혀 모르고 있겠지만, 자신은 그녀의 약혼자에게 꼬리를 제대로 친 천하의 구미호였다.

어쩌면 좋지?

'빨리 졸업해라.'

그렇게 말한 주제에.

'빨리 졸업해라, 첩으로라도 삼아줄 터이니.'

생략된 뒷말은 그것이었단 말이냐!

약혼녀란 분은 우리 선생님이 없는 집에도 당당히 있을 수 있구

나. 보안카드 같은 것도 갖고 있을 테고, 이렇게 자주 드나들기도
하는 거구나. 부러움과 질투가 한데 뒤섞여 일어나는 건 어쩔 수
없었다.

"제자라면, 누구?"

"전…… 임수진이라고 합니다."

"아, 임수진 양……. 그래요. 그런데 딱히 이름을 물어본 건 아
니고, 무슨 용건으로 찾아온 건지 궁금했던 건데."

인영의 시선이 수진이 잔뜩 안아 들고 있는 장거리 봉투에 머물
렀다.

이건 무슨, 본마누라에게 바람피우는 현장을 들킨 아침드라마
상황인지.

"그건, 뭐죠?"

"네? 저기…… 그게요, 그러니까 장 본 거요."

"장 본 거?"

"실은 제가 요 근처에 살거든요. 가끔 선생님이 수, 숙제 같은
거 안 해오면 그 벌로 장 봐 오라고 강제로 시키고 그러세요."

도대체 어떻게 그런 변명 거리가 튀어나왔는지 모르겠지만 일
단 둘러대며 어색하게 웃었다. 제발 속아 넘어가 줘라. 인영이 쿡
웃었다. 그다지 날카롭게 탐색하는 느낌이 없는 걸 봐서는 믿어주
는 것 같기도 하고.

"신혁 씨답지 않네. 누가 그런 거 해올까 봐 도망 다닐 사람이라
면 몰라도."

그러게요. 그쪽도 우리 선생님을 잘 아시네요.

어른들에게는 이런 게 자연스러운 일인 걸까?

"그럼 어쩐다. 음, 나한테 줄래요? 내가 전해줄게요."

인영이 짐을 받아 들려는 듯 손을 내밀기에 당황하던 수진은 어쩔 수 없이 그녀에게 봉투를 넘겼다. 실은 내 돈으로 내가 내 맘대로 사온 건데, 이걸로 맛난 저녁 만들어서 선생님이랑 둘이 같이 다정하게 먹을 거였는데, 라고 말할 수는 없지 않은가. 뭐가 됐건, 빨리 넘기고 얼른 이 자리를 벗어나고 싶었다.

"생각보다 무겁네요. 안에 가져다 놓을게요. 그럼, 또 봐요."

"네…… 그럼……."

수진도 어색하게 미소를 지어 보였다. 현관문이 닫히자, 수진은 문전에서 골을 가로막힌 공격수처럼 허탈하게 서 있다가 결국 힘없이 돌아섰다.

"약혼녀는 자주 집에 오나 보다."

후우…….

그를 사랑하고, 계속 그와 함께 있고 싶은데. 절대 헤어지고 싶지 않은데. 그는 결혼할 사람이 있다는 걸까? 약혼녀라 함은 집안에서 인정한, 결혼을 앞둔 사람을 이르는 말이 아니고 무엇인가. 자신은 아직 고등학교도 졸업하지 않은 미성숙한 인생 방랑자. 약혼녀도 봉투 같은 거 내밀고 물도 확 끼얹고 그러나? 머리채 뜯기는 건 아니겠지? 하지만 약혼녀의 입장에서 보면 약혼자를 빼앗아 간 건 이쪽이 되는 건데.

마음이 마구 웅성거렸다. 그의 집에서 그를 기다리고 있는 약혼녀를 직접 본 순간, 그를 다른 여자에게 빼앗기기 싫다는 소유욕이 제대로 아우성을 쳐댔다.

'나 저 여자 싫어!'

발이 닿는 곳마다 툭툭 꺼지는 것 같았다. 그의 마음을 돌아보게 하는 것에만 급급해서 자신이 아침드라마를 찍고 있다는 자각을 전혀 하지 않았었다. 산 넘어 산이라더니, 겨우 신혁과 마주 보게 되었다고 생각했는데 더 큰 산이 두둥 버티고 있었다.

엘리베이터가 1층에 도착하자 수진은 고개를 푹 숙인 채 안에서 걸어나왔다. 마침 타려던 사람과 툭 부딪쳤지만 쳐다보지도 않고서 건성으로 사과를 하고 걸어가는데 수진의 손목이 탁 붙들렸다. 깜짝 놀라서 쳐다보니, 신혁이 의아해하는 얼굴로 수진을 잡고 서 있었다.

"……선생님."

안 그래도 막 엘리베이터에 오르려던 신혁은 안에서 낯익은 얼굴이 내리기에 혀를 차던 참이었다. 그런데 그녀가 사람을 쳐다보지도 않고 지나가기에 의아해서 수진을 잡아 세웠다.

"너, 또 왜 여기서 나와."

"헤헤, 그러게요."

원래 호들갑스럽게 사람을 반겨주는 타입은 아니었지만 오늘따라 그의 타박이 서운했다. 수진의 손목을 놓아주는 그에게서 옅은 술 냄새가 났다. 그래서 늦었구나.

"전화라도 했어야지. 많이 기다렸어?"

"아니요. 아주 잠깐 기다렸어요. 그럼 안녕히 계세요."

설렁설렁 대답한 수진이 귀신처럼 스르르 입구로 향하자, 신혁은 헛웃음을 짓고는 수진을 쫓았다.

"어디 가."

"……집에요."

아무래도 이상해서 신혁은 허리를 살짝 숙이고서 수진의 얼굴을 물끄러미 들여다보았다.

"너, 표정이 왜 그래?"

"그냥요……. 저, 그만 갈게요. 오늘은 가는 게 좋을 것 같아요."

또다시 신혁을 피해 가려는 수진의 팔을 신혁이 다시 잡았다.

"뭐냐? 또 무슨 일인데."

"선생님!"

"말해."

"혹시 양다리 걸치세요?"

순간 신혁의 눈이 커졌다. 어이가 없다는 듯 그가 혀를 찼다.

"뭐?"

"억울한 표정 하는 거 봐. 나한텐 오지도 말라 그러고, 오면 쫓아내려고만 한 주제에, 다른 사람은 막 집에 들어오게 하고. 보안 카드도 나눠 가졌으면서! 선생님, 정말 이상한 사람이에요."

약혼녀니까 당연한 권리겠지! 라고 생각하기 싫은 걸 어쩌란 말인가. 자신은 그냥 질투가 났다. 그의 공간에 그녀가 있다는 것도, 그가 쓰는 물건에 그녀의 손이 닿는다는 것도, 퇴근한 그를 그녀가 맞아들인다는 상상까지 모든 게 끔찍했다.

"선생님 집에, 아무튼 누가 있어요. 그러니까 얼른 들어가 보세요.”

토라진 얼굴로 확 피해 가려고 했지만 신혁이 빨랐다. 수진의 어깨를 확 잡아 붙든 그가 침착하게 수진을 내려다보았다. 그녀가 왜 갑자기 이상한 행동을 보이는지 알 수 있었다.

그랬다. 인영이 가끔 찾아오는 날이 바로 오늘이었나 보다. 지금껏 별로 신경 쓰지 않았기에 오고 가는 날 같은 거 한 번도 따져 본 적이 없었던 것이다.

“내 생각이 짧았다.”

혼잣말인 듯 그가 중얼거린 말에 수진은 어이가 없어 도끼눈을 했다.

“그러게요. 양다리는 안 걸리게 해야지!”

헛소리 작작 하라는 듯 신혁의 수진의 이마를 손끝으로 탁 튕겼다.

“가지 말고 근처에서 잠깐만 기다려. 금방 내려올 테니까.”

“싫어요.”

하지만 신혁은 더 이상의 말 없이 이미 엘리베이터에 올라탄 후였다. 당황한 수진이 그를 부르려 했지만 금세 문이 닫혔다.

“뭐야…….”

수진은 복잡한 표정으로 닫힌 엘리베이터를 쳐다보다가 천천히 돌아섰다.


신혁이 안으로 들어서자 인영은 커다란 마트 봉투에서 야채들을 꺼내 냉장고에 넣는 중이었다. 신혁이 그녀의 뒤에 머물러 서

자 인영이 일어나 섰다.

"왔어요?"

그녀가 냉장고 문을 닫고는 남은 물건이 담긴 봉투를 들어 홈바 위에 놓았다.

"이거, 신혁 씨 제자란 여학생이 방금 와서 전해주고 갔어요. 혹시 상할까 봐 정리하는 중이었어요. 여학생한테 장 봐 오라는 벌 같은 것도 주고 그래요? 신혁 씨답지 않게."

신혁은 수진이 갖고 왔을 게 분명한 장거리를 흘끗 쳐다보았다.

장 봐 오라는 벌이라니.

신혁이 낮은 한숨을 흘렸다.

"유인영."

낮게 그녀의 이름을 부르자, 인영이 약간 놀란 눈으로 그를 돌아보았다.

"이름 불러주는 거 오랜만이네요. 아예 잊어먹은 줄 알았더니."

"이제 여기 그만 와라."

인영의 눈이 멈칫했다. 너무도 불시의 말이라 잠시 의아한 시선을 하던 인영이 곧 대수롭지 않게 피식 웃었다.

"지금 와서 무슨 말이에요? 그것도 이렇게 갑자기."

"한 번도."

인영의 말을 끊은 신혁은 자신의 할 말만 이었다.

"네가 반가웠던 적은 없어."

매몰찬 표현.

"너는 너대로, 나는 나대로 귀찮은 간섭을 피하기 위한 수단 이상의 의미가 없었어. 애초에 내 어머니가 보냈다고 해도 그렇게 어김없이 어머니 말을 따라야 할 이유가 없어. 하지 않겠다고 하면 그뿐이야."

"그래요. 내가 그러지 않았죠. 어머님의 은근한 압박이 없었던 것도 아니지만 싫다고 하면 더 시키실 분도 아니죠."

"알면서, 고집스럽게 찾아오는 이유가 대체 뭐야."

"모르겠어요?"

"그래. 아니…… 더 정확히 말해줄까? 알고 싶지 않아."

신혁의 차가운 말이 비수가 되어 인영을 찔렀다.

"좋아요. 그 이유를 내가 말해볼까요? 이건 어머님 때문이 아닌, 단지 내 결정이었어요. 내가 오고 싶어서 왔던 거예요. 그래야 당신 얼굴 한 번이라도 더 볼 테니까. 나를 위해선 따로 잠시도 자기 시간 내주는 사람이 아니니까."

인영의 표정이 처음으로 슬퍼 보였다. 그녀가 그동안 쓰고 있던 가면이 처음으로 조금이나마 벗겨지는 순간이었다. 그렇게 말하는 그녀는 지금까지와 달리 사람 냄새가 났고, 자연히 안쓰럽게 느껴지기도 했다. 하지만 신혁에겐 그 이상의 의미가 없었다.

인영은 천천히 소파로 걸어가 백을 들었다.

"좋아요. 오늘은 갈게요. 그리고 이곳에 오는 걸 원하지 않는다니 이젠 그렇게 할게요. 언제라도 신혁 씨가 싫다고 확실히 말하면 중지할 생각이었어요. 사적인 시간 방해받는 거 싫어하면서, 아무 말 없길래 조금만 더, 하면서 차일피일 미뤘던 것도 사실이에요. 하지만 당신 정말 심하게 말이 없긴 했죠? 이제 그것도 그만

끝내야겠다고 생각하던 참이었으니까.”

쓸쓸하게 웃어 보인 그녀가 말을 이었다.

“대신 이 주일에 한 번 정돈 시간을 내줘요.”

“그럴 필요 없어.”

인영의 눈동자가 흔들렸다.

“인영아.”

순간 인영의 눈동자가 공처럼 커졌다. 몸이 가늘게 떨렸다. 약혼자라는 관계에 묶이기 전까지, 가끔 그가 이렇게 이름으로 불러 준 적이 있었다. 그땐 신혁도 자신에게 이렇게까지 매정한 사람은 아니었다. 오히려 더 가까워져야 마땅한 관계 때문에 더 어색해져 버린 것이다.

“너와 난, 아니야.”

인영이 눈빛이 아득해졌다.

“나도 네가 아니고, 너도 내가 아니길 바란다. 그 이상은 네게 해줄 말이 없어. 의미 없는 걸 서로 잘못된 방법으로 찾으려 들지 말자.”

인영은 마음이 무너지는 것 같았지만 애써 견디며 떨리는 입술을 열었다.

“사랑…… 그래요. 중요하겠죠. 하지만 그 이전에 우린 부모님 간의, 집안끼리의 약속으로 맺어진 사이예요. 그것까지 무시하려는 건가요? 말 나온 김에 한 번 물어보죠. 왜 갑자기 모든 걸 정리하려는 사람처럼 예민하게 구는 거죠?”

인영의 질문은 정확했다. 신혁은 천천히 걸어가 냉장고 문을 열었다. 안에 수진이 가져왔을 것인 여러 가지 처음 본 야채와 음식 재료들이 잔뜩 들어 있었다. 신혁은 피식 웃었다. 생수병을 꺼내고 냉장고에 툭 기대서서 인영을 쳐다보았다.

"뭐가 어떻든, 누가 내 앞을 왔다 갔다 하든 무슨 상관이냐고 성의 없이 생각하고 살았거든, 지금까지는. 그런데 누군가를 좋아하기 시작했다, 내가."

인영의 눈동자 안에 거센 파동이 일었다.

"지금, 뭐라고 했어요?"

신혁이 조용히 생수병을 만지작거렸다. 눈을 내리뜬 채 아래로 향해 있던 그의 눈꺼풀이 천천히 들렸다.

"그 애가 왔거든, 나한테."

"……!"

"하지만, 오지 않았더라도 너와는 아니었어."

"그런 말……."

"성의 없이 살아갈 때조차도 내 마음이 너로 기울었던 적은 한 번도 없었다."

인영의 꼭 쥔 손이 부르르 떨렸다.

"나한테, 너무하는 거 아니에요? 난 당신의 약혼녀예요."

"약혼이라는 허울 좋은 관계로 위태롭게 이어가고 있었던 거지. 나는 유인영이라는 여자가, 부모님 말대로만 살아가는 여자라곤 한 번도 생각한 적 없어."

인영의 표정이 멈칫했다. 뭔가 예감 같은 게 들었다. 정말로 이대로 끝일 것 같은 예감.

"그래요. 다 말하죠. 당신 부모님을 핑계로, 내 욕망을 채우고 자 했어요. 내 고집으로 여기까지 왔어요. 정략결혼을 핑계로라도 당신을 갖고 싶었어요. 왜일 것 같아요? 그동안 말하지 못했지만, 나 벌써 오래전부터 신혁 씨를 좋아했어요."

신혁의 표정이 잠시 멈칫했다.

"하지만 당신은 나를 봐주지도 않았죠. 덕분에 다른 데선 받지 않는 차가운 취급도 당했어요. 나 당신 말처럼 부모님 말에 휘둘 리고, 불공평한 취급 받아도 참아내는 그런 성격 못 돼요. 그런데 도 그런 내가 노력했어요, 당신이니까. 내가 사랑하기로 선택했 고, 결혼하겠다고 결정한 남자니까. 그게 내 마음이니까."

인영이 고백이라기보다는 차라리 화가 난 듯 그동안 감추었던 감정들을 쏟아냈다. 신혁으로서도 조금 놀란 말들이었다. 그녀는 계산을 잘하는 여자였다. 그런 식의 손해만 보는 감정 낭비를 할 여자는 아니라고 생각했는데.

"그동안 미안한 오해를 했군."

인영의 초조하게 입술을 축였다. 천천히 등을 떼고선 신혁이 그 런 인영을 마주 보았다. 그리고 한 치의 온기도 담기지 않은 눈으 로 말했다.

"그럼, 네 마음을 끊어."


수진은 편의점 앞 파라솔에서 신혁을 기다리고 있었다. 벌써 시 간이 꽤 되었다. 할아버지가 걱정하실 테지만 수진은 신혁을 기다 려 보기로 했다. 방금 전에 전화가 와서 어디에 있느냐고 묻기에 장소를 대답해 주었다. 이제 곧 그가 올 것이다.

역시 얼마 지나지 않아 신혁이 수진의 곁으로 다가왔다. 수진은 그사이에 무슨 일이 있었는지, 약혼녀는 어떻게 되었는지 궁금해서 견딜 수가 없었지만 일단은 참았다. 신혁이 맞은편 의자에 앉았다.

"……배 안 고프냐?"

"고파요."

"일어나. 밥이나 먹으러 가자."

"……."

수진은 대답도 하지 않고 일어나지도 않았다. 신혁이 그런 수진을 걱정스러운 듯 쳐다보았다.

그때 파라솔 위로 투둑투둑 빗방울 소리가 들린다 싶더니 갑자기 비가 내리기 시작했다. 세찬 비는 아니었지만 그 때문인지 기온이 급격하게 떨어졌다.

"감기 걸려. 일어나."

내리는 비를 보고 있던 수진이 고개를 돌려 신혁을 돌아보았다.

"술, 많이 마셨어요?"

"가볍게 마신 거야."

"선생님, 약혼녀 사랑하세요?"

불시의 질문에 신혁은 또 공격받는 처지가 되었다. 이 녀석은 늘 이런 녀석이다. 뭘 돌려 말하지 못하고 정곡을 찌르고. 저 작은 머릿속에 어떤 생각들이 떠돌고 있을지 안 봐도 뻔했다. 신혁은 왠지 잠시 더 지켜보고 싶었다. 짓궂은 마음이었다.

"그분도 선생님 사랑하겠죠?"

본 건 딱 두 번이었지만, 그냥 그런 느낌이 들었다.

"그런데 전 선생님한테 절 좋아해 달라고 계속 매달리며 사정했구요."

수진이 세상 다 산 사람처럼 하아, 짙게도 한숨을 내쉬었다.

"시끄러, 인마."

"뭐가요! 그 정돈 궁금해해도 되잖아요."

한숨 얘기였건만, 신혁은 넘어가기로 했다.

"집안에서 정해준 여자야."

에?

순간 수진의 표정이 얌전해졌다.

"몇 번을 말해. 내가 보고 있는 건 너뿐이야."

"……그, 그럼요?"

"뭐가."

"그럼, 제가 선생님 앞길을 막은 게 아닌 거예요?"

신혁이 어이없다는 듯 피식 웃었다.

"그건 또 뭐야."

"집안에서 이어줬단 건, 부모님이 바라는 상대라는 뜻이잖아요. 평범한 성인 남자인 선생님이 언젠가 말한 적당한 상대. 예쁘시고…… 그러니까 선생님의 결혼 상대였단 말이잖아요."

"표면상으론, 그렇지."

"전…… 선생님이랑 헤어지기 싫어요."

신혁의 눈이 살짝 커졌다. 두서없는 수진의 말에 신혁은 갈수록 미궁에 빠지는 기분이었다. 그 짧은 말들 때문에 심장이 자꾸 공격받고 있었다.

"약혼녀가 있다고 해도 선생님이랑 헤어지기 싫다고 결론짓고 있었어요. 그렇지만 결혼 상대가 있는데도 좋다고 하면서 따라다니는 건 역시 문제가 있잖아요. 이럴 수도 없고 저럴 수도 없고, 좀 많이 복잡했어요."

신혁이 고개를 절레절레 흔들었다.

"무슨 비극의 히로인 같은 소리야. 누가 그렇게 둔대?"

"그럼 어떻게 하라구요. 난 아직 어리고, 그러니까 선생님에 비해선 아직 어리고, 졸업도 못했고, 하물며 대학 졸업도 아닌 고등학교 졸업인데. 그런데 선생님이 결혼하는 건 싫구, 그걸 봐줄 마음도 없고. 헤어졌으면 좋겠지만 결혼이란 건 아직 너무 먼 일 같으니까……."

"요점을 정리해서 말해. 뭐가 그렇게 복잡해?"

"그러니까요. 아, 머리가 아파 죽겠어요. 머릿속에서 난쟁이 수백 명이 뇌에다 대고 마구 망치질을 하는 것 같아요."

"복잡할 것 없어. 어린애 상대로 음흉한 짓이나 하는 인간이 할 말은 아니지만, 널 두고 다른 여자한테 양다리 걸칠 정도로 막 살지는 않아."

"그럼…… 결혼 안 하시는 거예요?"

"안 해."

"죽을 때까지요? 평생?"

"돌았냐? 왜 평생 안 해, 인마!"

“그럼……?”

“유인영이랑은 안 해. 됐냐?”

“…….”

유인영이 누군데요, 라고 바보짓을 할 상황이 아니었다.

“하나만 더 물어볼래요. 그분이랑…… 서로 사랑한 건 아니었
단 거죠?”

신혁의 눈썹이 바로 찌푸려졌다. 손가락을 휘리릭 들어 수진의
얼굴 정중앙을 콕 찌르듯 가리키며 말했다.

“너는 내 말을 대체 뭘로 들은 거야. 사랑하는 여자가 있는 인간
이 왜…….”

답지 않게 살짝 흥분하는가 싶던 그가, 내가 얘를 붙들고 무슨
소리를 하고 있냐는 듯 말을 끊고 고개를 저었다.

신혁은 자신에게 혀를 찼다. 왜 죄 없는 수진을 두고 자신이 흥
분하고 있는 건지 모르겠다. 모든 건 자신의 실수였다. 인영의 존
재를 그냥 그 위치에 방치해 두었던 건 역시 자신의 나태함이었
다. 그녀와 부딪치면 아버지와 엮여야 했기 때문에, 일부러 그냥
둔 것도 있었다. 그 방관이 이런 결과를 만들었다.

사랑하는 여자가 있는 인간이 왜, 다른 여자애를 좋아하겠느냐.

미처 끝맺지 못한 말을 수진이 알아들었기를.

‘그럼 네 마음을 끊어.’

그렇게 말하자 인영은 굳은 표정으로 그대로 빌라를 떠났다. 그
녀에게 미안했다. 하지만 그녀와 자신의 인연은 여기까지였다. 인
영이 이 관계에서 자신의 이득만 채우려는 사람이었다고는 생각

하지 않는다. 그녀도 노력하던 사람이었다. 그랬기에 그냥 두고
본 것도 컸다.

"하아, 너무 다행이에요."

낮게 흘러나온 수진의 목소리에 신혁은 생각에서 깨어나 그녀
를 보았다.

"뭐가."

"선생님이 다른 사람을 사랑하고 있지 않아서 너무 행복해요."

그리고 수진이 정말 행복한 듯 웃자 신혁은 그야말로 심장이 뺏
긴 기분이었다.

"애인이 있는 것도 싫은데 약혼녀라니, 정말 하늘이 노래지는
것 같았어요. 그치만, 좋은 사람이었죠?"

아마 자신의 표정이 지금 밝을 수는 없으리라. 신혁이 천천히
고개를 끄덕였다.

"도리어 내가 모자랐지."

그가 씁쓸하게 중얼거렸다. 한 번도 생각해 보지 못했던 일. 인
영이 자신을 사랑하고 있었다고. 아니, 어쩌면 알 수 있었을 기회
들이 그동안 있었을 것이다. 다만 자신이 전혀 주의를 두지 않았
던 것뿐.

"선생님은 모자라지 않아요. 모자라기는커녕 완벽해요."

신혁이 피식 웃었다.

그래, 너 때문에 내가 산다.

"착각은 깨지라고 있는 거야."

유인영은 별로 이신혁이 없다고 살아가지 못할 여자가 아니었

다. 하지만 수진에게는 자신이 있어줘야 한다. 무엇보다, 자신에게 수진이 있어야 한다. 그것 외에 자신을 움직이는 것은 없었다.

"추워진다."

신혁이 내리는 비를 흘끗 보며 말하자 그제야 추위가 밀려든 듯 수진이 팔을 문지르며 고개를 끄덕였다.

"비 온단 소리 없었는데……."

내리는 비 때문일까? 수진의 하얀 얼굴이 더욱 도드라져 보였다. 비 색과 같은 투명한 눈망울이 상앗빛 뺨과 어우러져 더욱 청량함을 자아냈다. 아무것도 하지 않았는데도, 쳐다보는 것만으로도 신혁은 가슴이 두근거렸다.

"집으로 갈래?"

수진과 신혁의 시선이 마주쳤다. 내리는 빗속에서.

빗소리에 귀가 멀 것 같다. 아니, 비 때문이 아니라 자신을 바라보고 있는 그의 시선 때문에. 그와 함께 있고 싶다.

수진은 고개를 끄덕였다.

편의점에서 우산을 사서 함께 쓰고 돌아왔다. 우산이 있었음에도 집에 가까워질 무렵에는 빗줄기가 꽤 거세져서 수진도 신혁도 조금씩은 젖어 있었다. 신혁이 가져온 수건으로 두 사람은 가볍게 물기를 닦았다. 수진은 물기를 빨아들인 수건을 한쪽에 걸어두고 싱크대로 걸어갔다. 자신이 사 왔던 장거리 봉투가 눈에 띄었다.

"이거……."

"변명도 머리를 써가면서 해야지."

"그러게요."

수진이 혀를 쏙 내밀며 웃었다.

"일단 우유라도 마시자."

신혁이 냉장고에서 우유를 꺼내 볼이 넓은 컵에 따르며 말했다.

"음, 잠깐만요."

수진이 막자 신혁이 멈춘 채 그녀를 쳐다보았다.

"그냥 제가 저녁 만들어 드릴게요. 애초에 그럴 생각이었는데…… 장 봐온 게 아깝잖아요."

수진이 웃으며 홈바 위에 놓인 장거리들을 마저 꺼냈다.

"배고프시죠? 아, 선생님은 술 마셨다 그랬지. 치사하게 술이나 마시구. 어? 후추도 샀네? 있을지 없을지 몰라서요. 선생님 요리 같은 거 직접 할 것 같지 않아서 없을 거라 생각하긴 했지만……."

허둥지둥 물건을 꺼내며 혼자 떠드는 수진의 손을 신혁이 천천히 잡았다.

아…….

수진은 맥박이 귀 옆에서 뛰는 것처럼 긴장해서 신혁을 쳐다보았다. 비 때문인지, 젖은 그의 앞 머리카락이 흘러내려 눈을 가리고 있었다.

귀를 멀게 할 것 같은 정적이 일었다. 뭔가가 수진의 안에서 뜨겁게 온도를 높여가고 있었다. 마치 홀린 듯 그에게서 시선을 뗄 수가 없었다. 서늘한 눈매, 하지만 너무도 다른 온도를 가진 손길. 그 압박을 견디기 힘들어 수진은 시선을 돌리며 어색하게 웃었다.

"오늘 제가 만들려고 한 요리는요……."

"사랑한다."

순간 수진의 모든 동작이 멎었다.

천천히 고개를 돌렸다. 터질 듯한 긴장감이 수진을 압사시킬 것처럼 달려들었다. 목이 타들어갈 것 같은 갈증에 수진은 입술을 겨우 축이고 그를 불렀다.

"선생님……."

신혁의 눈동자가 옥죄이듯 수진의 행동을 가두었다. 미동도 할 수 없었다. 무서울 정도로 그의 눈빛이 타오르고 있었다. 신혁이 천천히 손을 뻗었다. 그 손이 수진의 뺨에 닿으려는 순간 수진의 어깨가 움찔했다. 그 바람에 잠깐 멈칫했던 손이 이내 다시 움직여 수진의 뺨을 만졌다.

"싫으면 싫다고 해."

수진의 입술이 바르르 떨렸다.

"싫다고 해도 보내지 않을 테지만."

눈시울이 뜨거워졌다. 눈물이 날 것 같은 마음으로 수진은 진심을 담아 그를 향해 말했다.

"싫지 않아요."

신혁이 눈을 가늘게 떴다. 날카롭고 예리한 시선으로 수진의 얼굴을 훑듯이 보다가 가만히 수진의 머리를 끌어당겨 가슴에 안았다. 그의 품에서 비 냄새가 났다. 그리고 약간의 술 냄새. 하지만 조금도 불쾌하진 않다. 도리어 옅은 알코올 기운이 수진의 마음을 안정시켜 주었다. 자신도 취하는 기분.

한 손으로 수진의 뒷머리를 안고 있던 신혁이 그 손을 내려 수진의 어깨를 힘주어 쥐었다. 천천히 수진의 몸을 떼어 시선을 맞춘 채로 그가 말했다.

"안고 싶다."

그의 눈빛이 뜨겁게 타오르기 시작했다. 열기는 일시에 확 번져 수진의 몸도 똑같이 확 달아올랐다. 긴 손가락이 뺨을 쭉 긋고 내려가 수진의 목선을 어루만졌다. 수진의 안에서 저릿하고 더운 무언가가 치받치듯 밀려 올라왔다. 수진은 천천히 팔을 뻗어 자신의 의지로 신혁의 목을 감았다. 그리고 고개를 엇갈려 그의 입술에 자신의 입술을 겹쳤다. 자신만큼이나 신혁의 입술도 데일 듯이 뜨거웠다. 열기가 느껴질 정도의 한숨을 내뱉으며 두 입술이 하나로 엉켰다. 한참을 서로의 입술을 빨고 타액을 주고받는 깊은 키스를 나눈 뒤에야 두 입술이 힘겹게 떨어졌다. 신혁이 숨을 몰아쉬며 수진의 이마에 자신의 이마를 꾹 눌렀다.

"사랑한다."

"한 번 더, 말해줘요."

"사랑해."

"왜 그렇게 멀리 돌아왔어요?"

자신도 모르게 원망스러운 마음이 일어 가슴이 아팠다. 신혁의 눈빛에도 아픔이 담겼다.

"나는 죄인이니까. 너를 사랑할 자격이 내게 있는지 모르겠다."

"왜, 그런 말을 하세요? 그런 말 반칙이잖아요."

"나를 기억하지 않아도 좋아. 기억이 나서 내가 싫어져도 좋아. 내 결론은 단지 널 사랑한다는 거니까."

"선생님은 바보예요. 그럴 리가 없잖아요. 선생님을 잊어버린 내가 너무 미워요. 하지만 기억이 돌아온다고 선생님이 싫어질 리가 없잖아요."

신혁은 다정한 미소를 지으며 그저 수진의 머리카락을 쓸어내리기만 했다.

"선생님, 그렇게 웃는 거 너무 좋아요."

"그래……."

"선생님을 꼭 기억해 낼게요. 하지만 이대로 기억하지 못해도 상관없어요. 선생님만 상관없으면 나도 상관없어요."

신혁이 그대로 수진을 확 당겨 끌어안았다. 아프도록 세차게 수진을 끌어안으며, 심장끼리 맞대기라도 하겠다는 듯 집요할 정도로 힘주어 안으며, 신혁이 꽉 잠긴 목소리로 낮게 토해내듯 말했다.

"널…… 나한테 줘."

수진은 그를 온몸을 열어 받아들이며 속삭였다.

"선생님을 내가 가질 거예요."

신혁이 쿡 웃었다.

"가질 수 있어요? 가져도 돼요?"

신혁이 수진의 머리카락에 입술을 묻었다.

"그래."

"내가, 내 뜻으로 선생님을 사랑하겠다고 결정했어요. 사랑해요, 선생님……."

더 이상의 말은 이어지지 못했다. 신혁은 그대로 수진을 번쩍 안아 들고 침대로 향했다. 가만히 수진을 내려놓은 신혁이 셔츠를 벗었다. 수진은 죽을 것처럼 두근거리며 그를 올려다보고 있었다. 셔츠가 바닥으로 떨어지자 신혁의 조각 같은 상체가 드러났다. 수진은 손을 뻗어 남자다운 목선을, 쇄골을, 가슴 근육을 만져 내려 갔다. 약간의 수줍음, 하지만 그를 사랑하고 있다는 욕심이 수진 의 안에서 이는 두려움을 이겨냈다.

신혁이 셔츠를 벗어 던지는 것과 동시에 수진의 입술에 키스했 다. 수진은 그의 입술을 받아들이며 그를 꽉 끌어안았다. 하나로 맞닿은 두 개의 몸이 불덩이처럼 뜨겁게 달라붙었다. 신혁의 손이 수진의 앞 머리카락을 넘기며 몇 번이고 키스를 했다. 이미 예민 해진 입술이 조금만 건드려져도 그의 숨결에 반응했다. 그의 품으 로 더욱 파고들면서 수진은 그의 팽팽한 어깨 근육에 손톱을 박았 다.

순간 세차게 떨어져 나간 입술이 목선을 따라 내려가며 뜨거운 숨결을 토해냈다. 그 열기에 반응한 수진의 상체가 활처럼 휘어지 며 들렸다. 신혁의 손이 수진의 티셔츠 안으로 들어와 맨살에 닿 자 수진은 매달리듯 그의 팔에 안겼다. 한 손으로는 수진의 어깨 를 끌어안고, 다른 손으로 부드러운 살결을 어루만지던 신혁이 곧 수진의 티셔츠를 끌어 올려 팔 위로 벗겨냈다.

브래지어를 한 수진의 하얀 몸이 드러나자 신혁의 눈빛이 멈칫 했다. 수줍음으로 하얀 피부가 금세 붉게 물들었다. 그게 너무 사 랑스러워 신혁은 눈부시게 뽀얀 수진의 몸 전체에 하나도 남김없 이 키스를 퍼부었다. 어깨에, 쇄골에, 아랫배에, 동그랗게 부푼 가 슴 위에, 브래지어 위에까지 그의 데일 것처럼 뜨거운 입술이 퍼부어졌다. 이윽고 배회를 멈춘 입술이 브래지어 위에서 살짝 물었다.

“아아…….”

수진은 생소한 감각을 결국 견디지 못하고 온몸을 떨었다.

“선생님…….”

신혁은 이미 단단하게 부풀어 오른 하체를 인식하며 성이 난 자신의 그곳을 수진의 허벅지에 대고 눌렀다. 그리고 너무도 사랑스러운 수진의 상체를 꽉 끌어안고 낮은 신음을 흘렸다. 미칠 듯이 몰려드는 황홀한 감각. 피할 수 없는 욕망. 궁지에까지 몰린 육체에의 욕심.

그녀와 함께 죽고 싶을 정도로, 죽어도 좋다고 생각될 정도로 신혁은 수진에게 사로잡혀 있었다. 수진의 손가락이 신혁의 단단한 어깨를 긁듯이 스치고 내려갔다. 신혁은 이를 꽉 물면서, 무의식적으로 자신을 선동하는 수진의 얼굴을 똑바로 바라보았다. 힘이 든 듯 속눈썹에 눈물방울을 매단 채로 수진은 눈을 꼭 감고 있었다. 그 눈꺼풀에 키스를 하며 수진의 옷을 전부 벗겨 버리고 자신의 옷도 마저 벗어버렸다. 마지막으로 브래지어까지 벗겨 올리는 순간 수진은 몸을 잘게 떨며 무의식적으로 자신의 가슴을 가렸다.

신혁이 그런 수진의 얼굴을 감싸 쥐고서 애틋한 눈으로 중얼거렸다.

“괜찮아…….”

달래듯 다정하게 말하며 천천히 수진의 손을 떼어내자 수진은 힘없이 손을 떨어뜨렸다. 그 순간 눈부시게 드러나는 뽀얀 젖무덤에 신혁의 허리 아래가 더욱 성이 난 것처럼 팽팽해졌다. 수진이

두 눈을 가리자 신혁은 그런 수진이 사랑스러우면서도 애틋해서
수진의 손을 이끌어 손등에 손바닥에 손가락 마디마디까지 키스
를 했다.

"……미안하다."

신혁이 마치 고해라도 하듯 낮게 중얼거리자 천천히 수진의 눈
이 떠졌다. 그제야 수진의 손에서 힘이 풀렸다.

"그런 말 하지 마세요."

신혁이 빙긋 웃었다. 사랑스럽다.

"나는, 널 안을 생각만 했던 것 같아."

그가 수진의 뺨을 어루만지며 중얼거렸다. 수진의 얼굴이 붉게
상기되었다. 할딱거리면서도 수진이 신혁의 이마를 만지고 머리
카락을 쓸어 넘겼다. 사랑해 마지않는 멋진 눈동자가 드러나자 수
진은 그 눈꺼풀에도 손가락을 댔다. 신혁이 그런 수진의 손을 잡
아당겨 손바닥에 키스했다.

"이런 선생이라서, 미안하다. 욕심만 내서 미안해."

수진이 가만히 고개를 저었다.

"자꾸만 좋아한다고 해서 미안해요. 고민하게 해서 미안해요."

신혁도 고개를 저었다.

"저 선생님 좋아해요. 선생님도 저 좋아하는…… 그 마음으로
만 안아줘요."

신혁의 눈동자가 물결쳤다.

"안아주세요."

신혁이 이를 악물었다.

“키스한다.”

수진이 힘겹게 미소를 지었다. 반달처럼 휘어지는 수진의 눈이 참 예뻐서 그 눈에 키스하고 입술에 짧게 입을 맞추고 그리고 믿을 수 없을 정도로 부드러운 젖무덤에도 입을 맞추자 수진이 짧은 신음을 터뜨리며 침대 시트를 움켜쥐었다. 그 손을 찾아 다독이듯 깍지를 끼어 꽉 쥐고서 신혁의 입술이 매끄러운 가슴의 작은 언덕을 지나 꼿꼿하게 선 예쁜 유실에 습한 숨결을 퍼부었다. 혀로 핥고 빨아들이자 그 아찔함에 놀란 수진의 몸이 유연하게 튕겨 올라가며 신혁의 손가락에 손톱을 박았다. 신혁은 완전히 흥분한 채 이를 세우며 유두를 잘근잘근 깨물었다.

견디지 못한 수진의 손이 신혁의 손에서 빠져나가 팔뚝을 찾아 꽉 쥐었다. 신혁은 수진의 어깨를 어루만지며 한시도 떠나지 못하고서 수진의 가슴을 번갈아 빨았다. 꼿꼿하게 선 유두가 말할 수 없이 촉촉하게 풀려서 신혁의 이성을 시험했다. 하얗고 둥근 어깨의 맨살이 신혁의 손끝에서 느껴졌다.

뜨겁다.

미칠 정도로 뜨겁다.

움푹 패인 수진의 등허리를 어루만지다가 등 뒤에 손을 넣어 수진을 안아 일으켰다. 가슴에 그녀를 아이처럼 끌어당겨 안은 채 또다시 키스하고 턱을 타고 내려가다가 다시 수진의 입술을 찾았다. 촉촉한 소리를 내며 연약한 입술을 빨자 수진의 몸이 뚜렷하게 반응을 보였다. 신혁은 감미로울 정도로 달콤하게 입술을 빨아들이며 촉촉한 키스를 지속했다.

이미 남자로서의 욕망은 한계를 넘어 있었다. 허리 아래는 성이 날 정도로 부풀어 있었고, 심장은 더 할 수 없을 정도로 뜨거워졌다. 수진의 손이 살짝 스치기만 해도 데일 만큼 뜨거운 열을 뿜어내며 온몸이 달아올랐다.

격렬한 욕망.

견딜 수 없을 정도의 소유욕.

그대로 어깨를 안은 채 신혁은 수진을 침대 위에 쓰러뜨렸다. 그리고 천천히 수진의 한쪽 무릎을 세운 채로 그녀를 내려다보았다. 불처럼 뜨거운 손으로 수진의 허벅지를 어루만지다가 촉촉하게 젖은 비밀스러운 그곳에 손을 가져갔다.

"하웃……!"

순간 수진이 다리를 모으려 하기에 신혁은 막듯이 누르고서 한 치의 틈도 없이 그녀의 벗은 몸에 자신의 몸을 겹쳤다.

불처럼 뜨거운 신혁의 몸이 수진의 세포 하나하나에마저 새겨졌다. 다른 생각을 하지 못하도록 키스로 입을 막고서 신혁은 수진의 깊은 곳을 어루만졌다. 수진의 몸이 튕겨 올라갔지만 신혁은 꽉 붙들어 막고서 촉촉하게 젖은 안쪽으로 손가락을 쑥 집어넣었다.

"앗!"

수진이 견디지 못하고서 괴로운 듯 비명 같은 신음을 쏟아냈다. 참을 수 없는 생경한 감각에 수진은 금방이라도 숨이 멈출 것 같았다. 미친 듯 떨리는 몸을 끌어안으며 신혁은 그녀의 안을 느끼고 또 느꼈다. 견딜 수 없는 감정이 그를 사정없이 몰아붙였다.

이제 더 이상은 한계였다.

신음을 흘리며 신혁이 수진의 입술에 쪼듯이 키스를 하고는 낮게 말했다.

"들어간다."

욕망으로 탁해진 목소리에 주름이 갈 정도로 꽉 감고 있던 미간을 서서히 펴고는 가만히 눈을 떴다. 잠자리 날개처럼 파르르 떨리는 그 속눈썹이 사랑스러워 미칠 것 같다. 뜨거움으로 이글거리는 신혁의 눈이 바로 앞에 있었다.

수진은 본능적으로 맺힌 눈물방울을 매단 채 미소를 지으며 고개를 끄덕였다. 힘겨웠다. 두렵기도 하고 견디기 힘들 정도의 감각에 미칠 것 같기도 했다. 하지만 그보다 더한 욕구에 수진은 그를 온몸으로 받아들이는 것 외에는 그 어떤 것도 바라지 않았다. 그를 안고 싶다. 안기고 싶다. 안아주고 싶다. 신혁이 몸을 움직였다. 자리를 잡고서 수진을 한 번 쳐다보았다. 수진이 두려움을 견디려는 듯한 눈으로 신혁을 보다가 천천히 눈을 감았다. 그 순간 신혁이 그대로 수진의 안으로 천천히 밀고 들어갔다.

"아……!"

수진의 목에서 비명 같은 신음이 터졌다. 신혁도 이를 악물고 좁은 공간에 신음하며 마지막까지 자신을 밀어 넣었다. 수진의 눈에 아픔인지 쾌락인지 모를 의미의 눈물방울이 맺히다가 결국 눈물과 함께 신음이 터졌다. 신혁도 신음하고 있었다.

잠시 수진의 머리를 끌어안은 채 견디고 있던 신혁이 곧 움직이기 시작했다.

아무 말도 필요없었다. 수진은 온몸을 열어 그를 받아들였다.

할 수 있는 한, 자신이 견딜 수 있는 한 신혁의 모든 것을 받아들이고 싶었다. 신혁의 움직임에 맞춰 수진의 몸이 흔들렸다. 가느다란 신음 소리가 몸이 흔들릴 때마다 입술에서 새어 나와 그를 아우성치게 했다.

열락으로 들뜬 수진의 뺨이 빨갛게 달아올랐다. 처음 겪어보는 낯선 감각에 고통과 두려움이 더 컸지만 수진은 신혁의 모든 걸 끌어안는 표정으로 천천히 눈을 떠 그를 바라보았다. 예민하게 수진의 표정을 살피고 있던 신혁은 그 순간 마주친 깨끗한 눈망울에 심장이 찔린 듯한 기분으로 잠시 멈칫했다.

온몸에 동시에 화살이 날아와 박힌 기분. 그녀의 안에 자신을 묻은 채로 바라보는 그때, 수진이 너무도 따뜻한 미소를 지어 보였다. 그 미소가 마지막 화살로 변해 신혁의 심장에 관통해 내리박혔다.

온몸에 전율이 일었다.

사랑한다.

미칠 정도로 너를, 사랑한다.

신혁은 더 이상 정신을 차릴 수가 없었다. 극도로 흥분한 채로 신혁은 다시 자신을 그녀의 안으로 깊이 찔러 넣었다. 그대로 수진을 일으켜 갈증이 인 사람처럼 가슴을 빨아가며 허리를 박아 올렸다. 재가 되어 스러지더라도 자신은 그녀의 모든 것을 갖고 말겠다. 열에 들뜬 수진의 입술을 찾아 키스하며 신혁은 땀에 젖은 수진의 머리칼을 쓸어 올렸다. 눈을 감고 있는 그녀에게 잔뜩 잠긴 목소리로 말했다.

"눈을 떠서 날 봐."

수진이 천천히 눈을 떴다. 그 눈망울이 보이자 그제야 마음이 놓여 신혁은 눈을 똑바로 맞춘 채로 더욱 움직임을 빨리했다.

"아앗……!"

수진은 탄성인지 비명인지 모를 신음을 흘리며 신혁의 품으로 무너졌다. 그의 목을 끌어안고서 그가 움직일 때마다 이는 생소한 감각에 몸을 떨었다. 일렁거리는 눈물방울을 매단 채 수진은 희미하게 눈을 떴다. 그 순간 침대 한쪽에 벗겨져 있는 손목시계가 보였다. 자신이 열에 들떠 있는 사이에 신혁이 풀어놓은 것이리라.

순간 수진의 마음이 아릿해졌다. 더운 눈물이 또다시 왈칵 올라오려 했다. 이런 감정 따위, 민후에게도, 신혁에게도 미안한 짓이었다. 이제 더 이상의 망설임은 없었다. 손목시계에 향해 있던 시선을 떼고 천천히 눈을 감았다. 그리고 그대로 그를 꽉 끌어안았다.

미안…….

미안, 민후야.

하지만 난 지금 너무 행복해.

그래서…….

울고 있는 수진의 입술이 다시 신혁의 입술에 삼켜졌다. 그대로 수진의 몸이 뒤로 넘어가며 신혁의 커다란 몸이 그녀를 덮었다.

나는 지금, 너무 기뻐.

"아아, 선생님……!"

수진은 그대로 열락으로 빠져들었다.

## 12편 꿈이란, 간단히 악몽으로 변할 수 있는 것

이제 좀 있으면 여름방학이었다. 그날 외박을 하고 돌아온 이후 할아버지는 아무런 말씀이 없으셨다. 다음날이 일요일이라 학교로 곧장 가서 신혁을 봐야 하는 낭패는 없었지만, 할아버지를 쳐다보는 게 죄송한 건 어쩔 수 없었다. 게다가 몸도 조금 아팠다. 자신이 선택해서 내린 결정으로 그와 밤을 보냈고, 그 순간순간을 모두 소중하게 생각했지만 역시 할아버지를 볼 낯이 없는 건 사실이었다.

그래서 사죄의 의미로나마 착실한 손녀가 되려고 노력했다. 학교를 가는 시간 외에는 집에서 칩거를 하며 공부에 열중했다. 신혁의 집에도 따로 찾아가지 않았고, 시험 끝난 기념으로 맛있는 거나 사먹자는 재진의 권유도 거절했다. 그저 방에 틀어박혀 대학

입시를 준비했다.

그러고 보니 그에게서도 전화가 없었다.

"이거 살짝 기분 나빠야 하는 거 아니야?"

하지만 그와 자신의 상황에는 이게 맞다는 생각이었다. 게다가 요즘 들어 자주 이상한 꿈에 시달리고 있었다. 처음엔 그저 그날 일 때문에 몸이 안 좋아서 그런 거려니 했지만 꿈은 점점 집요해 졌다. 그러고 난 다음날은 어김없이 머리가 깨질 듯이 아팠다.

분명히 그곳은 여기 할아버지 집이었다. 거기에 신혁이 서 있었 다. 그가 막 나가려는 수진을 붙들어 세웠다. 수진은 자신을 붙잡 는 그를 돌아보았다. 하지만 그 순간 꿈이 끊겼다.

자다가 벌떡 일어난 수진은 자신의 기억임이 분명한 꿈의 단편 을 떠올리며 심장을 꾹 눌러야 했다. 꿈의 느낌이 너무 아련해서 인가, 이상하게 심장이 묵직할 정도로 아팠다.

'선생님이 말한 고백이 혹시 이거였나? 그게 뒤늦게 떠오르는 걸까?'

그런데 그게 왜 이렇게 가슴을 아프게 하는 거지? 신혁과 함께 있던 꿈속의 자신을 꿈 밖의 자신이 지켜보는 느낌. 그런데 지켜 보는 자신의 가슴이 참 아픈 것 같다. 어느 날은 눈물에 흠뻑 젖어 서 잠에서 깨어나곤 했다.

그리고 어느 날, 꿈속에서 신혁이 처음으로 말을 했다. 한 번도 소리 같은 건 들리지 않았는데. 그저 안개가 낀 듯 희미한 풍경에 그가 서 있고 자신이 서 있었을 뿐이었는데. 밝은 얼굴로 뛰어나 가려는 자신을 그가 붙잡는다. 그리고 그가 자신을 끌어안는다.

거기까지는 언제나 똑같았다. 하지만 점차 꿈이 구체화되고 있었다.

안개가 낀 듯 뿌연 기억이 선명해지면서 신혁의 얼굴도 똑똑히 보였다. 그리고 놀란 표정으로 신혁을 밀어내는 자신. 그때 신혁의 입술이 천천히 움직였다.

'무슨 말을 하려는 거지?'

그 소리를 들으려고 온 신경을 집중한다. 하지만 마치 전파가 끊기듯 그의 말이 잘 들리질 않았다. 그 순간 잠에서 깬 수진의 온몸에서 식은땀이 흘렀다. 이불까지 축축해져 있었다. 두려워져서 수진은 시간 확인도 하지 않고 신혁에게 전화를 걸었다. 신호가 가고 그가 전화를 받기를 기다렸다.

"받아줘요……."

무서워요.

머리가 아파요.

잘 모르겠지만 왠지 기억하지 말아야 할 것 같은 두려움이 일고 있었다.

기억하지 말라고, 내가 나에게 경고를 하는 듯한 느낌.

그러니까 제발 전화 받아요.

"받아줘요, 제발."

하지만 결국 신호만 갈 뿐 통화가 되지 않았다. 수진은 천천히 휴대폰을 내려놓았다. 또다시 잠이 드는 게 두려웠다. 그래서 베개를 꼭 끌어안은 채 차라리 잠을 자지 않기로 했다. 하지만 결국 깜빡깜빡 졸다가 잠이 들었나 보다.

또다시 같은 꿈속에서 헤매는 자신.

앞에 서 있는 신혁.

그런 그를 웃으며 보고 있는 2년 전의 자신.

나가려는 자신을 붙드는 신혁.

신혁이 자신을 안는다.

자신은 거부한다.

신혁의 표정이 아프다.

자신의 마음도 아프다.

그리고 그가 입을 열어 말한다.

너무도 잘 알고 있는 그 입술. 부드럽게 음영이 지는 듣기 좋은 목소리.

그 목소리가 드디어 귀에 들리기 시작한다.

처음엔 낮게, 하지만 점차 선명해져 가며 뚜렷해졌다.

"나가지 마, 오늘은."

하지만, 겨우 그거?

이번엔 자신이 그에게 뭐라고 말을 한다. 애써 웃으며, 슬프고 당황한 얼굴로 허둥지둥하는 게 역력한 그 모습을 꿈 밖의 자신이 지켜보고 있다. 꿈속의 자신이 고개를 떨어뜨린다. 그리고 그 순간 수진의 고개가 돌아간다. 담 밖에서 무슨 소린가가 들려온 것이다. 순간 꿈 밖의 수진의 심장이 요동치기 시작했다. 그것은, 바로 오토바이 소리였다.

민후의 오토바이 소리.

꿈속의 자신이 신혁을 두고 밖으로 뛰어나간다.

그를 두고서.

이신혁 선생님을 두고서.

꿈속의 자신이, 누구보다 꿈과 같았던 존재인 신혁을 두고서 밖으로 도망치듯 뛰어나가 버린다. 베개를 끌어안고서 벽에 기대 잠들어 있던 수진의 눈이 번쩍 떠졌다. 꿈에서 깨어난 수진의 눈에서 하염없이 눈물이 흘러내리고 있었다.

"아……."

심장이 갈기갈기 찢기는 것 같다.

"아아……."

왜 그 꿈을 꿀 때마다 그렇게 하염없는 통증이 일었는가.

"아아……."

이제야 이해가 갔다. 모든 게 생각났다. 그를 그렇게 버려두고 돌아서서 민후를 향해 뛰어가 버렸던 바로 그날, 모든 일이 일어난 것이다. 민후가 죽은 그날.

"선생님……."

이신혁 선생님.

그는 자신에게 꿈이었다. 하지만 꿈은, 너무도 간단히 악몽으로 바뀌어 버렸다.


학교에 온 수진은 계단 한쪽 구석에서 휴대폰을 쥔 채 바들바들 떨었다. 액정에는 신혁의 번호가 떠 있었다. 하지만 통화 버튼을 누르려던 손가락은 몇 번이나 망설이다가 결국 멀어졌다.

수학 시간이 되었지만 신혁은 수업에 들어오지 않았다. 새벽에 통화가 되지 않았던 건 단지 시간 때문이라고 생각했었다. 하지만 결국 수업이 끝날 때까지 그의 모습은 볼 수 없었다. 덕분에 신혁 대신 수업에 들어온 선생님은 학생들의 쏟아지는 질문 공세에 시달려야 했다. 그 선생님의 설명에 의하면, 이신혁 선생님이 개인적인 사정으로 결근을 했다는 것이다. 며칠 동안 대신 수업을 하게 될 거라는 말이 이어지자 아이들은 푸념을 터뜨렸지만 어쩔 수 없는 일이었다.

그 사이에서 수진의 가슴이 미친 듯 뛰었다. 하필이면 이럴 때 신혁과 연락이 되지 않는다. 아무런 말 없이 결근을 하고 또 통화도 되지 않는 것이다.

'무슨 일이에요, 선생님?'

궁금하고 걱정돼서 견딜 수가 없었다. 하지만 그보다 더 큰 것은 자신의 안에서 일고 있는 혼란이었다. 그와 만나서 얘기해 봐야 했다.

"선생님……."

수진은 울 것 같은 마음으로 액정에 뜬 신혁의 이름을 바라보았다.

'넌 한 가지, 네가 하기 싫어하는 일을 먼저 해야 해.'

그가 왜 그런 말을 했는지 이해가 갔다. 그날, 자신에게 고백을 한 그에게 자신은 어떤 표정을 지었는가. 어떤 반응을 보냈는지 모든 기억이 똑똑히 되살아났다.

'기억해 내, 네 시간 속에서 없어져 버린 누군가를.'

'기억해 내. 그럼 모든 게 설명이 될 거다.'

그가 말한 게 바로 이것이었나 보다. 모든 것은 수진이 기억해
내는 것으로 비로소 시작되었어야 했던 것이다. 그래서 그는 그렇
게나 먼저 기억해 내길 종용했던 것이다. 모든 것을 기억해 냈을
때 그래서 수진은 충격을 받을 수밖에 없었다.

그와 자신이 만들어낸 비극.

어둠 속에 잠겨 있던 모든 것이 수면 위로 올라왔을 때, 수진은
민후에게 너무나 미안해 엉엉 소리 내어 울고 말았다.

"민후야…… 난 어쩌면 좋아. 선생님, 민후야, 어쩌면 좋
아……."

'넌 잊어버렸어. 깨끗이 기억에서 지웠어. 그 수많은 것들 중에
서, 더 괴로운 기억조차 하나도 버리지 않고서 제대로 다 기억해
내고 있던 네가, 나만은 잊어버렸어.'

불가능한 일이 아니었다. 거짓말처럼 자신은 잊어버린 것이다.
그의 말처럼, 더 괴로운 기억조차 하나도 버리지 않고서 그만은
잊어버린 것이다.

잊어버릴 수밖에 없었다.

그것밖에 방법이 없었다.

스스로 선택한 망각.

본능적인 자기 보호로 그를 캄캄한 어둠 속에 밀어 넣어버렸다.

사고 직후, 온몸이 부서진 채로 넋을 빼고 앉은 자신의 곁으로
달려왔던 그의 얼굴. 그 표정. 마지막 동공에 남은 건 바로 그의
모습이었다.

그래서, 그를 잊어버리기로 한 것이다.

‘너는 나를 좋아한다고 했지? 하지만 좋아하는 사람은 나였다.’

모든 것은 거기서 시작된 것이다.

‘좋아하고 있었다, 임수진.’

‘두근거릴 일도, 나 때문에 아플 일도, 적어도 2년 전의 너한테는 없었어. 나를 좋아한다고 했지? 하지만 그건 네 감정이 아니라 내 감정이었다.’

천둥처럼 모든 말들이 한꺼번에 밀려들었다. 그는 틀리지 않았다. 자신은 그를 좋아한다고 졸졸 따라다니며 외치기 전에, 먼저 기억해 냈어야 했다.

차라리 아무것도 기억나지 말지.

이대로 잊어버린 채 살아가게 해주지.

왜…….

수진은 천천히 눈물을 닦고서 창가로 다가가 섰다. 이 창가에서 신혁에게 종이비행기를 띄워 보냈었다. 그건 그와 자신의 기억이었다.

시간은 계속해서 거슬러 올라갔다.

그가 처음 학교로 부임했을 때.

선생님이 되겠다는 말을 처음으로 들었을 때.

그를 졸졸 따라다니며 귀찮게 굴기 시작했을 때.

그를 맨 처음 만났을 때.

그렇게 원점으로 되돌아갔다.

아주 어릴 때, 너무도 어릴 때 그를 처음 봤었다.

그때 그는 고등학생이었다.

하지만 자신에게는 이미 충분히 어른이었다.

어느 날부턴가 오빠라고 부르며 따라다니다가 선생님으로 부르게 되었다.

자신의 학교로 오게 된 그에게 투정 부리던 일.

하지만 그래도 좋아서 넥타이핀을 선물했던 일.

그 넥타이핀을 하고서 교단에 섰던 그의 멋진 모습.

그 모든 건 어느 날 거짓말처럼 끝이 났다.

민후가 밖에서 기다리던 그날, 그가 자신을 붙잡았다.

그리고 한 번도 생각지도 못했던 말을 했다.

그리고 그 사고.

그가 사고 현장으로 달려왔다. 그의 얼굴이 보였다. 그리고……기억이 끊어졌다.

그를 망각한 채로 농구코트에서 그를 다시 보았다. 도서관에서 마주치고 빈 교실에서 그의 앞에서 울고 어느 비 오는 날 우산을 쓴 채 그를 기다렸다.

기억을 잃었던 사람이 다시 기억을 찾으면, 그사이의 기억을 잃어버리는 일이 종종 있다. 차라리 그랬으면 좋았을 텐데. 이런 괴로움을 가져야 한다면, 차라리 그를 다시 만나서 좋아하고 만 지금까지의 기억을 잃어버렸다면…….

'익숙함을 애정으로 착각한 거겠지.'

슬펐다.

천천히 창문을 열었다. 여름의 습기를 머금은 바람이 확 하고 밀려들었다. 어디선가 매미 소리가 들렸다. 귀가 먹먹해졌다. 아릿한 마음으로 등나무 벤치를 바라보고 있는데 누군가가 수진의 옆에 와서 섰다. 수진의 심장이 두근거렸다. 설마 하는 마음으로 돌아보았지만, 거기 있는 사람은 신혁이 아닌 재진이었다.

다행이란 생각이 드는 자신에게 놀랐다.

"뭘 그렇게 깊이 생각하고 있어요? 그렇게 불렀는데 돌아보지도 않고."

재진이 창을 등지고 기대선 채 건들거리며 무슨 말인가를 계속했다. 하지만 수진은 아무것도 들리지 않았다. 멍하니 재진의 입 모양만 보고 있던 수진이 천천히 그를 불렀다.

"재진아…… 있잖아."

재진이 창턱에 훌쩍 뛰어올라 한쪽 무릎을 세운 채 수진을 내려다보았다. 안 그래도 키가 큰 녀석이 창턱에까지 올라가자 수진은 그 녀석을 보기 위해 고개를 들어야 했다. 마치 키가 큰 신혁을 보는 것 같은 익숙한 감각에 가슴이 먹먹해졌다.

"나는 내가 미워서 견딜 수가 없어."

스스로 잊어버린 사람을 스스로 또 좋아해 버린 주제에.

밀어두었던 눈물이 다시 가득 차올랐다.


신혁은 VIP 병동의 복도에 서 있었다. 휴대폰의 액정에 찍혀 있는 부재 전화 중 한 개의 번호가 그를 붙들었다. 시간을 확인해 보니 새벽에 걸려온 전화였다. 신혁의 눈썹이 의아함으로 찌푸려졌다.

바로 어제 새벽에 달려온 길이었기에 전화를 받을 상황이 아니었다. 그때부터 지금까지 꼬박 한잠도 자지 못하고 대기 중인 상황이었다. 무슨 일이기에 새벽에 전화를 한 걸까? 상황 설명도 해줄 겸 걱정스럽기도 해서 목소리라도 들어둘 생각으로 번호를 누르려는 순간.

"신혁아."

뒤쪽에서 중년 여인의 목소리가 들려 신혁은 천천히 휴대폰을 안주머니에 넣은 채 돌아섰다.

어머니인 윤 여사가 병실에서 나온 참이었다. 젊었을 적 뼈마디가 보일 정도로 말라서 신경질적으로 보이기까지 했던 어머니의 모습은 세월이 흘러 어느덧 여기저기 살집이 붙어 푸근한 인상이 되었다. 깐깐하고 고집 세던 시어머니 아래에서 혹독한 시집살이를 해서인가, 아무리 해도 찌지 않던 살이 시어머니가 타계하고 바로 살이 붙어가더니 지금은 저렇듯 여유로운 모습이 되었다.

아무것도 모르는 스물셋 어린 나이에 부잣집 맏며느리로 들어와 공식적으로 비공식적으로 완벽함을 요구받으며 마음고생도 심했으리라. 15년 전 형의 투신자살 직후, 어머니도 그대로 돌아가시는 게 아닌가 싶을 정도로 상황은 최악이었다. 그런데 지금은 둘째 아들이 의절까지 들먹여 가며 집을 나가 있는 상황이었다. 어머니의 시름 많은 삶에서 마음 편한 날이라고는 하루도 없었을 터인데, 이제 아버지가 쓰러져 혼수상태에 빠져 있었다.

"피곤할 텐데 눈이라도 좀 붙여두지 그러니."

"괜찮습니다."

신혁은 어머니와 시선을 맞추지 않은 채 무심하게 대답했다. 엄마인 자신에게도 곁을 내주지 않는, 커갈수록 어려운 자식이었다. 내 뱃속으로 나았지만 무정하고 차가워서 어릴 때부터도 왠지 조심스러웠는데 점점 더 말 붙이기 힘든 성격이 되어가고 있었다.

"가자. 가서 먹는 시늉이라도 하자."

"됐습니다."

신혁은 어머니에게 필요 이상으로 냉정하게 굴고 있었다. 아버지의 독선적인 행동에도, 15년 전 그 비극적인 사건에도 어머니는 직접적으로 잘못이 없었다. 하지만 자신의 눈에는 어머니의 방관 역시 똑같은 것으로 비춰졌다.

어머니도 알고 보면 피해자였다. 늘 일거수일투족을 감시하며 사소한 일 하나 그냥 넘어가는 일이 없었던 시부모님, 거기에 시부모님을 그대로 닮은 완고한 남편까지. 사랑해서 결혼했다지만 아버지는 어머니를 사랑하는 여자로서 보호해 주고 아껴주기보다, 안주인으로서 해내야 하는 건 완벽히 해내야 한다고 생각하는 주의였다.

그런 아버지가 지금 의식을 잃은 채 눈을 뜨지 못하고 있었다. 신혁으로서는 너무도 생소한 모습이었다. 늘 기가 질릴 만큼 상대방을 압도하던 사람이었다. 아버지를 원망하고 원망해 온 지난 시간이었지만, 그렇게 누워 있는 아버지의 나약한 모습은 그것대로 또 신혁의 신경을 날카롭게 건드렸다.

"왜, 진작 말씀하지 않으셨어요."

화가 났다.

폐암 말기라니. 수술도 기대할 수 없는 시한부 선고라니. 남은 날이 겨우 몇 달밖에 없다니.

"아버지 뜻이었다. 말하지 말라고 하시더구나. 네 형을…… 그렇게 보낸 양반 아니니. 또 강요해서 하나 남은 자식마저 영영 잃고 싶지 않았던 게지. 혹시라도 병을 앞세워 너를 들어오게 강요하는 게 아닌가 오해받는 게 싫으셨던 거야."

신혁은 헛헛하게 웃었다.

"저렇게 될 때까지 숨기고 말하지 않는 거기에 도대체 무슨 배려가 있다는 건가요. 이해할 수 없군요."

"아버지도 많이 늙으셨다. 예전의 아버지가 아니야. 많이 약해지셨어."

"차라리 죽을 날을 받아놨으니 이제 그만 들어와서 뒤를 이으라고, 직접적으로 말했다면 그나마 동정의 여지는 있었겠죠."

신혁은 주먹을 꽉 말아 쥐었다. 차마 드러내지 못하는 격통을 애써 꾹 눌러 견뎠다.

"이게 강요가 아닙니까, 어머니?"

원망을 담은 눈으로 어머니를 똑바로 쳐다보았다. 어머니가 회한이 담긴 눈으로 아들을 안타깝게 바라보았다.

"신혁아……."

"보란 듯이, 돌아가실 날 받아놓고, 최후통첩하듯이 남은 날이 얼마 없다고, 그게 자식을 위하는 방법이라고요? 병을 핑계로 한 강요로 생각할까 봐 말하지 않았다고, 그 어디가 강요가 아니란 겁니까. 죄책감까지 덧얹어서 아버지는 대체 제게 뭘 바라는 겁니까. 어머니는 왜…… 그때나 지금이나 방관만 하고 계신 거죠? 아

버지가 입을 닫았다면 어머니라도 말해주셨어야 하는 거 아닌가
요?"

　납득이 안 갔다. 언제나 아버지의 그늘에서 숨소리조차 크게 내
지 못하고 아버지의 뜻대로 따르는 어머니. 이제 그나마 남은 날
마저도 얼마 없다는 아버지.

　선고를 받고도 벌써 여러 달이 흘러 있었다. 두 분만 아신 채 치
료를 받고 수술을 받았다고 한다. 하지만 비약적으로 늘어나는 암
세포는 이미 온몸에 퍼져 있었고, 가능할 것 같았던 기사회생은
불가능으로 판정났다고 한다. 상황이 그렇게 될 때까지 신혁은 전
혀 모르고 있었다.

　그는 이를 악물었다.

　숨기고 있었던 건지, 보란 듯 묵혀두고 있었던 건지. 누가 들으
면 자식을 걱정시키고 싶지 않은 대단한 부정이라고 생각하겠다.
하지만 신혁은 그렇게 생각할 수가 없었다. 마지막까지 아버지는
아버지의 방식대로 살아가시다가, 돌아가실 방법마저 당신 뜻대
로 결정해 버린 것이다. 이 어마어마한 일을 자식에게 말하지 않
은 게 배려였다니, 그 배려란 놈이 도대체 어떻게 생긴 놈인지 눈
으로 직접 보고 싶었다.

　"세상 어떤 약함이 이렇듯 악독한가요? 약한 사람은 그 무서운
병을 이용해서, 죽음을 이용해서 자기 자식을 이렇게까지 시험하
지 못합니다."

　이미 깨져 버린 신뢰. 도저히 회복될 수 없을 정도로 구겨진 부
자의 관계였다. 부들부들 떨며 격정 같은 원망을 애써 가라앉히고

있는 신혁을 윤 여사가 애타게 바라보았다.

"신혁아, 애야……. 아버지를 이제 좀 달리 봐주면 안 되겠니?"

신혁은 대답이 없었다. 냉정하기만 한 아들의 표정이 이렇게나 멀어져 버린 모자의 관계를 나타내는 것 같아 윤 여사는 마음이 쓰렸다.

"그래, 충분히 네가 오해할 순 있어. 짧으면 한 달도 안 남은 시간……. 그 시간을 남겨놓고 이런 청천벽력 같은 소리를 듣게 하다니, 엄마도 괴로웠다. 하지만 네가 짐작하는 대로는 아니야. 설마 당신 목숨 갖고 자식한테 그런 모진 방법을 쓰겠니."

신혁은 이제 무엇을 믿어야 할지 혼란스러웠다. 다만 지금까지의 아버지가 늘 그랬기에. 하지만 지금은, 이미 늦어버렸다는 그 기막힌 현실이 더 그를 괴롭힐 뿐이었다.

"발견했을 때도 이미 절망적인 상황이었다. 오히려 아버진 그 이후에 너를 풀어줄 마음을 품으신 것 같았어. 전에 인영이 시켜서 널 불러오게 한 것도 그저 저녁 한 번 같이 먹자고 그런 건 아니었단다. 네 얼굴을 보고 싶으셨던 거야. 인영이를 고문 변호사로 앉힌 것도, 네가 돌아와 주지 않는다면 다른 길을 찾아야 하니 그에 대한 대비책으로 결정하신 거야."

신혁의 눈시울이 붉어졌다. 아무리 미워도 아버지이다. 그러니 너무도 충격이라는, 자신도 괴롭다는 그 말을 솔직하게 말하지 못해서 도리어 비정한 말만 쏟아내는 자신의 마음을 어머니는 알아주지 못하는 것 같다.

그럴 정도로 이미 어머니와 자신은 오래도록 떨어져 지내고 있었다. 어머니는 아들의 가슴에 깊숙이 생겨진 생채기에만 미안해하고 안절부절못하며 눈치 보는 것에만 집중했다.

어머니는 너무 약하다. 그에 비해 아버지는 너무 지독했다.

형은 너무 약했다. 그에 비해 자신 역시 지독한 놈이었다.

형은 어머니를 닮았고, 자신은 아버지를 닮았다.

자신의 핏속에 흐르는 아버지의 피.

그것이 경멸스러우면서도 어쩔 수 없는 애증을 불러일으킨다는 걸.

"모든 게 너무 늦어버린 거야. 병도, 너에게 갖고 있는 미안함도, 아버지는 이미 모든 게 늦어버린 것 같아 허탈하실 게다. 이제 와서 네게 용서를 구하기도 힘드셨던 거야. 구걸하는 것 같아서, 아버진 그게 용납이 안 되셨던 거야."

"……."

"이제 그만 아버지를 용서해 주렴. 내가 모든 원망을 받아낼 테니, 아버지를 편하게 보내 드리렴."


신혁은 터덜터덜 걸어서 집으로 돌아오고 있었다.

아버지는 기적적으로 혼수상태에서 깨어났다. 하지만 아직 절대 안정을 취해야 했기에 얼굴만 비추고 일단 돌아오는 길이었다. 의식을 되찾은 아버지와 시선이 마주쳤지만 부자는 아무 말도 하지 않았다. 그 긴 세월의 반목은 몇 마디 말로 해결될 것이 아니었다.

병원을 나서는데 정말 오랜만에 형 생각이 났다. 마치 유리로 만들어진 것처럼 부서질 듯 연약했던 형의 감성. 아버지는 갑갑한 주박을 아내에게만 요구했던 게 아니었다. 두 자식에게도 아버지의 요구는 늘 한결같았다. 특히 형 준혁에게 그 압박은 더 심했다. 신혁도 아버지의 그런 사고방식이 싫었지만 아버지만큼 고집이 세서 때로 반항하고 때로 싸우기까지 하면서 버텨냈다. 자연히 아버지의 편집증적인 관심은 형에게로 온통 쏠렸다.

준혁에게 세상에서 가장 무서운 사람은 아버지였다. 사소한 잘못을 하더라도 아버지는 그냥 넘어가지 않았다. 그게 집착이었는지 아버지 식의 우울증이었는지 모르겠다. 아버지 또한 할아버지에게 그런 식의 엄격한 훈육을 받았던 것 같으니.

그런 아버지를 어머니는 말리지 않았다. 시어머니의 매서운 시집살이에 몸과 마음이 지쳐 있는 상태였다고 하더라도, 신혁의 생각에 그것은 방관이고 포기였다. 어머니는 아버지를 말렸어야 했다.

형은 아버지가 조금만 화를 내도 움찔거렸고 점점 더 자신감을 잃어갔다. 결국 고등학교 때 집안의 재단에 속한 고등학교에 다니다가 성적이 단번에 쭉 떨어진 어느 날, 비관 끝에 자살하고 말았다. 단지 성적 비관이라고 생각하지 않았다. 형은 언제라도 죽을 준비를 하고 있었는지도 모르겠다. 옥상에서 떨어지면서, 형은 태어나서 처음으로 딱 한 번 자유롭게 날개를 펼쳐 봤는지도.

"신혁아, 형 말이야, 선생님이 되고 싶은데."

자살하기 며칠 전이었던가, 준혁이 신혁에게 했던 말이었다. 처음으로 밝고 환하게 웃던 형의 얼굴.

"그럼 해. 형이랑 어울리겠네."

"그건 절대 안 될 거야. 내가 교사가 되고 싶다고 하면 아버지가 뭐라고 하시겠어."

"그런 독재자 반응 따위 알 게 뭐야."

"하하. 뭐야?"

"근데 왜 갑자기 교사 같은 게 되고 싶은데?"

"왜? 넌 별로야?"

"글쎄, 애들만 득시글거릴 거 아냐. 딱 질색이야."

"난 그래서 더 좋은데."

"그럼 해. 확 원서 써버려!"

"그럴까?"

"하고 싶으면 하는 거지 뭐가 문제야? 영감탱이가 그 일로 집에서 쫓아내면 나가 버려. 내가 같이 나가줄게."

형이 든든하다며 웃었다. 그날 형의 표정은 정말 밝았다.

나중에 안 사실이었지만, 형은 당시 자신의 담임을 매우 따랐다고 한다. 그는 형에게 아버지가 주지 않았던 어른의 따뜻함과 배려를 가르쳐 주었다. 그는 형에게 아버지였고 친구였고 선생님이고 형이었다. 준혁이 교사가 되고 싶었던 건 어쩌면 그 선생님 때문이었는지도 모르겠다.

"혹시 괴로워하는 학생이 있으면 힘이 되어주기도 하고, 친구처럼 고민을 나누기도 하고, 살아 있어서 행복하다는 마음을 갖게 해주면서, 그렇게 살 수 있단 건 참 기분 좋은 거겠지?"

하지만 그건 고스란히 유언이 되어버렸다.

바로, 신혁이 교사가 되겠다고 뜬금없이 진로를 정한 이유였다.

이카루스의 날개를 달고서 태양의 가까이에 다가가고자 했던 형은 그대로 추락해 버리고 말았다. 신혁의 눈엔 형의 찬란한 날개가 보였다.

너무 빨리 하늘로 가버린 사람.

그래서 그는 너무도 잘 알고 있었다. 가장 가까웠던 누군가가 갑자기 죽어서 눈앞에서 보이지 않는 그 아픔을, 슬픔을……. 그렇기에 신혁은 수진의 아픔을 이해할 수 있었다. 단지 머리로만 이해하는 게 아니었다. 가슴으로 알 수 있었다.

갑자기 떠오른 형의 생각에 신혁은 마음이 쓰렸다.

천천히 휴대폰을 꺼내 수진의 번호를 눌렀다.

지금 누구보다도 보고 싶은 단 하나의 얼굴.

발기발기 찢긴 구제불능의 상태로 단 한 줌의 햇살인 그녀에게 손을 뻗는다.

"받아라……."

하지만 신호가 갈 뿐 수진은 전화를 받지 않았다. 씁쓸한 미소를 띠며 신혁은 천천히 휴대폰을 내렸다. 한숨도 자지 않아 눈앞이 흐릿했다. 잠깐 휘청거려 신혁은 가까운 벽에 등을 기대고 섰다. 눈을 감은 채 잠시 숨을 고르고 있다가 천천히 담배를 꺼내 물고 불을 붙이려는데 그때 휴대폰이 울렸다.

수진이었다. 신혁은 휴대폰을 열어 귀에 댔다. 라이터로 담배에 불을 붙이며 그가 낮게 말했다.

"임수진."

온갖 감정이 뒤섞여서 솟아오르듯 흘러나온 이름이었다.

전화기 저편에서 수진은 잠시 말이 없었다. 도대체 왜 갑자기 땡땡이를 친 거냐고, 한소리를 해도 모자랄 판이었는데 저렇게 조용하니 이상했다.

천천히 등을 떼고서 귀를 기울이는데 수진의 목소리가 넘어왔다.

[많이…… 기다렸잖아요. 지금, 어디세요?]


신혁은 언젠가 수진을 만났던 뒷동산의 벤치에 앉아, 저 아래에서 털레털레 걸어 올라오고 있는 수진을 미간을 좁힌 채 쳐다보았다.

수진은 집에서 나온 걸 말해주듯 편한 차림이었다. 품이 큰 하늘빛 티셔츠와 예쁜 다리 선을 도드라지게 하는 칠부 팬츠, 깜찍한 스니커즈까지. 헐렁한 티셔츠가 움직일 때마다 날씬한 허리선에 언뜻언뜻 휘감겼다. 어깨 길이의 찰랑거리는 머리카락에서 그날 밤 맡았던 사과향이 풍겨오는 것 같았다.

신혁은 지쳐 있었다. 하지만 멀리서 다가오는 수진을 보는 것만으로도 이미 마음이 치료받는 것 같았다. 살랑살랑 흔들리는 앞머리카락을 쓸어 올려주고 그 동그란 이마에 따뜻하게 입을 맞추고 싶다. 그리고 부드러운 몸을 그저 살며시 끌어안고 있고 싶다. 기분 좋은 울림을 들려주는 심장에 귀를 댄 채 아무것도 하지 않고서 그대로 안고 있고 싶었다.

드디어 오르막길을 다 올라온 수진이 신혁의 앞에 섰다. 표정이 밝아 보여 다행이었다. 생긋 웃은 수진이 신혁의 옆에 앉았다.

"무슨 일 있으세요? 땡땡이를 치고 문제 선생님이네."

"지극히 사적인 사정이 생겼다."

"지극히 사적인 사정이 뭔지 물어보면 가르쳐 주실 거예요?"

"나중에."

신혁이 낮게 말하곤 시선을 아래로 던졌다. 수진의 시선이 그의 긴 속눈썹에 닿았다.

"그런데, 뭘 그렇게 기계적으로 웃고 있어?"

수진의 눈이 커졌다. 딴에는 자연스럽게 웃고 있었다고 생각했는데, 이신혁 선생님한텐 통하지 않았던 모양이다. 아주 작은 변화까지도 그는 알아차릴 수 있는 사람이었다.

"뭐가 기계적이란 거예요? 똑같이 웃고 있는데. 언제나처럼 헤벌쭉 정신 나간 애처럼."

"똑같긴 뭐가 똑같아. 그딴 식으로 웃을 거면 웃지도 마."

타박하고 있었지만 그의 진심이 어떤 건지 이젠 너무도 잘 알아 버리게 되었다. 도대체 또 무슨 일이 있는 거냐고, 그는 돌려서 묻고 있는 것이다.

그 순간 수진의 눈에서 한줄기 눈물이 주룩 흘러내렸다.

차라리, 아무것도 몰랐으면.

그가 이렇게 따뜻한 사람이라는 걸 몰랐으면 좋았을 텐데.

신혁의 눈동자가 정지했다. 그의 눈썹이 바로 찌푸려졌다. 어이없다는 듯, 그가 화를 낼 것처럼 사나운 얼굴로 낮게 입을 열었다.

"무슨 일이야."

수진은 미칠 것 같았다. 울려고 나온 게 아니었는데. 그래서 산 아래서부터 입꼬리를 쭉 잡아 올리고 억지로 미소를 만들어서 올라온 건데. 결국 이런 주접을 떨고 있다니.

"말해, 무슨 일이야."

수진은 얼른 눈물을 닦았다. 그럼에도 또 맺히는 눈물 때문에 미칠 지경으로 앉아 있는데 신혁의 손이 다가왔다. 뺨을 타고 흐르는 눈물에 그의 손이 닿으려는 순간 수진은 자신도 모르게 몸을 확 빼고 말았다. 신혁의 손이 허공에서 멈칫하고 수진도 굳어버렸다. 누가 봐도 이건 명백히 거부하는 행동이었다. 뚫어질 정도로 수진을 보고 있던 신혁의 손이 천천히 아래로 내려갔다.

"왜."

그가 말했다.

"왜 그러는 건데."

"선생님……."

"계속해."

"사실을 말해주세요. 2년 전의 일. 선생님이 알고 있는 사실을."

신혁은 냉랭한 표정으로 안주머니에서 담배를 꺼내 물어 불을 붙이곤 한 모금 빨아들였다. 한숨 같은 담배 연기를 길게 뱉으며 그가 말했다.

"기억해 내라고 했잖아."

왠지 그의 모습이 피곤해 보였지만, 수진은 지금 다른 데까지 생각이 미칠 상태가 아니었다.

"기억이 떠올랐어요."

순간 신혁의 손이 멈칫했다. 담배가 끼어져 있는 손가락이 가늘게 떨렸다.

"제 기억이 맞는 건지 확인해 보고 싶어요, 선생님한테 직접."

수진의 표정은 단호했다. 신혁은 흙바닥에 담배를 비벼 끄고는 꽁초를 쓰레기통에 휙 던졌다. 잠시 고통스러운 표정이 되는가 싶던 신혁이 천천히 입을 열었다.

"네가 그 녀석과 나가는 게 싫었다. 그래서 널 붙잡았지. 바로 2년 전 그날이었다. 하지만 너는 아무 말도 하지 않았어. 선생으로만 있던 남자가 갑자기…… 헛소리를 지껄이니 너는 놀랄 수밖에 없었겠지."

잠시 말을 끊었던 그가 곧 천천히 이었다.

"당황하는 건 당연한 일이었지. 그렇더라도 나는 너를 붙들어 두고 싶었다. 하지만 너는 밖에서 기다리고 있는 녀석에게 달려갔지. 그리고 그 사고가 일어났다. 왜인지 너는 그 사고 이후로 나를 잊어버렸다."

"……."

"내가 괴로운 건, 그날 네가 그때까지 한 번도 하지 않았던 일을 했고, 그리고 사고가 났다는 거다. 열두시까지 돌아오지 않고 부모님을 걱정시킬 성격이 아니었지, 너는. 하지만 그날은 그랬어. 무엇 때문이었는지, 누구 때문이었는지는 머리가 나빠도 알 수 있는 일이지. 나를 두고 도망치듯 뛰어나갈 때의 네 표정이 모든 걸 설명해 주었으니까. 내가 아니었다면, 그런 사고는 일어나지 않았을지도.”

　신혁은 그저 담담하게 그날의 기억을 떠올려 주고 있었다. 변명도, 불필요한 말도 없이 그저 그날의 정황을 말해주겠다는 듯.

　수진은 미동도 없이 그의 말을 들었다. 지금은 그래야 했다. 지금 수진에게 필요한 건, 그의 생각이었다.

　“그날, 네가 무슨 생각을 했는지 나는 몰라. 하지만 네가 아주 불안해 보였던 것만은 사실이었다. 너는 그런 상태로 밖으로 나갔어.”

　신혁이 천천히 수진에게로 고개를 돌려 시선을 맞췄다.

　“서민후가 죽은 사고는 내가 만든 걸지도.”

　수진의 눈빛이 아득해졌다.

　“수없이 후회했지. 수없이 자학하기도 했다. 자조하는 건 버릇이 되어버렸지. 왜 그날 네게 그런 말을 했을까. 왜 참아내지 못하고서 욕심을 드러냈을까.”

　수진의 가슴이 무너졌다.

　그가 한 모든 말들은 사실이었다.

　자신이 떠올린 기억과 완벽하게 일치했다.

　하지만 그걸 알아보려고 그에게 말해달라고 한 것은 아니었다.

　“그래서 기억을 잃은 채로 다시 나타난 절 그냥 두고 보신 거였어요? 선생님 때문이라는 죄책감 때문에, 까맣게 선생님을 잊어버린 저한테 맞춰서 연극을 해주신 거예요?”

　신혁은 여전히 담담했다. 그는 피하려 들지도 않았고 숨으려 들지도 않았다.

"큰 이유였지. 하지만 두 번째 이유가 또 생겼다. 난데없이 2년 전과 다르게 고백을 하며 쫓아다니는 너 때문에 골치가 아팠다. 할 수 있으면 널 계속 피해 다니고 싶었지. 그 감정이 가능할 리가 없으니까. 그래, 바로 그게 이유였다. 모든 기억을 떠올리고서 사실은 좋아했던 게 아니라는 말을 할까 봐…… 겁이 났거든."

수진의 눈에 눈물이 왈칵 고였다. 울먹거리며 수진은 눈물을 닦아냈다.

"나는 내 몸보신을 하고 있었던 거야. 나는 나를 지키고 있었던 거야. 네가 네 입으로, 당신을 좋아한 게 아니라 익숙해서 착각했던 거라고 그렇게 말해 버릴까 봐."

신혁이 손바닥으로 이마를 꾹 눌렀다.

"완벽한 겁쟁이였다."

수진의 손이 와들와들 떨렸다. 신혁은 미치도록 그 손을 잡아주고 싶었지만 이제 그럴 수 있는 타이밍은 지났다. 그토록 두려워하던 때가 온 것이다.

"네가 결정해, 이 모든 상황을 어떻게 받아들일지."

신혁이 벤치에서 천천히 일어나 섰다.

"모든 걸 기억해 냈다면 이제 결정할 때가 온 거야. 너는 네 마음의 방향을 따라. 예전이든 지금이든 너는 네 마음의 방향만 따르면 돼. 다만 지금의 나는 그때와 달리 네게 얼마든지 말할 수 있다."

잠시 산 아래를 바라보고 있던 그가 곧 조용히 수진을 돌아다보았다. 그리고 슬프게 미소 지으며 말했다.

“나를 택해라.”

가슴이 찌르르 울렸다. 또다시 눈을 덥게 하는 눈물을 아무렇게나 닦아내고서 수진은 두서없이 떠오르는 생각들을 정리하다가 젖 먹던 힘까지 짜내 웃었다.

“선생님.”

산처럼 버티고 서 있는 신혁의 모습이 저렇게 뚜렷한데도 금세 흩어져 사라져 버릴 것처럼 아련했다.

“저는, 할 말이 있어요. 선생님이 그렇게 생각하고 있을 줄 알았어요. 민후가 죽은 사고를 선생님이 만들었을지도 모른다고. 실은 그게 가장 걱정됐어요.”

수진이 고집스레 눈물을 닦아가며 희미하게 미소 지었다. 신혁은 애가 타는 것 같았다. 흐르는 눈물을 제발 그냥 두지, 자꾸만 고집스레 닦아내는 바람에 눈 주변이 빨개지고 있었다. 지켜보는 자신이 혹독한 벌을 받는 것 같았다.

“그래서 모르는 체했구나. 자기 때문이라고 자책하면서, 그날 선생님이 준 충격 때문일 거라고, 그래서 사고가 났고 그 후유증으로 선생님을 잊어버린 거라고. 그래서 자기를 벌주고 있었구나. 그렇게 나를 영영 모르는 척 살아가려 했구나.”

신혁의 표정이 속속 변하고 있었다.

수진의 말이 이해가 가면서도 가지 않았다. 그 사고는 누구의 잘못 때문도 아니라고, 마음의 짐을 벗게 해주기 위해 지금 저런 말을 하고 있음인가? 잘 모르겠다.

“하지만 선생님 생각은 틀렸어요. 선생님 때문이 아니라 나 때문이었어요."

"그게 무슨 소리야."

"선생님은 그날 제가 혼란스러워 보였다고 했죠? 아니에요. 혼란스러웠던 건 제가 아니었어요. 정확하게 말하면 제가 민후를 혼란스럽게 했어요."

신혁이 성큼 다가왔다. 그대로 수진의 어깨를 움켜쥐는 순간 수진이 빠르게 말을 이었다.

"사고 순간에도 전 선생님을 생각하고 있었어요! 사고 직전까지 전 선생님 생각만 하고 있었어요. 민후는, 나를 생각하고 있었을 텐데."

수진이 오열을 터뜨렸다. 차라리 비명 같은 그 외침에 신혁의 동작이 일시에 멎었다. 그의 눈동자가 급속도로 식었다. 수진의 말뜻을 선뜻 이해할 순 없었지만 지금은 그런 말 뜻 같은 것보다 수진이 우는 게 더욱 아팠다.

"울지 마. 울지 마, 제발."

"선생님 말 다 맞아요. 그날 선생님 때문에 전 놀랐어요. 너무 놀라서 선생님을 두고 도망쳤어요. 선생님이 말한 그대로예요. 하지만 선생님 생각처럼 싫어서 도망갔던 게 아니었어요. 왜 그런 말을 해서 혼란스럽게 하느냐고 원망 같은 것도 없었다구요. 선생님은 잘못한 거 없어요. 하지만 난 선생님 못 봐요. 아니, 그래서 더 선생님 못 봐요."

신혁의 눈썹이 휘었다.

충격과 놀라움.

그보다 더한 의문.

"왜."

신혁은 중얼거렸다.

"왜 못 본다는 거야."

미친 듯 떨리던 수진의 어깨가 서서히 잦아들었다. 와들와들 떨리던 몸도 조금씩 진정이 되었다. 수진은 자신의 어깨를 잡고 있는 신혁의 손을 천천히 밀어냈다. 단절과도 같은 표정으로 수진이 유령처럼 스르르 벤치에서 일어났다. 그리고 희미하게 신혁과 시선을 맞춘 채 중얼거리듯 말했다.

"그날 나 때문에 민후가 죽었거든요. 선생님이 아니라 나 때문에요."

"……!"

"선생님을 다시 만났을 때 고백 같은 거 해선 안 되는 거였어요. 내가 어떻게, 그런 짓을 한 내가 어떻게……. 그날 민후한테 제가 뭐라고 했는지 아세요?"

신혁의 표정이 구겨졌다. 그가 수진을 끌어당기려 했지만 수진은 뒤로 물러섰다. 신혁이 믿을 수 없다는 눈으로 수진을 바라보았다.

"이리 와."

수진은 고개를 저었다.

"말하지 마. 말하지 말고 그냥 와, 제발."

"바라보는 것만으로도 좋았던 사람이, 너무 멀리 있어서 바라만 보는 게 너무도 당연했던 사람이, 나 같은 건 어린애라고만 볼 거라고 생각했던 사람이 날 좋아한대. 내가 좋대."

"그만해!"

신혁이 이를 악문 채 외쳤다. 자신이라고 왜 수진이 그런 말을 했었다는 게 놀랍지 않겠는가. 충격 속에서 어떻게 한줄기 설렘을 외면할 수 있겠는가. 하지만 지금이 그런 것을 느낄 때인가. 도리어 그건 절망과 다르지 않은 말이었다. 차라리 너무도 가혹한 운명의 장난이었다.

기억해 내라고, 자신이 그녀를 닦달했다. 진실이 이런 것이었다면, 그런 요구 따위 하지 않았을 것이다. 자신은 또 한 번 수진을 고통의 구렁텅이로 떠밀어 버린 것이다. 다른 사람도 아닌 자신의 손으로.

신혁은 결국 손을 뻗어 수진의 입술을 막았다. 수진이 입술이 막힌 채 끅끅 오열을 터뜨렸다.

"아무것도 몰라도 되니까 제발 그만해. 아무 말도 하지 마."

수진이 천천히 손을 올려 자신의 입술을 막고 있는 신혁의 손을 떼어냈다.

"나 두근거려. 민후야, 나…… 감히 선생님 옆에 있는 날 상상도 못했지만, 어쩌면 좋아하고…… 있었나 봐……."

"그만하라고, 인마!"

"그래 놓고…… 나 때문에 죽게 해놓고. 민후를 떠나보낸 걸로 도 모자라서, 나만 편해지려고 선생님을 잊었어요. 잘못한 건 난 데, 선생님한테 모든 걸 다 덮어씌우고 선생님을 잊어버리는 걸로 난 편해졌어요. 그런 주제에 어떻게 고백할 수 있었을까요? 뻔뻔한 얼굴로 나는 어떻게 나 혼자 행복했을까요?"

그가 아니었다. 민후를 죽인 사람은 자신이었다.

"빨리 기억해 냈음 좋았을 텐데. 기억하지 못했음 선생님 좋아하던 마음도 떠올리지 말았어야 했는데. 선생님을 지옥으로 몰아놓고."

신혁은 그대로 수진을 안아버렸다. 세차게 끌어안고서 이 악몽 같은 순간에서 영원히 벗어나기를 바랐다.

기억해 내.

자신이 만든 지옥.

이 모든 걸 망각할 수만 있다면. 이름을 잊어버려도 좋고, 내가 나로서 살아갈 수 있는 모든 걸 내주어도 좋다. 성별도, 추억도, 목소리도, 얼굴도, 내가 나라는 걸 증명할 수 있는 모든 걸 내주겠다.

너무도 악랄하지 않은가.

수진이 두려운 듯 신혁의 품으로 파고들었다. 제발 더 꽉 안아달라고, 그래서 이 악몽에서 벗어나게 해달라는 듯 그에게 매달렸다. 신혁은 자신의 모든 힘을 다해 수진을 끌어안았다. 그렇게 해서라도 수진을 이 지옥에서 건져 내고 싶었다. 수진의 머릿속에서 그 모든 송곳 같은 기억의 파편들을 걷어내고 싶었다.

"미안하다. 미안해. 미안해."

셔츠가 젖어들고 있었다. 수진은 단지 눈물을 흘리는 게 아니었다. 피를 토해내고 있었다.

"됐어, 아무것도 생각하지 마. 아무 일도 없었어. 기억해 낸 건 없어. 넌 또 착각하고 있는 거야.”

간절한 바람. 하지만 그것이 얼마나 공허한 기원인지 신혁도 수
진도 너무도 잘 알고 있었다. 수진이 천천히 신혁의 가슴을 밀어
냈다.

“전 천국에서 살 자격이 없어요.”

“그래서 계속 지옥에서 살아가겠단 거야!”

“이미 선생님 옆에 있어도 지옥이에요.”

신혁의 눈빛이 퇴색되었다. 절망스러운 눈으로 그가 고개를 저
었다.

“이미 2년간, 전 선생님을 거기서 살게 했어요.”

“그런 거 따위.”

“따위라고 할 수 없어요.”

그러니까.

“안녕.”

신혁의 눈이 번쩍 떠졌다. 초조함으로 숨이 막히는 것 같았다.

“뭐?”

“죄송해요.”

“……지 마.”

신혁이 괴롭게 수진을 바라보며 중얼거렸다.

“가지 마.”

심장에 못이 박힌다면 이런 기분이겠지. 구멍이 뚫려 피가 샌다
면 이런 기분이겠지.

“죄송해요, 선생님.”

돌아서려는 수진의 손목을 틀어잡은 신혁의 눈에서 불꽃이 튀었다. 도망가도록 두지 않겠다는 초조함이 순간 그의 이성을 끊어놓았다. 신혁은 그대로 수진의 얼굴을 감싸 쥐고 거칠게 입술을 가져갔다. 수진의 입술에 닿으려는 순간, 하지만 신혁의 동작은 그대로 굳어버리고 말았다.

수진이 정말 아프게 울고 있었다. 자신 때문에 평범한 한 사람이 죽었다는 자책감에 아이처럼 울고 있는 수진의 갈기갈기 찢겨진 마음을 신혁은 차마 더 이상 범할 수 없었다. 무력감. 신혁이 천천히 수진의 얼굴을 잡고 있던 손을 놓았다. 수진은 그대로 몸을 돌려 신혁을 둔 채 뒤도 돌아보지 않고 산을 내려갔다.

내게 꿈이었던 사람. 하지만 꿈은 간단히 악몽으로 바뀔 수 있는 것.

'안녕.'

수진이 남긴 말은 그것이었다.

'죄송해요.'

그것이 돌고 돌아 두 사람에게 남은 마지막 말이었다니. 멀어져 가는 수진을 바라보고 선 신혁의 눈에서 메마른 눈물이 한줄기 흘러내렸다.

## 13편 서성이고 서성이고 또 서성이며

엘리베이터에서 내린 신혁의 몸이 풀썩 쓰러졌다. 밤 열한시. 수진이 그렇게 산을 내려가고 몇 시간을 내내 술을 마셨나 보다. 이미 몸은 엉망진창이고 머릿속도 뒤죽박죽이었다. 엘리베이터를 기다리던 신혼부부가 문이 열리자마자 갑자기 튀어나온 커다란 몸에 놀라서 비명을 질렀다.

"자기야, 취했나 봐. 빨리 가자."

쓰러진 남자의 몸에서 술 냄새가 진동하자 여자가 호들갑을 떨며 남자의 팔을 붙잡고 지나가려 했다. 하지만 남자가 말을 안 듣고 쓰러진 남자에게 다가가 일으켜 세우려 하자 아내가 투덜거렸다.

"그냥 둬. 술이 떡이 됐잖아. 괜히 상관하지 마."

"그렇다고 그냥 두냐? 몇 번 본 사람인데."

"어? 이제 보니까……."

그녀도 본 적 있는 듯, 그제야 좀 안심한 표정으로 목을 빼고 구경에 들어갔다.

"그러고 보니 나도 본 적 있는 사람이다. 어쩜, 평소엔 그렇게 깔끔하게 하고 다니더니."

"이봐요. 좀 일어나 보세요."

남자가 신혁을 부축하며 일으켜 세우려 했지만 쉽지 않은 듯 고전했다. 마른 타입의 남자에 비해 건장한 신혁의 체격이 힘에 부친 듯 낑낑거리며 남자가 부축하자, 신혁은 다리가 완전히 풀린 채로 남자에게 의지해서 가까스로 걸었다.

"이쪽으로 와주실래요?"

그 순간 들려온 여자의 목소리에 남자가 고개를 들었다. 인영이 둘의 앞에 서 있었다. 그녀가 다가와서 신혁의 다른 팔을 부축했다.

"고맙습니다. 조금만 더 도와주시겠어요?"

인영과 남자는 신혁을 부축한 채로 그의 집으로 향했다.

부부가 돌아간 후 인영은 현관에서 돌아와 침대 옆에 앉았다. 신혁은 죽은 듯 잠에 빠져 있었다. 이렇게 몸을 가누지 못할 정도로 술을 마신 그를 본 적이 없었다. 잠든 게 아니라 의식이 끊긴 게 아닐까 싶을 정도로.

"아버님 쓰러졌다는 소식 듣고 당신을 한 번은 만나야겠다고 생각했어요. 오지 말라고 했는데 결국 또 오고 말았네요. 그런데 이신혁 씨, 당신 이런 모습 처음이라 난감하네요."

　이제 전과는 달랐기에 차마 안으로 들어가진 못하고 그가 돌아오길 기다리고 있었는데 엘리베이터 안에서 쏟아지듯 비틀거리며 나오는 신혁을 보았다. 그때의 놀라움이란.

　주민의 도움을 받아 침대에 눕히는 순간 신혁이 잠깐 눈을 떴던 것 같다. 짧게 시선이 마주친 듯도 했지만 신혁은 전혀 알아보지 못한 표정으로 그대로 눈을 감았다. 위스키 냄새가 진동하고 있었다. 제아무리 사이가 안 좋은 부자 관계였다고 하더라도, 그에게도 아버지의 시한부 선고는 충격이었을 것이다.

　"옆에…… 있어주고 싶었어요."

　필요하다고 한마디만 해준다면 언제라도 달려올 수 있었는데, 그는 차라리 혼자 취하는 걸 선택한 모양이었다. 자리에서 일어난 인영은 블라우스의 소매를 걷고 물수건을 만들어 와 신혁의 이마 위에 얹었다. 모든 것이 끝나 버린 사람처럼 신혁의 잠든 얼굴이 너무도 괴로워 보였다. 꿈속에서도 괴로운 듯 찡그리고 있는 그의 표정이 안쓰러웠다.

　얼음주머니를 가져오려고 몸을 돌리는데 그 순간 인영의 손목이 탁 잡혔다. 인영은 심장이 철렁해서 천천히 신혁을 돌아보았다. 신혁이 인영의 손목을 붙든 채, 괴로운 듯 베개를 이마로 누르며 일어나려 애쓰고 있었다. 이를 악물고서 몸을 가누려 하고 있는 그를 보던 인영이 그의 이름을 부르려는 순간 신혁이 눈을 감은 채로 괴롭게 어떤 이름을 토해냈다.

　"수진아……."

　인영의 몸이 굳었다.

"……가지 마."

가슴에 허한 바람이 불었다.

수진.

그가 말했던 사람의 이름인가 보다.

누구일까? 도대체 어떤 사람이기에 이 사람을 이토록이나 휘저어놓고 있는 걸까.

그 사람에 대한 부러움, 질투, 그리고 자신에 대한 안타까움으로 굳어 있던 인영의 몸이 천천히 돌아갔다. 잡고 있던 신혁의 손도 서서히 떨어져 나갔다.

"당신은 참…… 자고 있을 때조차 잔인하다."

인영은 가방을 챙겨 들고 그대로 밖으로 나갔다.


신혁이 출근을 하지 않은지 벌써 일주일째였다. 살이 빠지다 못해 쇠꼬챙이처럼 마른 수진은 학교에서 돌아오자 다과상을 준비해서 할아버지의 방으로 갔다. 열린 문을 통해 안으로 들어서는데, 할아버지가 하얀 두루마기를 갖춰 입고서 고요한 자세로 눈을 감고 있었다.

뭔가 일이 있다는 뜻이었다. 깊이 생각할 게 있으시거나 안 좋은 일이 있을 때면 할아버지는 저렇게 의복을 갖춰 입고 계시곤 했다. 그래서 수진은 최대한 조용히 다과상을 놓고 앉아 조심스럽게 찻주전자를 들어 차를 따랐다. 쪼르륵 뜨거운 김을 뿜으며 찻물이 따라졌다. 자신의 찻잔에도 따르고 찻주전자를 내려놓았다. 찻잔을 조심스레 들어 할아버지의 앞으로 놓아드리는데 할아버지가 천천히 눈을 떴다.

"국화차예요, 할아버지."

"그래, 향이 좋구나."

할아버지가 차를 한 모금 마시자 수진도 자신의 앞에 놓인 찻잔을 들고는 가만히 할아버지를 바라보았다.

"무슨 일이 있으세요? 할아버지 안색이 안 좋으세요."

"음, 오랫동안 알고 지내온 벗 같은 이가 쓰러졌다는구나. 손쓸 도리 없이 떠날 날만 받아놓고 있다니 마음이 안 좋구나."

"아……."

수진은 할 말을 찾지 못했다. 그런 일이 있어서 할아버지의 표정이 그렇게나 안 좋았구나. 아마도 아주 가깝게 지내오신 분인가 보다.

"신혁이한테 일간 들르라고 하려무나."

그 순간 들고 있던 찻잔이 쨍그랑 소리를 내며 바닥에 떨어졌다. 뜨거운 찻물이 사방으로 튀고 그 바람에 손이 데인 수진이 낮은 비명을 질렀다. 할아버지가 깜짝 놀라 수진의 손을 확 들고 깨진 찻잔을 치웠다.

"이 무슨 일이야."

"죄, 죄송해요, 할아버지."

할아버지의 손등으로 수진의 눈물이 뚝 떨어졌다. 할아버지가 그제야 고개를 들어 찬찬히 손녀의 얼굴을 바라보았다.

잠시 후, 수진은 데인 손등에 거즈를 붙인 채로 할아버지의 앞에 앉아 있었다. 수진의 눈에는 아직도 눈물이 고여 있었다.

차분한 어조로 할아버지가 물었다.

"무슨 일이냐."

"죄송해요. 그냥 좀 부주의했어요."

"흠."

"그런데 선생님은 왜……."

경황이 없었지만 아직 이해가 가지 않았다. 갑자기 왜 할아버지의 입에서 신혁의 이름이 나온 건지.

"그것은, 쓰러진 내 벗이 신혁이 아비라 그렇단다. 수진이 너도 어릴 때 몇 번 봤을 게야. 한 번 신혁이를 불러 직접 얘기를 들어보고 싶구나."

순간 수진의 두 눈이 빨갛게 충혈되었다. 머릿속을 쑤시며 지나다니는 공포와 의문들. 뒤늦게야 머리를 때리듯 든 생각에 수진은 미칠 것 같았다.

"도, 돌아가신다는 건가요? 선생님 아버지가요?"

"그래."

그제야 수진은 신혁이 결근을 한 이유를 알았다. 이대로 쭉 다른 선생님이 수업을 하다가 방학이 시작될지도 모른다는 추측성 말까지 떠돌고 있었다. 수진은 그 안에서 도리어 그 편이 나을지도 모른다고 생각하고 있었던 것이다.

지금 그를 보는 것은 너무 괴롭다.

그런 생각만 하고 있었는데.

어떻게 이렇게 이기적일 수 있을까. 자기 생각만 하느라고 그의 주변에 무슨 일이 있는지에 대해서는 전혀 생각이 닿지 못한 것이다. 이렇게 어린데, 이렇게 생각이 짧은 주제에.

"신혁이도 너처럼 부모에게 정을 잘 붙이질 못했느니라. 특히 제 아비와는 늘 어긋나기만 했지. 그렇다 하더라도 어찌 아프지 않을까. 하나씩 피붙이들이 떠나는 아픔 때문에 신혁이가 괴롭겠구나. 열여섯의 나이에 형을 잃고 지금껏 많이 힘들었을 것을."

수진의 눈동자가 파동 쳤다.

그런 것, 자신은 전혀 알지 못했다. 숨이 막힐 것 같은 마음으로 수진은 되물었다.

"형이…… 죽었어요?"

"제 숨을 제가 끊었다지. 그 또한 아비의 강요를 견디지 못하고 그리 일찍 아까운 목숨이 진 게야. 그렇다 한들 부모를 남겨두고 스스로 목숨을 끊은 걸 두둔할 수는 없지. 참으로 가엾으면서도 모진 선택이 아니었겠느냐."

심장을 꽉 틀어쥐듯 누르고 있던 수진의 손이 올라가 천천히 입을 틀어막았다.

"그래. 여전히 교편은 잡고 있고? 잘 지내고 있누?"

수진은 죽을 것 같은 괴로움을 감추려 고개를 푹 숙여 버렸다.

"네, 할아버지……."

"일간 꼭 들르라고 하거라. 지금 많이 힘들 것을……. 제아무리 소원하던 부자지간이었다 해도 아비의 사망 선고를 받고 마음 편할 자식이 몇 있겠느냐."

고개를 숙이고 있는 수진의 눈동자가 눈물로 꽉 차올랐다.

그날따라 피곤해 보였던 그. 새벽에 걸었다가 연결이 되지 않았던 통화. 그리고 그날부터 바로 시작된 결근. 뒷동산에서 기다리고 있는 그를 처음 보았을 때 자신은 다른 생각에 빠져 있어서 전혀 알아차리지 못했다. 자신의 죽을 것 같은 감정을 숨기는 데만 급급해서 그를 제대로 살펴볼 여유가 없었던 것이다.

하지만 평상시와 다르게 조금은 흐트러져 있던 모습. 뭔지 모르게 헛헛해 보이던 아련한 미소. 눈자위에 빨간 실핏줄이 서 있었던 건 그저 평범한 사적인 사정 때문이 아니었다. 심신이 지칠 대로 지친 그에게 자신은 그런 크나큰 고통을 덧얹었던 것이다.

"……떡해. 어떡해……."

수진이 천천히 고개를 들었다. 눈물이 그렁그렁 고여서 달려들 듯 할아버지의 팔을 확 잡았다.

"하, 할아버지……. 병원이 어디예요? 말해주세요. 제발 말해주세요."

눈물을 펑펑 쏟아내며 마치 정신 나간 사람처럼 매달리는 수진을 할아버지가 멈칫한 눈으로 쳐다보았다.

"할아버지, 저 선생님 만나야 해요."

그가 가엾어 견딜 수가 없다. 미안해서 견딜 수가 없었다.

"제가 너무 잘못한 게 있어요. 그래서 꼭 만나야 해요. 만나서 사과드려야 해요. 저 선생님한테 정말…… 너무 큰 잘못을 저질렀단 말이에요."

수진의 고개가 풀썩 떨어졌다. 눈물이 방바닥으로 뚝뚝 떨어졌다.

수진은 미친 듯이 달리고 있었다. 뻔뻔하더라도 신혁을 만나고 싶었다. 그의 얼굴을 봐야 했다. 이렇게 달려가는 게 도리어 더 안 좋은 결과를 낳게 되더라도 자신은 그에게 무슨 말이든 해야 했다. 아니, 보고 싶었다.

곁에 있고 싶다.

이럴 때야말로 곁에 있어주고 싶다. 그게 사람이 사람을 좋아하는 이유가 아니야? 혼자가 아니라는 걸 느끼기 위해 사람은 사랑하는 게 아니야? 혼자가 아니란 걸 깨달았을 때 사람은 사랑해서 행복한 게 아니야?

과거의 일 따위, 이제 좀 잊어버려도 되잖아!

이미 지나 버린 일이잖아!

의도해서 일어난 일도 아니잖아.

원해서 일어난 일도 아니잖아!

이제 좀 벗어나도 되잖아!

"벗어나게 해줘, 제발……."

병동 앞까지 숨도 쉬지 않고서 달려가던 수진의 걸음이 서서히 멈춘 건 그때였다. 멈춰 선 수진의 눈에 눈물이 핑그르르 돌았다. 아무리 멀리 있어도 알 수 있었다. 어딘가에 다녀온 길인지 신혁이 막 병동으로 들어가고 있었다.

초췌하고 야윈 모습. 멀리서 봐도 느껴질 정도로 그의 모습은 지쳐 보였다. 수염도 깎았고 옷도 늘 그렇듯 단정하게 입고 있었는데 왜 자신의 눈에는 이렇게나 그가 안쓰럽게 보이는 걸까.

"선생님……."

작게 그를 부르며 걸음을 다시 떼려는 순간이었다. 건물로 막

들어가려던 신혁의 걸음이 멈추었다. 회전문을 통과해 나온 두 명의 여자가 그런 신혁을 향해 다가갔다. 한 사람은 중년 여인이었고 다른 한 사람은 유인영이라는 이름의 그녀였다.

신혁은 담담한 표정으로 두 사람과 짧게 이야기를 나누었다. 그리고 곧 두 사람과 함께 안으로 사라졌다. 서두르는 듯한 모습에 수진의 눈이 커졌다. 초조한 마음에 수진의 몸이 앞으로 튕겨 나갈 듯 움찔했지만 결국 더 이상 다가가지 못한 채 한참을 그렇게 있다가 돌아서고 말았다.

무슨 말을 할 것인가. 지금 그에게 필요한 말이 임수진의 사과일까? 아버지가 생과 사의 경계를 오가고 있는 지금 이런 순간에? 어쩌면 한갓 사소한 애증의 자투리일 뿐일 것을.

그에게는 지금 가까운 사람의 죽음이 드리워져 있다. 또한 그와 자신 사이에도 하나의 죽음이 드리워져 있다. 그런데 아픔을 끌어안고 있는 그에게 더한 힘겨움을 얹으려고 이렇게 달려왔다니.

"정말 철도 없다."

수진은 자신이 너무도 한심해서 어이가 없었다. 아버지는 괜찮으실 거예요, 라고 아무것도 알지 못하고서 입바른 소리나 할까? 그래도 먹먹한 슬픔은 슬픔인 모양이었다. 오랜만에 멀리서나마 본 그의 얼굴, 그리고 그의 모습.

가슴을 쥐어짜는 안타까움과 슬픔에 결국 수진은 더 걷지 못하고서 풀썩 주저앉았다.


신혁은 인영에게 커피를 건넸다. 두 사람은 병실과 이어져 있는 응접실의 소파에 앉아 있었다.

"바쁠 텐데 고맙다."

"아니에요. 저도 일 때문에 왔는걸요."

신혁이 커피를 마시며 쓸쓸하게 웃었다.

"생사를 결정하는 수술을 앞두고서 병실 침대에서 기어이 일을 하시다니, 아버지답군."

"이렇게 급속도로 악화되리란 생각은 미처 못하신 것 같아요. 모든 일을 초 단위로 분배해서 처리하시던 분인데……."

암세포는 그런 계산을 우습다는 듯 훌쩍 뛰어넘고 있었다. 통상적인 진행 수준을 무시한 채 신혁의 아버지의 몸은 급속도로 악화되고 있었다. 이미 항암 치료에도 의존할 수 없는 상황. 수술은 소용없을 가능성이 더 컸다. 하지만 기적을 바라고 있었다. 그게 가족이란 테두리에 묶인 사람들이 간절하게 매달리는 동아줄의 정체였다.

"신혁 씬 괜찮아요?"

커피잔을 입술에 댄 채 인영이 낮게 물었다.

"내가 괜찮고말고 떠들 상황이 아니잖아."

"아버님…… 이사장님과 신혁 씨 좋은 관계는 아니었죠. 하지만 신혁 씨 요즘 많이 힘들어 보이네요."

"나는 아버지를 원망하고 있어."

"……."

"전에는 그런 생각도 했었어. 만약 아버지가 돌아가신대도 난 어쩌면 장례식장에서도 눈물 한 방울 흘리지 않을 거라고. 울려고 쥐어짜도 눈물이 나지 않을 것 같다고. 왜 나는 그런 말을 했을까. 미워했지. 그래, 원망했었어. 하지만 그게…… 돌아가셔도 상관없을 정도의 원망은 아니었던 것 같다.”

안타까움을 담은 인영의 눈동자가 신혁에게 고정되어 있었다.

“죽음이란 건, 당사자나 남은 사람에게나 똑같이 가혹한 형벌이다. 형의 죽음이, 형에게나 아버지에게나 똑같은 부피로 가혹했던 것처럼.”

“월권일지 모르겠지만 가능하면 화해했으면 좋겠어요, 더 늦기 전에.”

신혁의 눈빛이 짙어졌다. 커피잔을 응시한 채로 그는 대답이 없었다.

“그날, 많이 취했더군요.”

그 말에 신혁이 흘끗 인영을 쳐다보았다.

“그렇게 술 마신 거 처음 봤어요. 소식 듣고 한 번은 당신을 봐야 할 것 같아 찾아갔다가 복도에 쓰러지는 당신을 지나가던 남자와 같이 구출했죠.”

신혁이 어이가 없다는 듯 자신의 이마를 꾹 눌렀다.

“그런 일이.”

“겨울이었으면 동사했을 거예요.”

메마른 눈빛으로 무서운 말을 담담하게도 말하고 있다.

“그렇게 인사불성이 된 신혁 씨 모습, 볼만했어요. 좀 고소하기도 했고.”

신혁이 고개를 절레절레 저었다.

"아버님 때문에 괴롭구나 하고 생각했을 땐 나도 안타까웠죠. 하지만 신혁 씨 그날 다른 것 때문에 아팠던 것 같더군요. 수진…… 이라고, 당신이 그렇게 부르던데요."

순간 신혁의 눈이 번쩍 떠졌다.

하지만 그 큰 폭탄을 터뜨려 놓고도 인영은 표정 변화 하나 없었다.

역시 심오한 여자였다.

"당신한테 아버지보다 더 큰 의미를 차지한 여자라니, 부럽기도 하고 밉기도 했죠. 좀 불효자 아닌가요?"

신혁의 표정이 낮게 가라앉았다.

"모르는 부분에 대해서 함부로 말하면 안 돼. 유도심문하려는 게 아니라면 꽤나 지독한 거 아닌가?"

"그렇게 들렸다면 미안해요."

"사람은 때로 어떤 단 한 가지 때문에만 슬프다 말할 수 없는 순간이 오기도 하지. 분명히 그날은 여러 가지로 충분히 괴로웠지. 하지만 날 가장 괴롭게 한 건 역시 그 녀석이었던 것 같다. 네 말처럼 난, 지독한 쓰레기인가 봐."

종이컵을 쥔 인영의 손이 가늘게 떨렸다. 유도심문을 하려던 건 절대 아니었다. 하지만 이런 식의 수긍을 들을 마음이 있었던 것도 아니었다. 이것이든 저것이든 자신은 지금 상처를 받고 있었다.

그 오랜 시간의 짝사랑이 칼로 베듯 그렇게 쉽게 도려내지는 것인가. 자신은 지금 수진이라는 여자를 이용해 그를 찌르려 하고 있었다. 의도를 담은 공격은, 하지만 되돌아와 그녀를 찔렀다.

"우리 일은 언제 말씀드릴 거예요?"

"언젠가는, 기회가 오겠지. 지금은 그럴 때가 아니니까."

"알아요."

"링거가 날아올지도 모르겠군."

"싫어하실 말이라면 하지 않는 것도 방법이 아닌가요?"

"뭐?"

"우리 두 사람의 일 아신다면 아버님 좋아하지 않으시겠죠. 신혁 씨와 아버님은 또다시 악화될 수도 있어요. 시기가 안 좋잖아요. 마음을 돌릴 가능성은 없는 거예요?"

신혁은 찡그린 채로 인영을 바라보았다. 인영이 담담하게 말을 이었다.

"한 번 거부당했다고 포기하는 건 내 성격에 맞지 않아요. 직성이 풀릴 때까지 달려들어서 결국 이루고야 말죠. 그게 내 스타일이에요."

당당하게 말하는 인영을 잠시 뚫어져라 쳐다보던 신혁이 시선을 거두었다.

"그만하지."

남몰래 긴장하고 있던 인영은 낮은 한숨을 흘렸다.

"그래요. 좋아요. 인정할게요. 내 스타일은 일에 어울릴 스타일이지, 연애에 맞는 스타일은 아닌가 봐요. 포기할 건 포기해야 그 자리에 새로운 게 채워지겠죠."

커피잔을 내려놓은 인영이 한결 산뜻해진 표정으로 신혁을 쳐다보았다.

"너무 갈증이 크면 잠깐 본래 목적을 잊을 수도 있으니까."

그를 향한 갈증이 너무 컸다. 그래서 자신이 이루고자 하는 심플하고도 멋진 삶을 남자 하나 때문에 포기할 뻔했다.

"이신혁 씨, 과연 당신이 나를 놓치고 후회하는 날이 올까요?"

"글쎄."

"그거라도 바래봐야겠어요. 유치한 생각이지만 그것까지 비웃진 말아요."

"그러지 않아. 그럴 자격도 없고."

인영은 이제야 차츰 정리되고 있는 자신의 오랜 짝사랑을 희비가 엇갈린 심정으로 바라보았다.

"당신은 내가 바라는 완벽한 남성이었어요. 하지만 이제 남이 완벽한 건 신경 쓰지 않기로 했어요. 왜냐하면 내가 완벽하니까. 내 완벽함에만 스스로 감탄하며 나 자신에게 사랑에 빠져 살까 해요."

신혁의 입가에 낮게 재미있다는 듯한 미소가 배었다. 그를 만난 후 처음으로 다정한 것 같은 미소가 아닌가 싶었다.

"이제야 네가 보이는 것 같군."

인영은 아쉬움을 느꼈다. 그의 마음을 얻었다면 자신은 훨씬 행복했을까?

"진작 보여줄 걸 그랬나 봐요."

"아니, 어차피 완벽한 여자는 내 이상형이 아니야."

신혁이 뒷목을 문질렀다.

"왜냐하면 내가 완벽하지 않으니까."

인영이 훗 웃었다. 이제 일적인 관계로만 만날 수밖에 없는 오랜 외사랑의 상대를 향해 인영은 서글픔을 감추며 담담하게 미소 지었다.

"그런 여유로운 태도가 가끔 얄미워요. 여자 유인영으로서는 인정받지 못했지만 변호사 유인영으로서는 반드시 인정받을 생각이에요. 앞으로도 잘해봐요."

인영이 한 손을 내밀었다. 그 손을 물끄러미 보던 신혁이 천천히 손을 뻗어 그 손을 꽉 잡았다. 신혁이 엷은 웃음을 띤 채 말했다.

"잘 지내라."


도대체 얼마 만에 학교에서 그를 보는 것일까? 수진은 못 박히기라도 한 듯 복도 한가운데 서 있었다. 맞은편에서 신혁이 걸어오고 있었다. 수진의 표정에 애틋함과 슬픔, 괴로움, 반가움이 한데 뭉쳐서 일었다. 본능적으로 몸이 앞서려 했지만 수진은 다가설 틈도 없었다. 그녀만큼이나 그가 반가운 여학생들이 벌써 주변을 에워싸고 있었던 것이다.

그날 결국 신혁을 만나지 못하고 돌아서던 길, 몇 걸음 걷던 수진은 다시 돌아가 저녁 내내 한쪽 벤치에 앉았다가 밤이 이슥해서야 돌아왔다. 그 이후에도 학교가 끝나면 매일 병원에 들러 같은 자리를 지키다가 밤이슬 때문에 더 앉아 있지 못할 때가 되면 돌아서곤 했다.

멀리서나마 함께 있어주고 싶다. 그게 그에게 어떤 힘이 안 될지라도. 어떤 방식으로든 그의 힘겨움을 같이 나누고 싶었다. 그게 이기적인 욕심이 되지 않을 만큼만 자신이 하고 싶은 대로 해보는 것이었다.

병원에서 마지막으로 봤을 때보다 머리카락이 좀 더 길었다. 그 때문일까? 그의 분위기는 더욱 깊어 보였다. 며칠 동안이나 갑자기 출근을 하지 않은데다 초췌해진 듯한 그 모습이 여학생들의 마음을 더욱 들었다 놨다 하는 것 같았지만 수진의 눈에는 그저 슬프기만 했다.

그가 점점 더 다가오고 있었지만 수진은 움직이지 못했다. 시선이 섞이기라도 한다면 자신은 눈물을 떨어뜨릴지도 모르겠다.

제멋대로 떠들어대는 여학생들 틈에서 묵묵히 걷고 있던 신혁이 오래지 않아 수진을 발견했다. 먹먹한 눈으로 자신을 바라보고 있는 수진과 신혁의 시선이 아주 잠깐 엉켰다가 멀어졌다. 먼저 시선을 거두어간 건 신혁 쪽이었다.

눈물이 핑글 돌았다.

"괜찮아……. 아파하지도 말자. 서운해하지도 말자."

다독이듯 수진은 자신에게 낮게 되뇌었다. 자신이 선택한 이별이었다.

"넌 당해도 싸."

때때로 사람들이 사랑한다면서 헤어지는 이유를 이해하지 못했다. 그렇게 사랑한다면 헤어지지 말아야지. 헤어질 수 있다면 그건 사랑하지 않는 게 아닌가? 하지만 그게 가능할 수도 있다는 걸 수진은 지금 깨닫고 있었다. 그럼에도 이렇게 가슴 아픔까지는 사라지지 않으니.

"임수진, 한참 더 커야겠다……."

신혁이 스쳐 지나가는 순간 바람 소리가 나는 것 같았다. 그저 그는 조용히 지나갔을 뿐이었는데도. 그가 만들고 간 바람의 회오리에 갇힌 수진의 마음이 저 홀로 정처 없이 같은 자리에서 떠돌고 있었다.

아프다. 거짓 웃음은 지을 수 있을지 몰라도 거짓 아픔은 만들 수 없다.

그를 보지 않고 살 수 있을까?

민후야, 나 사랑하면 안 될까?

네가 죽은 게 나 때문이라 하더라도, 나 선생님 좋아하면 안 돼?

요즘은 왜 꿈에도 나타나지 않는 거니.

"선배, 뭐 해요?"

못 박힌 듯 서 있는 수진의 뒤로 어느새 다가왔는지 재진이 허리를 굽히고서 수진의 얼굴을 빤히 들여다보고 있었다. 수진은 안에서 맺힌 눈물을 얼른 닦아냈다.

"아무것도 안 해."

"내 참, 그렇게 반가워요?"

"반갑긴. 만날 보는 얼굴을."

"오…… 이 무슨 곰녀 버전. 둔한 척하기에요? 내가 아니잖아요. 이신혁 선생님! 오랜만에 학교에 온 게 그렇게 반갑냐는 뜻이잖아요.”

수진의 심장이 쿵 떨어졌다. 그것도 저렇게 크게 떠들고 있으니 화까지 나서 수진은 얼른 손으로 재진의 입을 확 때려 버리듯 막았다.

“아, 짜! 요즘 몸 만들려고 저염식 중인데!”

재진이 수진의 손을 떼어내며 잘났다고 투덜거렸다. 저염식은 또 뭐냐.

“손 씻었는데.”

“이건 또 왜 이래요?”

재진이 거즈를 붙여놓은 수진의 손을 확확 뒤집어가며 말했다. 그러고 있는 그를 보니 문득 양호실에서의 일이 떠올랐다. 그는 아닌 척하면서도 사실은 걱정해 주었던 것이다. 모든 것이 물밀듯한 그리움으로 밀려들었다.

“장갑이야. 신경 쓰지 마.”

수진이 손을 확 빼고는 투덜거리자 재진이 피식 웃었다.

“반가우니까 썰렁한 개그도 막 나오네?”

“그래, 반갑다! 오랜만에 봐서 심장이 마구 뛰고 설레고 안심되고 미칠 것 같아. 만족했니?”

“아, 듣기 싫은 저 솔직함.”

“재진아.”

“……왜요. 갑자기 분위기를 잡고 그러시지?”

“우리 어쩌면 지금부터가 시작이지? 너도 나도, 이게 끝이 아니라 시작이겠지? 너도 열심히 살고 나도 열심히 살아서 둘 다 한번 멋진 인간이 돼보자. 나는 이것만은 변하지 않을게. 네가 뭘 하든 너를 응원해 줄 거란 마음.”

난데없이 뭔 소리를 늘어놓느냐는 듯 뚱하게 수진을 쳐다보던 재진이 곧 아하! 하며 웃었다.

“대학 가서 너는 너대로 네 삶을 살아라. 거기서 여자 친구도 만나고 의미도 찾으면서 열심히 살아가라, 나와 너의 길은 다르다. 뭐, 이런 말인가요?”

역시 똑똑한 녀석은 두 번 설명 안 해도 알아듣는다.

“선배는 참, 비관적이면서도 낙관적인 사람이에요. 그래요. 서로 열심히 살아요. 그게 선배만의 거듭 거절하는 방법이면 어쩔 수 없겠죠. 하지만 그거 알아요? 이렇게 서로 편하게 지내기로 약속했다가, 그 어느 날 자기도 모르게 생각지도 못한 일에 부딪쳐서 야심한 밤 자작나무 숲 한쪽에서 키스를 나눌 수도 있다. 그 뒤로 관계는 급진전된다. 그게 바로 선배가 그렇게 잘 아는 듯 떠드는 인생이란 놈의 실체란 말입니다.”

수진의 눈이 커졌다.

대체 무슨 소리냐, 저게.

재진이 픽 웃었다. 누구보다 자유로운 영혼을 뽐내는 얼굴로 그가 말을 이었다.

“선배, 인생 좀 더 배워야겠네. 겨우 한 살 더 많다고 늙은이처럼 구는 거, 그거 참 마음에 안 들었거든요. 칠십 먹은 노인네가 손자 보면서, 이 녀석아, 너도 내 나이 되면 알 거야, 라는 듯이.”

“그런 적은 없었어.”

"없든 말든. 인생이란 건 누가 누구한테 훈계해 주는 게 아니죠. 아이도 어느 순간 도를 깨우치면 어른한테 새옹지마에 대해 가르쳐 줄 수도 있다는 거거든요."

수진은 할 말을 찾지 못했다.

"잘난 척하는 선배 같은 연장자들도, 인생을 다 아는 것처럼 구는 어른들도, 때로는 애들보다 더 현재의 자신이 뭘 해야 할지 모르는 경우가 허다하더만! 이라고 우리 할아버지께서 아침밥 먹을 때 밥알 튀기며 한 소리였습니다."

재진이 고개를 절레절레 흔들며 말했다. 결국 수진은 피식 웃고 말았다.

"알았어. 이제 노인네처럼 안 굴게."

"그래요. 언제, 어느 날 우리 불시에 키스해요."

"지금부터 내가 널 좀 걷어찰 건데 맞고 싶지 않으면 다리 들을래?"

재진이 한쪽 다리를 번쩍 들었다. 수진은 웃으며 디디고 있는 다리를 제대로 걷어차 주었다. 재진이 아프다고 울상을 짓는 모습을 보며 수진은 피식 웃었다.


그렇게 두 사람이 티격태격하며 멀어지는 모습이 신혁의 눈 안에 담겼다.

코너를 돌기 전 신혁이 짧게 쳐다본 그곳에서 수진은 더 이상 혼자가 아니었다. 그게 마음을 놓이게 하면서도 또 찌르듯 건드리기도 해서 신혁은 쓰리게 웃고는 그 자리를 벗어났다.

바로 어제 아버지와 처음으로 대화를 나눴다. 통증의 주기가 점점 더 짧아져 가고 있었다. 아주 짧은 휴지기 동안 신혁은 아버지에게 자신의 결정을 알렸다.

"돌아오겠습니다."

아버지는 아무런 말이 없었다.

"그리고 한 가지 더, 인영이와는 일로만 만나기로 했습니다."

그건 아버지에게 더 이상 인영과 자신을 연결시키지 말라는 통보였다. 그걸 재단으로 돌아오는 대가로 받아들일지 어떨지는 아버지가 결정할 일이었다.

아버지는 단지 한마디를 했을 뿐이었다.

"네가 원하는 대로 해."

그는 언제나처럼 무뚝뚝했다. 죽음을 앞두고 전과 달라진 모습 같은 건 보여주지도 않았다. 병마와 싸우며 아들과 뭔가 못다 한 말을 나누려는 모습도 보이지 않았다. 신혁도 마찬가지였다. 하지만 그게 나쁜 기류만은 아니라는 걸 두 사람만은 서로 똑똑히 알고 있었다. 어차피 두 사람은 너무도 닮아 있었던 것이다.

돌아온다고 하니 그 결정은 받아들이겠다. 하나 돌아오지 않겠다고 고집을 부렸대도 상관치 않으려 했다는, 그런 마음 정도는 느껴졌다. 그래서 신혁은 도리어 마음을 굳힐 수 있었다.

어차피 교사를 그만둘 생각은 이미 하고 있었다. 나이가 어찌 되었든 수진은 학생이었다. 자신이 학생을 안은 건 사실이었다. 그런 자신은 더 이상 선생으로서 자격이 없다. 수진을 안아버린 날 이미 그렇게 결정한 사실이었다. 떠나더라도 수진에게 다른 부담을 주지 않았으면 좋겠다는, 그게 마지막 바람이었다.

그렇게 너와 나는 서로 떨어져서 모르는 사람인 듯 삶을 살아가는 건가.

그렇게도 살아지는 건가.

슬픈 사실은, 그렇게도 살아진다는 것이었다. 두 사람 다 그걸 너무도 잘 알고 있었다. 자신은 형의 죽음으로, 그녀는 민후의 죽음으로 깨달았다. 그랬기에 두 사람은, 단지 헤어진 것만으로 살지 못할 이유가 무엇이 있냐고, 겨우 이별 정도로 세상이 다 끝날 것처럼 굴지 말라고 스스로에게 더 야박하게 굴었는지도 모르겠다.

'사람이 죽었는데도 살아왔는데…….'

죽음 이상의 이별이 어디 있겠는가.

그것이 남은 사람들에게 주어진 또 다른 형태의 형벌이 아닐지.


다시 출근한 신혁이 들어오는 첫 수업이었다. 그가 들어오길 기다리던 수진은 세차게 떨리는 눈으로 옆자리 여학생들을 쳐다보고 있었다.

"정말이야?"

"그래, 이번 학기까지만 수업하고 그만둔대. 아, 진짜 이게 무슨 마른하늘에 날벼락이람."

머릿속이 텅 비었다. 여학생들이 주고받는 소리들이 비정상적으로 커져서 머릿속에서 웅웅 하고 울렸다.

"이번 주면 방학인데, 그럼 우리 수학 쌤 더 못 보는 거야?"

"고3인데 선생님이 바뀌다니, 너무하는 거 아니야? 그것도 수학인데."

"지금 그게 문제야? 더 이상 우리 달링을 못 본다는데!"

모두들 패닉에 빠져서 웅성거리고 있었다. 수진은 천천히 시선을 거두어들였다. 문득 쳐다보니, 손마디가 하얘질 정도로 볼펜을 꽉 쥐고 있었나 보다. 천천히 볼펜을 내려놓았다. 책을 펼쳤다가 다시 덮었다. 입술이 바들바들 떨려서 수진은 무엇을 어떻게 해야 할지 갈피를 잡지 못했다.

그만둔다니. 원인이 자신에게 있을 수도 있고 아닐 수도 있다. 아버지의 일 때문일 확률도 있었다. 도대체 그의 주변에서 무슨 일이 일어나는지 알 수가 없었다. 더 괴로운 건, 그걸 알아낼 방법이 자신에게는 없다는 것.

불안하고 초조한 시선을 헛짚었다가 문득 재진과 시선이 마주쳤다. 재진도 의문이 가득한 눈으로 이 사태에 대해 수진에게 묻는 것 같았다. 하지만 수진도 전혀 모르고 있는 바였다.

'선생님……'

그때 문이 열리며 신혁이 들어섰다. 순간 모든 학생들이 일시에 그를 쳐다보았다. 인사하는 아이들 속에서 수진은 혼자 움직이지 못한 채 신혁을 바라보았다. 눈이 마주쳤다. 하지만 그는 이내 시선을 출석부로 돌렸다. 눈물이 맺혀서 뒤늦게야 수진은 인사를 하는 척하며 고개를 숙였다.

"선생님! 이번 학기 끝나고 그만두신다는 거 사실이에요?"

생각한 대로 바로 질문이 터져 나왔다. 교단에 선 신혁의 시선이 그 학생에게 닿았다. 하지만 그 표정은 고요하기만 해서 수진은 생각을 읽을 수가 없었다. 문득 수진과 신혁의 시선이 마주친 듯한 느낌이 들었지만 신혁은 그대로 반 전체 아이들을 쳐다보며 말했다.

"유감스럽지만 그렇게 됐다."

일시에 아이들이 너무한다는 듯 야유하고 실망하는 소리들이 여기저기서 터졌다. 수진은 무릎 위에서 스커트 자락을 꽉 쥐었다.

아이들이 도대체 왜냐고 한바탕 질문 공세들을 퍼부었지만 신혁은 자신의 개인 사정 때문에 입시에 방해를 주게 되어 미안하다는, 간략한 설명만 하고 아이들을 제압한 채 수업을 시작했다.

한 시간의 수업이 어떻게 흘러갔는지 모르겠다. 눈앞이 일렁거려서 교과서의 글자도, 칠판의 숫자도 하나도 보이지 않았다. 그렇게 수업이 끝나고 여전히 서운해서 어쩔 줄 몰라 하는 학생들을 남기고 신혁은 교실을 나갔다. 몇몇 여학생들이 그런 그를 따라나갔다. 책상에 눈을 박고서 굳은 듯 앉아 있던 수진도 그 순간 자리에서 벌떡 일어났다.

열린 문을 통해 정신없이 밖으로 뛰어나갔다. 신혁은 울고불고 하는 몇몇 학생들을 뒤로한 채 등을 돌려 걸어가고 있었다. 뛰어가려던 수진의 걸음이 멈칫했다. 복도에는 이미 많은 학생들이 지나다니고 있었다. 핏기가 사라질 정도로 입술을 깨물고 있던 수진은 결국 그대로 신혁을 향해 뛰어갔다.

"선생님!"

수진의 목소리에 신혁의 걸음이 우뚝 멎었다. 놀란 눈으로 천천히 돌아보는 그의 앞으로 달려가서 섰다.

얼마 만인지, 이렇게 그와 눈을 맞추고 서 있는 것이.

학생들이 흘끗거리며 두 사람을 향해 속닥거리는 것 같았지만 수진은 그런 것 따위 보이지도 않았다. 나중에 저 아이들의 산 재물로 바쳐지는 일이 있더라도 지금은 제발 그냥 두어주기를.

"선생님……."

말을 해야 하는데. 빨리 말해야 하는데. 하지만 차마 어떤 말도 못하고 서 있는 수진을 내려다보던 신혁이 곧 차분한 표정으로 말했다.

"무슨 일이야. 불렀으면 말을 해야지."

그제야 한 대 맞은 듯 정신을 차린 수진은 얼른 그에게 말했다.

"할아버지께서, 언제 한번 찾아오라고 전해달라셨어요."

다른 학생들에게까지는 들리지 않을 목소리였다.

신혁에게는 들리지 않을 리 없는 목소리였다.

"……그래."

"그럼, 전 갈게요."

잠시 더 그렇게 서 있던 수진은 인사를 하고 그 자리를 벗어났다. 그런 수진의 뒷모습을 보고 있던 신혁의 시선이 천천히 수진의 손으로 내려갔다. 거즈가 붙어 있는 손을 보며 그는 낮은 한숨을 내쉬곤 천천히 몸을 돌렸다. 아무도 모르게 아득해지는 그의 눈동자였다. 등을 돌려 교실로 돌아가고 있던 수진도 문 앞에 이르자 신혁을 돌아보았다.

이제 그를 학교에서조차 볼 수 없다. 가슴 안에서 뭔가가 한 움큼 뭉텅 빠져나간 것 같았다. 그가 계속 학교에 있을 거라고, 가까이 가지는 못해도 볼 수는 있을 거라고 너무도 당연하게 생각한 것이다.

하지만 이제 그것조차 불가능하다니.

아팠지만 그보다도, 그에게 지독히 미안하기만 한 마음들.

마지막까지 폐만 끼쳤다.

그를 웃으며 볼 날이 과연 올까?

마지막 편 나였으면…….

"야옹아……."

수진은 볕 좋은 뒤뜰에 앉아 새끼 고양이에게 먹이를 주고 있었다. 키우는 고양이는 아니었고 요사이 동네를 어지럽힌다며 주민들에게 악평을 독차지하고 있는 도둑고양이였다. 도둑고양이라고 하면 우선 무섭고 께름칙하다는 생각부터 들지만, 역시 어떤 동물이든 새끼들은 사랑스럽고 예뻤다.

작고 사랑스러운 그 복슬복슬한 생명은 수진이 주는 빵과 우유를 잘도 받아먹었다. 방학한 지도 벌써 2주가 지나고 있었다. 여름방학이 점점 더 짧아졌다. 이제 2주만 더 지나면 개학이었다. 이게 과연 방학인지 휴가인지 헷갈렸지만.

날씨가 점점 더 더워져서 찜통더위라는 말이 실감났다. 작열하는 태양빛은 살갗을 익힐 듯 뜨거웠고 한증막에라도 들어온 듯 푹푹 찌는 열기에 밤잠을 설치는 날이 많아졌다. 그나마 할아버지의 한옥은 바람이 잘 드는 곳이라고, 이곳에 오면 평균 기온이 기본 5도 정도는 내려간다는 마을 사람들의 수다처럼 대문 밖의 열기에 비해서는 살 만한 것 같기도 했다. 무슨 풍수지리에 의해 이 고택이 선 부지가 여름에는 선선하고 겨울엔 따뜻하다는 것이었는데, 정말 그런 건지 그렇게 생각해서 그런 건지는 알 수가 없었다.

할아버지 집에서 에어컨을 바라는 건 무리였기에 수진은 오늘도 바람이 그나마 통하는 뒤뜰에 앉아 부채로 더위를 식혀가며 고양이에게 먹이를 주고 있었다. 옷차림은 점점 더 가벼워져서 이젠 가는 어깨 끈이 달린 원피스 외의 다른 옷은 전부 다 털 코트처럼 느껴질 지경이었다.

하나로 틀어 올려 집게 핀으로 고정시켜 놓은 머리카락에서 몇 가닥이 흘러내려 얼굴을 간질였다. 이 더위에는 그것마저도 거추장스럽게 느껴져 수진은 얼른 얼굴을 간질이는 머리카락을 귀 뒤로 넘겼다.

"다 먹었어? 우리 야옹이 잘 먹네."

고양이는 배불리 먹었는지 잠시 갸르릉거리다가 제 갈 길을 갔다. 수진은 그 쿨한 고양이의 행태를 어이없단 듯 보다가 쪼그리고 앉았던 다리를 펴고 일어나 부채질을 했다.

"덥다……."

시원한 냉녹차라도 마실 생각으로 주방 쪽으로 가려던 순간이었다.

“아······.”

수진의 눈이 커졌다. 잘못 본 건가 싶어 자신의 눈을 문질러 보았지만 아니었다. 저 앞에서 신혁이 지나가고 있었다. 이 더위에도 그는 여름 정장을 단정하게 갖춰 입은 모습이었다.

푹푹 찌고 있는 더위였지만, 정장의 긴 소매임에도 그의 주변 온도는 몇 도쯤 내려가 있는 것 같았다. 그의 주변에서만 선선한 바람이 부는 것 같은 느낌. 아마도 서늘하고 단정한 그 생김 때문이리라. 머리카락은 다시 깔끔하게 짧아졌다. 생각에 빠진 듯 깊은 시선은 앞만 응시하고 있었다. 날카롭기도 하고 부드럽기도 한 그의 옆얼굴. 물밀듯한 그리움이 밀려들어 가슴이 벅차올랐다.

돌아간 재단에 적응하기 위해 신혁은 줄곧 바빴다. 하지만 수진은 그런 신혁의 상황을 하나도 알 길이 없었다. 몇 번이고 휴대폰을 들었다 놓았던 것도. 먼 거리에서 수진을 보다가 차를 돌려 버린 것도, 때때로 멍하게 생각에 잠겨 직원들의 의문을 산 일도, 이따금씩 독한 술을 들이켰다는 것도 수진이 알 리가 없을 것이다.

수진이 할 수 있는 일이라고는 매일매일 할아버지에게 병의 경과를 묻는 것뿐이었다. 다행히 불가능해 보였던 수술은 경과가 좋았고 짧으나마 남은 시간을 더 얻어낸 듯했다. 기적이었지만, 그것은 불행 사이에서 그나마 건져 낸 짧은 행복 같은 것이었다. 근근이 연명하는 것뿐이었지 결코 회복이라고는 할 수 없었다. 그러다가 갑자기 하루아침에 상태가 악화돼 임종할 수도 있는 상황. 수진은 하루하루가 불안했다. 이런 시기에 그와 함께할 수 없다는 게 가장 아팠다.

주변을 둘러보지 않은 채 그가 곧장 향한 곳은 할아버지의 사랑
채 쪽이었다.

"선……."

그를 부르려던 수진의 입술이 천천히 닫혔다. 눈시울이 붉어진
채 수진은 그 자리에서 움직일 줄 몰랐다.


"그래, 비서란 양반을 통해서 소식은 전해 듣고 있었지. 그나마
차도가 있다니 다행이야."

사랑방에서 임한중 선생이 조용히 고개를 끄덕이곤 말을 이었
다.

"걸어 다닐 수 있으면 술이나 한잔하잔다고 전해라."

신혁이 엷게 미소를 지었다. 말기암 환자에게 술 권유라니, 할
아버님다웠다. 그게 할아버님 식의 위안이란 건 잘 알고 있었다.
변하지 않으셔서 다행이었다.

"그래…… 언제 한번 꼭 술 한잔 같이 나누자고 전해다오."

임한중 선생이 같은 말을 되뇌었다. 수심 깊은 눈이었다. 말로
하진 않았지만 얼마나 상심이 클지 신혁은 알 수 있었다.

"마음은 좀 편해졌느냐?"

선생의 질문에 신혁은 잠시 아무런 대답이 없었다. 상량하듯 조
용히 찻잔에 시선을 두고 있다가 천천히 입을 열었다.

"가슴 한구석에 눌러두었던 미움이란 상대와 제대로 눈을 맞춰
보고 있는 기분입니다. 이런 시간을 가져서 차라리 다행입니다."

"그렇군."

임한중 선생의 입가에 말로 드러내진 않았으나 마음이 놓인다는 듯 엷은 미소가 떠올랐다.

"모든 것이 있어야 했던 자리로 되돌아오는 기분입니다. 한 가지만 빼고……."

그렇게 말하는 신혁의 입가에 씁쓸한 미소가 돌았다. 임한중 선생이 알 듯 말 듯한 미소를 짓더니 곧 말했다.

"통 발걸음이 없어서 너를 내가 찾았다."

"죄송합니다."

"죄송할 일이 무에 있어. 다만 적적했을 뿐이지."

"……."

"그래, 기억에서 지워진 기분이 어떻더냐."

순간 신혁의 눈썹이 꿈틀했다. 놀란 얼굴로 그가 임한중 선생을 쳐다보았다.

"……알고 계셨습니까?"

"이 나이까지 살다 보면 직접 보지 않아도 여러 가지 번잡한 것들이 보이는 법이지."

"죄송합니다."

"허. 그 죄송이란 소리가 입에 붙었구나. 처음 봤을 때는 좀 더 되바라진 뿔난 망아지 같더니."

신혁이 낮게 웃었다.

"시간이 지나면 모든 게 조금씩은 변하는 법이지. 그래, 모자란 손녀 녀석이 네게는 소중한 존재가 아니었더냐?"

신혁의 가슴이 찌르르 울렸다. 그저 잠시 지켜보는 것만으로도 임한중 선생은 모든 걸 꿰뚫어 보고 있었던 것이다. 자신이 마음의 단속을 잘 못한 탓도 있겠지.

"제가 감히 건드릴 수 없는 부분으로, 괴로워하는 그 아이를 보는 게 괴롭습니다."

"건드릴 수 없는 부분이라……."

"그것은 그 아이의 영역입니다. 소중하게 생각한다고, 그 부분까지 내 뜻대로 강요하는 게 애정일까요."

"예끼! 건방진 놈. 선생질 좀 했다고 이젠 늙은이 앞에서까지 가르치려 드는 게야?"

신혁이 웃었다.

"내 손녀가 고삐 풀린 망아지에 얼간이 같은 녀석이라서 말이지. 하나 얼간이라도 자기 고집과 생각은 있겠지. 그래, 네 말처럼 함부로 잘못된 거라고, 자기 자신이 아닌 바에야 강요할 순 없겠지."

그렇게 말하고 임한중 선생은 붓에 먹을 듬뿍 묻혀서 무언가를 써내려가기 시작했다. 그 이후로는 더 이상 말이 없었다. 신혁도 아무 말 없이 임한중 선생의 힘 있는 붓놀림만을 지켜보았다.

그렇게 얼마가 지났을까. 임한중 선생이 툭 던지듯 말했다.

"하나, 얼간이에게는 반드시 선생이 필요한 법이지."

인사를 드리고 밖으로 나온 신혁은 구두에 발을 넣었다. 그때 숙인 고개 앞으로 무언가가 쑥 내밀어져서 시선을 들어보니, 수진이 구두 주걱을 내밀고 서 있었다.

오랜만에 보는 그리운 얼굴에 가슴이 싸해왔다. 신혁은 천천히 그것을 받아 들어 구두를 신고서 허리를 펴고 섰다. 굳이 필요는 없었지만 수진이 말을 건네는 방식이라면 무엇이든 따라야 하지 않겠는가.

수진은 여름 더위 때문인지 더 마른 것 같았다. 가는 어깨 끈이 달린 원피스는 수진의 앙상해진 어깨를 더욱 드러내고 있었다.

"뭐라도 좀 먹고 살 좀 쪄라."

신혁이 구두 주걱을 건네며 아무 일 없었다는 듯 편안하게 말했다. 혹시라도 웃으며 다가온 그녀의 마음을 다시 닫게 하고 싶지는 않았다. 이렇게라도 얼굴을 보고 얘기할 수 있다면, 그 바람이 가장 컸다.

"다이어트 중인데."

"해골 같다. 다이어트는 예뻐지려고 하는 거 아니냐?"

오랜만에 들어보는 그다운 구박. 악담만 퍼부어대는 그가 미우면서도 밉지 않다. 이렇게 자연스럽게 얘기를 나눌 수 있는 순간이 오기까지 얼마나 긴 공백이 있었던가. 그사이에 자신은 심장이 뭉텅 잘려져 나가 커다란 구멍이 생기고, 눈물이 말라 버렸다.

그는 무엇이 떨어져 나갔을까.

빈 공간에는 무엇이든 채워지게 마련이다. 그도 자신처럼 많은 것이 비어 나가고, 마침내 그간 물들어 있던 그리움과 애증이 사라진 후에는 다른 것들을 채우게도 되는 걸까? 어쩌면 지금 이렇게 자연스럽게 말을 건네고 있는 것도 그 영향 중 하나는 아닐까? 그럴 수 있다고 생각하는 것만으로도 괴로우면서 자신은 어떻게 그와 이별할 수 있었을까.

이렇게 우리는 점점 멀어지다가 언젠가는 자연스럽게 웃으면
서, 심장이 뛰지 않는 만남이란 걸 하게 되는 걸까?

두렵다.

두 사람은 연못가로 옮겨 서 있었다. 수진은 비단잉어에게 먹이
를 뿌려주는 척하며 이 초조한 공기를 견뎌내었다. 신혁이 그런
수진을 보고 있다가 입을 열었다.

"잘 지내고 있었냐."

"선생님은요?"

"너한테 물었잖아."

"저는 고양이한테 우유 주고 비단잉어에게 먹이 주고 나한테는
욕 먹여주고, 그러면서 지내고 있었어요."

신혁이 고개를 절레절레 저었다.

"우유랑 먹이랑 자학이라니, 좋은 세트다."

"죄송해요, 선생님."

난데없는 사과에 신혁의 표정이 멈칫했다. 수진은 손안에 담긴
먹이를 만지작거리며 말을 이었다.

"선생님이 가장 힘들 때, 나쁜 짓을 해버려서 정말 죄송해요. 의
도한 게 아니었다고 그게 나쁜 게 아닐 순 없겠죠? 제가 조금만 더
어른이었다면, 철이 있는 인간이었다면 좀 더 빨리 눈치챌 수 있
었을까요? 선생님은 저한테 선생님의 힘든 상황을 말해주기도 하
셨을까요? 왠지…… 해주셨을 것 같아요. 그래서 더 화가 나요. 저
는 선생님한테 늘 기대는 사람이었는데, 선생님이 저한테 기대게
해주진 못한 것 같아서."

"……그렇게 생각해?"

"아마도."

"애매한 대답."

두 사람이 동시에 낮게 웃었다.

"선생님을 좋아하면서, 힘들 때 내가 저 사람 옆에 꼭 있어줬으면 좋겠다, 어떻게 그런 생각을 안 했겠어요? 그건 사랑하는 관계에서 기본인데. 하지만 전 곁에 있어드리지 못했죠. 그래서 참 많이 죄송해요."

"임수진, 괜한 자책 마라. 뭘 어떻게 생각했는지 모르겠지만, 몇 번이나 말했다시피 난 그냥 시시한 어른 중 하나일 뿐이야. 내게 일어난 힘든 일을 좋아하는 여자한테 말해서 괜히 힘들게 하지 않겠다, 그런 기특한 생각을 하는 드라마 속 남자 주인공도 아니고. 불행도 행복도 그녀와 함께 나눠 가져야지, 할 정도로 섬세하고 살가운 성격도 못 돼."

"선생님……."

"나는 그저, 내가 해야 할 고민은 전부 다 내가 했으면 좋겠다는 덜 자란 욕심꾸러기일 뿐이야. 너와 헤어지지 않았다고 해도 내 고통을 너한테 말하진 않았을 거다. 그건 다 내 거니까."

수진은 그게 이신혁 식의 다독임이라는 걸 이미 알고 있었다. 이미 지나가 버린 일로 자책 같은 거 갖지 말라고, 혹시 괴로워할까 봐 아예 덜어주려는 것이다. 그래서 더 뱃속이 아릿해 왔다.

"선생님 걸 내 거로 뺏고 싶어서 좋아한 거였어요."

신혁이 낮게 웃었다.

"안 줄 테다. 다 내 거 할 거야."

"그래서 선생님이 미운 거예요. 너무너무 미운 거예요. 밉고 밉고 또 미운 거예요."

밉다는 말이 이렇게 절절하게 그렇지 않다고 들릴 수 있을 줄은 몰랐다. 신혁은 독한 술을 들이켜기라도 한 듯 위가 쓰렸다.

"임수진."

"네…… 선생님."

"마지막으로 딱 한 번만 더 선생 같은 소리 하자."

"네……."

수진의 눈시울이 뜨거워졌다.

"네가 말했지? 의도한 게 아니었다고 그게 나쁜 게 아닐 순 없지 않느냐고. 하지만 그건 틀렸어. 의도한 게 아니면 그건 나쁜 게 아닌 거야. 왜냐하면 이 세상에는 의도와 상관없이 불행하게 닥치는 일들도 너무도 많으니까."

"선생님……."

"그러니까, 그날의 사고도 절대 너 때문이 아니야. 왜냐하면 네가 의도한 게 아니니까."

순간 수진의 눈동자가 진동했다. 미칠 것 같았다. 이대로 그를 붙들고 펑펑 울어버리고 싶었다.

'선생님, 전 어쩌면 좋아요…….'

"그거 하나는 꼭 기억하면서 살아라. 절대로, 꼭 기억하고 살아."

자신도 상처를 입었을 게 분명함에도, 마지막까지 그는 임수진을 걱정해 주고 있는 것이다. 그래서 그 말을 해주고 가려는 것이다. 눈물이 터질 것 같았다. 신혁이 엷게 웃으며 말을 이었다.

"나한테 잘 지내고 있었냐고 물었지? 나는 늘 네 생각만 했어."

심장이 탁 막히는 것 같은 통증을 견디지 못하겠다.

"네 생각만 하니까 잘 지낼 수가 없더라. 네 생각을 하면 네가 왜 안녕을 말할 수밖에 없었는지 그걸 생각해야 하니까. 그러다 보면 네가 원망스러워지니까. 지나간 시간 따위, 이미 일어난 일 따위 생각하지 말고 나만 보면서 따라오지. 왜 내 손을 잡지 않는 건지, 뿌리친 건지 원망하게 되니까."

수진은 먹먹한 마음으로 신혁을 바라보고 있었다.

"하지만 머리가 터질 정도로 생각하다 보면 또 어느새 네가 이해가 되어버리고 말지. 네게는 간단한 일이 아니라는 걸 인정해 버리고 말지. 네가 왜 나를 끊어내는 걸 선택할 수밖에 없었을지 이해가 되니까. 그런 죄책감을 갖고 나한테 올 정도로 너는 그렇게 마음이 단단하지도, 야무지지도 않아. 서민후의 의미가 그렇게 가볍지도 않겠지."

수진은 결국 흑 하고 울음을 터뜨렸다.

"그리고 일단 너는 아직 너무 어리지. 그 모든 걸 자기 안에 담아 푹 썩혀서 숙성을 시킬 정도의 힘이 아직은 없어. 그걸 네게 기대할 순 없는 거야. 그렇다고 욕심내진 마라. 아직은 성숙해서도 안 돼. 그건 너무 빠른 거야. 더 많이 아파보고 괴로워해 보고. 그래…… 아직 너는 그럴 시기니까."

눈물이 방울방울 떨어져 내렸다.

“하지만, 다만 죄책감은 더 이상 키우지 말고 살았으면 좋겠다. 내가 바라는 건 그것 한 가지야.”

수진의 젖은 눈동자가 신혁의 너무 맑아서 시린 시선과 마주쳤다. 울지 말라는 듯, 아픈 표정으로 그가 수진의 머리를 톡톡 다정하게 두드려 주고 손을 거두어들였다. 이젠 눈물을 닦아주지 않았다. 머리카락을 쓸어주지도 않았다.

“선생님도, 그러셨어요? 제 나이 때는 그러셨어요?”

신혁이 고개를 끄덕였다.

“그래. 나도 그랬고 다른 누구도 그랬을 거다. 너만 그런 게 아니니까 서러워하지도 말고 자책하지도 마라.”

“정말 그래도 돼요?”

“그래……. 나는 네가 이해가 되니까, 또 네 괴로움이 의미 없는 일이라고 생각지 않으니까, 네가 무슨 선택을 내리든 백 퍼센트 너를 지지한다. 당연히 내 삶은 행복해지지 않겠지만, 내가 행복해지려고 너를 강제로 끌고 가진 않을 거야. 다만, 기다리고 있을 테니까 언제든 푹 숙성이 되면, 그래서 뭔가 조금이라도 새로운 마음이 먹어지면 그땐 뒤도 옆도 돌아보지 말고 나한테 달려와.”

수진의 눈에서 후드득 눈물이 쏟아졌다.

“나는 언제라도 여길 찾아올 테니까. 네가 아니라 할아버님을 뵈러 올 테니까. 너는 그냥 지나다니는 나를 보기만 해도 돼.”

그의 배려하는 마음이 너무 깊어 수진은 도리어 아플 정도였다.

“그건 반칙이잖아요. 얼굴을 보면 독립할 수도 없잖아요.”

“누가 독립하랬냐? 그리고 얼굴을 봐도 아무렇지 않아야 그게 진짜 독립이겠지.”

신혁이 수진의 머리를 헝클어뜨리며 씁쓸하게 웃었다. 수진은 다가왔던 그의 설렘을 부추기는 손길을 미치도록 붙들고 싶어 낮게 말했다.

“우리, 돌아갈 수 있을까요?”

나는 요즘 선생님을 좋아하면 안 되느냐고 계속 죽은 민후한테 묻고 있어요.

아침부터 밤까지, 내가 하는 일이라곤 그거뿐이에요.

“돌아갈 수 있을 거야.”

하지만 민후는 대답해 줄 수 없으니까.

“맞아요. 돌아갈 수 있을 거예요.”

내가 만들어서 선생님한테 덧씌운 죄의식. 선생님이 그런 죄책감을 안으면서까지 나를 좋아할 필요가 있을까요? 그런 생각만 하고 있어요, 요즘.

“언젠가 제가 더 어른이 되면…… 제 감정을, 제 결정을 제가 완전히 책임질 수 있는 나이가 되면 그때는 아무런 고민 없이 원하는 한 가지를 선택할 수 있을까요?”

또 한 번의 이별의 말.

신혁은 아팠지만 고개를 끄덕였다.

“그래.”

꼭 그럴 거라는 듯 다시 한 번 그가 고개를 끄덕여 주었다.

“그래.”

신혁이 그렇게 가고 수진은 채 눈물이 마르지 않은 모습으로 할아버지를 찾았다. 눈시울이 붉어진 채 무릎을 꿇고 앉으니, 할아버지는 화선지를 크게 펼치고서 소나무를 그리고 계셨다.

도저히 마음을 가라앉힐 수가 없어서 수진은 이곳을 택했다. 이 공간에 있으면 모든 것이 좋아질 것이다. 이런 찢어질 것 같은 마음도 치유받으리라. 언젠가 푹 썩혀서 숙성이 될 때까지 괴로워하고 울다가 끝끝내 좋은 향기가 나는 무언가를 만나게 되리라.

손톱이 박힐 정도로 손을 꽉 쥐고서 앉아 있는 수진을 할아버지는 돌아보지 않았다. 그저 소나무를 그리는 것에만 열중하던 할아버지가 이윽고 낮게 입을 열었다.

"추사 김정희 선생이 말씀하셨다. 글자는 먹을 바탕으로 하니 먹은 글자의 피와 살이 되며, 힘을 쓰는 것은 붓끝에 있으니 붓끝은 글자의 힘줄이 된다. 손녀야, 네 힘줄은 어디에 있느냐?"

"······모르겠어요, 할아버지."

"울 거면 괴로워하지를 말고, 괴로워할 거면 생각지를 말아야지. 생각지 않을 거면 눈을 뜨지를 말아야 하고, 눈을 뜨지 않을 거면 깨어나질 말아야지. 하나 깨어났기에 모든 게 생겨나는 거다. 깨어나서 눈을 뜨고 생각하고 괴로워하고 울고, 어디 하나 부자연스러운 게 있느냐. 다 자연스러워 아름다운 일이니라."

슬픔에 수진의 목이 잠기었다.

"저는 할아버지처럼 무슨 일이든 의연할 수 없어요. 선생님 앞에서도 어린애인 것만 같아요. 선생님이 낮은 미소로, 원망하지 않고 따뜻한 말로 다독여 주는 게 고마우면서도 또 밉기도 했어요. 왜 선생님은 그렇게 차분하기만 한 걸까. 왜 그렇게 어른스럽기만 한 걸까. 그런데 나는 왜 이렇게 어린 걸까. 할아버지, 전 왜 이렇게 못났을까요?”

“그래서 말하지 않았누, 얼간이라고.”

“할아버지…….”

“얼간이 같은 손녀야.”

할아버지가 말뜻과 달리 다정한 어조로 달래듯 수진을 불렀다. 수진은 눈이 빨개져서 할아버지를 바라보았다.

“겨우 스물하나짜리 털도 안 난 병아리가 무슨 수로 의연하고 차분하려는 욕심을 부리누? 날 때부터 제 먹이를 스스로 찾아 먹는 새끼도 있다더냐. 다 어미가 물어다 주고 아비가 지켜주고 그리 자라다 보면 스스로 세상 밖으로 나설 때가 오는 법이지. 처음부터 어른스러운 어른은 또 어디 있다더냐.”

“할아버지…….”

“부딪치고 깨지고 마모되면서, 닳아버린 그만큼 배우는 게지. 깨져 가는 것의 고통이 있으면 하나로 완성되는 것의 기쁨도 있느니라. 그래서 인간들은 그걸 배우려고 선생을 만들고 부모 말을 듣고 하는 게지. 하나 네겐 운 좋게 그 선생이란 자가 가까이 있지 않느냐?”

수진의 눈이 커졌다.

온몸이 와들와들 떨렸다.

할아버지가 잔잔하게 미소를 지었다.

“그놈이 어른처럼 보이더냐? 어른인 척하는 덜떨어진 그놈도 얼간이지. 학교에선 그 얼간이 녀석이 선생일지 몰라도, 덜 자란 주제에 잘난 척하는 그 불안한 놈도 학교 밖에선 그저 어른인 체하는 애송이에 지나지 않느니라. 그놈 또한 아직도 부딪치고 깨지고 마모되고 있는 중이지. 그러니 그 불쌍한 놈한테도 학교 바깥에서의 선생이 필요하지 않겠누? 뭐, 대단한 걸 가르칠 필요는 없느니라. 그저 네놈이 참 불쌍하고 쓸쓸한 놈이란 걸 가르쳐 주고 고단한 몸 안아주는 걸로 충분하지.”

수진의 심장이 미친 듯이 뛰기 시작했다.

“흑, 할아버지…….”

“어떠냐, 수진아. 네가 그놈 선생 한번 해보지 않겠느냐?”

더 이상 견딜 수가 없었다. 수진은 미친 듯 집 밖으로 달려나가 신혁을 찾았다. 하지만 벌써 떠난 지 오래된 신혁이 아직 있을 리가 없었다.

‘그놈이 어른처럼 보이더냐? 어른인 척하는 덜떨어진 그놈도 얼간이지.’

‘어떠냐, 수진아. 네가 그놈 선생 한번 해보지 않겠느냐?’

정신없이 주변을 둘러보던 수진은 휴대폰을 꺼냈다. 그리고 신혁의 번호를 눌러 그가 전화를 받자마자 크게 외쳤다.

“선생님!”

동네가 떠나갈 정도로, 임한중 선생 댁 손녀가 정신이 나갔단 소리를 들을 정도로 수진은 고래고래 소리쳤다.

“선생님, 미안해요!”

목이 쉴 정도로 켁켁거리면서도 수진은 외치는 걸 그치지 않았다.

"잘못했어요! 죄송해요! 그러니까 같이 있게 해주세요! 선생님을 너무 사랑하는데 옆에 있을 수 없어서, 내가 안녕이라고 해서 죽을 정도로 아팠어요. 죄송해요. 미안해요. 이제 바보 같은 생각 안 할래요. 나 때문이라고 생각 안 할래요. 그럼 선생님 옆에 있을 수 없으니까, 뻔뻔해질래요. 나중에 벌받고 지금은 선생님이랑 있을래요. 선생님이랑 있을래요!"

결국 수진의 무릎이 툭 꺾였다. 흙바닥에 주저앉은 수진은 제멋대로 터지는 눈물을 그대로 철철 흘리며 그에게 사정했다.

"선생님이 절 아는 척하지 못했던 건 선생님 죄책감이었죠? 제가 선생님한테 안녕이라고 한 건 제 죄책감이었어요. 선생님의 죄책감이 반, 제 죄책감이 반이었어요. 선생님이랑 전 죄책감이 합쳐져서 하나가 되는 관계라고 생각했어요. 하지만 이젠 그런 거 싫어요."

아니, 그러니까 더더욱.

"우린 반반씩 죄책감이 있으니까 함께 있어야 해요. 그래야 온전히 하나로 만들어서 없애 버리든 이겨내든 할 거 아니에요!"

미칠 것 같은 절절함을 담아 수진은 정신이 아득해질 정도로 간절하게 외쳤다.

"선생님……!"

[앞을 봐.]

그렁그렁 눈물이 맺힌 채로 수진이 넋 나간 듯 멍하니 고개를 들었다. 그 순간 수진의 눈동자가 그대로 멎었다. 이미 간 줄 알았던 신혁이, 갔어야 했을 그가 눈앞에서 모습을 드러내고 있었다.

전혀 알지 못했다. 그의 승용차를 본 일도 없었으니, 집 건너편 도로에 세워져 있는 차가 그의 차인 줄도 몰랐다. 안에 타고 있는 사람이 그일 줄은 더욱 상상도 하지 못했다.

차에서 내린 그가 천천히 차문을 닫고서 수진에게 다가왔다. 수진은 흙바닥에 주저앉은 채로 여전히 굳어서 신혁을 바라보고 있었다. 다가온 신혁이 수진의 앞에서 한쪽 무릎을 꿇고 앉아 수진의 손에 들려 있는 휴대폰을 가져갔다.

흑, 수진의 눈에서 눈물이 툭 터졌다.

"선생님……!"

신혁이 손을 뻗어 수진의 눈물을 닦아주었다.

"알았으니까 그만 소리 질러. 목소리 다 나가겠다."

"선생님!"

"그만 지르라니까."

신혁의 눈동자엔 벌써 그녀만이 누릴 수 있는 다정함이 담겨 있었다. 그의 입가에도 숨길 수 없는 미소가 묻어나고 있었다. 수진은 그게 기쁜 동시에 가슴이 아파서 미칠 것 같았다.

"선생님, 저 이제부터 선생님의 선생님 할래요."

신혁의 한쪽 눈썹이 위로 끌려 올라갔다. 그러다 그가 부드럽게 미소 지었다.

"뭐든 해, 네가 원한다면."

"할 거예요. 그래서 선생님이 나보다 어른이 아니란 걸 보여줄 거예요. 나도 선생님처럼 어른이 될 수 있다는 걸 보여줄 거예요. 선생님만 어른스러운 척, 나 위하는 척하지 말아요. 나도 선생님 위해요. 너무 위해서 선생님이 불행하지 않았으면 좋겠고, 괴롭지 않았으면 좋겠고, 선생님이 아플 바에야 내가 아픈 게 낫고, 선생님이 생각하는 것처럼 나도 선생님 걱정한다구요. 선생님이 나를 생각하는 것보다 더, 내가 선생님을 생각한다구요.”

“무슨 소린지 정확히는 모르겠다만, 심정적으로 이해는 가니까 그만 소리 좀 질러.”

“선생님, 아닌 척하면서도 사실은 외롭고 쓸쓸한 사람이라는 정보가 있었어요.”

신혁의 표정이 멈칫했다.

“나처럼 부모님과 사이가 멀고, 나처럼 가까운 사람의 죽음을 지켜봤고, 나처럼 쓸쓸했고, 나처럼 괴로웠잖아요. 하지만 나보다 더 괴로웠던 거죠? 쓸쓸했던 거죠? 그래서 더 어른인 척, 다 이겨 낸 척했던 거죠?”

신혁의 눈시울이 붉어졌다. 그가 처음으로 어른이라는 껍데기를 벗어버리는 순간이었다.

“제가 있어드릴게요. 있게 해주세요. 이젠 절대, 단 일 초도 선생님 혼자 있게 하지 않을 테니까. 우선은 그것부터 할 테니까…….”

신혁이 천천히 손을 뻗었다.

“계속 사랑하게 허락해 주세요.”

그대로 와락 끌어안았다.

손끝에 수진의 몸이 닿는 순간 깨달았다. 드디어 원하는 단 한 가지를 품에 안았다.

수진은 미친 듯이 그 품속으로 파고들었다. 마침내 다시 안착한, 자신의 몸에 꼭 맞는 그의 품에 들어가서 그의 커다란 몸을 자신 쪽에서 확 끌어안았다.

"선생님을 사랑하면서, 선생님 옆에서 어른이 될게요."

신혁은 수진을 안은 채로, 또한 그녀에게 안긴 채로 수진의 가는 머리카락에 입술을 묻었다. 더없는 안도감과 어쩔 수 없는 감격으로 가슴이 찌르르 울렸다.

"그래. 앞으로 부탁한다, 임수진 선생. 만약 내가 또 센 척하면, 아무렇지 않은 척하면 매를 들어도 좋아."

아무리 그런 척했어도 결국 이 집 앞에서 한 걸음도 떠나지 못할 정도로 미련을 풀어두고 나온 주제에. 결코 어디로도 마음대로 가지 못할 정도로 강하게 묶여 있는 주제에. 어떻게 그녀를 두고 나올 수 있었을까. 어떻게 아무렇지 않은 척 입바른 소리를 흘리고 돌아설 수 있었을까. 앞으로도 살아갈 수 있다고 생각했을까.

수진은 가슴이 먹먹해 오는 걸 느끼며 그의 등을 다정하게 쓸었다. 그가 수진의 머리에 뺨을 댄 채로 낮게 말했다.

"단, 나는 중간에 그만뒀지만 너는 절대로 그만두면 안 돼. 끝까지 책임져야 해."

수진은 천천히 고개를 끄덕였다.

안도와 기쁨의 눈물이 동시에 흘러넘쳤다.

"절대 그만두지 않아요."

"절대 놓치지 않아."

"절대, 절대 그만두지 않을 거예요."

“절대 놓지 않을 거다.”

사랑해요, 사랑해요, 선생님.

당신을 사랑합니다.

사랑하게 되어 너무도 행복합니다.

아프게 해서 너무 죄송합니다.

그럼에도 제 곁을 지켜주셔서, 제 곁에서 서성대 주셔서, 저를 기다려 주셔서, 시선을 떼지 않아주어서, 안아줘서 너무나 감사합니다.

신혁이 천천히 수진의 몸을 떼어냈다. 가만히 눈을 들여다보며 말했다.

“그런데 수진 선생, 하나 틀린 가르침이 있었어.”

“……뭔데요?”

“감정은 숫자가 아니야. 반올림해서 될 게 아니었지. 정정해 줘라. 나는 처음부터 너를 사랑하고 있었다.”

수진이 안도의 마음으로 웃었다.

틀린 걸까? 모르겠다. 분명히 감정은 숫자가 아니다. 하지만 사랑이라는 감정만은, 사랑을 바라는 사람들에게만은 그 반올림이 간절하지 않을까?

“선생님.”

“음?”

“……키스해 주세요. 처음부터 하나하나 다 새로 가르쳐 줘요.”

신혁의 미간이 좁혀졌다.

“이젠 네가 가르쳐 줘야지.”

수진이 눈물을 매단 채 미소 지으며 고개를 끄덕였다. 손을 뻗어 신혁의 뺨을 만졌다. 신혁도 커다란 손을 뻗어 수진의 뺨을 어루만졌다. 서로의 얼굴을 그렇게 동시에 어루만지며 천천히 입술을 가까이 가져갔다.

서로가 선생님이 되었다가 제자가 되었다가, 두 사람의 입맞춤은 처음부터 다시 시작하는 마음으로 때로 따스하게, 때로 부드럽게, 때로 격렬하게 이어졌다.

머리 위로 작열하는 태양이 내리쬐고 있었다.

에필로그 - 디어 마이 러브, 디어 마이 티쳐

강의가 끝나자마자 서둘러 강의실을 나서려는 수진을 같은 과 녀석들이 불러 세웠다.

"언니, 오늘 신입생 환영 파티 갈 거죠?"

"응? 그런 게 있었어?"

"에이, 며칠 전부터 과대표가 시끄럽게 떠들었잖아요. 오늘 전공 교수님들도 오신다고 전원 참석해야 한대요."

"맞아, 참석 안 하면 선배들한테 찍힌다더라구요."

수진은 고개를 설레설레 저었다. 갓 입학한 새내기 임수진. 할 일은 많고 갈 곳도 많았다. 하지만 그런 자신에겐, 임수진이 술을 마시는 걸 별로 좋아하지 않는 잔소리꾼 애인이 있단 사실이 떠오르자 살짝 골치가 아파왔다.

"갈 거죠?"

"글쎄, 그게……."

"어? 왜 빼시나? 저번 OT에서 못 끝낸 주량 내기 해야죠."

"그, 그래, 가자!"

결국 술을 향한 유혹을 참지 못하고서 수진은 콜을 외치고 말았다. 그동안 술이 이렇게 맛있는 건지 모르고 살았다는 게 놀라울 정도로 수진은 주류의 세계에 흠뻑 빠져들고 있었다. 완전히 취해서 같은 과 동기 남학생한테 업히다시피 해서 귀가하던 날, 할아버지 댁에 와 있던 신혁에게 딱 걸려서 다음날 엄청난 잔소리를 들어야 했다.

아니, 금욕주의자인 그와 갓 대학에 들어간 파릇파릇한 새내기인 자신을 같은 선상에 두는 게 말이 되느냔 말이다. 물론 신혁이 그렇게 호통을 치니 이제 그만 술을 끊어야겠다는 반성이 들긴 했지만……. 하나 술고래가 내력인 집안의 자손이니 어쩌란 말인가. 늘 술을 곁에 두고 즐길 정도로 세상 모든 주류를 사랑하시는 할아버지를 닮은 것뿐이니, 탓을 하려면 할아버지를 탓해야 한다!

"언니, 같이 밥 먹으러 가요~!"

홀로 서 있는 간이역처럼 외롭던 복학생 때와는 달리 이렇듯 수진은 같은 과 녀석들과 잘 어울리고 있었다. 그들도 수진을 왕언니, 왕누나라 부르며 잘 따라주었다. 천천히 시간은 거슬러 올라가 이전의 수진으로 차츰 하나씩 돌아가고 있는 것이다. 그리고 이 모든 것의 뒤에는 이신혁이라는 끝내주게 멋지고 다정한 애인이 있다는 사실.

"아, 어쩌지? 오늘 선약이 있어서."

"또요? 언니랑 같이 밥 먹기 정말 힘들다."

"담에 먹자, 담에. 내가 쏠게."

그 말에 박수를 쳐대며 환장하고 있는 방년 이십 세 청춘들을 버려두고 수진은 휴대폰 시간을 확인해 가며 바삐 학교 주차장으로 달려갔다. 신혁이 바빠서 자주 시간을 내지 못해 강의가 비는 점심시간에 만나 같이 밥을 먹기로 한 것이다.

약 오 분 정도 늦었는데 신혁은 늘 그렇듯 제시간에 와서 수진을 기다리고 있었다. 이젠 더 이상 선생님이 아니었지만 아직도 수진은 신혁을 보면 고등학교 시절로 돌아간 것처럼 심장이 막 두근거리고 정신없이 긴장하곤 했다.

끝내주는 어깨발, 등발, 그 덕에 살아나는 슈트발, 그 설레도록 세련된 모습의 그가 점점 가까워졌다. 주변을 압도하는 큰 키와 수려한 외모로 하얀 담배를 물고 있는 그의 모습은 방금 화보에서 툭 튀어나온 것 같았다. 늘 주변의 온도를 몇 도 정도는 내리는 서늘한 눈매, 무엇엔가 생각에 빠진 듯 고요하고 지적인 옆선, 섬세한 긴 손가락까지, 그는 모든 것이 완벽했다.

마침 날렵한 쿠페를 세우고 차에서 내리던 잘 빠진 여대생이 그런 신혁의 모습에 정신이 팔린 채 지나가다가 하이힐 굽을 삐끗할 뻔했다. 그 우스꽝스러운 모습에 수진은 풋 터진 웃음을 겨우 눌러 참았다. 모양 빠지는 자세로 휘청거린 여대생은 이내 자세를 고쳐 잡고서 창피한지 괜히 옷을 툭툭 털며 걸음을 옮겼다. 생각에 빠져 있던 신혁이 그 부산스러운 소리에 그녀를 흘끗 쳐다보았다.

그 자랑스러운 '내 거'가 다른 여자, 그것도 겁나게 잘 빠진 여자에게 시선이 닿는 게 싫어 수진은 얼른 그를 불렀다.

"선생님!"

그래, 바로 그가 자신의 선생님이었다.

아직도 그를 선생님이라고 부르는 수진을 그가 마음에 안 든다는 듯 미간을 살짝 찌푸리며 보았다. 서로의 시선이 마주친 순간, 이미 다른 사람이 들어설 자리는 없었다. '내 거'라는 게 순간순간 뿌듯해서 가슴이 벅차오르게 만드는 그를 향해 수진은 날 듯이 뛰어 한걸음에 그의 앞으로 착지해 섰다.

신혁도 자신의 모든 의미인 그녀를 바라보고 있다가 냉정하게 알밤을 딱 놓았다.

"아직도 선생님이냐?"

"그럼 신혁이라 그래요?"

"뭐? 요 놈 봐라."

신혁이 어이가 없다는 듯 웃더니 곧 수진의 어깨를 감싸 쥐고 보조석의 차 문을 열어 주었다. 수진은 자신에게 퍼부어지는 그의 모든 상냥함이 너무도 좋았다. 그가 데이트를 할 때마다 이렇게 친절해지고 다정해지는 사람이란 걸 그 누가 알겠는가.

"못난이 퍼스트."

그런 쓸데없는 말만 덧붙이지 않는다면 말이다.

수진이 입술을 삐죽거리며 차에 타려는 순간이었다. 등 뒤에서 벼락처럼 그녀의 이름을 부르는 목소리가 날아왔다.

"선배애! 수진 선배!"

그 목소리가 누구의 것인지 모를 리가 없었다. 재진이 한 떼거리의 친구들을 달고서 주차장에 들어서는 참이었다. 그의 RV 차량을 타고 또 놀러라도 가는 모양이었다. 재진은 입학하고 지금까지 줄곧 친구들과 저 짓을 하고 다니는 중이었다. 남자들끼리 떼거리로 몰려다니며 놀기.

"앗, 고3 때 1학기까지 수학 선생님!"

마치 방금 발견하기라도 한 듯 재진이 깜짝 놀라는 척을 하며 그런 매우 자세한 호칭을 날려댔다. 그리고 그 자리에서 구십 도 각도로 깍듯하게 인사를 했다.

신혁은 못마땅한 표정을 굳이 숨기지 않고서 재진을 처다보았다. 유들거리는 녀석의 말투나 우습지도 않은 호칭 같은 건 귀에 들어오지도 않았다. 단지, 저 녀석이 수진의 근거리에 있다는 게 문제였다.

수진과 재진은 결국 같은 학교에 지원했다. 수진은 사범대, 재진은 공대, 서로 지향하는 바도 다르고 사범대와 공대 건물 사이의 거리도 멀었지만, 신혁은 수진의 옆에서 알짱거리는 재진이 실로 마음에 들지 않았다.

"선생님, 기체후일양만강하셨습니까."

"오! 저 형님 누구냐?"

"어, 고등학교 때 수학 선생님. 1학기까지만."

"이야, 끗발 나게 생겼네."

"그렇지? 끗발 나지?"

"근데 고등학교 선생님이 왜 재진이 니 애인이랑 같이 있어?"

바로 저런 면 때문에 말이다.

재진 친구들의 주책 맞은 수다들로 신혁의 주변 온도가 몇 도는 더 쑥 내려갔다.

"방금 내가 뭘 들은 거지?"

신혁이 싸늘한 눈으로 재진을 휙 노려보자 재진이 뒷머리를 긁적이며 하하 웃었다. 수진은 그런 재진의 등짝을 확 때려주었다.

"이 자식아, 너 빨리 정정 안 해? 재진이 친구들! 나 엄재진 애인 아니다. 바로 이 사람 애인이지."

수진이 신혁에게 팔짱을 쏙 끼며 생글 웃자 신혁은 결국 피식 웃었고 재진은 여자애라도 되는 양 팩 고개를 돌려 버렸다.

"밥 먹으러 가는 거지? 맛있게들 먹어."

수진이 말하자 재진이 이죽거리는 표정으로 더없이 건들거리며 신혁을 쳐다보았다.

"선생님, 전 나중에 교사랑 결혼할 거예요. 공무원이랑 결혼하면 안정되고 좋다더라고요. 아, 맞다! 선배가 사범대생이구나! 곧 교사 되겠네요?"

수진은 어이가 없었다.

"너……."

"그래. 넌 교사랑 꽤 어울릴 것 같아."

난데없이 수진의 말을 자르며 끼어드는 신혁을 수진이 말문이 막힌 채 어버버거리며 쳐다보았다. 재진이 눈살을 찌푸리며 무슨 속셈이냐는 듯 보는 순간, 신혁이 사악한 미소를 지으며 말을 이었다.

"임주희가 사범대 들어갔지, 아마? 결혼할 때 청첩장 정도는 받아주마."

순간 그야말로 재진의 입이 쩍 벌어지고, 신혁은 눈 깜짝할 새에 수진을 보조석에 밀어 넣고는 자신도 차에 올랐다. 재진은 악! 소리를 지르며 짜증난다는 눈으로 신혁을 노려보았다. 차가 부드럽게 뒤로 빠져나오는 동안 수진은 차창을 살짝 내리고서 열린 창문 너머로 재진에게 손을 흔들었다.

"담에 또 보자."

"보긴 뭘 봐."

그런 수진의 손을 신혁이 옆에서 확 끌어내렸다.

수진은 질투를 할 때의 신혁의 모습이 가장 좋아서 장난기가 그칠 줄 몰랐다.

"담에 밥 사줄게. 너 좋아하는 카레. 난이 그렇게 맛있다더라."

"저 그딴 거 안 좋아해요."

"그래도 사줄게."

"차라리 돈으로 줘요!"

하지만 남동생처럼 귀엽게도 구는 재진과는 더 이상 말을 나눌 수가 없었다. 둘이 얘기를 하고 있는 중인데도 전혀 개의치 않고 신혁이 액셀을 밟아 주차장을 벗어난 것이다.

도로로 접어들자 수진은 풋 웃었다.

"질투쟁이."

"알면서도 계속 선동하는 넌 뭐지?"

"질투 만드는 쟁이?"

신혁이 핸들을 돌리며 고개를 설레설레 저었다.

"아무래도 내가 잘못한 것 같다. 학교를 그렇게 중간에 그만두는 게 아니었어."

"어…… 왜요?"

"저 녀석, 원서 쓰는 것까지 다 마무리를 짓고 나왔어야 했는데."

"뭐예요, 그게."

수진은 웃음이 터지고 말았다.

"매일 찾아와서 둘이 째째째 하면서 노는 건 아니겠지?"

"안 그래요. 오늘도 되게 오랜만에 만난 건데. 재진이 요즘 친구들이랑 놀러 다니느라 정신이 없거든요. 가지런하게 생긴 녀석들이 몰려다니면서 엄청 화려하게 논다고 유명해요."

"아무튼 너무 붙어 다니지 마."

"네에."

착하게 대답하는 수진을 신혁이 흘끗 쳐다보곤 머리를 스윽스윽 쓰다듬어 주었다.

"옳지, 착하다."

"칭찬받았다."

수진은 와 닿는 신혁의 손길이 그저 좋아서 함박웃음을 지으며 좋아했다. 그가 기어 위치에 있던 손을 뻗어 수진의 왼손을 잡았다. 그의 커다란 손이 자신의 손을 감싸자 수진은 손가락에 깍지를 끼어 결합을 더 단단하게 만들었다. 수진의 입가에도 신혁의 입가에도 미소가 피어났다.

수진은 대학을 결정해야 할 시기가 되자 큰 고민 없이 사범대를 택했다. 신혁이 마지막까지 가지 못한 길을 자신이 잇는다는 것이 그녀에게는 큰 의미였다. 또한 그가 교사를 선택한 이유가 바로 형의 유지를 잇기 위해서였다는 걸 알게 되고는 더욱 자신의 선택에 긍지를 가졌다. 사범대를 졸업해 따뜻하고 멋진 선생님이 되는 것, 그것이 현재 그녀의 목표였다.

물론 전공은 수학이었다. 처음 그녀의 결정을 들었을 때 신혁은 잠시 놀란 표정을 했지만 곧 아무 말 없이 웃어주었다. 그리고 두 팔을 활짝 벌려 수진을 꼭 안아주었다.

지금도 차 안에선 그때와 같은 온기가 감돌고 있었다. 신혁은 수진의 손을 힘주어 잡기도 했다가 손등을 쓸기도 했다가 곧 손목을 어루만졌다. 동맥이 뛰는 부분을 부드럽게 문지르자 수진의 심장이 쿵쿵 뛰었다.

그저 무의식적으로 하는 행동일 수도 있겠지만, 수진에게는 그게 명백한 유혹의 의미로 와 닿았다. 미세한 움직임에도 수진의 몸이 가늘게 떨렸다. 분위기가 묘해지는 것 같고 숨이 탁 막혔다. 아마 자신은 지금 아주 엄한 상상을 하고 있으리라. 심장까지 찌릿해져서 수진은 그의 손에서 자연스럽게 벗어나려 해보았지만 신혁이 놓아주지 않았다. 빠져나가려는 수진의 손을 꽉 잡고서 그가 다시 손가락을 깍지 끼었다.

"미래의 임 선생."

그가 운전대를 잡고서 그 멋진 미소를 띤 채 수진을 돌아보았다.

"네?"

"앞으로도 잘 부탁한다."

쑥스러움에 수진은 어깨를 움츠리며 웃었다. 그에게 선생이란 호칭으로 불리면 당황하고 만다. 자기가 먼저 그의 선생님이 돼주겠다고 한 주제에.

이윽고 차가 신혁이 미리 예약해 둔 식당의 주차장에 들어섰다. 수진은 차가 서자마자 철컥철컥 안전벨트를 풀고서 당장에라도 식당으로 뛰어 들어갈 자세를 했다. 배가 많이 고팠던 것이다. 차 문을 열려고 손을 확 뻗는데 뒤에서 신혁이 그런 수진을 잡아당겼다. 팔이 딸려가고 상체가 딸려가고 몸이 딸려갔다. 천천히 고개를 돌리니, 지척에서 그의 얼굴이 보였다. 눈과 눈이 마주치고 코 끝이 맞닿을 정도의 가까운 거리. 그 거리에 있으면 수진은 늘 설레고 만다.

배가 고팠지만 지금은 또 그런 것 따윈 생각나지도 않을 정도로 다른 게 고파졌다. 수진은 숨을 삼킨 채 신혁을 바라보았다. 뚫어질 듯 수진을 응시하고 있던 신혁이 손을 움직여 수진의 입술을 가만히 쓸었다. 얇은 살갗이 쓸리는 감각에 수진의 심장이 제 박자를 잃고 마구 뛰었다. 수진은 가만히 그의 손목을 잡고서 숨을 몰아쉬었다.

"선생님, 여기…… 식당 앞인데요?"

"그게 뭐."

하긴, 그게 뭐가 문제랴.

"애피타이저 줄래? 단 건 딱 질색이지만."

그가 수진의 얼굴을 감싸 쥔 채 그대로 입술을 덮었다.

"아……."

가만히 수진의 목을 만지며 그가 입술을 깊이 머금었다. 수진은 심장이 목 언저리에서 뛰는 것 같은 감각을 느끼며 뜨거운 그의 입술을 받아들였다. 부드럽게 풀린 입술이 열리며 혀가 안으로 들어왔다. 입술 안쪽의 연한 살갗이 살짝 깨물리자 수진은 신음을 흘리며 그의 혀에 자신의 혀를 댔다. 살짝 비비다가 곧 혀를 빨아들인 그가 수진의 고개를 꺾고 더욱 거친 키스를 퍼부어댔다.

가끔 그는 심각할 정도로 열정적으로 돌변할 때가 있다. 오늘이 바로 그날일 줄이야. 아마도 재진의 등장이 뭔가 그의 심기를 건드린 듯도 했다. 하지만 재진은 새 발의 피인데……. 이제 곧 더 화날 일이 있을 텐데 말이다.

입술이 아파질 정도의 진한 키스를 나누다가 아주 잠깐 그의 입술이 떨어졌을 때 수진이 낮게 그를 불렀다.

"선생님."

단 게 싫다는 그는, 임수진의 입술에 쓴 약을 발라놓기라도 한 건지 한 번 키스를 시작하면 멈출 줄 몰랐다. 다시 입술을 부드럽게 맞대며 정신이 아찔해질 정도로 매력적인 미소를 짓는 그에게 잠시 넋이 팔려 있던 수진이 아랫입술이 빨리는 와중에 말을 이었다.

"저 오늘…… 신입생 환영회가 있다는데요. ……가도 되죠?"

　며칠 후 수업이 끝나고 집으로 돌아온 수진은 주방으로 들어섰다가 깜짝 놀랐다.

"엄마……."

그녀의 어머니가 막 썰어놓은 칼국수를 팔팔 끓는 국물에 넣는 참이었다.

"왔니?"

어머니는 수진을 돌아보지도 않고서 말했다.

"오늘 저녁은 칼국수다. 할아버지께서 드시고 싶다는구나."

수진은 아무 말 없이 엄마의 등을 보다가 개수대로 가서 손을 씻고 한쪽에 부쳐 둔 계란 지단을 썰기 시작했다.

엄마는 칼국수를 넣고 수진은 계란 지단을 썰었다. 대화 없는 시간이 이어졌다. 사범대에 가겠다고 했을 때 엄마는 엄청 충격을 받은 모습이었다. 아직까지도 수진이 피아노를 그만둔 것을 아쉬워하고 있는 듯. 엄마에게는 사범대로의 진로 결정이, 그것도 수학 전공이라는 것까지 모두 마음에 안 들었을 것이다.

'너를 이해하지 못하겠다.'

그 말만 남기고 엄마는 그날 집으로 돌아갔다. 그게 벌써 두 달 전의 일이었다. 엄마를 만난 건 두 달 만이란 뜻이었다.

칼국수가 팔팔 끓고 있었다. 수진은 그릇을 꺼내기 위해 싱크대를 열었다. 그때 뚫어지게 냄비만 보던 엄마가 입을 열었다.

"학교는 잘 다니고 있니?"

수진의 손이 멈칫했지만 이내 그릇을 꺼내 식탁 위에 놓았다.

"응."

“엄만 너와 멀어지려고 기를 쓰던 사람이 아니었어.”

수진이 의문을 품은 눈으로 천천히 엄마를 돌아보았다. 엄마는 여전히 수진을 돌아보지 않았다. 하지만 엄마의 어깨가 가늘게 떨리고 있다는 걸 알았다.

“내 방식이 많이 틀렸다면 미안해.”

“엄마…….”

“앞으론 잔소리 안 할 테니까, 그러니까 이제 그만 집에 들어와.”

수진의 눈에도 눈물이 핑글 돌았다. 야속하다, 야속하다 그렇게 원망했었지만 마지막까지 엄마가 싫었던 적은 없었다. 잠깐 관계가 끊어지더라도 결국 완전히 끊어질 순 없는 가족이기 때문에.

“엄마, 나 미워한 거 아니었어?”

“제 속으로 낳은 자식을 밉다밉다 해도 정말 미워할 사람은 없어.”

엄마 역시 자신과 같은 마음이었던 것이다.

“나 때문에 실망해서 내가 미운 게 아니었어?”

“……그렇게 비쳤다면 미안해. 사실 실망스럽기도 했고 화나기도 했어. 하지만 엄마니까 실망하고 화낼 수 있다고 생각했어. 그래서 엄마, 반성했어. 네가 뭘 원하고 있는지 그걸 봐줄 생각을 하지 않았나 봐. 피아노도 어쩌면 엄마의 욕심이 아니었을까, 그렇게 생각하니 엄마 정말 속상하더라. 하지만 넌 그래도 어떻게든 피아노를 쳐주었는데. 엄마가 어느 순간 욕심이 생겨서 널 몰아붙이기만 했나 봐. 미안해. 엄마가 사과할게.”

수진은 맺힌 눈물을 슥 닦았다.

"……나도 사과할게."

엄마가 천천히 몸을 돌렸다. 모녀지간이라고 하더라도 아직은 서로 어색한지 잠시 시선을 못 마주치다가 엄마가 먼저 손을 내밀었다. 수진의 눈에 맺힌 눈물을 닦아준 엄마가 이어 수진의 머리도 쓰다듬어 주었다.

"3년 전에 네 상처부터 봐주지 않아서 미안해."

수진은 고개를 숙인 채 오랜만에 엄마의 손길을 느끼고 있었다.

"그리고 수진아."

"응……?"

"신혁이 그 녀석, 당장 데려와!"

수진이 고개를 번쩍 들었다. 놀란 눈으로 쳐다보았지만 엄마는 말과 달리 싱긋 웃고 있었다.

"내 소중한 딸 데려갈 거면 장모한테 먼저 잘하라고 그래."

"자, 장모는 무슨. 아, 아직 나 학교도 졸업 안 했고 선생님도 바쁘고, 또 선생님 아버님도 편찮으시고……."

"아무튼!"

수진은 어쩔 줄 몰라 하며 시선을 헛짚어댔다. 그런 수진을 바라보던 엄마가 머뭇거리는 미소를 띠며 말했다.

"집에 들어와. 아빠랑 엄마랑 셋이 다시 같이 살자. 우린 너 돌아오기만 기다리고 있어. 엄마, 아빠가 앞으로 잘할게."

수진은 눈물을 매단 채 웃었다.

"나도 잘할게. 그동안 미안해, 엄마."

“사흘째…….”

칼국수를 배터지게 먹고 방안 자신의 책상에 앉아 있던 수진은 휴대폰을 쥔 채 고개를 갸웃거리고 있었다.

벌써 사흘 째 신혁에게서 소식이 없었다. 그러니까 신입생 환영회가 있던 그날부터 사흘째였다. 절대 술을 두 잔 이상 마시지 않겠다고 거듭 약속을 받아낸 후에야 겨우 패스를 할 수 있었다. 하지만 여자의 약속은 바람과 같은 것이라는 말이 있던가, 없던가?

그와의 약속을 머릿속에 인두로 지지듯 확고히 박아두었음에도 불구하고 수진은 결국 두 잔이 아닌 피처 두 개를 끝장내고야 말았다. 당연히 또 남학생의 등에 업혀 집에 실려 들어왔다가 다음 날 아침 할아버지에게 얼간이니 술고래니, 심한 모욕을 당해야 했다.

상황이 그 정도였으니 신혁이 그것 때문에 화가 난 줄 알았다. 첫날은 수진이 전화를 걸 낯이 없었고 그 이후엔 좀 바쁜 일이 있어 정신이 없어 그냥 지나갔다. 그러다 보니 벌써 사흘째. 사실 자신보다 훨씬 더 바쁜 사람이 그였고, 그래서 연락 없이 지나가는 날도 더러는 있었다. 이번에도 그런 것이라 생각하고 있었지만.

그와 갑자기 연락이 되지 않으면 이상하게 마음이 불안해진다. 예전에 갑자기 그가 학교를 결근했던 그때가 생각나서이리라.

“혹시 아버님께 무슨 일이 생긴 건 아니겠지?”

초조했지만 혼자 고민해 봐야 방법이 없었다. 날이 밝으면 바로 병원에 찾아가 봐야지 생각하며 수진은 새벽까지 잠들지 못하고 혹시 있을지 모를 그의 연락을 기다렸다. 그리고 다행히 그 새벽에 휴대폰이 울려주었다. 액정에 찍힌 신혁의 번호에 수진은 빙그레 웃었다. 술은 한 모금도 입에 대지 않았다고 거짓말해야지, 하면서 전화를 받는 순간, 수진의 눈동자가 굳어갔다.

"금방…… 갈게요, 금방!"

수진은 전화를 끊고 곧장 검은 원피스를 찾아 입고 밖으로 달려나갔다. 휴대폰 너머에서 넘어온 신혁의 목소리는 너무도 초췌했다.

"아버지가…… 돌아가셨어."

뭘 해야 할지 모르는 아이처럼, 그의 목소리가 너무도 불안했다.

일주일 전에 찾아뵀을 때만 해도 괜찮으셨다. 도리어 의사가 선고한 기간보다 더 견뎌내 주시는 아버님께 감사했었다. 그래서 그날 같이 바둑도 두고, TV도 함께 보기도 했었는데.

그런데.

한걸음에 병원으로 달려간 수진은 병원 안의 장례식장으로 정신없이 뛰어갔다. 사망 시간은 밤 열한시. 벌써 세 시간이 지나 있었다.

이마에 송골송골 땀이 맺힌 채 숨이 턱까지 차서 수진은 서서히 멈춰 섰다. 검은 상복, 검은 넥타이, 물에 풀린 듯 흐린 검은 눈동자의 신혁이 상주로 서 있었다. 더없이 서늘한 표정으로 고개를 숙인 채 못 박힌 듯 서 있는 그의 모습. 정면에 고인의 얼굴이 영정 사진으로 놓여 있었다.

수진은 천천히 시선을 돌려 다시 신혁을 바라보았다. 초췌하던 그의 목소리, 마치 엄마 손을 놓친 아이처럼 불안하던 그의 목소리. 하지만 지금 그는 다만 무섭도록 굳은 얼굴, 도리어 냉정하게 식은 얼굴로 그렇게 서 있을 뿐이었다.

수진의 눈에 눈물이 핑글 돌았다. 미칠 것 같았다. 수진은 온몸에 힘을 주고서 천천히 안으로 들어갔다. 국화 한 송이를 들어 영정 앞에 가만히 놓고서 천천히 목례를 했다. 그런 자신을 신혁이 쳐다보고 있는 게 느껴졌지만 수진은 눈을 가만히 감은 채 고인에게 작별 인사를 드리는 것에만 충실했다.

할아버지의 손녀라는 이유만으로도 수진은 그분에게 넘치는 사랑을 받았다. 누구에게도 곁을 잘 내주지 않는 엄한 분이라 들었는데, 수진에게는 처음부터 살갑게 대해주셨다. 그리고 신혁이 자신이 사랑하는 여자라고 수진을 소개했을 때, 그분은 갑자기 눈을 빛내더니 껄껄 웃음을 터뜨렸다. 아마 그분을 만나고 처음으로 그렇게 크게 웃는 모습을 본 것 같았다.

수진은 할아버지 덕분에, 자신이 별로 노력하지 않았음에도 망인의 호의를 얻었다는 걸 알고 있었다. 애정을 받고 따스한 말들을 들었다. 그게 너무 죄송스럽고 또 감사해서 수진은 시간이 날 때마다 병실을 찾곤 했었다. 신혁과 함께한 날도 있었고 혼자인 날도 있었다.

할아버지에게 배운 바둑을 함께 두기도 하고, 할아버지의 말씀을 전해 드리며 이것저것 대화를 나누기도 했었다. 마음이 따스해지는 시간이었다. 그런 분과 신혁이 그렇게나 반목하며 살아왔다는 게 놀라울 정도로.

하지만 신혁에게는 분명히 이유가 있었을 것이다. 그것은 그것 대로 인정함에도 수진은 그분과 따뜻한 시간을 보낼 수 있어 다행 이었다.

마지막으로 찾아뵀을 때, 돌아가려는 수진을 부른 그분이 문득 말씀하셨다.

"신혁이 놈, 잘 부탁한다."

설마 그게 마지막 말이었으리라곤. 그때엔 단지, 마음을 열고 그런 말을 해주시는 그분의 마음이 감사하다고만 생각했었다.

수진은 내내 신혁의 곁을 떠나지 않았다. 상주인 신혁이 지켜야 할 자리가 있었기에 바로 곁에 있을 순 없었지만, 늘 언제라도 눈 을 돌리면 찾을 수 있는 가까운 거리에 머무르며 손님 접대를 도 왔다. 어제는 수진의 할아버지도 부모님의 부축을 받아 연로한 몸 을 이끌고 다녀가셨다.

차마 다른 말을 못하시겠다는 듯 그저 신혁의 어깨를 두드려 주 는 할아버지의 앞에서 신혁은 여전히 무표정했다. 수진과 이따금 씩 눈이 마주칠 때도 그는 어떤 감정의 자락 같은 걸 보여주지 않 았다. 이상할 정도로 무미건조해서 수진은 더욱 불안하고 마음이 아팠다. 자신이 해줄 수 있는 일이 무엇일까?

그는 지금 마음 놓고 울지도 못하리라. 얼마나 많은 혼란과 괴 로움을 품은 채 자기 안에서 싸우고 있을지 수진은 너무도 잘 알 수 있었다.

표정이 없다고 그가 슬퍼하지 않는 게 아니었다. 눈물을 흘리지 않는다고 그가 울지 않는 게 아니었다. 차라리 심장이 터질 정도로 드러내서 울기라도 하면 다행일 텐데. 떠나는 사람에 대한 슬픔보다 추억이 더 많은 사람은 그래서 행복한 게 아닐까. 누구나 부모님이 돌아가시면 해드린 것보다 해드리지 못한 것이 생각나 가슴이 아프다지만, 신혁은 지금 최악의 고통 속에 빠져 있을 것이었다.

오로지 후회와 원망, 괴로움 같은 슬프기만 한 감정들. 하지만 그 원망 때문에 아무런 감정도 일지 않는 거라고 생각하면 안 된다는 걸 수진이 가장 잘 알고 있었다.

그가 수진에게 단 한 마디도 말을 걸어오지 않고 단 한 발짝도 다가오지 않은 채 그렇게 며칠이 지났다. 수진 또한 그런 신혁의 시선을 일부러 붙잡으려고도, 다가서려 하지도 않았다. 이따금씩 윤 여사가 다가와 수진을 챙겨주었다. 수진은 감사한 마음으로 엷은 미소를 지어 보였다.

그리고 마침내, 장지에 다녀오는 것으로 모든 장례식이 끝났다. 윤 여사는 동생들의 부축을 받고 집으로 돌아가기 전 수진의 어깨를 가만히 안아주었다.

"미안하지만, 신혁이 좀 부탁할게."

젖은 눈으로 그렇게 말하는 윤 여사에게 수진은 고개를 끄덕여주었다.

수진은 장례식장 복도로 나가 천천히 어딘가로 걸어갔다. 그 끝의 벤치에 신혁이 앉아 있었다. 고개를 숙인 채 입고 있는 검은 양복보다 더 어두운 얼굴로 앉아 있는 그에게 미세한 움직임조차 없었다.

‘선생님…….’

너무 마음이 아파 수진은 다가가다가 멈추고 다가가다가 멈추기를 반복한 끝에 겨우 도착한 그의 옆자리에 앉았다. 신혁이 움찔하며 고개를 돌렸다가 수진을 발견하곤 아련한 눈으로 그녀를 바라보았다. 아무 말도 필요없었다. 그저 이렇게 곁에 있어 주고 싶다. 수진은 울지 않으려고 눈에 힘을 주며 그를 바라보았다. 신혁이 손을 올려 수진의 뺨을 만지려다 말고 그냥 천천히 거두어들였다. 그리고 다시 외면하려는 순간 수진이 그를 확 끌어안았다.

그의 목을 아플 정도로 끌어안아 자신의 가슴으로 당겼다.

“선생님…….”

결국 수진의 눈물이 터졌다.

“선생님…….”

목이 메어 그를 부르는 것도 힘들었다. 그가 울지 못하면 자신이 울어주고 싶었다. 이 눈물이 그를 화나게만 하지 않는다면 울고 싶었다.

“전…… 그냥 전…… 사랑해요.”

신혁의 커다란 몸이 움찔했다. 그가 가만히 손을 올려 수진의 등에 손가락을 대고 있다가 곧 조용히 끌어안았다. 수진의 가슴에 기대있는 그의 뺨이 옆으로 살짝 움직였다. 수진의 심장에 귀를 묻은 채 잠시 그렇게 있던 신혁이 다시 얼굴을 돌려 가슴에 얼굴을 묻었다.

그 순간, 신혁의 어깨가 들썩이기 시작했다. 물에 젖은 수진의 눈동자가 아련해졌다. 심장이 소리없이 흐르고 있는 그의 눈물로 젖어가고 있었다.

수진은 가만히 신혁의 정수리에 뺨을 대곤 그의 등을 부드럽게 쓸어주었다. 신혁은 그런 수진의 허리를 더욱 꽉 안아 그녀의 품으로 파고들었다. 그 며칠 동안 꾹꾹 숨어 있던, 차마 밖으로 나오지 못하던 원망과 애증과 슬픔과 분노와 괴로움, 그리고 무엇보다 죄스러움이 한꺼번에 툭 터져 밖으로 흘러나오고 있었다.

수진은 그의 눈물이 섞여든 장소가 자신이라서 너무도 다행이었다.

"사랑해요, 선생님……. 사랑해요."

몇 번이고 속삭이며 수진은 그의 머리칼을 등을 팔을 어루만지고 쓸어주었다. 뜨거운 눈물이 신혁의 뺨을 타고 흘러내려 수진의 심장으로 흘러들었다. 처음부터 하나였던 듯 그렇게 안고 있는 두 사람을 멀리서 지켜보고 있던 인영이 천천히 돌아섰다. 낮은 한숨을 흘리며 그녀가 흐리게 웃었다.

"어쩔 수 없구나."

언젠가 신혁이 한 말이 있었다.

'만약 아버지가 돌아가신대도 난 아마 눈물 한 방울 흘리지 않을 거라고. 울려고 쥐어짜도 눈물이 나지 않을 것 같다고.'

결국 신혁의 아픔을 알아주는 이도, 그가 아픔을 내보이는 이도 이 세상엔 단 한 사람뿐인 것인가. 인영은 그래서 다행이면서도, 조금 아팠다.

그렇게 인영의 모습이 사라진 후에도 두 사람은 서로의 팔이 깃

털인 양, 서로의 품이 쉼터인 양 서로를 그렇게 안고 있었다.


　벌써 바람이 잔잔해지는 계절이 되었다. 장례식 이후 두 번의 여름이 지나고 두 번째의 겨울을 기다리는 중이다. 신혁과 수진은 할아버지의 사랑채에 앉아 있었다.
　수진은 작년부터 다시 부모님과 함께 살기 시작해 지금은 일주일에 한두 번씩 할아버지 댁을 오가곤 했다. 전에는 여러 손자 손녀들 중 할아버지와 같이 사는 유일한 손녀였는데, 지금은 그냥 여러 손주들 중 하나가 되었다.
　그런고로 손자들 사이에서 경쟁력이 사라졌기에, 그나마 가장 자주 찾아오는 손녀가 되겠단 각오로 부지런히 할아버지 댁 문턱을 넘나드는 중이었다. 물론 신혁도 시간이 날 때면 할아버지를 찾곤 했다.
　'그만 찾아와, 귀찮아.'
　할아버지는 정말 귀찮아하는 표정으로 두 사람을 타박하곤 했지만 마음과 달리 두 사람이 오면 시간을 완전히 비워놓곤 했다.
　"한 잔 마셔라."
　수진이 차를 따르려는데 할아버지가 '그깟 차 따위!' 란 표정으로 복분자 병을 척 들더니 신혁에게 따라주고 자신의 잔도 채웠다. 머쓱해진 수진은 찻주전자를 내려놓고서 '저도……' 하고 술잔을 내밀려다가 신혁의 불같은 표정을 보고는 슬그머니 다시 후퇴시켰다.
　'술도 못 마시게 하고.' 투덜거리는 수진의 시선에 문득 복분자 술병이 들어왔다. 할아버지가 가장 좋아하는 술. 저 술 덕분에 신혁과 전쟁하던 때가 생각나자 수진은 자신도 모르게 숨죽여 웃었다. 신혁도 같은 생각이었는지 흘끗 수진을 쳐다보곤 의미심장한 표정을 했다.

"얼간이 술고래 손녀야, 너도 마실 테냐?"

그때 할아버지가 일부러 수진을 골려줄 양으로 그렇게 말씀하시자 수진은 '진심이실까?' 싶어 살짝 혹했다가 아닌 것 같아 얼른 고개를 저었다.

"할아버지, 너무하세요."

"너무하긴 뭘 너무해. 대학교가 무슨 택배 회사도 아니고 술 마시면 왜 그리 짐짝이 돼서 실려 오는지. 아직도 그러고 다니누?"

묻어두어도 될 말을 일부러 끄집어내시는 할아버지 덕에 신혁이 한쪽 눈썹을 끌어 올린 채 수진을 분위기 있게 째려보았다. 무언으로 으름장을 놓고 있는 것이다.

"아, 아니에요. 저 이제 진짜 안 그래요."

"어디서 저런 술고래가 태어났는지. 우리 집안엔 저런 인사가 없었는데, 쯧쯧."

"할아버지 닮아서 그렇잖아요."

"허어, 어디 이 할애비가 코가 삐뚤어질 때까지 술을 마시더냐?"

"코가 삐뚤어지기까지 했습니까?"

신혁이 보기 좋게 공격에 가담하자 수진은 딸꾹질까지 날 뻔했다.

"어디 코만 삐뚤어졌고? 접때 보니 치마 솔기도 삐뚤어졌더구나."

헉!

신혁이 이젠 정말 잡아먹을 듯 수진을 노려보았다. 아이고, 할아버지!

"에잉, 저런 고삐 풀린 망아지를 누가 데려갈꼬."

손녀 망신 주기에 취미를 붙이신 할아버지가 쯧쯧 혀를 차며 시원하게 술을 들이켰다. 술이라도 안마시면서 저런 말씀을 하시면 신빙성이라도 있지.

바로 그때였다. 문득 신혁이 무릎을 꿇고 앉은 자세를 바로 하더니 상체를 똑바로 펴고 말했다.

"제가 데려가겠습니다."

술을 마시던 할아버지의 표정이 멈칫하고 수진도 놀란 눈으로 신혁을 휙 돌아보았다. 그 시선이 자신도 모르게 저절로 신혁에게서 술병으로 돌아갔다.

아, 술이라도 마셔야 정신을 차릴 것 같았다.

"뭐라고?"

할아버지가 허! 하는 눈으로 되물었다.

"결혼하겠습니다, 그 고삐 풀린 망아지와."

뭐래?

그때 신혁이 수진을 흘끗 보며 사악한 미소를 지어 보였기에 수진은 딸꾹질이 터질 것 같아 얼른 시선을 피해 버렸다.

"허! 허허. 오, 듣기 좋은 소리로구나!"

다행히 할아버지가 입가에 환한 미소를 띠고는 안동 하회탈처럼 웃으며 말씀하셨다. 한참을 벙그레 미소를 짓고 있던 할아버지가 천천히 고개를 끄덕였다.

"허락하마."

수진의 눈동자가 커지고 신혁은 안심하는 표정을 했다. 가장 큰 관문이며 수문장인 할아버지께는 일단 허락을 받은 것이다.

수진은 떨리는 마음으로 신혁을 쳐다보았다. 신혁과 눈이 마주치자 그가 눈을 가늘게 뜨고서 그만의 전매특허인 매력적인 미소를 보내왔다. 수진은 그게 너무 행복하고 기뻐서 설렘을 억누르며 마주 웃었다.

"졸업하고 해."

에?

하지만 다음 순간 들린 단호한 말에 두 사람의 시선이 동시에 돌아갔다. 하지만 할아버지는 여전히 넉넉한 미소를 짓고 계셨다. 그렇다면 지금 건 누가 말한 거지?

졸업하고 하라니. 그것은…….

"할아버지이……."

수진이 애원하듯 할아버지를 불렀지만 할아버지는 여전히 둘을 배반하며 넉넉하게 웃고 계실 뿐이었다. 신혁이 난감한 표정으로 할아버지에게 말했다.

"졸업하기 전에 하고 싶습니다."

"뭐가 그렇게 급해? 발령 나면 해."

헉! 그것도……!

신혁과 수진은 얼굴을 왕창 찌푸린 채 불시의 습격을 받아 얼떨떨한 얼굴로 할아버지를 보았다. 그 순간 할아버지가 너털웃음을 터뜨렸다.

"농이다."

신혁과 수진은 동시에 드는 안도감에 가슴을 휴우 쓸어 내려야 했다.

할아버지가 그런 두 사람을 향해 잔잔한 미소로 말을 이었다.

"행복하거라, 둘 다."

잠시 후, 두 사람은 사랑채를 나와 뒤뜰을 걸었다. 자연스럽게 손을 마주 잡고 이따금 시선이 마주칠 때면 한없이 따스한 미소를 서로에게 보냈다.

"근데 저 좀 삐친 거 있어요."

"……뭐에 삐치셨나?"

"저한테 그런 말 해준 적 없잖아요. 갑자기 할아버지한테 통보하는 게 어디 있어요? 그 멋진 프러포즈란 것도 못 받았는데."

"그럼 나랑 결혼 안 할 생각이었나?"

"네? 그, 그건 아니지만……."

"그럼 됐네."

그래, 됐네.

됐나?

"아니잖아요! 당연히 저한테 먼저 의견을 묻고……."

"물으면 거절할 생각이었나?"

"그건 아니지만……."

"그럼 됐네."

이 무슨 도돌이표란 말인가!

삐친 얼굴로 신혁을 노려보자 그가 잔잔하게 미소 지었다.

"농이다."

"……선생님이 할아버지예요?"

"나한텐 할아버님의 허락도 네 허락만큼 중요했어."

그건 맞는 말이지만.

"기대해. 프러포즈, 멋지게 할 테니까."

"이미 다 허락받았으면서. 긴장감도 없고, 무슨 소용이 있어요?"

"내 프러포즈가 소용이 없다고?"

"그건 아니지만요."

"그럼 됐네."

뭐야, 이건!

수진은 어쩔 수 없이 고개를 설레설레 저었다.

"나는 널 놔줄 생각이 없어. 네가 도망간다 하더라도 붙잡아 오고야 말 테니까."

"도망갈 생각도 없는데 갑자기 진지하게 이상한 소릴 해."

"네가 당연히 허락할 거라고 생각한 게 아니니까 걱정 말란 소리야. 널 보면 난 여전히 조바심이 나니까. 네 생각이 나와 다를까 봐 불안한 건 늘 마찬가지야."

잔잔한 미소를 띤 채 그렇게 말하는 신혁이 너무 자신의 마음을 끌어서 수진은 더 이상 그에게 따지고 싶지 않았다.

"그럼 됐네요."

그래서 수진이 판결을 내려주었다. 신혁이 부드럽게 웃으며 수진의 뺨을 살짝 쓰다듬고는 손을 가져갔다. 그 짧은 접촉에도 수없이 많은 설렘이 일어 수진은 두근거렸다. 아직 겨울이 오지도 않았는데 벌써부터 봄을 기다리며 그에게 물었다.

"그럼 정말 저랑 결혼하실 거예요?"

"정말 하지, 그럼 가짜로 하는 결혼도 있어?"

"그게요…… 결혼이라고 하니까 왠지 피부에 와 닿지 않고, 그렇지만……."

"그럼 피부에 와 닿을 때까지 기다려 줘볼까? 졸업하고 발령 나고……."

"결혼해 주세요!"

신혁이 부드럽게 미소 지었다. 천천히 마주 서서 수진을 똑바로 세우곤 수진의 두 뺨을 감싸 쥐었다. 수진의 눈동자가 잘게 떨렸다. 엄지가 움직이며 뺨을 간질이자 수진은 가늘게 떨며 귓불까지 붉어진 채 작게 말했다.

"하, 할아버지 보면……."

"이해해 주시겠지."

지그시 수진을 들여다보던 신혁이 커다란 손에 감싸인 얼굴을 당겨 살며시 입술을 눌렀다. 수진의 입에서 꽃봉오리가 터지듯 달콤한 향기가 나며 입술이 열렸다. 달콤한 키스가 시작되었다. 누가 먼저랄 것도 없이 서로를 애틋하게 어루만지며 입술을 엇갈리며 키스를 하고 있는데 그때 바스락 하는 소리가 났다. 순간 화들짝 놀란 두 사람의 몸이 떨어지는 순간, 야옹 하는 소리와 함께 고양이 한 마리가 나른한 표정으로 두 사람의 앞을 총총 걸어 지나 갔다.

신혁과 수진의 눈이 마주쳤다.

두 사람은 곧 크게 웃음을 터뜨렸다.

다시 서로에게 가까워지며 손이 닿고 가슴이 닿고 입술이 맞물렸다. 가을이 다가오는 뒤뜰에서 두 사람은 그렇게 서로의 사랑을 확인했다.

담장 위로 폴짝 뛰어 올라간 고양이가 앞발로 귀를 긁으며, 행복한 미소를 띤 채 서로에게 기대 안겨 있는 두 사람을 심드렁하게 쳐다보고 있었다.


······Fin

## 작가 후기

말 그대로 뚜껑을 닫아놓은 찜통처럼 사람들을 괴롭히던 더위가 언제 그랬냐는 듯 물러가고 이제 아침저녁으로 쌀쌀한 기운이 감도는 계절이 찾아왔습니다. 삼복더위의 한 중간에서 시작해 쌀쌀함이 깃드는 가을 초입에 끝낸 글. 두 계절에 걸쳐 저를 행복하게 해준 글을 끝마치고 작가 후기를 쓰는 기분이 참 색다릅니다.

예전의 감성을 떠올리려고 꽤 많이 애쓴 글이었습니다. 그리고 이렇게나 쓸 내용이 많았던 글은 처음이지 싶습니다. 하나하나 캐릭터들을 따라가려고 노력했고, 나름대로 감정선에 충실하려고 애썼고, 이야기를 만들고자 고민을 했던 것 같습니다. 그래서 글을 끝낸 지금은 그 어떤 작업보다도 뿌듯한 마음이 앞섭니다.

교수님과 제자의 이야기는 이미 한 번 풀어보았지만, 선생님과 여학생의 이야기는 처음 도전해 보았습니다. 수진의 나이가 스물한 살로 설정되어 있지만 그래도 고등학생 신분이라 여러 제약이 있지 않을까 싶어 처음부터 고민을 좀 하기도 했구요. 되도록 미풍양속을 해치지 않는 선에서 설정을 잡고 뼈대를 붙여갔지만 혹시라도 눈살을 찌푸리는 분들이 있지 않을까 조심스럽습니다.

저는 이 이야기를 멋진 선생님과 그 선생님을 남몰래 지켜보며 애

414

틋한 짝사랑을 하는 순수한 십대 여자아이의 시점에서 잡았습니다. 완숙함과 미숙함, 성인과 소녀, 완성과 미완성, 편안함과 불안함, 이런 대립 구조를 사용해 관계를 만드는 것도 재미있었습니다. 글 중 이신혁 선생님은 제가 오랜만에 아주 마음에 들었던 남주였습니다. 작업을 하며 한 글자 한 글자 타이핑을 하며 설레는 마음으로 남자주인공을 만나는 건 작업하는 사람에게도 큰 행운이 아닐까 싶습니다. 독자님들껜 어떻게 다가갈지 모르겠지만 제 마음속에 이신혁 선생님은 이미 아주 멋진 '남자 사람' 선생님으로 형상화되었으니 그 느낌이 조금이라도 전해지길 바랍니다.

수진은 그 나이 또래의 발랄함과 영특함을 간직하고 있으면서도 상처가 있고 살아온 성장 배경이 있기에 조금은 뒤둥그러진 아이가 되지 않았나 싶습니다. 나이에 비해 청승맞은 것 같기도 하고 뭔가 한이 서려 있는 것 같기도 하고. 하지만 저는 그런 청승맞으면서도 나름 발랄한 여주인공이 좋으니 어쩌겠습니까.

즐거운 작업 끝낼 수 있게끔 저에게 시간이 주어져서 감사했고, 다시 한 번 독자님들과 만날 수 있도록 소중한 기회를 주신 예원북스 출판사와 실장님께도 감사드립니다. 다이어트 커피 한 잔 끓여놓고 책상에 앉아 머리를 쥐어뜯고 있으면 그런 저를 귀찮게 하지 않으려고 숨죽여 신경 써주는 배려 깊고 멋진 신랑과 착하고 예쁜 딸에게도 지

면을 빌어 고맙단 말 전하고 싶네요.

사람은 사람이 행복하게 해주는 것 같습니다. 사랑하는 사람과 함께라면 더욱 그렇겠지요. 그렇게 보면 '사람'과 '사랑'이 받침 하나만 다른 단어란 게 참 신기하지요?

제 글 속의 주인공들도 마음껏 사랑을 했고, 저도 사랑을 할 것이며, 여러분들도 사랑하며 행복하시기를 기원합니다. 언제나 그 행복 안에 제 책을 읽는 시간도 살짜쿵 포함되기를 바라며.

낙엽 위에 적힌 한 줄의 글귀에서도 행복을 느낄 수 있는 그런 삶을 함께 가지기로 해요.

love, 겨울 같은 가을의 문턱에서 이정숙 올림